MORT CONTRE LA MONTRE

DU MÊME AUTEUR

LES CORRUPTEURS, Actes Sud, 2015 ; Babel noir n° 198.
MILENA OU LE PLUS BEAU FÉMUR DU MONDE, Actes Sud, 2018 ; Babel noir n° 225.
MORT CONTRE LA MONTRE, Actes Sud, 2019 ; Babel noir n° 276.

Titre original :
Muerte contrarreloj
Éditeur original :
Editorial Planeta Mexicana, S.A. de C.V., Mexico

ISBN 978-2-330-16574-1

JORGE ZEPEDA PATTERSON

MORT CONTRE LA MONTRE

roman traduit de l'espagnol (Mexique)
par Claude Bleton

BABEL NOIR

à Susan

PROLOGUE

Dimanche, quand le serpent de couleurs contournera l'Arc de Triomphe, couronnant à Paris une équipée de vingt et un jours et de trois mille cinq cents kilomètres, je serai dans un tiroir de la morgue ou porteur du maillot jaune, vainqueur du Tour de France. Je ne suis jamais monté sur un podium, je n'ai jamais rien gagné, mais aujourd'hui je ne suis plus qu'à quelques secondes du leader, Steve Panata, mon compagnon dans l'équipe et mon frère depuis onze ans : si je veux le maillot jaune, je dois le trahir dans la dernière étape.

Pour gagner une étape du Tour, certains cyclistes sont prêts à mourir dans des descentes suicides à plus de quatre-vingt-dix kilomètres-heure ; et je sais maintenant que d'autres sont prêts à tuer. Il y a un assassin parmi nous, et la police m'a confié la tâche de découvrir son identité. Un criminel qui a décimé les leaders du peloton et qui doit être arrêté avant qu'il ne frappe encore une fois : je serai peut-être sa prochaine victime. Je sais aussi que grâce à ses méfaits je pourrais être le vainqueur du Tour de France.

2006

Dès qu'on le vit, tout le monde le détesta sauf moi. Il mâchouillait un éternel chewing-gum et rajustait sans arrêt une mèche de cheveux, comme si c'était sa moumoute qu'il avait peur de perdre. Même sans ces tics, il aurait éveillé l'aversion du groupe. Il arriva au volant d'un Land Rover de collection, et déchargea un vélo aérodynamique que nous n'avions vu qu'entre les mains des grands professionnels. Ça n'aidait pas non plus qu'il soit américain, qu'il ait la tête d'une vedette d'Hollywood et qu'il affiche le sourire de celui qui s'en sortira toujours.

Je l'accueillis à bras ouverts. Un nouveau venu, c'était pour moi la seule chance que les autres me laissent tranquille. Depuis mon arrivée au camp d'entraînement, deux semaines auparavant, j'étais victime de bizutages que la tradition et la frustration due à la dureté des entraînements suscitent dans un camp où l'anxiété et la testostérone règnent en maîtres. Les cyclistes avaient transformé en purgatoire mes premières semaines de professionnel – qui ne touchait toutefois qu'un salaire de cinquante euros par semaine –, et j'étais soulagé à la perspective de ne plus être la seule cible des abus des autres.

C'est sans doute ce qui nous rapprocha. On prit avec philosophie les sévices qu'on subissait et on les attribua à un obscur rituel d'initiation à l'encontre des apprentis. Ou plus exactement, il prit les choses avec philosophie et je finis par l'imiter.

— Ne bouffe pas tes flocons d'avoine, me dit-il la première fois qu'on s'adressa la parole. Je crois qu'ils ont craché dedans.

Et il m'offrit une barre protéinée. Il semblait plus amusé que contrarié, comme si le fait d'avoir découvert leur petit jeu le rendait plus intelligent qu'eux.

Au fil des jours, on comprit qu'il ne s'agissait pas d'un rite d'initiation : ils avaient tout simplement peur de nous. Sur les quarante-six coureurs que le camp comptait au départ, la firme Ventoux en retiendrait à peine vingt-sept, et seuls les neuf meilleurs constitueraient la première équipe, celle qu'on inscrit aux grandes épreuves.

Un mois plus tard, quand l'entraînement devint plus exigeant – des journées de cent soixante kilomètres qui incluaient des zones escarpées –, on comprit qu'ils avaient raison d'avoir peur : on était les meilleurs. Steve Panata roulait à son rythme habituel, avec une élégance que je n'avais jamais vue et que je ne reverrais jamais. Il dévorait les kilomètres sans effort apparent, à une vitesse qui en obligeait beaucoup à plonger le nez dans le guidon. Quant à moi, je bénéficiais d'une anomalie physique qui en d'autres circonstances aurait fait de moi un phénomène de cirque : l'ADN de mon père, originaire des Alpes françaises, et les gènes colombiens de ma mère et de ses ancêtres andins avaient dû bien s'entendre, car ils avaient fini par me doter d'un troisième poumon. Pas comme si j'en avais réellement trois, mais le taux d'oxygénation de mon sang était tel qu'on aurait pu croire que je courais dopé.

Sur la route, Steve et moi, on se vengeait des vacheries, presque machinalement, mais sans naïveté. Vingt ou trente kilomètres avant l'arrivée fixée par les organisateurs, il me lançait un sourire malicieux, je lui renvoyais une grimace complice et on augmentait le tempo. Discrètement au début, pour ne pas détruire le groupe ni lui imposer un effort excessif. Dix kilomètres plus tard, quand on sentait que les autres avaient atteint leurs limites, on accélérait pour les distancer. Mais pas avant que Steve n'ait donné l'estocade : il se mettait à raconter sur un ton détendu le dernier film qu'il avait vu, comme s'il était au bistrot, pas dans une côte à vous couper le souffle.

À la crainte que nous inspirions s'ajouta le ressentiment. J'ai parfois pensé qu'isolés dans ces recoins de montagne catalane, entourés de douzaines d'aspirants hostiles et résolus à devenir des professionnels quoi qu'il en coûte, nous étions exposés à de sacrées trempes qui pouvaient mettre en danger nos propres carrières. Pour tous ces garçons – y compris moi –, être sélectionnés par les entraîneurs de la firme Ventoux, c'était tout ce qui pouvait les sauver d'un travail médiocre et pénible dans une ferme ou une usine. Deux d'entre eux étaient vraiment de la graine de bagnard. Ce n'était pas le cas de Steve, pour qui le cyclisme professionnel était une option parmi d'autres d'un avenir forcément radieux et confortable. Raison de plus pour le détester.

Il déployait par exemple un charme irrésistible quand il l'avait décidé, surtout auprès des femmes, des responsables et des instructeurs. Un charme qui suscita souvent des conflits avec les clients, les rares fois où le groupe pouvait s'échapper dans un bar du coin, ne serait-ce que pour prendre un soda. Un flirt trop appuyé ou un échange de serviettes avec un numéro de téléphone griffonné suffisait pour déclencher une dispute qui se soldait souvent par une bagarre.

Mais Steve, si enclin à susciter l'envie et l'hostilité, était absolument incapable de se défendre. Toute l'élégance qu'il affichait sur un vélo ou une piste de danse devenait un handicap quand les coups se mettaient à pleuvoir : on s'en était toujours à peu près sortis, grâce à ma formation de policier militaire, pendant laquelle j'avais été confronté à des ivrognes excités dans des bars louches.

Avec le temps, on parvint à neutraliser les attaques de tous ces sacrés provocateurs, mais il avait fallu que j'affronte aux poings le caïd du groupe, un Breton pur jus qui avait les cuisses et la tête d'un bouledogue. Il pesait dix ou douze kilos de plus que moi, mais il n'avait pas grandi dans un quartier marginal de Medellín, ni passé trois ans dans une caserne à Perpignan. J'avais mis au point une stratégie de survie qui reposait sur un principe : éviter les conflits, ce qui convenait très bien à mon tempérament ; mais cette stratégie ne fonctionnait que si l'on recourait à une violence maximale les rares fois où l'affrontement était inévitable. Comme le jour où j'avais dû prendre la défense de Steve.

Ivan, le Breton, crevait les pneus du vélo de mon ami à la faveur de la nuit, ce qui obligeait à réparer à la dernière minute, en hâte, pour ne pas être en retard quand les instructeurs nous appelaient. Un matin, on constata que le vélo avait disparu. Le sourire moqueur d'Ivan désignait clairement le responsable de cette mauvaise blague. Il croyait sans doute que cette fois Steve allait lui sauter dessus, ce qui détourna son attention : il ne me vit pas venir. Mon bras partit comme une fusée et mon coude le frappa au visage ; je l'atteignis entre la mâchoire et la tempe. Cet imbécile s'effondra lamentablement, devant ses sbires ahuris de cette agression inconcevable. Ils ne s'attendaient pas non plus à la suite : je rouai de coups de pied cet épouvantail recroquevillé par terre jusqu'à ce qu'il avoue où il avait caché la bicyclette. Après cet incident, on nous laissa tranquilles.

On fut aussi aidés par l'attitude bienveillante de Steve vis-à-vis des autres coureurs. Il partageait généreusement le contenu des colis qu'il recevait des États-Unis : disques, gels, barres protéinées, chaussures de sport, tee-shirts. Une corruption subtile qui ne tarda pas à porter ses fruits. À la fin de la saison d'entraînement, on était considérés comme de sacrés patrons de la route.

Je me demande parfois si la profonde amitié qui finirait par définir nos vies n'était pas née de cette alliance initiale fondée sur la protection mutuelle. En tout cas, ce fut le cas pour moi. En dépit des événements qui survinrent des années plus tard, je reste convaincu qu'il y avait une naïveté profonde dans cette confrérie inconditionnelle et d'une loyauté absolue, qui s'était forgée dès le premier instant.

En réalité, nous étions éblouis l'un par l'autre. Lors de notre première rencontre, il avait vingt et un ans, et moi vingt-trois. Steve avait grandi dans du coton, fils unique et gâté d'un couple d'avocats éminents de Santa Fe, au

Nouveau-Mexique. Ses parents avaient accepté et encouragé son obsession pour le vélo et lui avaient donné des instructeurs semi-professionnels quand il avait décidé de participer aux compétitions juniors de son pays. Il les avait toutes remportées, toujours entouré et protégé par une petite meute financée par sa famille, puis par les sponsors, séduits par le potentiel de ce garçon qui promettait de l'or en barre.

Mais cette fois, au nord de l'Espagne, pour la première fois de sa vie, Steve était en territoire hostile. Désolée, sa famille avait reconnu qu'il n'arriverait jamais au sommet du cyclisme de route sans passer par l'endurcissement qu'offraient les équipes européennes et leurs entraînements implacables. Voilà sans doute pourquoi Steve était fasciné par ma capacité à survivre à des situations qu'il trouvait exotiques et fascinantes, et moi particulièrement merdiques. Je devins ce que je suis, poussé par les circonstances, comme tous ceux qui ne s'appellent pas Panata ; j'ai fini par être un cycliste – comme d'autres finissent par être employés de bureau ou vendeurs –, parce que c'était la planche à laquelle j'avais pu me raccrocher quand j'essayais de me maintenir à flot au milieu du courant. En revanche, Steve était de ces êtres humains dont l'avenir est la conséquence d'un dessein tracé à l'avance.

Il trouvait que ma situation de quasi-orphelin était une débauche de liberté. Mon père, un militaire français détaché dans diverses ambassades latino-américaines pendant des années, avait quitté ma mère, une femme de Bogotá d'origine péruvienne et d'une famille désargentée, quand je n'avais pas encore neuf ans. À partir de ce moment-là, je passai mes étés dans un chalet des Alpes où il s'était retiré, et le reste de l'année dans une maison en briques rouges, dans la banlieue de Medellín. Je fus un enfant délaissé, car ma mère infirmière avait des horaires épuisants, dans deux hôpitaux à la fois. Je finis par comprendre qu'elle cherchait simplement un prétexte pour rester à distance d'un fils issu d'un mariage précipité, conséquence d'une grossesse non désirée. Plus tard, adolescent, je compris qu'elle espérait qu'un jour je ne reviendrais pas de mon voyage estival en France. J'aurais été ravi de lui accorder ce plaisir si mon père n'avait eu autant d'empressement à se débarrasser de moi chaque fois que j'allais le voir : payer mon voyage et me recevoir pendant cinq semaines était une obligation que le colonel Moreau accomplissait scrupuleusement, mais sans enthousiasme.

J'aurais probablement fini par être recruté par les bandes d'adolescents qui semaient la terreur dans le quartier, si le vélo n'était pas venu à mon secours. Grâce à ma mère, ce dont elle ne se douta jamais. Ses surcharges de travail lui valurent des augmentations qui permirent de quitter San Cristóbal et d'emménager à San Javier, un quartier populaire de Medellín. Une ascension sociale, certes, mais une régression géographique qui m'obligea à franchir à pied les presque sept kilomètres de côte qui me séparaient de l'école, et à me lever à 4 h 30 du matin pour ne pas manquer le premier cours. Elle dut avoir pitié de mes nuits courtes, car un jour elle rapporta une grande et lourde bicyclette d'occasion, sûrement volée. Un modèle appelé "bicyclette de maçon", mais qui me changea la vie.

Paradoxalement, c'est la paresse qui fit de moi un grimpeur. Ma nouvelle monture me permit de décaler le réveil jusqu'à 5 h 30 ; plus tard, je me mis à chronométrer mes trajets pour prolonger mon sommeil. Ce qui devint une obsession : semaine après semaine, j'essayais de prélever une ou deux minutes sur la durée du trajet à l'école. Je diminuais le poids de mon sac à dos, j'apprenais à tirer parti de chaque virage, à repérer les moments où je devais freiner et à les réduire au minimum indispensable. Mes copains de l'école se moquaient de mes vieux souliers usés, mais peu m'importait : leurs grosses semelles me permettaient d'atteindre les pédales et de grignoter trois minutes sur le trajet.

Une institutrice remarqua le violent coup de frein que je donnais chaque jour à mon arrivée, suivi d'une pause pour regarder l'heure et la noter sur mon carnet ; elle m'en demanda la raison et lut avec curiosité le tableau de mes annotations. Une semaine plus tard, elle me parla d'une course pour cyclistes amateurs, dont elle était une des organisatrices. Au début, l'idée de concourir me parut absurde, et même ridicule. Mes souliers troués et ma grosse bicyclette n'avaient rien à voir avec les images des idoles colombiennes en tenues colorées, montées sur des machines aérodynamiques. Mais il était impossible de refuser : la moitié de la classe, en tout cas les plus de treize ans, était amoureuse de Carmen, la maîtresse. Son enthousiasme infatigable, son sourire chaleureux, ses yeux verts, et surtout la façon qu'avait sa robe de trépigner quand elle marchait, avaient fait d'elle l'héroïne de nos rêves humides.

Même si les compétiteurs étaient mieux chaussés que moi, je me consolais en voyant qu'il y avait des vélos qui ressemblaient au mien. J'avais décidé d'impressionner ma maîtresse : je démarrai à toute vitesse, surpris de distancer les autres aussi facilement. Je ne me compliquais pas la vie, je faisais comme tous les jours quand j'allais à l'école. Je compris bientôt que les autres couraient pour tenir pendant les trente-deux kilomètres qui les séparaient de la ligne d'arrivée. Moi, j'étais épuisé au dixième kilomètre. On ne tarda pas à me dépasser. À cinq kilomètres de la fin, j'étais à la traîne. Ce fut mon premier contact avec la torture de la route : les jambes en coton, chaque coup de pédale résonnant dans l'abdomen où je sentais mes boyaux se déchirer. Ce fut aussi ma découverte de l'ennemi du cycliste, celui qui l'incite à renoncer au supplice : je me disais que j'en avais assez fait, que j'étais le plus jeune, qu'il valait mieux abandonner que d'être le dernier. Mais j'imaginai la déception de Carmen et décidai de ne pas déserter. Je fixai le dos du coureur qui roulait à trente mètres devant moi et mis tout ce que j'avais dans chaque coup de pédale ; je le rattrapai et cherchai le dos suivant. J'oubliai vite ma fatigue. Après avoir franchi la ligne d'arrivée, je vomis et restai un moment plié en deux, transpercé de douleur, mais je ne bougeai pas de là : je voulais compter les coureurs qui arrivaient après moi. Ils étaient dix. Avant que je reparte, Carmen m'embrassa sur la joue.

À compter de ce jour, je passai mes après-midis à sillonner les collines environnantes. Je dessinai des parcours plus longs, mesurai et réduisis le temps de mes déplacements, lus tout ce que Carmen me donna sur l'alimentation et les techniques de la course, et essayai de tout mettre en pratique, dans la limite de mes possibilités. Mes jambes grandirent et mirent mes souliers au rebut, mais il s'écoulerait encore du temps avant que je gagne une course. Je me contentais de l'enthousiasme de Carmen, conscient qu'à la fin de chaque compétition, l'œil sur la ligne d'arrivée, il y avait de plus en plus de coureurs qui arrivaient après moi.

Ces longs entraînements solitaires forgèrent le coureur que je suis devenu. L'apprentissage des techniques et des stratégies viendrait plus tard, mais c'est là que je construisis la véritable substance qui est à la base du cycliste professionnel : la capacité d'accueillir la douleur, d'en atteindre les limites et de continuer. Je me vidais sur des pentes impossibles, convaincu que cette souffrance me rapprochait de Carmen, et qu'ainsi je méritais son attention et son affection.

Son départ, deux ans plus tard, quand elle fut mutée dans une école privée de Bogotá, secoua mon petit univers et me plongea dans le désespoir. Après quelques semaines tourmentées, j'espérai la récupérer par le truchement du vélo : ma réputation de coureur arriverait jusqu'à la capitale et finirait par me rapprocher d'elle. Je fis du vélo mon instrument de torture et multipliai mes séances masochistes d'entraînement. La douleur devint ma meilleure amie.

C'est à cette époque que je développai l'autre manie qui me rendrait célèbre. Mesurer, chronométrer, compter et tout noter. Des années plus tard, mes collègues, à commencer par Steve lui-même, se moqueraient de mon obsession des chiffres et bon nombre d'entre eux me surnommeraient le Compteur, avec un brin de dérision. Mais tôt ou tard, ils me demanderaient tous le nombre de kilomètres qui restait avant l'arrivée ou le classement d'un coureur qui se détachait du peloton et se lançait dans une échappée. Je n'ai jamais eu envie d'être le foutu Wikipédia de ceux qui sont momentanément privés de leur portable.

C'est aussi dans les montagnes de Medellín que je découvris que les autres n'étaient pas sujets à l'étrange relation que j'entretiens avec ma transpiration : c'est une belle saloperie d'être allergique à la sueur sécrétée par son propre corps, alors que c'est normal de transpirer. Le climat de mon pays m'avait déjà donné des éruptions cutanées et habitué aux poudres et crèmes censées vous soulager. Je le savais déjà en montant sur un vélo, mais jusqu'alors cette gêne était réservée aux chaleurs extrêmes. Maintenant, l'irritation était un tatouage incarnat dans des zones du corps dont un adolescent ne devrait pas avoir honte. En tout cas pas pour ces raisons.

À force de transpirer et de compter, je devins une silhouette familière des courses du week-end dans la région. Je cessai même de compter les coureurs qui arrivaient après moi : je comptais désormais ceux qui franchissaient la ligne avant moi. Je me torturai sur les pédales pour obtenir qu'il y en ait de moins en moins.

Et vinrent les premiers podiums. Même si je rivalisais avec les adultes, les petites récompenses en liquide et les pourboires des parieurs me maintinrent à l'écart de la violence dévastatrice de la Colombie de ces années-là. Ce ne fut pas une étape heureuse ; mon vélo pesait plus de vingt kilos et les crevaisons inopportunes auxquelles me condamnait l'état des pneus m'obligeaient à abandonner la moitié des épreuves. Plus jamais je n'ai ressenti la rage impuissante que j'éprouvais alors, quand, en rade au bord du chemin, les larmes aux yeux, je regardais passer des cyclistes que j'avais semés quelques minutes plus tôt.

L'argent de la drogue, que j'avais toujours honni, changea tout. Un des camarades du quartier recrutés par les bandes se mit à parier dans les courses auxquelles je participais : il devait avoir seize ou dix-sept ans et était tout en bas de l'échelle du crime organisé, mais à mes yeux l'argent qu'il étalait était une fortune. Un jour où j'avais fini troisième, il me félicita bruyamment, avec enthousiasme, comme si c'était sa propre victoire. Il devait être drogué, car dans son euphorie il jeta mon vélo dans un ravin. Sans me laisser le temps de le récupérer, il me traîna dans une boutique et acheta le plus beau vélo qu'il put y trouver. Pendant des mois, je vécus dans l'angoisse qu'il me demande un service en retour, mais par chance il se contenta de parier sur moi. Je me plais à penser qu'il récupéra son investissement, agrémenté d'intérêts, car dès lors je me mis à gagner de plus en plus souvent.

Peu après avoir eu dix-sept ans, j'appris que Carmen était revenue à Medellín, et qu'elle était maintenant la directrice de mon ancienne école. Ma première impulsion fut d'aller la voir et de lui montrer le coureur que j'étais devenu. Mais je m'abstins : je n'avais rien d'autre à lui montrer que des médailles de compétitions d'amateurs, même si sous la surface circulaient des prix et des paris d'un montant important. Je décidai de ne me montrer que lorsque j'aurais gagné une course professionnelle. Je parvins à m'inscrire à la Vuelta la Cordillera, qui aurait lieu trois mois plus tard : une compétition féroce à laquelle participaient des professionnels débutants et des vétérans au crépuscule de leur carrière. Je m'entraînai jusqu'à l'obsession pour atteindre des temps qui me donneraient de bonnes chances de gagner.

Deux semaines avant la compétition, un ex-camarade m'appela pour me dire que Carmen était morte lors d'une fusillade entre bandes rivales ; j'assistai à l'enterrement à distance et inondai de larmes la fin de mon adolescence. Je ne remontai plus sur le vélo que mon ami le narcotrafiquant m'avait offert. Ni sur aucun autre.

Peu après, quand j'eus dix-huit ans, ma mère accepta la proposition matrimoniale d'un docteur doté d'un cœur généreux et d'une haleine fétide, un acte qui relevait plus d'une capitulation de sa part que d'un coup de foudre ; en tout cas, un acte où je n'avais aucune place. Deux semaines plus tard, je laissai un mot à la cuisine et trois jours après je frappai sans prévenir à la porte de mon père, de l'autre côté de l'océan. Il n'eut même pas l'air surpris : il me servit une assiette de lentilles et m'installa dans la chambre que j'occupais en été.

Les mois suivants, je m'efforçai de gagner une place dans son cœur. S'il me demandait de couper du bois, je rasais le terrain jusqu'à me mettre les mains à vif ; j'appris à cuisiner son plat favori et à conduire sa vieille camionnette Ford pour lui épargner les courses hebdomadaires au village voisin. Aux premières neiges, j'appris le ski avec autant d'ardeur que j'avais appris le vélo : il ne respectait que les sports d'hiver et considérait qu'il était idiot de se fatiguer sur une bicyclette, alors qu'une moto pouvait faire le travail avec beaucoup plus d'efficacité. C'est du moins ce qu'il me dit le jour où je voulus lui raconter mes "exploits" sur la petite reine.

À force de coups et de chutes, à Noël je n'étais plus un skieur minable ; j'avais décidé d'être tôt ou tard un guide de tourisme d'hiver. C'est alors qu'il m'annonça sa décision de m'envoyer à l'armée : il avait obtenu de m'assigner à un régiment basé au pied des Pyrénées, près de Perpignan, commandé par une de ses vieilles connaissances : dix-huit ans auparavant, mon père avait exigé que je naisse sur le sol français, même si cela obligeait ma mère à s'envoler pour l'Europe à huit mois de grossesse, avec un faux certificat fourni par le médecin de l'ambassade.

Je pris le chemin des casernes, convaincu que j'allais mener une vie de galérien, creuser des tranchées et partir pour de longues expéditions à travers le Sahara. Il en aurait sans doute été ainsi, si un événement inattendu ne m'avait réinstallé sur un vélo. Le collègue de mon père mourut quelques jours après mon arrivée. Lui succéda le colonel Bruno Lombard, un personnage beaucoup plus intéressé par le cyclisme et les compétitions d'athlétisme entre régiments rivaux que par la vie ou la théorie militaires. Quand il apprit mes exploits dans les courses amateurs des montagnes colombiennes, il me prit dans son équipe.

— Prends-en soin comme si c'était le tien, me dit-il quelques jours après son arrivée en me montrant un vélo de compétition, éraflé et abîmé.

Je ne sais pas où Lombard avait déniché cette douzaine de vélos de course, ni ce qu'il avait dû donner en échange : on aurait dit le rebut d'une équipe professionnelle de troisième division, mais pas de doute c'étaient des vélos de compétition, même s'il s'agissait de compétitions vieilles de dix ans.

Techniquement ils étaient français, mais j'avais l'impression que c'étaient des Ferrari. Les semaines suivantes, je fis tout mon possible pour ne pas en redescendre, au risque d'avoir le derrière en feu et d'être hors d'état d'honorer mes obligations de jeune recrue.

Un officier dut se plaindre de mon indolence, car Lombard prit une décision radicale, celle-là même qui a fait de moi aujourd'hui le détective du Tour : il m'assigna à la petite unité de police militaire du régiment, directement sous son commandement. Ce qui me débarrassa de la plupart des corvées de la troupe et me donna toute liberté de suivre l'instructeur de l'équipe cycliste que Lombard avait constituée.

Don Rulo était un vieux grincheux, dur et intransigeant ; son caractère l'avait sans doute empêché de rejoindre les équipes professionnelles, bien qu'il ait du métier et du talent à revendre. Il remarqua mon penchant pour la montagne et pendant plusieurs mois poussa mon corps jusqu'à ses limites, dans les sommets imposants des environs.

Au cours des quatre années suivantes, notre régiment gagna absolument tout : pas seulement les compétitions où on se mesurait à des équipes d'autres institutions françaises, mais aussi les rencontres régionales où le brave Lombard trouvait de bonnes raisons d'engager ses garçons.

"Ses garçons", c'étaient essentiellement Julien et moi, outre une vingtaine de conscrits qui se renouvelaient d'année en année, plus motivés par les permissions et les petits privilèges accordés par Lombard aux volontaires que par leur passion pour le vélo. Julien courait bien ; il aurait pu devenir un bon professionnel dans une équipe modeste, si son passé marseillais ne l'avait rattrapé après son service militaire. Mais il avait l'instinct de la route, avec cette capacité sauvage à supporter la douleur et à foncer dans les côtes. Et c'était suffisant. Je n'avais pas besoin d'autre chose pour monter sur le podium, si souvent que cela n'amusa plus personne, sauf Lombard.

À vingt-deux ans, j'étais une référence pour la presse régionale, avec le surnom d'Annibal : la plaisanterie, dont la signification m'échappa d'abord, était une allusion au général punique qui avait entraîné son armée à travers les Pyrénées et les Alpes à dos d'éléphant pour attaquer la Rome antique. Avec le temps, je finis par m'y habituer, mais au début j'avais été agacé qu'on compare mon vélo rapide comme l'éclair au pas pachydermique du Carthaginois. Aussi décidai-je de me tatouer un petit dragon sur la nuque, le symbole de notre régiment, dans l'espoir que cela effacerait toute référence à ces maudits éléphants ; en revanche, Lombard ravi m'imposa ce surnom, Annibal, comme s'il était la consécration d'une légende.

Au bout de ces quatre années, le colonel fut bien obligé de me laisser partir, contrit mais fier de sa création ; il s'était toutefois assuré que je serais engagé par la firme belge Ventoux, pépinière légendaire de professionnels.

Je ne sais pas à quel moment j'ai décidé de devenir un cycliste professionnel ; à l'époque, je savais déjà qu'il s'agissait d'un métier torturé par la discipline et la douleur qu'on s'infligeait. Ce fut peut-être à cause de la réaction de mon père quand il m'accueillit dans son refuge alpestre, après mon service militaire : “Bon à rien, même dans une caserne", me dit-il quand je frappai à sa porte. Il avait sans doute espéré que je deviendrais un officier de haut rang, comme lui, quand on lui avait annoncé que j'avais été nommé caporal de la police militaire quelques semaines après mon arrivée à Perpignan. Sa réflexion acheva de me convaincre : je me dis qu'un jour j'entrerais dans Paris, le maillot jaune sur le dos.

Dix ans plus tard, la presse continuait de m'appeler "Annibal", même si je n'avais jamais gagné une seule étape dans les Pyrénées, sans parler d'un podium dans les grands Tours.

LE TOUR, 1re À 6e ÉTAPE

— Et surtout, pas de sexe ! dit Giraud, notre directeur technique, à la fin de son dernier topo sur la stratégie dans le car qui nous emmenait à Utrecht, en terre hollandaise, où démarrerait le Tour de France.

Une recommandation purement rhétorique, presque une plaisanterie : aucun de nous n'oserait s'offrir une nuit d'orgie qui compromettrait une course pour laquelle nous nous préparions depuis des mois ; entrer dans Paris trois semaines plus tard, c'était avant tout savoir gérer sa fatigue. Quand on perd six mille calories par jour, sans espoir de les récupérer, le sexe est la dernière des urgences.

La seule qui ne semblait pas comprendre ça, c'était Stevlana. Les fiancées et les épouses sont mal vues sur le Tour. Et surtout la compagne de Steve, une top model presque aussi célèbre que lui ; la Russe avait décidé de s'arrêter en Hollande avant d'aller à Londres, pour surprendre son chevalier et lui souhaiter bonne chance, au grand dam du chevalier en question.

Quelques heures plus tôt, le matin même, j'avais eu un appel de Steve sur mon portable : il ne répondait pas à mon salut, il voulait seulement que j'entende la voix de Stevlana. Je savais ce qu'il voulait dire et je me précipitai, comprenant qu'ils étaient ensemble. Je frappai à sa porte et dis tout haut que nous avions été choisis pour l'examen antidoping qui aurait lieu dans ma chambre ; elle ouvrit et je feignis d'être surpris de la trouver là.

— Mais je viens d'arriver, Stevie, protesta-t-elle. Annibal, ne me fais pas ce coup-là.

— Cela n'a rien à voir avec toi, Stevie, se défendit Steve d'un air désolé.

Ils s'appelaient ainsi l'un et l'autre, ce qui était un sujet de plaisanterie chez les coureurs, une manière pour eux, me semblait-il, de dissimuler la convoitise provoquée par la poitrine spectaculaire de la Russe.

Stevlana avait tendance à croire que tous les événements étaient dirigés contre elle. Y compris l'antidoping, un contretemps qui visait uniquement à empêcher une séance de sexe matinal avec son amant ; le chemisier déboutonné ne laissait guère de doutes sur ce que mon arrivée avait interrompu. Tandis que Steve finissait de s'habiller, sa fiancée lança deux ou trois regards venimeux qui auraient dû assassiner le messager.

Elle n'avait jamais pu m'encaisser. Et Fiona, ma compagne, patronne des mécanos de l'UCI, l'Union cycliste internationale, encore moins. Les rares dîners que nous avions partagés tous les quatre avaient toujours ressemblé à des veillées funèbres. Les deux femmes ne pouvaient être plus différentes, ce que Stevlana s'employait à souligner aux yeux de Steve : sous prétexte de donner des conseils à ma fiancée pour améliorer son apparence, elle se moquait de ses manières brusques, de sa chevelure ébouriffée, de ses cuisses dures et épaisses de coureuse de cent mètres plat – ce qu'elle n'était pas –, de ses mains calleuses et maculées d'huile.

Comment Fiona était devenue la directrice des inspecteurs techniques de l'Union cycliste, c'était déjà en soi une histoire étrange. Pendant trente ans, son père, un Irlandais de souche, avait dirigé les meilleures équipes de mécanos du circuit professionnel, une réputation légendaire à laquelle les coureurs croyaient aveuglément. Sa fille ayant perdu sa mère à l'âge de dix ans, le père l'incorpora au corps des techniciens ; natifs et étrangers s'habituèrent à la petite rouquine qui maniait les outils, toujours aux côtés de son père, telle une infirmière assistant un chirurgien. Avec le temps, elle devint un prolongement du vélo : ses oreilles et ses mains savaient évaluer une rotation parfaite de la chaîne ou percevoir le frôlement presque imperceptible qui pourrait causer la perte de quelques millièmes de seconde sur la route. L'expérience du vieux, source de beaucoup de superstition sur le circuit, passa du père à la fille, surtout quand l'Irlandais décida de prendre sa retraite à soixante-dix ans. À l'époque, la petite rouquine était une beauté explosive en dépit de ses bras costauds et d'un dos plus large que celui de la plupart des coureurs maigrichons ; une amazone de caractère, peu bavarde, désirée et redoutée par beaucoup de collègues et de professionnels, surtout depuis qu'elle dirigeait une légion d'inspecteurs qui assuraient la stricte observance d'un enchevêtrement de procédures techniques complexe et parfois capricieux.

Le plus souvent, Fiona écoutait distraitement les piques de Stevlana. Parfois, quand la Russe devenait trop insistante, Fiona la regardait avec la curiosité qu'elle aurait pu manifester pour une extraterrestre. Au fond, les efforts de la top model pour affirmer sa présence étaient compréhensibles ; nous vivions tous les trois pour et par le vélo. Et même si Steve et Fiona partageaient un passé d'eaux troubles et se toléraient avec peine, à la chaleur de ces après-dîners nous pouvions nous lancer dans de longues discussions passionnées sur les avantages d'un modèle de pédale ou sur la meilleure façon d'escalader le redoutable Tourmalet.

Bien sûr, ces deux-là avaient de bonnes raisons d'être ensemble ; la femme était modèle pour des marques de lingerie et lui un des célibataires les plus connus de la jet-set. Mais j'avais l'impression qu'ils subissaient tous les deux la pression des médias, des sponsors et surtout du public qui voulait une célébrité pour compagne de son idole.

Le soulagement de Steve dès qu'on eut quitté sa chambre pour se rendre dans la mienne confirma une fois de plus ce soupçon. C'était la journée inaugurale du Tour et dans les rues d'Utrecht le monde du vélo bouillait d'excitation et d'impatience. On passa la matinée à spéculer sur le tracé de la route et sur les chances de Steve de remporter le maillot jaune de la victoire à Paris, trois semaines plus tard. À midi, quand enfin on nous annonça que Stevlana était retournée à Amsterdam pour prendre un avion, on alla déjeuner avec le reste de l'équipe, on s'habilla et on monta dans le bus pour continuer d'écouter les admonestations de notre directeur technique.

Mais on voulait avant tout démarrer cette foutue compétition : elle est le résultat de plusieurs mois de préparation, de vérification de parcours, de régimes spartiates brouillés avec les saveurs ; la tension du compte à rebours des dernières heures ne se libère que lorsque le cycliste prend la route et s'enferme dans le tourbillon autiste que le vélo impose.

Cette année, comme les précédentes, ma tâche consistait principalement à ne pas gagner : j'étais là pour faire gagner Steve. Je suis un *gregario* ; certes, le meilleur du peloton. Pendant vingt et un jours, mon rôle est de le protéger des rivaux, du vent contraire, de la faim et de la soif, des accidents et des chutes, et surtout de la haute montagne, où ses ennemis pourraient le réduire en miettes. Je suis le traîneau qui permet à Steve d'atteindre le dernier kilomètre avant le sommet en fournissant le moins d'efforts possible, même si pour cela je dois me cramer et finir la course dans les derniers. Nous avons été le meilleur duo du circuit de ces dernières années, mais il a été le seul à monter sur le podium.

Le Tour commença par un petit contre-la-montre individuel au cours duquel Steve n'eut besoin de l'aide de personne ; c'est le champion du monde de cette formule. Mais les jours suivants, tous les pronostics volèrent en éclats. Très vite on se rendit compte que cette année-là le Tour serait différent des précédents, même si nous ne pouvions deviner pourquoi.

Il est entendu que la première semaine est une sorte d'échauffement, une vitrine qui montre les équipes et les combattants : de longues distances sur les routes plates de Belgique et du Nord de la France où le peloton franchit la ligne d'arrivée au complet, juste derrière les sprinters qui se disputent les derniers mètres. La véritable bataille est réservée à la deuxième et à la troisième semaine, quand les redoutables ascensions des Pyrénées et des Alpes déciment les coureurs et désignent les meilleurs athlètes.

Mais cette fois, les pertes commencèrent bien avant le début de la première étape : deux accidents et une tragédie avaient exclu plusieurs combattants éminents des cent quatre-vingt-dix-huit coureurs inscrits au prologue, l'épreuve qui se déroule la veille du début de la compétition. Personne ne s'était inquiété. Nous savons que le destin a le dernier mot sur la route : une crevaison malencontreuse, un collègue qui perd l'équilibre et vous entraîne dans sa chute, un supporter qui traverse, une grippe qui boycotte des mois de préparation. Il était admis que régulièrement il y avait une *annus horribilis*, une édition maudite du Tour de France ; à la fin des quatre premières étapes, on se mit à soupçonner que celui-ci pourrait être le pire de tous.

Il y avait une tension inhabituelle. L'Anglais Peter Stark, le Colombien Óscar Cuadrado et mon compagnon américain, Steve Panata, étaient les trois candidats à la consécration à Paris ; ces dernières années, ils avaient alterné les victoires dans les grandes compétitions, et leur rivalité sans faille avait suscité la passion des foules qui suivaient avec délices la lutte pour la suprématie de ces trois coureurs qui marquaient l'époque. Stark, Cuadrado et Panata avaient l'intention de faire du Tour de cette année-là l'arène qui désignerait enfin lequel d'entre eux était le meilleur cycliste de sa génération ; journalistes, supporters et sponsors avaient chauffé l'ambiance. Les organisateurs attendaient une audience record à la télévision et en conséquence avaient conçu un tracé endiablé.

Les pavés de la troisième étape furent un enfer, rouler là-dessus à cinquante kilomètres-heure vous réduit les parties en bouillie, littéralement ; chaque cahot est un coup de poignard dans les jambes et une crampe dans les bras. Rien à voir avec les pavés parisiens, polis par le passage de milliers de voitures : c'étaient de véritables bosses en pierre sur des chemins ruraux étroits et rarement empruntés. Les plus terribles furent ceux de la quatrième étape, entre Seraing et Cambrai, avant de quitter la Belgique. La pluie implacable tout au long de la journée transforma le parcours en chemin miné.

La seule façon d'éviter d'être entraîné dans une chute collective est de rouler en tête du peloton. Y pousser Steve à tout prix fut ma tâche pendant toute cette journée. Le problème, c'est que pas loin de deux cents coureurs ont le même objectif, ce qui transforme ces chemins étroits en véritables entonnoirs. Essayer de dépasser un coureur dans ces conditions provoque des chutes collectives et donc des clavicules ou des bras cassés, des commotions cérébrales.

Les équipes de Steve, de Cuadrado et de Stark sortirent indemnes de cette boucherie, car, sans le vouloir, une sorte de complicité nous souda : les vingt-sept coureurs, neuf par équipe, prirent la tête et interdirent toute échappée, pour empêcher le peloton d'importuner nos leaders. Lors de ces premières étapes, nous n'étions pas rivaux, nous voulions seulement survivre. Mais je n'étais pas indifférent à ce qui se passait dans mon dos : en empêchant un collègue de passer, parce que je défendais notre position bec et ongles, je le condamnais, Dieu me pardonne, au martyre des avalanches de vélos, de jambes et de bras qui s'envolaient à chaque chute.

La quatrième étape fut la pire, mais pas la seule. Au terme de la sixième journée, cinquante-deux cyclistes avaient abandonné : le pire chiffre de l'histoire de cette compétition. Malgré tout, la plupart des coureurs continuaient d'attribuer au destin la mauvaise passe qu'on traversait. Le lendemain, ceux-ci découvriraient que les astres, ou tout ce qui peut guider la fortune sur la route, n'expliquaient pas toutes ces tragédies, à moins que l'assassinat soit aussi une des voies choisies par le destin.

7e ÉTAPE

— Mon fils a enfourché un vélo à l'âge de quatre ans, se vanta Murat, le sprinter musclé de la Fonar, notre équipe.

— Alors il doit être loin à cette heure-ci, plaisanta Steve, mais personne ne rit, la blague n'était pas nouvelle.

L'humour de mon compagnon ne casse pas grand-chose, à part un ou deux nez et quelques dents.

Nous dînions dans un petit hôtel de la banlieue de Rennes, épuisés au terme de la septième étape. Encore une journée frustrante, pluvieuse et semée d'incidents. La tête n'était pas à la fête. Et se moquer de Murat n'était pas bon pour la santé ; ses cuisses et ses épaules sont aussi mahousses que ses sautes d'humeur.

Mais Steve était ainsi, inconscient des risques, étranger aux sentiments d'autrui. Moi seul savais que son pouvoir de nuisance était involontaire. Au fond, il n'avait rien de méchant ; j'irais jusqu'à dire qu'à sa façon il était généreux. Certains collègues ont vu leur carrière ou leurs contrats prolongés grâce à un éloge spontané de Steve sur son compte Twitter millionnaire ou à une allusion lors d'une de ses innombrables interviews dans la presse. J'en ai conclu que son incapacité à comprendre les peurs et les insécurités d'autrui vient de sa conviction que le reste du monde a une aussi belle vie que lui, un déni qui tombe à pic pour assumer la vie privilégiée qu'il mène sans la moindre culpabilité.

Toutefois, le silence qui s'abattit sur la table et le bruit de la fourchette de Murat retombant dans son assiette révélèrent qu'il avait brisé une des nombreuses conventions non écrites qu'il ne s'était jamais donné la peine d'assimiler. Comme tant d'autres fois dans les moments de crise, il chercha mon regard, espérant trouver un sourire qui explique à tous que son commentaire était une plaisanterie innocente et non une critique du fils de Murat. Et comme tant de fois par le passé, je fis beaucoup mieux que ça :

— Oui, il va aller loin, le gamin ; lors des derniers entraînements, il nous a suivis un bout de temps et nous a presque rattrapés, vous vous rappelez ? Nous avons enfin bon espoir de trouver un Murat bel homme sur le circuit.

Cette fois il y eut de francs éclats de rire. La Bête, le surnom qu'on donnait au puissant Catalan, se référait à parts égales à son visage sculpté à coups de serpe et à la férocité de ses attaques dans les sprints finaux ; et Murat était fier de son nom de bataille.

Dix minutes plus tard, l'équipe se dispersa sur le chemin des chambres. Au-delà de la mauvaise plaisanterie de mon ami, l'ambiance dans les couloirs était à l'abattement complet. Nous avions à peine parcouru le tiers des trois mille trois cent cinquante kilomètres de cette édition du Tour, mais en sept jours le peloton avait déjà subi plus de pertes, à la suite d'accidents ou de scandales, que lors des vingt et une étapes de l'année précédente.

Ce matin-là, on avait éliminé l'Espagnol Carlos Santamaría, accusé de dopage, à la grande surprise de tout le circuit, car on le considérait comme un farouche partisan de la propreté et de l'honneur dans le cyclisme ; le choc fut terrible, car Santamaría, leader de l'équipe Astana, occupait la troisième position au classement général.

Seul Steve était en forme. Certains de ses principaux rivaux avaient perdu de leur virulence ; ses chances de remporter le Tour augmentaient ces derniers jours. Il m'invita à discuter un moment et à prendre une des boissons énergétiques qui portent son nom, mais je lui assurai que j'étais mort de fatigue et je me dirigeai vers l'ascenseur. Je sentis sa déception, car nous avions pris l'habitude, dès les premières compétitions courues ensemble, d'échanger nos opinions sur le bilan de la journée et sur les défis du lendemain. Quand on s'en abstenait, c'était parce que Steve avait mieux à faire : des femmes au début de sa carrière, des réunions avec son agent dans les dernières années, toujours accompagné d'un nouveau sponsor. Ce jour-là, j'avais décidé que c'était moi qui avais mieux à faire, par exemple m'affaler sur mon lit.

Lui et moi, nous étions les seuls de l'équipe à avoir une chambre individuelle ; une clause stipulée sur son contrat, qu'il avait généreusement étendue à ma personne. Il me suivit du regard pendant quelques secondes quand je lui tournai le dos pour traverser le hall ; puis, comme toujours quand quelque chose ne collait pas avec ses désirs, il m'effaça de son esprit. Il ne remarqua sûrement pas que je n'atteignis jamais les ascenseurs.

— Monsieur Marc Moreau, pouvez-vous m'accorder quelques minutes ?

Ainsi interpellé, je sentis mon cœur battre plus fort que dans une côte abrupte ou après des heures de pédalage sur la route. Et pour cause ; personne ne m'appelait par mon nom. L'individu tiré à quatre épingles qui posait la main sur mon bras, comme s'il voulait empêcher une tentative de fuite, ne ressemblait pas à un journaliste qui aurait réussi à s'infiltrer dans l'hôtel. En revanche, il personnifiait très bien le pire des cauchemars. Son costume impeccable et sa moustache taillée évoquaient un fonctionnaire d'une institution, et en l'occurrence cette institution ne pouvait être que la redoutable AMA, l'Agence mondiale antidopage.

J'avais beau tenir mon corps à l'écart des substances prohibées, je savais que les examens d'urine des jours précédents pouvaient détecter des substances illégales absorbées de façon involontaire ; par ailleurs, les laboratoires n'étaient pas à l'abri d'erreurs ; je ne serais pas le premier à être expulsé de la compétition à cause d'un échantillon contaminé. Je pensai à Carlos Santamaría et imaginai mon nom en gros titre le lendemain.

— Oui ? répondis-je, sur la défensive, et j'écartai le bras de façon inconsciente, essayant d'esquiver la menace.

— Pourrions-nous avoir un entretien dans le petit salon, devant la cheminée, sergent Moreau ? Cela ne prendra pas beaucoup de temps.

En réalité, je n'avais jamais dépassé le grade de caporal, mais je n'avais pas envie de le contredire. En effet, donnant sur le hall il y avait une petite salle à peine éclairée par la lumière poussive et artificielle d'une cheminée, ce qui n'empêchait pas la température de monter à vingt-huit degrés : les hôtels de la route ne sont pas vraiment une débauche de luxe et de confort, ni de bon goût.

On s'installa à l'écart, et j'eus l'impression d'être coincé dans une souricière. L'allusion à mon passé militaire éveilla ma curiosité, mais laissa mes craintes intactes.

— Permettez-moi de me présenter, je suis le commissaire Favre, dit-il en me montrant fugacement une carte d'identité avec l'aisance d'un geste mille fois répété. Et naturellement, continua-t-il en s'inclinant, un admirateur de vos succès sportifs.

Ses propos, mais plus encore ses manières pleines d'onction, excitèrent ma curiosité. Ma peur se dissipa : il n'avait pas l'intention de m'arrêter pour dopage, même s'il avait l'intention de m'interroger au sujet de la circulation de substances interdites dans le circuit. Ce qu'il me confirma :

— Nous avons besoin de votre collaboration, sergent. Je vous en prie, asseyez-vous, mettez-vous à l'aise.

Je me laissai tomber sur le petit canapé et reconnus le confort qu'on peut éprouver dans le fauteuil d'un dentiste. Le commissaire persistait à me donner du galon ; si j'avais un problème, il valait mieux être sergent que caporal, aussi acceptai-je la promotion sans piper mot.

— Sur ces sujets, je ne peux pas vous aider. Je suis clean ; je me suis toujours tenu à distance de tous ceux qui sont en rapport avec cette merde. Vous devriez le savoir.

— Ce n'est pas cette merde qui nous inquiète, mais une autre, beaucoup plus nocive – il marqua une pause, approcha son visage du mien et précisa dans un murmure : Il y a un assassin parmi vous.

Après quoi il se redressa et recula légèrement pour apprécier ma réaction.

Je dus sûrement le décevoir, car je n'en eus aucune. Cette phrase était tellement absurde que mon cerveau ne savait comment la comprendre ; en tout cas pas sur le coup. Au lieu de cela, je perçus, à la lueur de la fausse cheminée, l'éclat de cire de sa fine moustache, taillée au-dessus de grosses lèvres humides. Une vision séduisante pour certaines femmes, me dis-je, et repoussante pour d'autres.

Déçu par mon silence, il s'expliqua. Comme s'il déclamait un communiqué militaire :

— Un : Hugo Lampar, l'Australien, le meilleur grimpeur de l'équipe Locomotiv, a été renversé il y a deux semaines sur une route solitaire alors qu'il s'entraînait. Pas de témoins, fractures multiples, hors d'état de participer au Tour. Sans lui, les chances de Sergueï Talancon sont maigres, pour ne pas dire nulles.

“Deux : Hankel attaqué à quelques pas de son hôtel à la tombée de la nuit, trois jours avant le début de la compétition. Il affirme n'avoir opposé aucune résistance et avoir donné aussitôt son portefeuille, mais un des sbires, furieux de ce maigre butin, l'a frappé, renversé et lui a écrasé la cheville pour la rendre inutilisable, au moins pendant un temps. Il n'était pas considéré comme un grand candidat, mais sa troisième place inattendue au Giro d'Italie alors qu'il avait à peine vingt-quatre ans incitait une partie de la presse à penser que si cette année le Tour offrait une surprise, celle-ci viendrait de l'Allemand.

“Trois : l'Anglais Cunninham était intoxiqué, bourré d'antihistaminiques, quand il a couru la première étape.

Il était le seul à menacer Steve Panata, votre compagnon, dans le contre-la-montre ; or, Cunninham a fini avec trois minutes de retard, sergent, et a donc cessé d'être une menace sur le Tour. Les médecins ne comprennent pas comment il a pu tomber malade ; il a mangé comme les autres membres de son équipe et n'a aucune allergie.

"Quatre : il y a quelques jours, lors de la cinquième étape, deux "supporters" ont traversé juste devant l'équipe Movistar, comme s'ils voulaient saluer la caméra de la moto qui est en tête du peloton. Les *gregarios* de Cuadrado n'ont pas eu le temps de réagir et il y a eu une chute collective. Quatre d'entre eux ont dû abandonner la compétition, et le Colombien n'a plus que la moitié de son équipe pour finir le Tour. Les supporters qui les ont renversés étaient des hooligans radicaux de l'OM et on ne leur connaissait aucun penchant pour le cyclisme. Ils sont aussi hospitalisés, mais il y a un détail révélateur : l'un d'eux venait d'encaisser huit mille euros sur son compte en banque.

Le commissaire marqua une pause et me dévisagea pendant que je digérais ces informations. Aucun de ces incidents n'était une nouveauté, ni pour moi ni pour le reste du monde, même si j'en ignorais les détails. L'affaire Movistar était la plus inquiétante : privé de la moitié de son équipe, Óscar Cuadrado n'avait aucune chance et cela changeait la perspective du Tour. Si le commissaire disait vrai, et s'il ne s'agissait pas d'un hasard, quelqu'un avait altéré l'histoire du cyclisme.

Pourtant, je refusais de croire à la thèse d'une attaque contre cette épreuve, et encore moins à l'intention d'attaquer physiquement les aspirants au podium. Tous les ans, le Tour prélevait son quota de cyclistes tout au long de ce chemin de croix, et souvent dans des conditions tragiques. Les professionnels avaient fini par admettre qu'il y avait des années plus sinistres que d'autres, et que celle-ci en était une.

— Un vol dans des conditions mystérieuses et plusieurs incidents, cela ne signifie pas forcément qu'il y a complot. Depuis dix ans que je fais le Tour, j'en ai vu d'autres ; vous ne trouvez pas exagéré de parler d'un assassin parmi nous ?

— Je n'ai pas fini, se pourlécha le commissaire, et il fit une longue pause, pour ménager ses effets. Il y a deux heures, nous avons trouvé le corps de Saül Fleming flottant dans la baignoire de sa chambre, les veines tranchées ; celui qui a voulu qu'on croie à un suicide a bâclé son travail. Et cela nous a décidés à vous en parler.

Cette fois, le commissaire obtint la réaction qu'il attendait. Mon visage dut refléter l'effroi que provoquait l'image de ce brave Saül noyé dans son propre sang : nous n'avions jamais été des amis proches, mais nous nous respections infiniment. Fleming était l'alter ego de Stark de la même façon que j'étais celui de Steve. Nous avions mené de nombreuses batailles roue dans roue, défendant nos champions respectifs ; sans nous l'avouer dans les étapes de montagne nous avions développé un talent particulier qu'on retrouvait dans nos compétitions : qui irait le plus loin dans la protection de son leader ? Savoir que l'Anglais ne me défierait plus jamais en montagne me donna le frisson. Quelque chose avait définitivement changé.

Ma seconde réaction fut plus réfléchie, mais pas moins terrible. Sans Fleming, son compatriote Stark était perdu.

Il était en cinquième position, à seize secondes de Steve, mais jusqu'alors il espérait grignoter des minutes dans les étapes de montagne à venir. Il était meilleur grimpeur que mon compagnon, mais il aurait quand même besoin d'un miracle pour le dépasser sans ce puissant traîneau qu'était Fleming.

— Vous comprenez pourquoi nous avons besoin de vous, sergent.

— Non, je ne comprends pas.

Mon cerveau était toujours obnubilé par l'image d'une baignoire trop petite pour contenir les longs et maigres bras de mon rival.

— Nous sommes arrivés à la conclusion que le ou les assassins appartiennent au circuit ; ils ont frappé avec une précision chirurgicale pour peser sur le résultat de la course.

— Ça, c'est à la portée de n'importe qui, protestai-je. – J'avais du mal à croire qu'un membre de notre petite communauté puisse attenter à la vie de l'un des siens ; en dépit de la rivalité, le peloton était une famille qui incluait mécanos, médecins, masseurs, dirigeants et instructeurs. – Tout supporter connaît ses coureurs préférés, leurs points forts et leurs points faibles.

— Allons, sergent Moreau, vous savez très bien qu'aucun supporter n'a accès aux cuisines des équipes, aux vélos des concurrents ou à la baignoire d'une organisation aussi hermétique que la Batesman.

Sur ce dernier point, le commissaire avait raison. Les équipes de Stark et de Fleming étaient exclusivement constituées de coureurs britanniques, comme les assistants ; les autres équipes étaient de petites nations composées de membres recrutés sur tous les continents. Ce n'était pas le cas de la Batesman, qui constituait une île à elle seule, presque une confrérie, ce n'était pas pour rien que les collègues la surnommaient le Brexit.

— Il faudrait contrôler les parieurs, on joue des fortunes dans ces affaires, protestai-je – mais l'argument semblait moins convaincant que je ne l'aurais voulu, néanmoins je persistai : Il y a aussi les sponsors, ils engagent des millions qui peuvent déboucher sur un échec ou un boom, selon le résultat.

— Nous n'écartons aucune de ces hypothèses, et nous les explorons. Mais même si le mobile est extérieur, il est évident qu'on a des auteurs matériels, et peut-être moraux, qui sont dans la caravane du circuit.

— Et pourquoi moi ?

— C'est évident, sergent. Au fond, on ne cesse jamais d'appartenir à l'armée. Vous avez reçu une formation de policier militaire ; j'ai moi-même consulté votre dossier et je sais que vous maîtrisez les techniques d'investigation et que vous avez même résolu une douzaine d'affaires à l'époque.

En prononçant ces mots, il posa sur le guéridon qui nous séparait un dossier orné d'un tampon officiel. Je sollicitai son approbation du regard, ouvris le dossier et passai en revue une douzaine de feuillets, pour la plupart jaunis par le temps. Je pense qu'il voulait me montrer que j'étais un peu plus qu'un cycliste, que j'étais un membre de l'État français et que ce dossier le confirmait. Je ne vis que le passage du temps sur un visage légèrement basané – yeux bleus et cheveux en bataille –, l'image que sous différentes versions me renvoyaient les papiers d'identité de l'existence que j'avais menée avant que le vélo dévore tout.

Je me rappelai les séminaires de trois ou quatre jours à Paris que j'avais suivis une douzaine d'années auparavant avec des gendarmes et des policiers de province, mais je n'en avais retenu que de vagues notions en balistique et en médecine légale au milieu de la fumée des cigarettes. Et je repensai à Claude, la petite agente de Biarritz, avec qui nous avions décidé de compenser les ateliers ennuyeux et bureaucratiques par des séances qui révisaient pour notre plaisir exclusif certains thèmes d'anatomie légale.

— Vous avez trouvé quelque chose de drôle là-dedans, sergent ?

Mon air à l'évocation de ce souvenir agréable n'était pas passé inaperçu du commissaire. Il m'observait comme un mécano qui fait tourner une roue sur sa table de travail pour déceler un défaut presque imperceptible. Il n'était sûrement pas ravi de devoir se fier à une personne étrangère au corps de la police et je pensai que cette idée n'était pas de lui. Il était probablement en quête d'arguments pour confirmer qu'en effet ce n'était pas une bonne idée.

— Pas du tout, juste une réaction d'impuissance. Je ne vois pas comment je pourrais vous aider, même si ce que vous dites est vrai. Je ne sais pas si vous vous y connaissez en cyclisme ; à l'intérieur d'une équipe engagée dans le Tour, les contraintes sont exténuantes, et pas seulement au niveau physique. Elles exigent une concentration absolue ; il est impossible de jouer au détective quand on veut simplement être encore en vie à l'étape suivante.

— “Être encore en vie à l’étape suivante”, répéta le commissaire. Curieux choix de mots, sergent Moreau. C’est justement la question que nous nous posons : qui d’entre vous ne sera pas vivant le lendemain. Jusqu’à présent, il n’y a pas eu de victimes dans votre équipe, mais tant que nous ne connaîtrons pas l’origine de tout cela, vos compagnons et vous-même êtes en danger.

Son argument me donna des frissons. Si l’assassin avait voulu frapper Steve au lieu de Stark, c’est sûrement moi qui aurais perdu mon sang dans cette baignoire. J’essayai de me rappeler ma position dans le peloton quand les faux supporters avaient barré la route à la Movistar, deux jours plus tôt. Notre équipe avait pris la tête du peloton et nous venions de passer ce virage quand on avait entendu le choc des vélos dans notre dos. Les hooligans de l’OM n’étaient pas là pour nous. Un mauvais pressentiment prit forme dans mon cerveau, interrompu par l’arrivée d’un homme qui prit place en face du commissaire, mais qui s’adressa à moi :

— Nous avons besoin de vous, Annibal. Ça ne peut pas continuer comme ça, dit Sam Jitrik, une personne qui n’avait pas besoin d’être présentée. Le commissaire a dû vous décrire la gravité de la situation. Nous avons épluché les rapports de la police et nous croyons qu’elle a raison : les accidents ont été provoqués, dit le directeur du Tour de France, le saint patron de la Grande Boucle, l’homme le plus important du cyclisme mondial. Et il s’agit de la pire des menaces que le Tour ait eu à affronter dans toute son histoire. Il reste deux semaines, mais les autorités pourraient annuler la compétition si ces crimes continuaient. Ce qui n’est jamais arrivé en plus de cent ans.

Ses propos graves et caverneux étaient soulignés par un index brandi, telle la baguette d'un maître de cérémonie. Sa silhouette était imposante, même assis et malgré ses soixante-douze ans. Un homme qui, comme les beaux posters, s'était bonifié avec le temps.

— Vous pourriez renforcer la sécurité, limiter l'accès du public sur les routes, fermer les hôtels où nous logeons, répondis-je machinalement pour l'encourager.

C'était la première fois que j'échangeais quelques mots avec le grand pharaon, bien que je participe à cette compétition depuis dix ans.

— À quoi bon interdire l'accès si les responsables sont à l'intérieur, hein ?

— Et vous êtes le seul à pouvoir nous aider, vous êtes un officier de l'armée française et un des éléments les plus connus et respectés du peloton, surenchérit Favre. Nous ne pouvons nous fier à personne d'autre ; ce que nous venons de vous révéler ne peut être répété à personne ; les coupables se méfieraient.

— Sans parler du déchaînement de la presse et de la panique subséquente. L'épreuve elle-même serait remise en question, dit Jitrik, après quoi il se racla la gorge, adopta un ton solennel et de nouveau brandit l'index. Le Tour de France est une des grandes institutions de notre pays aux yeux du monde. Peut-être la plus importante. Nous ne pouvons pas le laisser dégénérer en bain de sang et en scandale. Le protéger est une affaire d'État. J'en appelle à votre conscience de Français, de militaire et, surtout, de professionnel du cyclisme.

Jitrik était ému par ses propres paroles, ce qui aurait aussi été mon cas si je n'avais pas été aussi préoccupé.

Je voulais lui dire que je n'étais pas militaire, pas même un Français de souche, que je refusais d'envisager qu'un membre de cette vaste famille dont je faisais partie ait l'intention d'assassiner un collègue pour altérer le déroulement de la course. Mais je ne dis rien. Je finis par hocher la tête. On convint d'une procédure à suivre pour les jours à venir et on se sépara quelques minutes plus tard.

Dans des conditions normales, je n'aurais pas passé une mauvaise nuit. J'étais dixième au classement général, une position inhabituelle pour un *gregario*. Je dormis mal, bien que j'aie fermé la porte à double tour. La baignoire ébréchée et parsemée de taches de rouille occupa le premier rôle dans les rares rêves qui hantèrent mon sommeil.

Classement général : 7e étape

(Livarot – Fougères 190,5 km)

1 Rick Sagal	26 h 40' 51"
2 Steve Panata	+ 12"
3 Sergueï Talancon	+ 13"
4 Luis Durán	+ 26"
5 Peter Stark	+ 28"
6 Alessio Matosas	+ 34"
7 Pablo Medel	+ 36"
8 Milenko Paniuk	+ 52"
9 Óscar Cuadrado	+ 1' 01"
10 Marc Moreau	+ 1' 03"

8e ÉTAPE

— Un souci, Mojito ? me lança Fiona pendant que je m'échauffais sur le vélo fixe avant le départ de l'étape du jour.

J'avais beaucoup de raisons d'aimer Fiona, mais ses connaissances en géographie n'en faisaient pas partie. Je ne sais pourquoi, elle avait décidé que le mojito était une boisson colombienne et elle m'avait attribué ce surnom quelques années plus tôt. En privé, elle m'appelait plutôt Dragon, mais en public elle préférait Mojito : elle trouvait cela plus festif. Heureusement, personne n'avait suivi son exemple, je n'appréciais même pas cette foutue boisson.

— Pourquoi dis-tu cela ?

Ma voix perchée et sur la défensive me surprit moi-même.

— Tu n'as pas vérifié une seule fois le potentiomètre depuis que je te regarde. Alors ton échauffement ne sert à rien.

Fiona avait raison : la préparation oblige à une méthode scrupuleuse de pédalage, profilée pour chaque cycliste, consistant à atteindre un certain nombre de watts en tant de minutes ; pédaler sans le consulter équivaut à balancer son énergie à la poubelle.

— J'avais l'esprit ailleurs. Je n'ai pas vu Fleming de toute la matinée ; l'équipe du Brexit a déjà eu deux séances de vélo fixe sans lui, et ma stratégie de ce jour dépend de ce qu'il fera pour pousser Stark en tête.

Ce n'était pas vraiment un mensonge ; j'avais passé la matinée à attendre l'apparition de l'Anglais, espérant ainsi le retour à la normalité, malgré ce que j'avais entendu la veille au soir. Voir Fleming signifierait que ma conversation avec le commissaire avait été un cauchemar ou une plaisanterie un peu lourde.

Fiona hésita, réaction inhabituelle chez elle. En sa qualité d'inspectrice en chef des équipements et contrôles de l'organisation du Tour, peu de choses lui échappaient.

— Fleming ne viendra pas – elle baissa la voix –, il paraît qu'en fin de journée les autorités vont diffuser un communiqué ; il a été hospitalisé hier soir dans des conditions critiques. Je n'en sais pas plus.

Mon expression avait dû l'inquiéter, car contre son habitude elle passa la main sur mon dos courbé. En général, elle évitait toute familiarité en public, même si tout le circuit savait que nous étions amants, ou plutôt, je l'avoue, qu'elle m'avait choisi comme amant.

— Viens dans mon camping-car ce soir et nous discuterons, Mojito, et ne laisse pas cette histoire affecter ta course.

Cette fois, sa main pressa doucement mon cou pendant que je jetais un coup d'œil au potentiomètre : en effet, il marquait 680 watts, un chiffre plus proche d'un sprint final que d'un échauffement progressif.

Fiona savait autre chose. Mais elle n'allait pas me le dire quelques minutes avant d'aborder l'étape : cent quatre-vingt-un kilomètres de plat la plupart du temps, mais pas exempts de danger. On n'attendait pas d'attaques de la part des leaders, qui devaient se réserver pour la montagne, mais ce genre de journée où le peloton reste groupé jusqu'à la fin est propice aux chutes collectives.

Mon travail consistait à maintenir l'équipe en tête et à neutraliser les échappées des quinze premiers au classement général ; si c'était le cas, la poursuite serait implacable et la journée pourrait virer au cauchemar.

Cependant, l'étape se déroula sans soubresauts : une demi-douzaine d'échappées de coureurs de seconde zone qui en définitive furent rejoints par le peloton. En réalité, les cyclistes pressentaient que quelque chose ne tournait pas rond ; la vitesse de ce jour-là, en moyenne trente-huit kilomètres-heure, était très inférieure aux quarante-quatre kilomètres-heure des étapes précédentes. En roulant, mes collègues se demandaient entre eux s'ils avaient des nouvelles de Fleming, et de multiples rumeurs circulaient à propos des tragédies qui s'accumulaient. Malgré cela, tous continuaient d'attribuer au destin la mauvaise passe que nous traversions.

Les cinq heures de calme relatif et de rares défis me permirent d'examiner à loisir les informations que le commissaire m'avait confiées. Avant le cinquantième kilomètre de la course, j'étais arrivé à la conclusion que les attaques contre le Tour ne pouvaient avoir que deux mobiles : l'un, dénaturer la compétition, indépendamment de qui l'emporterait. S'il en était ainsi, il devait s'agir d'une personne qui voulait nous frapper de façon arbitraire pour nous obliger à suspendre l'épreuve ou du moins pour discréditer l'institution ; en ce cas, les attaques provenaient soit d'un ressentiment, soit d'un intérêt économique ou sportif contraire au Tour. Je repensai à certaines équipes qui avaient été interdites de participation dans les années passées et à certains coureurs qui s'étaient déchaînés contre les organisateurs pour une raison ou pour une autre.

Forcément, j'observai Viktor Radek, l'ombrageux coureur polonais qui roulait à quelques mètres de mon équipe. Trois ans auparavant, une chute qu'il avait attribuée à une mauvaise manœuvre d'une moto officielle lui avait fait perdre quatre minutes et la cinquième place au classement général ; les autorités avaient refusé de compenser le retard subi et Radek avait préféré abandonner la compétition, en jurant qu'il ne reviendrait jamais. Mais à la surprise générale il s'était réinscrit sous les couleurs de la Locus. Je plaçai le Polonais en tête de la liste des suspects.

Presque à mon insu, quelques kilomètres plus loin je roulais à côté de lui. Chacun de ses gestes semblait confirmer mes soupçons. S'il existait un modèle du méchant, Radek l'incarnait. En dépit du rythme de la course, plutôt détendu comparé à d'autres jours, il avait l'expression d'un félin rugissant : la salive sèche et grisâtre qui suintait à la commissure de ses lèvres donnait une image hostile, malveillante. Je me demandai si en cet instant il pensait à son prochain coup de griffe. Je me rappelai la baignoire rouillée de ma chambre, levai le pied et pris mes distances.

Vingt kilomètres plus loin, j'essayai de penser comme un policier. À part la haine et le ressentiment, l'autre grand mobile d'un crime est l'envie. Et s'agissant d'une compétition aussi convoitée que le Tour de France, cela signifiait que les attaques visaient à modifier le résultat de la course. Cela semblait absurde, mais ça ne l'était pas : les coureurs risquaient leur vie au sens propre en dévalant des pentes vertigineuses à quatre-vingt-dix kilomètres-heure ; certains misaient sur la peur des autres et dans ces moments-là lançaient des attaques suicidaires. Et s'ils étaient prêts à mourir, pourquoi ne seraient-ils pas prêts à tuer ?

Cette ligne de réflexion m'incita à revoir la liste des bénéficiaires des tragédies de ces derniers jours. Huit équipes sur les vingt-deux du départ étaient encore indemnes, et trois seulement restaient des rivales ; concrètement, Stark et Cuadrado étaient éliminés. L'image qu'ils offraient tous les deux ne laissait aucun doute sur leur état d'âme : Stark pédalait fièrement, mais à l'évidence sa tête était à la morgue, auprès du corps de son ami. À deux reprises, ses coéquipiers avaient dû le ramener du fond du peloton où il avait échoué sans s'en apercevoir. Je n'aurais pas été étonné qu'il abandonne avant d'arriver à Paris.

Óscar Cuadrado faisait meilleure figure, mais nous savions tous qu'en montagne il serait livré à lui-même. C'était un grand grimpeur et nous ne pouvions écarter l'éventualité qu'il remporte une étape, mais nul ne peut gagner plusieurs jours de suite sans *gregarios* qui le protègent dans les grandes montées. Et eux, les *gregarios*, ils étaient à l'hôpital.

Le grand bénéficiaire était donc Steve. Ce qui m'amenait à une conclusion absurde : je connaissais en détail chacun de ses défauts et chacune de ses qualités, et mon ami était dépourvu de la cruauté et de la férocité nécessaires pour nuire à un compagnon, sa fierté même l'empêcherait de décrocher une victoire autrement qu'en montrant sa supériorité sur ses rivaux

Par ailleurs, nous n'en étions pas encore à la moitié de l'épreuve : rien ne prouvait que Steve, moi-même ou tout membre clé de l'équipe ne soit pas la victime suivante. Cette idée me réconcilia avec Steve, même si je restais secoué, comme on peut l'être quand on se sent en danger de mort.

Je me retournai pour m'assurer que Steve était où il devait être : dans ma roue, pédalant avec le moins d'efforts possible en attendant le bon moment. Il me sourit : un geste de complicité et de confiance qui reconnaissait mon sacrifice, un geste naïf et intime, sans calcul ni malice, la confirmation du pacte qui scellait notre couple professionnel isolé dans son propre monde. J'eus honte des soupçons qui m'avaient traversé l'esprit et me promis de faire l'impossible pour que ni son nom ni le mien ne rejoignent la liste des victimes.

Je passai les soixante-dix kilomètres suivants à prévenir tout danger. Je manœuvrai pour nous maintenir dans le peloton, mais suffisamment éloignés du centre pour éviter une éventuelle chute collective. Dans le dernier tiers de la course, j'envisageai d'autres suspects. Steve écarté, au moins trois rivaux pouvaient encore prétendre au podium : l'Italien Alessio Matosas, un vétéran qui avait gagné le Tour six ans auparavant. Deux semaines plus tôt, il ambitionnait seulement d'arriver à Paris parmi les dix premiers ; à ce jour, il occupait la sixième place, mais si Steve avait un ennui, il devenait un des principaux aspirants au sceptre. C'était un grimpeur aguerri, et il avait le flair pour lire les faiblesses du rival et attaquer au bon moment.

Il y avait aussi le Tchèque Milenko Paniuk. Un vrai grimpeur, comme Matosas : il améliorerait son classement en haute montagne. Il occupait la huitième position, à un peu moins d'une minute de Steve. Son équipe, Rabonet, avait encore ses neuf coéquipiers, dont deux bons grimpeurs.

Enfin, il y avait l'Espagnol Pablo Medel, un type imprévisible dans les cols ; imprévisible dans beaucoup de domaines, en réalité. À ma connaissance, Medel est le seul cycliste qui ait des cartes de visite genre courtier en assurances. J'en ai eu une entre les mains. Sous son nom, il avait inscrit : CYCLISTE PROFESSIONNEL DE ROUTE, comme s'il avait peur d'être confondu avec un danseur de ballet, à cause de ses maillots de coureur dont il ne se séparait jamais. Mais Medel n'avait rien d'un courtier en assurances sur son vélo. Il pouvait développer une puissance de 550 watts pendant une demi-heure, ce qui, traduit en échappée sur un terrain escarpé, signifiait cinq minutes d'avance sur un rival dans les derniers kilomètres ; une différence qui pouvait le mener sur le podium aux étapes décisives. Medel était un des grands champions des courses brèves – de trois ou quatre jours – qui avaient lieu dans l'année ; malheureusement pour lui, ses efforts épiques lui coûtaient cher dans les compétitions de trois semaines. Toutefois, si son directeur technique parvenait à doser ses efforts et si le coureur abordait la troisième semaine dans les dix premiers, il constituerait une menace réelle dans les derniers jours de haute montagne qui couronnaient le Tour.

Quand le peloton franchit la ligne d'arrivée, sans incidents majeurs, ma liste comprenait quatre noms : Radek l'amer ; Matosas le vétéran ; Paniuk et sa puissante équipe ; Medel et ses ascensions légendaires. Je les connaissais très bien tous les quatre, surtout Medel, avec qui je pratiquais mon espagnol et jouais aux dominos lors des compétitions moins exigeantes. À aucun moment je n'admis que l'un d'eux, sauf Radek, pouvait être le criminel que nous recherchions. Mais leurs dirigeants, techniciens, médecins ou masseurs étaient les bénéficiaires et donc les premiers suspects en cas de tragédie.

En descendant de vélo, je me rendis compte que je pouvais en dire autant de Steve. Une personne au moins avait intérêt à le voir arriver en tête : Robert Giraud, le directeur technique de l'équipe, un type prêt à gagner à n'importe quel prix.

En somme, ma liste impliquait cinq enquêtes. Trois d'entre elles constituaient une menace personnelle : s'ils voulaient être champions, ils devaient se débarrasser de Steve, de moi ou des deux ; le ressentiment de Radek, en revanche, était une roulette russe qui pouvait désigner n'importe qui. Le dernier de la liste, Giraud, à la tête de la Fonar, était donc inoffensif pour tous les membres de notre équipe. Cependant, quitte à choisir un méchant, je préférais un pantalon long, plutôt qu'un de mes pauvres collègues.

Ce soir-là, je ne pus échapper ni à Steve ni au commissaire. Après la longue routine des transferts, étirements, hydratation et massages, on se retrouva pour dîner sur une terrasse entourée de jardins et de potagers, aux abords de Mûr-de-Bretagne. Je me sentais plus fatigué que de coutume. Mais il est vrai qu'au Tour de France on se dit exactement la même chose tous les soirs. À la tombée de la nuit, on croit avoir touché le fond et épuisé tout le combustible de son corps : plus rien pour le lendemain. Répéter cette routine pendant trois semaines est un défi insurmontable pour presque un tiers des coureurs, qui abandonnent la compétition avant terme, sans qu'il soit nécessaire de recourir à des assassins ou à des saboteurs.

Pourtant, ce soir-là, ma fatigue était d'une autre nature : le parcours était simple, les cyclistes avaient observé une sorte de trêve, mais j'avais l'impression d'avoir traversé les Alpes. Une fatigue additionnelle que j'attribuai à la mission confiée par le commissaire ; imaginer des complots, inventer des suspects, risquer un coup de poignard dans le dos pendant qu'on franchit cent quatre-vingt-un kilomètres en cinq heures, ce n'est pas une partie de plaisir. J'aurais préféré filer discrètement sous les arbustes et m'affaler dans la chambre qui m'avait été attribuée – une chambre dotée d'une douche et non d'une baignoire rouillée, par chance –, mais je ne pouvais pas planter Steve deux soirs de suite ; en outre, le commissaire devait me guetter pour discuter comme convenu, et Fiona m'attendait dans son camping-car garé à quelques mètres de notre hôtel.

En voyant la tête de mes compagnons à la salle à manger, je compris qu'il était arrivé quelque chose ; un communiqué de presse du Tour avait annoncé le suicide de Fleming, et la quinzaine de personnes présentes, cyclistes et techniciens, chuchotait par groupes de deux ou trois.

Ils exprimaient admiration et respect pour la carrière du défunt, mais proféraient aussi des malédictions résignées contre cette accumulation de calamités ; Guido, le Portugais, mit en cause les organisateurs, comme si le suicide de Fleming avait été un acte de révolte motivé par les conditions imposées aux coureurs.

L'arrivée de Giraud, le directeur technique, imposa silence. Steve le suivait à deux pas : ils avaient dû s'entretenir avant de rejoindre le groupe.

— Peu d'entre vous le savent, mais j'ai été le premier entraîneur de Fleming, dit-il en prenant place au haut de la table. C'était il y a treize ans, à Liverpool, où je donnais des séminaires : j'ai fini par diriger pendant quelques mois une équipe semi-professionnelle. C'était un grimpeur-né et je l'ai convaincu de quitter l'île s'il voulait des montagnes à la mesure de son talent.

Il parlait comme s'il s'adressait à lui-même, mais je le connaissais suffisamment pour savoir que c'était une mise en scène : Giraud ramenait tout à sa personne, y compris la vie de ce pauvre Fleming.

Je regardai le visage angoissé de Steve et pour la première fois depuis que je le connaissais je crus remarquer une légère faille dans son optimisme inexpugnable ; le menton dans la poitrine, les yeux humides et un rictus qui me rappela, pour la première fois aussi, sa ressemblance avec son père.

— Aujourd'hui, nous avons perdu un grand, poursuivit Giraud, qui savourait les pauses et se savourait lui-même. Son palmarès n'accumule ni podiums ni records, mais tout le circuit sait que désormais la bataille en montagne ne sera plus jamais la même. Fleming n'a pas remporté d'étapes, mais il a forgé de nombreux conquistadors ; jamais il n'a endossé le maillot jaune, mais sans lui plus d'un Anglais ne l'aurait pas porté en arrivant à Paris. Et surtout, il s'est gagné l'affection et l'admiration de tous ceux qui ont eu l'honneur de l'approcher. Respectons les raisons qui l'ont mené à prendre cette terrible décision, honorons-le par une minute de silence et dédions-lui chaque kilomètre que nous dévorerons demain sur la route.

Giraud parvint à émouvoir toute la tablée, y compris ceux qui ne supportaient pas Fleming, ce cycliste qui ne s'embarrassait pas de subtilités pour bloquer une échappée inopportune ; Steve étouffa un sanglot et quelques-uns se curèrent le nez dans leur serviette. Je ne me sentais pas aussi touché, peut-être parce que j'avais déjà ruminé pendant des heures la mort de Fleming, ou parce que le sentimentalisme manipulateur de notre directeur me choquait ; j'étais même gêné, et je compris pourquoi : ce qu'il venait de dire de Fleming était ma propre épitaphe, dans trois jours peut-être ou dans vingt ans, dans un cimetière de Perpignan, même si les mots n'étaient pas les mêmes : "Jamais il n'a endossé le maillot jaune, mais sans lui…" Je sentis une raideur dans la nuque.

Après le dîner, on mit au point les stratégies du lendemain et on se dispersa en petits groupes. Steve me prit le bras et se pencha vers moi, comme s'il allait s'évanouir.

— Ça va ? Un problème ? demandai-je, inquiet.

J'essayai de me rappeler si quelque chose dans le passé l'avait lié intimement à Fleming, mais je ne trouvai rien, nous avions toujours été des rivaux obstinés de l'Anglais ; c'était une réaction excessive, même s'il s'agissait de la mort d'un collègue dans des conditions tragiques et inattendues. Je repensai à la phrase du commissaire : "… celui qui a voulu qu'on croie à un suicide a bâclé son travail", et une idée effrayante m'effleura l'esprit. Tous les incidents avaient été conçus à la perfection, sauf ce suicide mal ficelé. Les auteurs n'avaient peut-être pas souhaité la mort de Fleming, ils voulaient simplement le blesser pour l'obliger à se retirer de la compétition ; l'Anglais avait peut-être reconnu ses bourreaux et essayé d'appeler au secours, ce qui les avait obligés à le tuer. Était-ce ce qui tourmentait Steve, de se sentir responsable d'un assassinat, de façon directe ou indirecte ? Était-ce la raison pour laquelle Giraud avait essayé de le rassurer seul à seul ? Étaient-ils impliqués tous les deux ?

— Tu ne comprends donc pas, *brother* ? répondit-il, un tantinet agacé. – Il me prit par les épaules. – Tu pourrais être le suivant !

— De quoi tu parles ?

J'étais le seul à être censé connaître la présence d'un assassin parmi nous ; avec combien d'autres le commissaire avait-il parlé ?

— Giraud a une oreille dans les bureaux de Jitrik. Il a appris que l'organisation a appelé la police, convaincue que quelqu'un essaie de dégommer les favoris. Cuadrado se retrouve sans équipe, et Stark sans Fleming. Ce ne sont pas des accidents, mais des attaques préméditées ; maintenant, c'est notre tour.

— Détends-toi, il ne va rien arriver, tout cela, ce sont des ragots, des rumeurs du circuit. C'est un Tour maudit, et ce n'est pas la première fois qu'il prend des vies.

— Sur la route, oui, mais jamais la nuit dans les couloirs ou dans les chambres, *bro* !

Il scrutait les ombres autour de nous. Son regard était pétri de peur ; malgré moi, je frissonnai et retournai sur la terrasse.

— Bah, tu n'as rien à craindre, toi tu es protégé ! lui rappelai-je en cherchant du regard un des gardes du corps qui l'accompagnaient où qu'il aille.

Deux ans auparavant, un contrat colossal avec une agence de publicité l'avait contraint d'accepter les gardes du corps d'une société de sécurité qui protégeait les milliardaires et les cheiks arabes de passage en Occident.

— Ce n'est pas moi qui suis en danger, protesta-t-il avec impatience, comme si je pouvais nier l'évidence. On ne s'en est pas pris à Cuadrado ni à Stark, mais à ceux qui l'aident à gagner. On ne s'en prendra pas à moi, mais à toi.

J'allais répondre quand Giraud vint chercher Steve, sous prétexte de rajuster des chaussures qui l'avaient gêné ces derniers jours. Il avait une telle quantité de sponsors personnels qu'il ne pouvait pas toujours courir avec ses marques préférées ; le corps et le crâne de Steve avaient été scannés en haute résolution et transférés vers un mannequin sophistiqué sur lequel étaient dessinées les pièces de sa tenue de course, avec des matériaux et une technologie de pointe. Ravi de cette interruption, je réfléchis au plus court chemin qui me mènerait auprès de Fiona ; le commissaire m'intercepta au moment où je posais le pied sur le trottoir.

— Quelle bonne idée de venir à ma rencontre ! Allons nous promener et échanger quelques observations, dit Favre, qui néanmoins me prit par le bras et m'immobilisa sous un puissant réverbère qui éclairait la rue.

Je lui étais reconnaissant de cette initiative : les cyclistes n'ont pas l'habitude de se promener entre deux étapes, ils limitent au maximum leurs déplacements, ou bien ils se comportent comme des vieillards, pour économiser autant de calories que le corps peut en conserver.

— Vous permettez que je m'asseye ? dis-je en me laissant glisser au pied du réverbère.

Le premier commandement de tout cycliste qui fait une course de trois semaines est d'économiser son énergie : "Si tu es debout, assieds-toi ; si tu es assis, couche-toi, et évite les escaliers comme la peste."

Une douce brise, riche en odeurs marines, dispersait la chaleur lourde qui était tombée comme du plomb dans la journée. Il s'accroupit à côté de moi, à l'évidence gêné par une disposition si peu orthodoxe ; on avait l'impression que le commissaire jouait un rôle calqué sur un idéal de policier de série télévisée, mais être assis par terre en pleine rue ne cadrait avec aucun scénario cinématographique.

— Du nouveau ? Quelles réactions avez-vous remarquées dans le peloton quand on a annoncé la mort de Fleming ? Un détail qui ait retenu votre attention, sergent ?

— Rien que de très normal : chagrin, surprise, désarroi. Le choc a été rude, mais je ne vois aucune réaction déplacée.

À ces mots, je repensai à Steve et à son comportement, quelques instants auparavant ; je me demandai si Favre nous avait observés, derrière les arbustes.

Il me dévisagea tranquillement, comme la veille, et je compris qu'il s'était arrangé pour que l'éclairage du réverbère tombe en plein sur mon visage, laissant le sien en partie caché, un peu comme lors de notre première conversation devant la cheminée ; après tout, la scène était beaucoup plus orthodoxe que je ne l'avais imaginé.

— Je comprends ; sur la route on a sans doute peu d'occasions de discuter, dit-il, compréhensif. Mais de quoi a-t-il été question quand la Fonar s'est réunie ? C'était sûrement le grand sujet de conversation. Votre directeur a dit quelque chose ?

J'avais l'impression d'être soumis à un interrogatoire en règle : mon visage en pleine lumière, contrairement au sien, me rappelait la couverture d'un roman noir des années 1950, il ne manquait plus que le chapeau de feutre noir sur la tête de Favre.

— Les condoléances habituelles, répondis-je à contrecœur.

Le commissaire perçut mon irritation et son corps se détendit, sûrement pour activer une autre facette de son personnage.

— Cela vous dérange si je fume ? La brise emportera la fumée, promit-il et il marqua une pause, alluma une cigarette et aspira profondément, comme s'il s'apprêtait à prendre une décision délicate. Je ne veux pas que ces rencontres soient un interrogatoire, sergent ; ce n'est pas votre témoignage qui m'intéresse, mais votre capacité à observer et à enquêter. J'aimerais que nous ayons une relation de collègues.

— D'accord, commissaire, qu'il en soit ainsi ; je comprends ce qui est en jeu et je vous promets de faire de mon mieux. Mais je devrais déjà être en train de me reposer, sinon je ne pourrai pas tenir le rythme du peloton dans les journées qui viennent. Si un jour j'arrive hors délai, je serai éliminé ; et dans ce cas je ne vous serai plus d'aucune utilité. Je vais donc vous proposer la chose suivante : si je découvre un détail qui puisse vous être utile, je vous contacte. Si je dois être votre homme de l'ombre dans le circuit, il vaudrait mieux qu'on ne nous voie pas ensemble.

Ce dernier argument me paraissait si irréfutable que je considérai que la question était réglée une fois pour toutes ; mais il réagit comme s'il n'avait rien entendu.

— Nous avons suivi la trace de l'argent versé aux casseurs de l'Olympique de Marseille. Il a été déposé en liquide dans une petite banque à Varsovie.

Je ne pus m'empêcher de penser au Polonais Radek et à son retour inattendu sur le Tour. Le commissaire continua de parler, comme s'il exposait un résumé de l'affaire devant ses collaborateurs.

— Dans les réseaux des parieurs, aucun mouvement suspect ou inhabituel qui puisse justifier des attaques de cette nature. Nous avons examiné les contrats des sponsors, pour voir si une clause de plusieurs millions oblige un des leaders à gagner le Tour, mais il n'y a rien, les primes et les bonus sont les mêmes que les années précédentes. Il ne serait pas très difficile de découvrir le ou les assassins : l'un de ceux qui monteront sur le podium à Paris sera sûrement le coupable, ou un complice. Le problème, sergent, c'est que nous devons le débusquer tout de suite, avant qu'il fasse une nouvelle victime.

Je devinai dans les propos du commissaire une sorte de reproche personnel, comme si chaque minute de liberté de l'assassin relevait de ma responsabilité ; ce n'était peut-être pas l'intention du policier, mais je suis de ceux qui se sentent coupables quand ils croisent une patrouille. Je me mis donc sur la défensive : si Favre me devançait de mille années-lumière en matière d'enquête criminelle, je devais lui montrer qu'en matière de vélo, il était un débutant.

— Avec votre respect, commissaire, vous n'entendez rien au cyclisme. Vous concentrez toutes vos batteries sur la bataille pour le maillot jaune, sans voir qu'il y en a cent quatre-vingt-dix-huit autres sur le Tour : chaque coureur mène sa propre guerre et la plupart sont prêts à mourir pour la gagner. Les équipes hiérarchisent leurs membres de un à neuf et chacun veut gravir les échelons ; le *gregario* qui joue le rôle de première relève veut détrôner la seconde relève qui veut détrôner la troisième. Le jeune qui aborde le Tour pour la première fois, après avoir supplanté quatre autres candidats qui attendent sa chute, fait l'impossible pour revenir l'année suivante ; celui qui a couru deux Tours et n'en a fini aucun comprend que le suivant est sans doute sa dernière chance. Il y a aussi le grimpeur qui parade pour qu'une équipe le choisisse comme leader de la saison suivante, et ainsi de suite ; la pression est énorme et pas seulement pour ceux d'en haut. Citez-moi un coureur au hasard et je vous donnerai au moins trois batailles auxquelles il est mêlé, sans parler de la rivalité entre les équipes. Bref, l'affaire ne se réduit pas aux trois cyclistes qui vont monter sur le podium à la fin de la dernière étape.

J'étais à bout de souffle, mais satisfait. Je savais que l'hypothèse du commissaire, concentrée sur les leaders, rejoignait ma liste de coupables supposés, mais je n'allais pas le lui dire ; j'en avais assez de sa condescendance à peine déguisée.

— Tout joueur de foot, de basket ou de ce que vous voudrez, se bat pour se distinguer ; cependant, je n'ai pas souvenir d'assassinats dans les vestiaires, répondit-il, à son tour sur la défensive.

— Justement, c'est ce que vous ne comprenez pas. Le cyclisme n'est pas un jeu. On dit : "Allons jouer au foot, au basket ou au tennis", mais personne ne dit : "Allons jouer au cyclisme", parce qu'on ne joue pas au cyclisme. Au cyclisme, on se bagarre, au cyclisme on se bat. – J'avais entendu cette phrase dans la bouche d'un journaliste, elle n'était pas de moi, mais Favre n'était pas obligé de le savoir. – Qu'on nous décrive comme un peloton n'est pas un hasard, car nous sommes une troupe qui part à la guerre, sauf que cette guerre se passe entre nous.

Cette conclusion me parut encore meilleure, car elle était de mon cru, même si dans le fond elle ne me convainquait pas entièrement.

— Raison de plus pour nous appliquer, il y a trop de suspects, dit-il sans animosité, agitant le drapeau blanc à l'issue de cette dispute.

J'acquiesçai en silence et repensai à ma liste, que je n'étais disposé à partager à aucun prix, pour le moment. Mais je voulais profiter de ma petite victoire ; si le commissaire jouait les collègues avec moi, il devait m'offrir quelque chose de mieux.

— Vous dites que le suicide de Fleming était une imposture. Comment le savez-vous ? De quels éléments disposez-vous ?

Je crus reconnaître une expression étonnée sur son visage. Il fuma en silence une demi-cigarette et se décida enfin à répondre.

— Il était drogué, peut-être avec une de ces boissons ou de ces barres que vous n'arrêtez pas d'avaler dès que vous avez quitté votre vélo. Les agresseurs espéraient le trouver endormi, et sans doute avaient-ils décidé de lui casser un membre, comme s'il était tombé en sortant de sa baignoire : c'est du moins notre hypothèse. Mais Fleming a résisté ; le corps a de légers bleus aux clavicules, comme si on l'avait maintenu. En réalité, il est mort noyé, pas saigné.

— Les gars du Brexit occupaient entièrement un petit hôtel ; toute personne étrangère à l'équipe ne serait pas passée inaperçue des employés. – J'étais plutôt satisfait de ma réflexion, car je me rendais compte que je commençais à utiliser des phrases de la police. – L'organisation du Tour sélectionne les hôtels pour chaque étape, les tire au sort entre les vingt-deux équipes et publie à l'avance la liste des attributions.

— Justement, Le Galion Bleu est si petit qu'il n'a qu'une seule caméra de vidéosurveillance, de mauvaise qualité et très mal située ; cependant, on a pu repérer une silhouette, sans doute un homme, qui a traversé le hall et pris les escaliers. Le réceptionniste dit n'avoir rien vu : il tient aussi la comptabilité, et quand tout est calme il s'installe dans le petit bureau où se trouvent ses livres. N'importe qui, s'il sait un peu manipuler les clés et les serrures, a pu s'introduire dans l'hôtel et ouvrir la porte de la chambre de Fleming ; aucune serrure n'a été forcée.

Naturellement, j'évoquai la légion de mécanos qui suit le peloton, tous capables de monter et de démonter un vélo en quelques instants ; pour la plupart d'entre eux, forcer une serrure serait un jeu d'enfants. L'allusion me rappela Fiona : elle devait m'attendre dans son camping-car, sans doute inquiète de mon retard. Enfin, c'était une façon de parler ; il n'y avait pas grand-chose dans la vie qui puisse inquiéter cette femme.

Je me levai pour signifier au commissaire la fin de l'entretien, mais comme s'il avait percé mes intentions à jour, il ajouta un dernier commentaire.

— Il n'est pas utile d'informer *madame**[1] Fiona de tout ce que nous venons de dire, mais il vous sera très utile de voir si elle ou quelqu'un de son service a observé des choses étranges ces derniers jours.

Je hochai la tête en silence, lui serrai la main et me dirigeai vers le camping-car. C'était vrai, le commissaire avait raison : peu de choses échappaient à la vigilance du service de *madame** Fiona.

À la manière de l'agence antidoping, chargée d'empêcher les cyclistes de prendre l'avantage en absorbant des substances interdites, le service de Fiona veillait à ce que les équipes et les coureurs observent strictement les règles en matière de vélos, d'accessoires et de tenues : le poids minimum – six kilos – et les dimensions de chaque cycle étaient minutieusement vérifiés pour éviter que la compétition devienne une simple confrontation de technologies. À la différence de la formule 1, les autorités du cyclisme voulaient que les victoires reposent sur l'effort, la stratégie et le talent personnel des athlètes, et non sur la qualité des techniciens ou l'épaisseur du portefeuille de leurs sponsors.

Oui, Fiona savait peut-être des choses ; mais jusqu'à quel point voudrait-elle les partager avec moi ? Les

1. Les mots en italique suivis d'un astérisque sont en français dans le texte. *(Toutes les notes sont du traducteur.)*

lumières du camping-car étant éteintes, j'en conclus que ce soir-là je n'en tirerais rien du tout. Il était plus de minuit : elle avait dû comprendre que j'avais été retardé et elle s'était endormie.

Cette nuit-là, je passai un long moment à me retourner dans les draps et à repasser deux listes : celle des suspects, et le classement général à la fin de l'étape. Matosas, Paniuk et Medel étaient sur les deux. Steve aussi.

Classement général, 8e étape

(Rennes – Mûr-de-Bretagne 181,5 km)

1 Rick Saga	31 h 01' 56"	"Ce n'est pas un rival, il tombera en montagne."
2 Steve Panata	+ 18"	"Il prendra la première place au prochain contre-la-montre."
3 Sergueï Talancon	+ 23"	"Il n'a plus d'équipe."
4 Luis Durán	+ 26"	"Équipe faible."
5 Alessio Matosas	+ 34"	"Dangereux."
6 Pablo Medel	+ 40"	"Dangereux."
7 Milenko Paniuk	+ 42"	"Dangereux."
8 Peter Stark	+ 58"	"Éliminé. Pauvre Fleming."
9 Óscar Cuadrado	+ 1' 05"	"Il avait une équipe, mais on la lui a démolie."
10 Marc Moreau	+ 1' 07"	"La dixième place ne parviendra pas à rendre Fiona heureuse."

2005-2006

Je ne comprendrai jamais les raisons pour lesquelles Fiona m'avait choisi, moi, et pas Steve, mais je me demande parfois si ce ne fut pas la première fracture dans une amitié qui jusqu'alors avait résisté à tout.

Onze ans plus tôt, lors de notre première saison en tant que professionnels dans l'équipe Ventoux, on était tous les deux des *gregarios*, simples pistons au service du leader historique de l'équipe, le Belge Bijon, qui était en fin de carrière ; pour cette même raison, mille spéculations circulaient sur l'identité du coureur qui succéderait à Bijon. L'équipe n'avait pas les moyens d'engager une vedette du circuit, il était donc évident que le directeur technique devrait promouvoir un cycliste issu de ses propres rangs, et les choix se réduisaient à Steve et à moi.

Un dilemme difficile à résoudre pour les patrons de la Ventoux ; à ce moment-là, nous avions tous les deux des qualités et des talents similaires. La plupart des experts penchaient pour ma candidature, les champions historiques du Tour sont souvent les meilleurs grimpeurs et j'avais tout ce qu'il fallait pour en devenir un. Mes vingt-quatre ans, à l'époque, convenaient mieux à un leader que les maigres vingt-deux de Steve : en réalité, nous étions tous les deux trop jeunes, même si son âge à lui constituait une anomalie dans l'histoire du circuit.

En fin de compte, deux circonstances me furent fatales. L'Espagnol Miguel Indurain avait dominé le cyclisme de route dans les années 1990 sans être un grimpeur extraordinaire. Une demi-douzaine de ses rivaux étaient plus forts que lui en montagne ; cependant, il était le meilleur dans les contre-la-montre de sa génération, et un rouleur sublime ; lors des chronos individuels, il grignotait une avance qu'il dosait ensuite grâce à sa résistance et à la stratégie défensive de son équipe, où abondaient les bons grimpeurs capables de l'entourer lors des dures ascensions. Et c'était justement le profil de Steve : un coureur imbattable, sauf en montagne. La Ventoux paria que Steve serait le nouveau Miguel Indurain.

Le deuxième facteur fut sans doute le plus décisif. La Ventoux voulait des sponsors nouveaux et plus fiables, comme l'étaient les grandes marques sportives américaines : la possibilité de faire de ce Garçon en Or une vedette assurait l'avenir financier de l'équipe.

— Non, c'était toi le facteur décisif, disait Fiona chaque fois que le sujet était abordé. La Ventoux a parié sur Steve en dépit de sa faiblesse en montagne, parce que tu étais là pour compenser ses manques. Sans toi, ils n'auraient pas osé ; ils savaient qu'ils avaient en puissance le meilleur grimpeur du circuit, et ils ont décidé de te sacrifier au bénéfice de Steve. Si à la place du modèle Indurain ils avaient choisi le profil de Merckx ou de Pantani, tu serais aujourd'hui le numéro un mondial.

En général, je savais gré à Fiona de la confiance qu'elle mettait dans ce présent hypothétique, sans la prendre vraiment au sérieux. Je l'attribuais à l'affection un peu farouche mais toujours inconditionnelle qu'elle me prodiguait, et au peu de sympathie qu'elle avait pour mon ami et pour la cour qui l'entourait.

Au fond, je savais que les dirigeants de la Ventoux n'étaient pas les seuls à avoir scellé notre destin. Pendant ces mois d'incertitude, Steve et moi avions juré que nous accepterions leur décision, et que le perdant serait le meilleur bouclier possible de l'autre. On croyait à ce qu'on disait : on affrontait le dur labeur de devenir des professionnels, avec la fougue de deux guerriers qui se lancent dans la bataille après avoir juré de se battre dos contre dos, quels que soient les alliés ou les ennemis.

On n'était plus seulement inséparables : enfermés dans notre bulle, on devint des adultes qui compensaient les faiblesses de l'un par les forces de l'autre. Ma compagnie et mon tempérament étaient un frein aux élans de mon ami ; de mon côté, ses envies de dévorer le monde et sa confiance illimitée finirent par secouer ma timidité et l'insécurité d'avoir grandi en sachant que j'étais une gêne pour mes parents.

— Demain, nous avons rendez-vous, joli cœur.

Steve s'était arrangé pour sortir le samedi soir avec une des rares jeunes filles que nous croisions dans l'isolement relatif de notre camp à Gérone, le plus souvent des vendeuses ou des employées dans les restaurants du coin ; je n'ai jamais compris comment il se débrouillait pour décrocher un rendez-vous prometteur pendant les quelques minutes que nous pouvions prélever sur nos entraînements.

— Nous avons ? demandai-je, surpris et vaguement inquiet.

Ni le confinement militaire ni ma timidité n'avaient favorisé le développement d'une vie amoureuse ou sexuelle particulièrement prodigue : les femmes restaient un monde magique ou fascinant, sans doute inaccessible pour toujours, mais source illimitée d'obsessions et de désirs.

— Susy va amener sa meilleure amie, elles en pincent pour nous, affirma-t-il en prenant dans un tiroir deux préservatifs qu'il me lança. Cette marque me porte chance.

Pour moi, il était inconcevable qu'un premier rendez-vous se conclue par "ça" : c'était en général le résultat de longues croisades, de sièges et de stratégies avisées. En effet, le rendez-vous fut un échec. Dieu sait sous quels prétextes, Susy avait traîné son amie Elena ce fameux samedi, mais au premier regard qu'elle me lança, je compris que la fille espérait un Steve bis.

Mon ami ne renonça pas : il préférait se passer de Susy ou de toute autre conquête en solitaire, pour me trouver une compagne. Peu à peu je me détendis, entraîné par la spontanéité de Steve, ne redoutant plus une conversation avec la jeune fille qu'il m'aurait choisie. Malgré tout, il me fallut quatre mois avant d'utiliser le premier préservatif, qu'en tout optimisme je glissais religieusement dans ma poche à chaque rendez-vous ; le second, je l'utilisai trois semaines plus tard.

Au fond, ce fut surtout grâce à moi que la Ventoux choisit Steve comme leader ; quand je regarde en arrière, je me rends compte que pendant tous ces mois je m'étais effacé, parce que je redoutais les pressions que doit subir un leader obligé de justifier par sa victoire les sacrifices des autres membres de l'équipe, ou parce que je comprenais qu'en dépit de nos serments mutuels Steve ne supporterait pas d'être relégué au second plan. En tout cas, lorsque la décision fut prise j'éprouvai un inavouable soulagement. Je comprenais que c'était le mieux pour tous les deux, le seul moyen de rester ensemble ; je me dis que j'étais le plus fort, le seul capable de résister à l'adversité de pied ferme. Une chose est sûre : l'Eddy Merckx que Fiona jurait avoir vu en moi était mort avant d'avoir vu le jour.

Les années suivantes, Steve devint le David Beckham du circuit : des prouesses remarquables, mais un talent encore plus grand pour devenir une célébrité mondiale et attirer les millions des sponsors. Je devins le meilleur grimpeur qui n'avait jamais gagné un podium ni porté le maillot jaune de leader, le meilleur *gregario* du circuit, ou presque ; mon seul rival s'était noyé dans une baignoire rouillée d'un hôtel trois étoiles quelques jours plus tôt. Steve respecta notre pacte de façon irréprochable. Moi aussi ; ses victoires m'enrichirent, je devins une clause des contrats de toute équipe qui voulait l'engager. Il ne cessa jamais de me remercier du haut du podium, j'étais toujours le premier qu'il embrassait quand il en redescendait et je me rappelle encore avec douceur sa tentative de me hisser sur la plate-forme des lauréats quand il remporta son premier Tour de France, ce que les organisateurs lui interdirent opportunément.

Cela signifie-t-il que je suis un perdant, un lâche ? Était-ce la tare que mon père avait perçue, ce qui expliquait son mépris ? Je ne l'ai jamais pensé, pas jusqu'au jour où commencèrent de me tourmenter les insinuations de Fiona et de Lombard, selon lesquelles j'étais mei leur coureur que je ne le croyais. Ou ce que je devenais peut-être, car j'étais enfin en mesure d'arriver parmi les premiers à Paris, même si c'était grâce aux interventions d'un assassin. Pour la première fois, être *gregario* ne me suffisait plus. Était-ce de la lâcheté ou de la loyauté, ce que j'avais éprouvé pendant si longtemps ? Allais-je enfin ouvrir les yeux ? La vie m'avait-elle assez endurci pour que je brigue une meilleure place que celle d'éternel perdant ?

Ce que Fiona et mon père – de son vivant – ne comprirent jamais, c'est la nature de la relation entre Steve et moi. Dès le début, nous avons vécu comme si les victoires remportées étaient à nous deux, et en un sens elles l'étaient ; dans ma roue, il pouvait économiser jusqu'à vingt-cinq pour cent d'énergie sur une longue côte. Je vivais pour lui sauver la demi-douzaine d'étapes des Pyrénées et des Alpes, où ses ennemis auraient pu le ratatiner. Quand les autres membres de l'équipe étaient à la traîne, je maintenais le rythme de Steve comme un remorqueur implacable jusqu'à ce que mes poumons explosent et que mes jambes défaillent, ce qui n'arrivait que dans le dernier tronçon de la course ; à ce moment-là, le mal que pouvaient lui causer ses rivaux était minime ; peu importait si je craquais ou si j'étais dépassé par des coureurs médiocres. Je n'ai jamais fini un Tour dans les quinze premières places du classement général, une anomalie quand on considère que j'étais un des meilleurs grimpeurs du circuit ; je me contentais du respect que cette réputation inspirait chez mes pairs, et des trophées que mon compagnon décrochait grâce à ma collaboration.

Au fil des années, on finit par habiter des maisons voisines, dans les collines au-dessus du lac de Côme, non loin du camp d'entraînement de présaison de l'équipe Fonar. Sauf de brèves vacances qu'on prenait en décembre, lui pour aller au Colorado, moi nulle part, nous restions ensemble presque toute l'année. À plus d'une reprise notre train-train quotidien était bousculé par l'emménagement d'une petite amie chez Steve, qui battait en retraite au bout de quelques mois, vaincue par la solitude à laquelle la condamnaient les exigences d'une vie consacrée au vélo.

On devint très accros à l'entraînement, même en dehors du calendrier fixé par les entraîneurs. Je passais le prendre à 5 heures du matin et on roulait côte à côte pendant six ou sept heures dans les montagnes du Nord de l'Italie, en dépit du froid hivernal de la présaison. Ce ne furent jamais des promenades de santé ; on parlait peu, chronométrant montées et descentes, modifiant défis et objectifs d'un jour à l'autre, essayant des stratégies de harcèlement et de poursuite. Pour l'essentiel, on endurait des souffrances et une fatigue extrêmes, mais on trouvait une sensation réconfortante dans l'exténuation absolue qui couronnait chaque journée : celle du devoir accompli.

C'est vrai, on l'avait accompli. On développa une telle synchronie que des années plus tard, quand les techniciens nous firent courir dans une soufflerie contrôlée par ordinateur pour optimiser l'angle et la distance idéaux pour que mon corps offre au sien la plus grande économie d'énergie, leurs découvertes coïncidèrent exactement avec ce qu'on avait trouvé par intuition lors de ces longues sorties solitaires. Et on réagissait à un changement dans l'intensité ou l'orientation du vent comme l'aurait fait une couvée, avec de petits ajustements inconscients qui permettaient d'obtenir la vitesse maximum. On devint largement le duo le plus rapide de l'histoire du cyclisme. À plus d'un titre, on était un couple, en dépit du défilé de femmes qui traversèrent nos vies.

Jusqu'à l'arrivée de Fiona.

9e ÉTAPE

Au réveil, j'eus la sensation d'avoir oublié un détail important dans la liste des suspects, comme celui qui sort de chez lui, constate qu'il a ses clés, son portefeuille et son portable, et qui sait pourtant qu'il lui manque quelque chose de vital, mais d'indéfinissable.

Jusqu'alors, ma liste regroupait ceux qui bénéficiaient des attaques de l'assassin : le Tchèque Paniuk, l'Italien Matosas, l'Espagnol Medel ; l'entourage de Steve, avec Giraud en tête, et le Polonais Radek, motivé par le ressentiment.

Mais la veille au soir, Favre avait abordé l'affaire sous un autre angle : chercher le coupable à partir du modus operandi de ces attaques. Sa logique de policier ne prenait pas seulement en compte les motivations, mais aussi les alibis et les capacités des auteurs matériels. Cela me rappela vaguement les séminaires de criminologie que Lombard m'avait obligé à suivre treize ans auparavant, aussitôt effacés par le sourire de la petite Claude, de Biarritz, auquel j'ajoutai un petit caïman tatoué sur son ventre, une image qui m'avait laissé un arrière-goût salé dans la bouche.

Je me secouai et repris le fil de ce modus operandi : les mécanos et leur talent à forcer les serrures, les médecins et leurs capacités à administrer un somnifère ou un produit toxique, les masseurs et leurs mains puissantes qui avaient parsemé de bleus le corps de Fleming. Des dizaines de visages connus défilèrent dans ma tête, les uns plus proches que les autres, éléments anonymes du nombreux personnel qui entoure les cyclistes chaque année sur le Tour.

De cette façon, je n'allais nulle part. La liste des suspects pouvait s'allonger à l'infini, car je n'avais pas accès au dossier des agressions : la description de la scène du crime, l'heure spécifique, le déroulement précis des faits. Sans cela, impossible d'aligner des suspects ou d'écarter des innocents.

J'en conclus que je devais reprendre ma liste d'origine et me concentrer sur les bénéficiaires et les auteurs moraux. Tôt ou tard, l'assassin repartirait à l'attaque ; s'il s'agissait d'un psychopathe qui cherchait à discréditer le Tour, il devrait porter des coups encore plus spectaculaires pour atteindre son but. Si, au contraire, les auteurs voulaient imposer un champion à tout prix, ils n'avaient pas fini d'intervenir. Deux options terrifiantes.

Finalement, je mis cette affaire de côté et me penchai sur la journée qui m'attendait ; ou bien je décidais d'être cycliste dans les prochaines heures, ou bien je terminais le Tour devant la télévision. Pour beaucoup, le contre-la-montre individuel est l'épreuve reine du cyclisme : le trajet est plus court que la normale, mais on le fait comme si on avait le fisc aux trousses. Une bataille en solitaire contre le chronomètre, sans aide ni *gregario*, où chaque coup de pédale, chaque mètre et chaque seconde est décisif. Une formule où Steve était le roi absolu : la question n'était pas de savoir qui allait gagner l'étape, mais combien de temps mon compagnon allait prendre sur les autres. Il y avait trois ou quatre spécialistes de cette épreuve dans le peloton, mais aucun n'était leader de son équipe ni aspirait au sceptre. Ceux-là ne nous inquiétaient pas.

Pour beaucoup de grimpeurs, l'étape pouvait devenir un véritable Waterloo, surtout cette année, où les organisateurs – ces fils de chienne – avaient choisi un parcours inhabituellement long de quarante-deux kilomètres. Si Steve était en forme, il pouvait finir avec un avantage de trois ou quatre minutes sur ses rivaux, ce qui désignerait l'incontestable gagnant.

Quand j'arrivai dans la zone où les équipes avaient installé les vélos d'échauffement, la nervosité flottait dans l'atmosphère, comme un nuage de pollution sur une ville. Je vis Matosas, ses sourcils froncés et touffus réunis en un seul, faisant des étirements debout en écoutant les instructions de son directeur technique ; il ne semblait prêter attention qu'à ce qui sortait de ses oreillettes. Je me demandai s'il écoutait cette horripilante musique pop italienne. Je le savais capable d'écouter des arias classiques, mais c'était peu probable ; Matosas était un cliché de la culture populaire de son pays, dans une version améliorée. En somme, un type inoffensif, à part son haleine qui pouvait terrasser un homme.

Quelques mètres plus loin, Paniuk pédalait intensément, également absorbé par ses oreillettes. Avec lui, pas besoin de se creuser la tête musicalement, nous connaissions tous sa passion pour le metal et j'imaginais le vacarme assourdissant qui martyrisait ses tympans. De tous les grimpeurs, le Tchèque était celui qui pouvait s'en tirer le mieux dans l'épreuve du jour, ses performances n'étaient pas mauvaises dans le contre-la-montre et il avait de bonnes chances de devancer les spécialistes de la montagne. Je m'approchai de lui sur le mode détective, cherchant la meilleure façon d'entamer une conversation anodine qui puisse me rapporter une révélation importante ; je ne trouvai rien, aussi m'arrêtai-je à deux mètres : je fus saisi par le nuage parfumé qui l'enveloppait. Paniuk était un type extravagant : qui d'autre pouvait s'inonder d'eau de Cologne pour courir en pleine campagne ? Allons, tout bien considéré, qui d'entre nous n'était pas extravagant, obsédé par ce métier absurde ? Ce jour-là, comme tous les autres, je m'étais enduit le corps de maïzena, dans l'espoir de retarder l'effet corrosif de ma transpiration.

Je balayai l'espace du regard et constatai qu'un des vélos fixes était inoccupé, à côté de Viktor Radek, l'amer ; j'en pris aussitôt possession.

— Comment ça va, Viktor ? Le Tour ne te traite pas trop mal ?

Je voulais sonder ses eaux. À l'instar de celui de beaucoup de Polonais, son français était fluide.

— Si, mal, comme les autres. Le Tour ne ménage personne, répondit-il aigrement. Sauf ton protégé, ajouta-t-il après une pause, mais je ne me sentis pas visé.

Les cheveux de Radek étaient capables de me distraire de tout, non seulement parce qu'ils étaient indomptables, mais parce qu'ils ne connaissaient pas le peigne matinal. Parmi ses manies, qui sont nombreuses, il considère que se regarder dans la glace avant d'enfourcher son vélo porte malheur.

— Steve n'est pas content non plus, cette année il y a encore plus d'étapes de haute montagne.

Radek ne répondit pas. Au lieu d'argumenter, j'aurais dû abonder dans son sens et le laisser exprimer sa rancœur. Je voulais voir jusqu'où pouvait aller son ressentiment. C'était un drôle de type, et pas seulement à cause de son physique extravagant : cheveux blonds et frisés, jambes et bras trop longs pour son buste frêle, une façon syncopée de se déplacer. Un peu comme un épouvantail.

— Mais tu as raison ; il y a déjà une bonne soixantaine d'abandons et nous en sommes encore à la partie facile. Le Tour est trop exigeant.

Je feignis de ne pas remarquer que deux minutes s'étaient écoulées quand il me répondit :

— La partie facile ? C'est un crime de nous envoyer sur les pavés dès les premières étapes. J'aimerais voir Jitrik pédaler sur ces pavés mouillés et pleins de sable dans ces villages, tout ça pour que le Tour empoche cinquante mille putains d'euros dans chaque bled. J'ai échappé à deux carambolages par miracle.

— Et Fleming par-dessus le marché. Inexplicable…

— Pas tant que ça, avec la pression qu'on subit. Va savoir ce que Fleming a pu encaisser pour prendre une telle décision ! Le matin même on avait disqualifié Santamaría, sous prétexte de dopage ; nous savons tous qu'il était clean.

Je le dévisageai : il était rouge d'indignation. Si Radek était l'assassin, il était meilleur acteur que cycliste : pas trace de culpabilité ou de trouble, une haine à l'état pur, polie et macérée. Mais ses bras maigres n'étaient pas de ceux qui pouvaient maintenir une personne sous l'eau contre sa volonté ; si l'Anglais avait été noyé par un assassin solitaire, il était peu vraisemblable que ce Polonais soit l'homicide.

Quelques secondes plus tard, les organisateurs appelèrent Radek sur le tremplin de départ. Les coureurs démarraient avec deux minutes d'écart pour éviter, dans la mesure du possible, qu'ils se rejoignent. Steve partirait l'avant-dernier, étant le deuxième au classement général, et je partirais huit places avant lui, ce qui correspondait à ma dixième place. Je serais appelé dans moins d'une heure. Je mis mes oreillettes et me plongeai dans la liste de *vallenatos* et de salsas que j'utilisais pour pédaler sur le vélo fixe.

Je me dégourdis les jambes sur un rythme modéré en revoyant ma liste de possibles coupables ; je repoussai Radek en dernière position, mais je ne l'écartai pas.

— Le pauvre, il a une âme tourmentée, dit Lombard en me tapotant le dos en guise de bonjour, le regard tourné vers l'endroit où le Polonais avait disparu.

— Colonel ! Quelle frousse ! Ne me faites jamais ça, dis-je en sursautant.

Depuis l'armée, je le vouvoyais, même s'il me tutoyait.

— Je te dis toujours bonjour de cette façon, répondit-il, non moins surpris.

"Certes, mais c'est à éviter quand il y a un assassin en liberté", me dis-je intérieurement. Le vieux militaire avait pris sa retraite six ans auparavant et consacré son existence à suivre ma carrière, au moins pendant la durée des compétitions. Au début, sa présence me gênait, toujours affectueuse mais obsessionnelle, mais j'avais fini par m'y habituer et même à lui en être reconnaissant. Il était au courant de toutes les avancées technologiques, médicales, athlétiques, et avec l'aide de son fils, informaticien, il assurait un bien meilleur suivi de mon développement que la Fonar ; plus d'une fois, j'avais ajusté des stratégies de course et des programmes d'exercices en m'appuyant sur ses suggestions.

Avec le temps, le circuit l'intégra dans son paysage : il avait assez de ressources, de temps et de relations pour gagner une place dans la *troupe** nombreuse qui entourait les cyclistes. Il obtint sa première accréditation comme consultant de Bimeo, le redoutable et puissant chef de la sécurité du Tour. Ces dernières années, il était devenu inséparable de Fiona, qui avait fini par lui accorder une deuxième accréditation comme inspecteur d'un je-ne-sais-quoi lié au protocole et aux procédures ; il utilisait les deux pour circuler comme un poisson dans l'eau dans la compétition. Le militaire et ma maîtresse ne semblaient pas seulement unis par leur dévouement absolu au monde du vélo, mais aussi par une vague relation père-fille et, bien sûr, par la conviction partagée que je devais me libérer du leadership de Steve.

Cette fois, il méritait doublement ma reconnaissance. Lombard avait remué ciel, terre et mer pour obtenir que la Fonar et le sponsor de Steve me donnent un équipement comme celui de mon compagnon l'année précédente ; j'aurais ainsi une tenue et un vélo de contre-la-montre qui valaient plus d'un demi-million d'euros. Les recherches et le développement du nouveau casque de Steve s'élevaient à deux cent cinquante mille dollars, un investissement que le fabricant récupérerait quand serait lancé sur le marché le prototype que je portais maintenant.

— Le classement général est encore très serré, si tu fais ton meilleur temps, tu peux arriver dans les cinq premiers, et si tu abordes la montagne dans cet état d'esprit, c'est du tout cuit : champion et podium, au minimum.

— Baissez la voix, dis-je plein d'appréhension en regardant autour de moi pour m'assurer que personne ne nous avait entendus : cette conversation entre un *gregario* et son conseiller personnel était encore plus sacrilège que deux cardinaux caressant l'idée qu'ils se verraient bien tout de blanc vêtus, célébrant la messe sur la place Saint-Pierre.

— On a déjà simulé les courses sur notre programme et seuls sept ou huit coureurs font un meilleur temps que toi au contre-la-montre, me souffla-t-il au creux de l'oreille.

Je ne pouvais voir sa bouche, mais j'aurais juré qu'il salivait, ce brave Lombard.

Nous avions sûrement l'air de conspirateurs se chuchotant des secrets ; tout comme les cardinaux quand ils choisissaient un poison. Pourtant, personne ne faisait attention à nous. Les réunions clandestines avec le commissaire, et maintenant les intrigues de Lombard, me rendaient parano. Toutefois, ses bonnes intentions m'émurent : ce qu'il disait n'avait aucune chance de devenir réalité, mais sa loyauté et son affection inspiraient de la tendresse. Il y avait toujours une ou deux étapes de haute montagne où ma tâche consistait à grimper devant Steve jusqu'à épuisement du dernier gramme d'énergie, après quoi les derniers kilomètres devenaient une torture qui se déroulait au ralenti. Lors de ces journées, je franchissais la ligne d'arrivée un quart d'heure après le vainqueur ; mon rôle de *gregario* me condamnait à terminer le Tour derrière les vingt premiers coureurs, en dépit de tous les efforts de Lombard.

Mais ce jour-là, il ne s'était pas trompé : je terminai le contre-la-montre avec le sixième meilleur résultat, cinquante-huit secondes après Steve. Matosas parvint à se glisser parmi les dix meilleurs temps de l'étape, il était clair que l'Italien ferait tout son possible pour être en tête à Paris.

Le soir même, je découvris que, pour Matosas, une des étapes nécessaires pour atteindre la victoire, c'était de me tuer.

— J'ai cru que tu ne viendrais pas, me dit Fiona après la course, sans se retourner, pendant qu'elle cuisait un pavé de saumon dans sa cuisine minuscule.

Des semaines auparavant, elle m'avait donné une clé de la porte de son camping-car, mais j'avais l'impression qu'elle le regrettait. J'étais convaincu qu'elle m'aimait – comment aurait-il pu en être autrement, après avoir partagé deux années de cette vie de fous que nous menions –, sans cesser de défendre son intimité et son espace avec la même férocité qu'au premier jour.

— J'ai été retenu, répondis-je en me demandant si je devais lui parler de mes tâches de détective – je préférai la laisser dans l'ignorance, au moins pour le moment. Giraud était euphorique après la victoire de Steve, et il a encore rallongé son discours avant le dîner.

— Et il n'a rien dit sur ton temps ? L'an dernier, Steve t'a pris plus de trois minutes et tu as fini quinzième, cette fois te voilà sixième. Tu es le coureur qui a le plus progressé au contre-la-montre. Vraiment, cet enfoiré n'en a pas parlé ?

— Niet, dis-je en m'approchant derrière elle.

Je lui plantai un baiser dans le cou et la serrai contre moi. Je ressentis un élan inattendu au contact de son corps ferme ; je me rappelai que le lendemain nous aurions une journée de relâche, et j'envisageai de rompre le pacte de chasteté que nous instaurions pendant le Tour.

— Ce fils de pute ! La Fonar n'a d'yeux que pour Steve, répondit-elle, furieuse, en esquivant mon étreinte.

Déçu, je regardai le fin peignoir japonais qu'elle portait toujours en fin de journée et la silhouette que le tissu soulignait ; il m'apparut clairement qu'il resterait fermé. Fiona se fâchait rarement, mais quand cela se produisait, la colère pouvait durer des heures.

— Steve était plus content que moi pour ma sixième place, il s'en est réjoui comme si c'était sa propre victoire, protestai-je.

— Parce qu'il s'imagine que c'est sa victoire ! Il s'adore tellement qu'il est persuadé que tu as progressé au contre-la-montre grâce à lui, comme si son talent irradiait sur celui qui le côtoie, dit Fiona.

Si j'avais une seule chance de m'insinuer dans ce peignoir ce soir-là, il ne fallait surtout pas prendre la défense de Steve pour y parvenir, et pourtant je ne pouvais m'en empêcher. Elle était injuste avec mon ami.

— Tu le juges mal. Tu aurais dû le voir hier, il était effondré quand il a appris la mort de Fleming. Je ne l'avais jamais vu comme ça.

— Je ne comprends pas cette réaction, ils n'ont jamais été amis, dit-elle sur un ton catégorique, comme si elle savait tout sur mon compagnon. Et ne soyons pas naïfs : sauf catastrophe, la mort de Fleming met Stark hors-jeu.

Steve et Giraud ont les coudées franches pour triompher à Paris, ils n'ont plus de rivaux.

— Heu, il y a encore Matosas, Paniuk et Medel ; tous les trois sont meilleurs grimpeurs que Steve, ils pourraient avoir leur chance dans les Alpes.

— Tu es le meilleur grimpeur ! Avec ton aide, Steve peut les neutraliser, affirma-t-elle en me regardant pour la première fois de la soirée, et elle ajouta à voix basse : En réalité, tu es le seul qui puisse vaincre Panata.

Comme tant d'autres fois, Fiona mit en mots ce que jusqu'alors je n'avais pas osé dire. Un long silence suivit la bombe révélatrice que sa courte phrase venait d'introduire dans la pièce, une bombe à retardement, car ma première réaction fut d'empêcher qu'elle explose. Je suppose que ma loyauté envers Steve était de nature sous-cutanée. Au lieu d'analyser le commentaire de Fiona et les terribles conséquences qu'il impliquait, mon cerveau se réfugia dans le dernier mot. Elle n'estimait pas Steve, mais elle l'avait toujours appelé par son prénom. Qu'elle utilise maintenant son nom de famille pour parler de lui me paraissait bizarre, vaguement menaçant.

Une fois de plus, je me demandai ce qui avait bien pu se passer entre eux, je n'avais jamais osé poser la question et ils n'avaient pas l'air disposés à m'en parler. Six ans auparavant, Fiona avait été chef des mécanos de l'équipe Fonar, où Steve et moi étions les leaders. Mon ami, comme beaucoup d'autres sur le circuit, avait essayé de la séduire. Elle n'était pas la seule femme dans le milieu professionnel des cyclistes ; d'autres étaient masseuses, nutritionnistes, médecins. Pas beaucoup, mais il y en avait. Cependant, le fait qu'elle ait une excellente réputation dans une corporation jusqu'alors exclusivement masculine exerçait une fascination inavouée parmi les coureurs. Son hermétisme, ses mains et ses tee-shirts éternellement tachés de graisse, sa salopette bleue si peu séduisante, ses seins opulents qui semblaient ne pas connaître les soutiens-gorge, sa chevelure rousse et ses yeux verts, un visage austère et néanmoins séduisant : en somme, un mélange étrange et frappant, et une proie inaccessible pour tous les loups de la meute. Or, il n'y avait pas un mâle primaire plus endurci que Steve Panata.

Mon ami tenta sa chance de toutes les façons possibles pendant les vingt mois où Fiona travailla dans notre équipe. Cela devint même une obsession, car jamais je ne l'avais vu abuser de sa condition de leader pour vaincre la résistance d'une femme : il exigeait des révisions individualisées de ses vélos pour l'obliger à passer du temps seule avec lui, il sollicitait ses avis à toute heure, faisant irruption dans son camping-car à la tombée de la nuit, lui demandait d'aller à Munich avec elle avant la saison pour superviser les nouveaux composants de carbone du cycle mis au point par le sponsor. Il y avait eu quelque chose entre eux, ou bien quelque chose avait pris fin, toujours est-il que, la saison terminée, Fiona quitta l'équipe sans préavis.

À l'époque où elle travaillait avec la Fonar, on eut deux ou trois longues conversations, mais on ne fut jamais intimes. J'avais perdu depuis un certain temps ma timidité proverbiale vis-à-vis des femmes, mais il était clair pour moi que l'Irlandaise était très au-dessus de ma catégorie, et elle devait trouver ma relation avec Steve trop proche pour qu'elle puisse se détendre en ma compagnie.

Néanmoins, des mois plus tard elle m'envoya un message où elle décrivait un programme méticuleux d'adaptation de position, de pédalage et d'assise sur la selle, pour compenser la différence de cinq millimetres de longueur que j'ai entre le tibia gauche et le droit ; sa suggestion donna l'occasion d'un échange régulier dont la tonalité devint peu à peu plus personnelle.

Il y a deux ans, au printemps, à la fin du Tour de Catalogne, elle frappa à ma porte un soir et après un bref salut se glissa dans mon lit. Ses visites devinrent habituelles au fil des mois, quand le calendrier nous permettait de nous retrouver au même endroit, ne serait-ce que pour dormir enlacés. La Fiona inexpressive et austère qui habitait en elle dans la journée semblait la quitter le soir venu : elle dormait collée à moi et me caressait avec tendresse, au milieu d'un sommeil entrecoupé de murmures incompréhensibles.

Je dois reconnaître que mon prestige dans le circuit s'accrut dans des proportions exponentielles quand on apprit notre liaison. Pendant des mois, mes compagnons me traitèrent avec le respect qu'aurait mérité une victoire sur la Vuelta ou le Giro ; tous sauf Steve, bien sûr.

Quand celui-ci eut la confirmation que Fiona était entrée dans ma vie, la relation symbiotique que nous entretenions depuis des années se fissura. Au début, je le surpris plus d'une fois à me scruter avec attention, comme s'il voulait détecter en moi un détail qui lui aurait échappé. Il essayait sans doute de découvrir les raisons pour lesquelles elle m'avait choisi, ce qui même pour moi constituait un mystère.

Il ne trouva sans doute rien pour justifier une telle préférence, et il en conclut qu'il s'agissait d'une vengeance de Fiona. Une sorte de punition irlandaise ; en se mettant avec moi, non seulement elle manifestait son dédain, mais elle semait aussi une zizanie menaçante qui pourrait l'affecter en tant que coureur.

Il voulut alors terrasser Fiona et me rallier à sa cause ; c'est du moins l'interprétation que je donne au charme que Steve déploya à mon endroit et à la campagne de critiques tournées contre elle. Il insista pour m'ajouter dans certaines de ses lucratives publicités, multiplia ses remerciements à son *gregario* dans chaque interview, me présenta à toutes les séduisantes amies de la jet-set qu'il fréquentait désormais, et, d'après ce que j'appris plus tard, il essaya de rendre la vie impossible à Fiona dans le circuit.

Après avoir échoué dans ces deux campagnes et compris que la relation entre elle et moi était partie pour durer, il changea d'attitude. Dans les mois qui suivirent, il se montra vaguement offensé, comme s'il avait été victime d'une trahison de ma part, même s'il gardait les formes et ne changeait en rien les codes personnels et professionnels que nous avions établis depuis des années ; mais il était clair que son inexpugnable confiance en soi était affectée, et il était d'autant plus mortifié que le mal provenait d'une source inattendue : de son ami inconditionnel.

Alors, il se consacra aux exigences de son agent et au calendrier des événements des célébrités ; il officialisa ses fiançailles avec Stevlana et effaça de son existence Fiona et tout ce qui la concernait. À sa décharge, je dois reconnaître qu'il resta toujours aussi obsédé par son entraînement, qu'il ne négligea jamais la discipline quotidienne pour adapter sa forme physique aux paramètres intraitables que cette vie exige. On ne modifia pas non plus les habitudes de travail qui faisaient de nous le tandem le plus brillant du circuit professionnel.

De son côté, Fiona ignora superbement Steve, d'abord son harcèlement hostile, puis son dédain absolu. Elle parlait de lui comme d'une variable qui faisait partie de ma réalité, mais sans lui donner plus d'importance que d'autres facteurs, comme le climat ou la qualité des vélos que nous utilisions.

C'est du moins ce que j'avais cru. Mais à l'instant où elle déclara que je pouvais l'emporter sur Panata, je pris conscience que depuis des mois Fiona menait la campagne la plus active qu'on puisse concevoir contre mon *bro*, comme il se plaisait à m'appeler : me convaincre que j'étais un meilleur cycliste que lui.

— Steve a deux minutes d'avance sur moi, pour les rattraper il faudrait que je le trahisse dans la montagne. En outre, Giraud ne me laissera jamais m'échapper sans Steve ; ma propre équipe me prendrait en chasse.

— Pas si tu démarres au bon moment.

Je pensai à L'Alpe d'Huez, la vingtième étape, et à ses interminables et abrupts quatorze derniers kilomètres, la veille de l'arrivée à Paris. Techniquement, Fiona avait raison : si l'équipe arrivait épuisée au pied de la montée, s'il ne restait que le leader et moi, je pouvais me débarrasser de Steve quelques kilomètres avant l'arrivée et reprendre l'avantage qu'il avait sur moi au classement général ; j'imaginai l'expression de surprise de mon compagnon quand je me redresserais sur les pédales et le laisserais seul et paralysé dans une côte à dix pour cent.

— Il n'en est pas question, dis-je. Aucune victoire ne justifie une trahison de cette ampleur.

— C'est Steve qui t'a trahi. Je peux comprendre que tu aies accepté, il y a onze ans, qu'il devienne le leader et toi son domestique – et elle prononça ce dernier mot comme si elle mâchait quelque chose de nauséabond ; c'était une décision des dirigeants de la Ventoux et à l'époque tu étais un inconnu, tu n'avais pas le choix. Trois ou quatre ans plus tard, n'importe quelle équipe intermédiaire aurait été ravie de t'avoir comme leader ; je sais que tu as reçu plusieurs propositions ces derniers temps.

— Elles n'ont jamais égalé les propositions de la Fonar…

— … pour que tu restes le second. À coups de gros billets, Steve a empêché que tu deviennes un grand, parce que c'était son intérêt ; on ne traite pas ainsi l'ami qu'on aime.

— Je suis le meilleur *gregario* du circuit. Ce que nous avons réussi ensemble appartient déjà à l'histoire, répliquai-je, offensé.

L'argument était un peu léger, mais il avait tout le poids de mon indignation. Nous n'avions jamais abordé ce sujet de façon aussi explicite. Ma relation personnelle avec Steve était jusqu'alors un sujet tabou entre nous.

— Tu n'es pas le meilleur *gregario* du circuit, tu es le meilleur grimpeur du circuit ! Lombard et son fils font des calculs et construisent des modèles depuis des mois. Si tu concourais entouré de huit coureurs comme le fait Steve, sans parler de la technologie de pointe dont il a la primeur, ton temps serait de trois à cinq minutes meilleur que le sien, selon la dose de montagne proposée cette année-là.

— Ce ne sont que des obsessions de Lombard, de la poudre aux yeux.

— Non, pas du tout. Depuis des années j'observe ta technique et les chiffres. Ta progression comme cycliste est plus forte que celle de Steve, mais elle n'apparaît pas dans le rôle que vous jouez tous les deux dans l'équipe. Tu t'es amélioré dans le contre-la-montre et Steve n'a pas progressé en montagne ; objectivement, tu es devenu un meilleur coureur que lui. Au moins, admets-le, même si tu n'oses pas prendre de décision.

Elle prononça ces derniers mots sur un ton de défi, le visage empourpré et les mains sur les hanches. Je ne l'avais jamais vue dans cet état ; je me demandai dans quelle mesure sa passion était liée à sa tendresse pour moi, et dans quelle mesure elle était liée à son ressentiment contre Steve.

Soudain, je perçus tout le poids de la fatigue de la journée ; je ne rêvais que d'une chose : ma chambre. M'allonger et oublier complots et trahisons. La vie était beaucoup plus simple quand tout se résumait à faire de mon compagnon un champion. Mais Fiona avait peut-être raison, pendant des années je m'étais réfugié dans cette version complaisante de moi-même.

Je me dirigeai vers la porte, mais je compris que je ne pouvais pas laisser les choses en l'état. Fiona avait délaissé la cuisine et s'était installée pour manger sur la petite banquette à l'avant de son véhicule ; je savais qu'elle n'avait pas l'intention de partager avec moi le saumon et la salade, mon régime me l'interdisait à cette heure tardive. Je rebroussai chemin, dans l'intention de la serrer dans mes bras pour lui dire au revoir, pour conjurer en partie les démons invoqués, mais je n'en eus pas le temps : une explosion secoua le camping-car et une vague de chaleur me frappa dans le dos comme le souffle brûlant d'un dragon. Je me retrouvai par terre aux pieds de ma maîtresse, sonné et abasourdi ; quand la fumée se dissipa, je vis un énorme trou à l'arrière du véhicule, et des flammes qui envahissaient l'espace. Fiona se redressait à peine. Elle perçut dans mes yeux la question et secoua la tête : nous étions indemnes tous les deux.

— Sortons, ça risque d'exploser, criai-je, les oreilles encore bouchées.

— Ce qui devait exploser a déjà explosé ; c'était la bonbonne de gaz, dit-elle en franchissant les deux mètres qui la séparaient de l'extincteur.

Quand les policiers arrivèrent, quelques minutes plus tard, il ne restait qu'un orifice fumant dans le camping-car inutilisable.

Deux heures s'écoulèrent avant qu'on puisse rejoindre ma chambre, après un contrôle médical et les interrogatoires de rigueur des autorités locales ; nous nous en étions sortis par miracle, sans une seule égratignure. Le commissaire m'assura qu'il appellerait un expert pour connaître les origines de l'explosion, mais il avait déjà tiré ses conclusions : même si le résultat était infructueux, l'attentat faisait de moi la sixième cible de l'assassin du Tour.

En contravention avec les règlements de mon équipe, cette nuit-là Fiona resta dans ma chambre ; elle s'endormit en me caressant, pendant que mon esprit ajoutait et retranchait des noms sur la liste des suspects. J'étais furieux, non seulement parce que l'attaque avait visé ma personne, mais aussi parce qu'on avait attenté à la vie de Fiona. Je me dis que toute considération sur mes chances dans le Tour devait passer au second plan : la vraie priorité était de trouver les assassins avant qu'ils frappent à nouveau, et pourtant la dernière image qui me traversa l'esprit avant de sombrer dans le sommeil fut, bien entendu, le tableau du classement général. Je n'avais jamais figuré parmi les six premiers dans un Tour de France.

Classement général, 9e étape

(Vannes – Plumelec 28 km.
Contre-la-montre individuel)

1 Steve Panata	31 h 34' 12"	"Mon travail est de veiller à ce qu'il garde le maillot."
2 Rick Sagal	+ 58"	"Aucun risque avec Sagal, il va perdre en montagne."
3 Phil Cunninham	+ 1' 04"	"Il n'est bon qu'au contre-la-montre, il n'est pas une menace."
4 Martin Dennis	+ 1' 26"	"Un rouleur, il perdra en montagne."
5 Alessio Matosas	+ 1' 42"	"Lui, il est dangereux, et suspect."
6 Marc Moreau	+ 1' 47"	"Même s'il ne dure pas, c'est une bonne chose qu'il soit dans le *top ten.*"
7 Milenko Paniuk	+ 2' 05"	"Il sera dangereux en montagne."

8 Óscar Cuadrado	+ 2' 22"	"Il n'a plus d'équipe."
9 Pablo Medel	+ 2' 35"	"Dangereux, imprévisible."
10 Luis Durán	+ 3' 01"	"Il n'a pas d'équipe."

10e ÉTAPE

Les qualités humaines de Giraud, notre directeur technique, laissaient beaucoup à désirer, mais son efficacité était incontestable. La veille, quand la caravane du Tour profitait du jour de repos pour se déplacer de la Bretagne aux Pyrénées, il avait loué un petit avion qui m'avait emmené très tôt à Toulouse. J'arrivai plusieurs heures avant le reste de l'équipe dans un petit hôtel non loin de Pau où nous resterions les deux nuits suivantes. Il s'agissait de m'isoler des vagues de journalistes qui cherchaient une déclaration sur l'explosion du camping-car. La mission de Giraud était de sacrer Steve champion et aucun attentat, journaliste ou policier n'allait m'empêcher d'y contribuer : le directeur technique voulait s'assurer que rien ne perturberait le rôle que j'aurais à jouer dans les étapes de montagne qui débuteraient le lendemain. Après tout, c'était la raison pour laquelle on m'avait amené : être le bouclier de Steve lors des sept étapes où les grimpeurs prendraient l'offensive.

J'étais désolé de laisser Fiona seule, avec la tâche ingrate de se mesurer à la presse, mais je savais qu'elle n'avait aucun sponsor à ménager ; elle se contenterait de dire quelques phrases, de s'enfermer dans le bureau itinérant de l'organisation et de laisser passer l'orage. Cependant, la quitter au moment où elle avait perdu ce qu'elle considérait comme sa maison, au moins pendant la période des compétitions, me laissa un goût désagréable dans la bouche. Pire que ça, devrais-je dire, car je m'étais réveillé la gorge nouée, à cause de la fumée de l'incendie ; je multipliai les gargarismes, convaincu que je cracherais de la suie dans le lavabo. Ces maudits pyromanes avaient au moins eu l'amabilité d'attaquer la veille d'un jour de repos.

Malgré tout, j'étais ravi de m'échapper du Tour pendant quelques heures. Grâce à l'isolement de l'hôtel et au fait que la presse et les supporters attendaient les cyclistes à la tombée du jour, je savourai un répit inattendu. Ce n'est pas rien : le harcèlement de milliers de supporters et l'invasion des caméras peuvent être aussi épuisants que des milliers de kilomètres à vélo. Je me demandai comment Steve pouvait résister à cette pression, qui dans son cas, contrairement à moi, était exponentielle, et ne se réduisait pas aux grands Tours : il avait rejoint le circuit des célébrités harcelées par les paparazzis. Ses idylles et ses aventures avec top model et actrices étaient couvertes de façon maniaque par la presse du cœur.

Même momentanée, la solitude me parut si reposante que je m'offris le luxe de quitter l'hôtel, de m'allonger sous un vieux chêne et de me demander comment aurait été ma vie si le vélo n'avait pas croisé ma route. Les grandes feuilles vertes aux veines variqueuses que je voyais à l'envers, prêtes à renaître chaque printemps, indifférentes au vainqueur ou au vaincu du Tour, replaçaient les choses dans la bonne perspective. Mon père était décédé vingt mois plus tôt, faisant de moi l'héritier de son chalet au pied des Alpes. Sur son lit de mort, il m'avait arraché la promesse qu'un jour je m'y installerais pour perpétuer une tradition familiale qui remontait à son grand-père ; j'avais promis, sans aucune envie de me plier à son désir, pressé de quitter le corps décrépit de l'homme indifférent et égoïste qui agonisait dans cet hôpital de province. Mais maintenant que je voyais osciller les feuilles au pied d'une autre montagne, je me disais que cette vie bucolique et paisible avait peut-être son charme. Un instant, j'imaginai ma personne sur la terrasse qui domine les belles vallées alpines, dans une chemise en flanelle à carreaux, un grand bol de café dans les mains, et je me rendis compte que c'était l'image que j'avais conservée du colonel Moreau lors d'une visite dans mon enfance. Merde ; m'installer là-bas, c'était devenir l'ombre de mon père.

Non, décidai-je. Le vélo était ma vie ma façon d'affronter le monde, et ce que je ferais dans les trente années à venir serait la conséquence des trente premières, passées sur une selle. Je préférais vieillir comme Lombard, adonné à sa passion, plutôt que comme mon père, qui avait cultivé son amertume.

Je quittai les Alpes et me transportai dans mes Pyrénées bien-aimées. Que se passerait-il si je cédais au désir de Fiona et de Lombard, si j'attaquais Steve et ma propre équipe en montagne ? Était-il possible de lui ravir le maillot jaune ? Je n'étais pas certain d'y parvenir, même si je le décidais ; dès l'instant où je le tenterais, je deviendrais un paria et jusqu'à la fin de la compétition je serais plus seul que ce pauvre Óscar Cuadrado. Et si je réussissais, serais-je prêt à vivre sous la pression des paparazzis, et à être exposé en permanence aux expectatives démesurées des compétitions suivantes ? je pensai aux énormes intérêts en jeu et au rôle essentiel que jouent les gagnants des grands Tours dans cette trame complexe. Déjà, ces intérêts avaient déclenché une vague de tragédies.

Cette idée me rappela qu'il y avait un assassin parmi nous, lequel avait attenté à mes jours quelques heures plus tôt. Je me redressai, convaincu que les trente ans auxquels je rêvais pouvaient être ramenés à trente minutes. Je me sentais seul et vulnérable, à l'orée du bois ; si l'assassin voulait parfaire son œuvre, j'étais soudain son meilleur complice. Je retournai précipitamment dans ma chambre, aussi vite que peut le faire une tortue indécise. Le soir, je contactai Fiona sur WhatsApp et lui proposai de dormir avec moi. Je suppose que de son côté aussi ma disparition soudaine lui avait laissé un goût amer, car elle me dit qu'elle se sentait fatiguée d'avoir conduit le camping-car de Lombard toute la journée et qu'elle y dormirait en attendant de trouver mieux.

Le lendemain, Giraud maintint le bouclier qu'il avait disposé autour de moi. Il ordonna qu'on serve mon repas et qu'on me masse dans ma chambre ; de bonne heure, on y monta aussi un vélo fixe ; l'idée était que je ne rencontre pas la presse avant de descendre du bus, quelques secondes avant la signature officielle, à Tarbes, la ville d'où partirait l'étape. Plus tard arriva dans ma chambre un deuxième vélo, suivi de Steve : après une journée de repos, les entraîneurs souhaitaient qu'on détende nos muscles noués.

— Je te l'avais bien dit, qu'on s'en prendrait à toi ! dit-il en franchissant la porte, avant de me serrer dans ses bras.

— Ce n'était qu'une bonbonne de gaz défectueuse, répondis-je en me dérobant à ce salut un peu gênant pour tous les deux.

Je prenais conscience que pendant ces milliers d'heures partagées, les contacts physiques avaient été rares ; de brèves accolades pour fêter une victoire et des effusions normales à l'occasion d'un anniversaire, mais il y avait quelque chose de troublant dans cette accolade, seuls dans une chambre. Je me rappelai l'interview d'une journaliste qui, pour me provoquer, avait mentionné une étude sur l'homosexualité sous couvert de camaraderie qui flotte dans les vestiaires des athlètes ; j'avais vivement récusé cette hypothèse.

— Défectueuse mon cul ! À partir de maintenant, je vais demander à mes gardes du corps de te protéger aussi, au moins jusqu'à la fin du Tour, conclut-il en enfourchant un vélo pour commencer le traditionnel échauffement.

— Il ne s'agit pas d'une attaque ; Fiona m'a dit qu'elle avait l'intention de changer l'installation de gaz, qui avait besoin d'être réparée depuis un bout de temps. Heureusement, la bonbonne était presque vide.

Je ne mentais pas. C'est l'explication qu'elle avait donnée à la police, et qu'elle avait répétée le matin même aux journalistes qui l'avaient interceptée quand elle allait rejoindre le bus de l'organisation qui faisait office de bureau. Quoi qu'il en soit, je ne savais que penser ; cinq victimes, c'était trop pour attribuer la sixième à un simple accident, mais je ne voulais pas alimenter l'inquiétude de Steve et encore moins supporter la présence d'un de ses gardes du corps. Je me demandai ce que pouvaient penser mes compagnons de l'équipe et d'ailleurs tous les cyclistes du peloton. Croyaient-ils encore que les tragédies étaient une histoire de malchance, ou savaient-ils déjà que d'autres démons leur tournaient autour ?

— Tu crois que ce sont les gens de Paniuk ? De Matosas ? Putain d'Italien, il est désespéré d'avoir encore un Tour à assurer avant de se retirer, dit Steve comme s'il lisait dans mes pensées.

— Ils vont être obligés d'attaquer dans les Pyrénées s'ils veulent avoir une chance, dis-je en essayant de détourner la conversation. En théorie, ça devrait commencer aujourd'hui.

— Sept étapes de montagne ! Trois dans les Pyrénées et quatre dans les Alpes ; le reste, c'est du gâteau. Mais cette fois les grimpées sont plus raides que les quatre fois où j'ai gagné, observa Steve tandis que nous pédalions modérément, en contemplant les cerfs et les forêts dessinés sur le papier peint, qui menaçait de se décoller. Même les organisateurs ne tiennent pas à ce que je gagne cette année, ajouta-t-il sur un ton soucieux.

J'allais répondre quand Lombard fit irruption dans la chambre après deux coups hypocrites frappés à la porte.

— Annibal, tu n'imagines pas combien je suis désolé, dit-il en guise de bonjour, mais en ignorant Steve. C'est de ma faute : Fiona m'avait demandé de l'aider pour l'entretien du camping-car, mais le Tour nous est tombé dessus.

Lombard était l'image même de la désolation, comme s'il était le vrai responsable de l'accident. Cependant, quand il remarqua la présence de Steve, son visage changea : il ne s'attendait pas à le trouver dans ma chambre à cette heure. Il le salua d'un hochement de tête, grommela qu'il me verrait avant le départ de l'étape et sortit aussi vite qu'il était entré.

— Ce vieux est de plus en plus dingue *bro*. Quand vas-tu t'en débarrasser ? C'est un vrai casse-pieds.

— C'est lui qui m'a introduit dans ce milieu. D'ailleurs, tu as entendu, la bonbonne était défectueuse, alors laisse tomber cette histoire de garde du corps, parce que je n'en veux pas ; ça me perturberait.

On continua de discuter un moment de l'incident, et on se concentra sur la stratégie de l'étape. Il était nerveux. C'était la première journée de haute montagne, et même si les cimes les plus escarpées avaient été programmées pour les journées suivantes, ce jour-là un seul défi nous attendait : l'imposante ascension de La Pierre Saint-Martin au bout d'un trajet de presque quatre heures. Les quinze derniers kilomètres seraient brutaux, avec de longues rampes à plus de dix pour cent ; le genre de pente qui oblige une voiture à monter en première, et un cycliste à donner un sacré coup de reins.

Les cent cinquante premiers kilomètres s'écoulèrent rapidement et sans incident ; quelques équipes de moindre puissance et sans visées sur le podium profitèrent de ce long tronçon pour tenter des échappées agressives et prolongées. À contrecœur, le peloton dut accélérer pour éviter un écart trop grand avec les fugueurs : on aurait préféré ne pas trop se dépenser avant la dure épreuve que représentait la dernière partie.

Quoique fatigué, le gros du peloton arriva au complet au pied de la longue côte, mais à peine avions-nous commencé l'ascension de La Pierre Saint-Martin que les coureurs décrochèrent comme des fourmis qu'on décolle d'un bâton en le secouant. On s'attendait à l'assaut de Matosas, mais pas à une attaque concertée des trois principaux rivaux ; enfin, ceux qui restaient après la purge de l'assassin. Les *gregarios* de l'Italien, de Paniuk et de Medel accélérèrent le rythme, assurant la relève en tête : cela ne ressemblait pas à une stratégie improvisée, tous les deux cents mètres, l'un d'eux prenait le relais et accélérait. Ces fils de pute nous jouaient un mauvais tour, les trois équipes s'étaient associées !

À mi-côte, le tronçon le plus dur, nous n'étions plus qu'une dizaine. Trois kilomètres avant l'arrivée, plus que cinq : Steve, ses trois rivaux et moi.

Sans leur escorte respective, Matosas, Paniuk et Medel firent comme leurs coéquipiers : ils se comportèrent comme une seule équipe, prenant alternativement la relève en tête. Plusieurs fois le trio tenta de se débarrasser de nous en zigzaguant sur la route, mais chaque fois je réagis à leurs attaques en me collant à la roue du dernier d'entre eux. Je craignais que Steve soit incapable de rester derrière moi lors d'un de ces changements de direction et de vitesse, mais les automatismes et ses dernières réserves d'énergie le maintenaient à quelques centimètres de ma roue. Il pédalait sans se soucier des autres coureurs, concentré sur le confort de mon sillage ; il savait que je me chargerais du reste.

Ce n'était pas facile ; en théorie, une échappée devrait être plus dure pour l'homme de tête que pour celui qui est protégé, deux ou trois positions derrière, et qui se contente de coller à la roue de celui qui le précède, mais le corps ne réagit pas de cette façon. Celui qui accélère subitement sait qu'il va fournir un effort additionnel et il s'y prépare ; celui qui veut le suivre réagit avec une ou deux secondes de retard et doit imposer à son organisme un effort soudain que bien souvent il n'est plus en mesure de fournir. Quand l'attaquant a pris trois ou quatre mètres, le bénéfice du sillage disparaît et la brèche devient très difficile à combler.

Apparemment, ils étaient convenus d'une sorte de signal, car toutes les deux ou trois relèves le vélo de pointe lançait une attaque que les deux autres suivaient aussitôt ; par chance, je réagis à temps chaque fois et je pus neutraliser leurs assauts. À ce moment-là, la colère était le meilleur des combustibles. Steve, dans une sorte de transe, répondait de façon automatique à mes départs, comme si un lien invisible avait attaché ma roue arrière à sa roue avant.

À un kilomètre de l'arrivée, je compris que tout danger était écarté ; les attaques de nos trois rivaux perdirent de leur ardeur, Medel s'en aperçut, abandonna cette stratégie, se leva en danseuse et joua le tout pour le tout. L'Espagnol souhaitait gagner l'étape, au sommet des Pyrénées qui sépare la France de son pays : en franchissant la ligne d'arrivée, il roulerait sur le sol navarrais. Cette fois, Matosas et Paniuk s'abstinrent de le suivre. J'avais encore des réserves, je m'étais maintenu dans le sillage des autres et j'avais ce qu'il fallait pour le prendre en chasse, mais ce démarrage était trop violent pour Steve et je décidai de laisser filer l'Italien. J'imaginai Fiona secouant la tête, déçue, les mains sur les hanches.

Cette vision me poussa à prendre la tête du quatuor ; je voulais empêcher le fugitif de prendre trop d'avantage. Si je devais être un lâche, qu'au moins ce lâche prenne un peu d'initiative. À deux cents mètres de l'arrivée, Matosas et Paniuk se lancèrent à l'assaut de la deuxième place pour se détacher de Steve et bénéficier des secondes de bonification que le Tour accorde aux trois premiers, à chaque étape. Je regardai mon compagnon : son visage état un monument de fatigue. Je restai avec lui et le remorquai jusqu'à la ligne d'arrivée.

Ce jour-là, Medel reprit quarante-huit secondes au leader, Matosas et Paniuk vingt et une ; un mal qui n'était pas négligeable mais qui pouvait se digérer. Ce qui me restait en travers, c'était la stratégie utilisée par les trois équipes pour se liguer contre la Fonar. S'il s'était agi d'un sommet plus haut et escarpé, le mal aurait été dévastateur, et il n'aurait même pas fallu une journée catastrophique pour modifier le podium : il aurait suffi de l'effet accumulé de six étapes de plus avec des attaques similaires à celles de ce jour-là.

Dans le bus qui nous ramenait à l'hôtel, Giraud était hors de lui. Le directeur technique voulait porter plainte contre les trois rivaux ; Steve aussi était furieux. De mon côté, je trouvais cela normal jusqu'à un certain point : Medel, Paniuk et Matosas étaient les leaders d'équipes disposant de budgets plus modestes et de *gregarios* moins réputés que ceux des trois puissances dont Steve, Óscar Cuadrado et Stark étaient les leaders, mais de façon inattendue les pertes des équipes Movistar et Batesman remettaient d'autres équipes en selle, à condition de neutraliser la Fonar, ce qu'elles étaient justement en train de faire.

C'était sans doute l'objectif de l'assassin : mener à la victoire l'un de ceux qui aujourd'hui avaient dévoilé leurs intentions. Je me représentai mentalement les directeurs techniques des trois équipes, leur chef mécano, leurs sponsors. C'était forcément l'un d'eux : ni Matosas ni Paniuk ni Medel n'auraient eu la moindre chance de conquérir Paris si les circonstances n'avaient éliminé cinq ou six cyclistes qui avaient de grandes chances de l'emporter. Quel que soit le responsable des agressions, il avait agi au bénéfice de l'un des trois. Et, contrairement à Steve, je pensais que l'explosion du camping-car de Fiona collait parfaitement avec cette stratégie. Si la bonbonne de gaz avait été pleine, ce jour-là je me serais retrouvé sur un lit d'hôpital, pas dans une salle de massage. Pire encore : ce matin-là je n'aurais pas protégé Steve dans la montagne et Matosas porterait maintenant le maillot jaune.

Heureusement pour moi, le dramatisme de l'étape qui venait de s'achever avait retenu l'attention de la presse, qui sembla oublier provisoirement l'explosion de la veille : toutes les questions des journalistes aux membres de l'équipe Fonar portaient sur la défaite de Steve face à ses trois poursuivants au classement général. Personne – et surtout pas les médias – ne souhaite qu'à la moitié de la compétition on connaisse déjà le vainqueur. L'avantage de Steve et l'effondrement de Stark et de Cuadrado menaçaient d'affadir le Tour et de le priver de tout suspense, mais l'attaque de Medel, Matosas et Paniuk ouvrait la voie à une nouvelle rivalité et laissait présager des journées dramatiques en haute montagne. Ce qui enflammait la presse angoissait Steve.

Il ne reparla plus de l'explosion de la bonbonne de gaz ou du besoin de me protéger : le nouveau défi était trop terrible pour être ignoré.

— C'est une conjuration inacceptable, les juges devraient réagir, s'exclama Giraud, indigné.

Il avait réuni coureurs et assistants techniques avant le dîner, dans le bus de l'équipe.

— Il s'agit de vingt-sept coureurs contre neuf, c'est impossible de rivaliser. Il faudrait trouver des alliances avec d'autres équipes, proposa Steve.

— Aucune des petites équipes ne va nous donner un coup de main. Je crois même qu'elles seraient trop contentes d'envoyer la puissante Fonar mordre la poussière, dis-je en essayant de ramener un peu de bon sens, mais je fus moi-même surpris d'être intervenu ; en général, j'ai tendance à fuir les conflits, cela demande trop d'énergie.

— Nous devrions au moins présenter une protestation officielle ; il n'est pas éthique qu'une partie du peloton complote contre le leader, ça ne s'est jamais vu, insista Steve, surpris de ma résistance inattendue.

— On ne peut pas prétendre une chose pareille, sur route on fait des alliances de toute sorte. Par ailleurs, avec son sprint final Medel s'est battu contre les deux autres, ce qui réfute toute accusation d'un prétendu arrangement, objectai-je.

— On pourrait se mettre d'accord avec ce qui reste de Movistar et de Batesman, intervint Guido, le Portugais. Cuadrado est en sixième position ; même sans ses *gregarios,* avec notre aide il pourrait terminer sur le podium et sa collaboration en montagne serait la bienvenue. Les

Anglais ont encore deux ou trois bons grimpeurs : si on leur donne un coup de pouce pour décrocher le maillot blanc, ils peuvent envisager une alliance.

Le maillot blanc récompense le meilleur jeune de moins de vingt-cinq ans ; un des coureurs de Batesman se trouvait en seconde position dans cette catégorie et était un aspirant sérieux à ce titre.

Les yeux de Steve et de Giraud se tournèrent vers moi, attendant que je réponde. En théorie, la proposition de Guido était logique, mais en théorie uniquement. Je me tortillai, mal à l'aise sur mon siège, et prolongeai la pause le plus possible.

— Demander à Movistar ou à Batesman d'aider Fonar à l'emporter, c'est comme si on demandait au Real Madrid de donner un coup de main au Barça pour l'aider à remporter la Ligue des champions. Il y a quatre ans que le Tour, la Vuelta d'Espagne et le Giro d'Italie se partagent entre les trois équipes, et si cette fois Movistar et Batesman ne peuvent participer au Tour, la dernière des choses qui intéresse les autres c'est que la Fonar couronne son champion.

— Et toi, tu roules pour quelle équipe ? répliqua Giraud, exaspéré par mes objections.

— Je suis avec le leader et je crois qu'aujourd'hui je l'ai prouvé au bon moment, en montagne, répondis-je.

Je fus moi-même surpris de ma réponse abrupte et pleine de défi. Se mesurer à Giraud n'était jamais une bonne idée, le directeur sportif a tout pouvoir sur une équipe et le nôtre l'exerce avec superbe du haut de son piédestal et de ses succès antérieurs. Le Français pouvait parfaitement me condamner le lendemain à la tâche terrible de me cramer en m'imposant un rôle de navette entre le peloton et la voiture de la Fonar qui alimente l'équipe en eau et en nourriture sur la route, un rôle ingrat d'aller-retour à l'arrière-garde que doivent jouer les membres les plus modestes, sans parler du rôle décisif de Giraud à la fin de la saison, au moment de préparer les contrats pour l'année suivante. Son physique ne se prête pas davantage à l'affrontement : il a un petit air de Gérard Depardieu qu'il accentue en cultivant un ventre imposant.

En général, je participe peu aux séances de planification d'étape et je n'affronte jamais le directeur, c'est pourquoi lorsque j'avance une suggestion il la respecte le plus souvent. Si Steve est en théorie le leader de l'équipe, sur la route je suis le stratège, c'est moi qui décide de poursuivre un groupe qui s'échappe ou de repositionner l'équipe dans le peloton après un changement de vent soudain. En tout cas, ces derniers jours j'étais rongé d'impatience : je ne savais pas si j'avais accumulé assez de courage ou de cynisme pour trahir Steve avant la fin du Tour, mais je n'avais plus envie d'avaler la merde de Giraud ni d'accepter des exigences absurdes de la part de l'équipe. Je me tus jusqu'à la fin de la réunion, impatient qu'elle se termine. J'étais pressé de voir comment allait Fiona ; moi, je n'avais eu qu'un coup de frayeur, alors qu'elle avait perdu le foyer qu'elle occupait la moitié de l'année. Je filai dès que possible, dînai en vitesse et allai la chercher.

Elle m'avait dit qu'elle serait dans le camping-car de Lombard, garé à une cinquantaine de mètres de mon hôtel. Je me glissai entre les bus et m'approchai du véhicule ; je les vis par la fenêtre, assis, les coudes sur la table, la tête penchée comme s'ils priaient. J'étais sûrement le sujet de leurs chuchotements, car je sentis une raideur soudaine dans leur façon de m'accueillir, comme s'ils avaient été surpris au moment où ils se confiaient un secret. Ce que me dit Lombard me le confirma.

— Tu aurais pu partir à la poursuite de Medel, non ? Tu avais largement assez d'énergie, râla-t-il avant que j'aie le temps de le saluer.

— Ne revenons pas là-dessus. Pas ce soir, protestai-je, plus fatigué que contrarié.

— D'après mes calculs, tu aurais pu ramener l'avantage de Steve à une minute et en plus remporter l'étape : la première de ta vie sur le Tour !

Maintenant, il avait l'air franchement indigné.

— Tu dois être mort, et je suppose que cette nuit tu n'as pas beaucoup dormi, intervint Fiona, volant à mon secours.

— Oui, je suis mort.

Je me tus subitement : j'aurais aimé utiliser un autre terme. Au fil des années, j'ai accumulé amulettes et rituels en tout genre pour invoquer la bonne fortune sur route, mais cette peur du mot même, c'était nouveau.

— Pendant quelques jours, je vais dormir ici, le colonel me donne l'asile, mais je te raccompagne à ton hôtel et m'assure que tu vas bien te mettre au lit, dit Fiona en se levant.

Je pris congé de Lombard et on se retrouva dans la fraîcheur de la nuit ou ce qui s'en rapprochait beaucoup, après les trente-deux degrés de la journée. L'avantage d'une étape qui arrive en haut d'un col, c'est que parfois l'équipe est hébergée dans une station de ski, souvent dans un lieu solitaire, avec une température plus agréable pendant l'été. J'avais mis une casquette pour ne pas être reconnu, mais toute personne me voyant marcher au rythme d'un patient dans les couloirs d'un hôpital, goutte-à-goutte et peignoir compris, aurait reconnu un cycliste professionnel.

— Stark abandonne demain, il n'a pas le courage de continuer, après la disparition de Fleming. Cuadrado y pense aussi, mais on le lui a interdit, malgré la disparition de la moitié de son équipe ; Movistar a des engagements avec les sponsors et ils ne sont plus que quatre sur neuf.

Fiona trouvait toujours le moyen d'apprendre des secrets avant qu'ils soient révélés au grand jour. Même si les mécanos sont rivaux entre équipes, ils constituent avant tout une corporation : les informations qui circulaient entre eux finissaient toujours par arriver à Fiona, la reine de cette confrérie. Mais elle avait une révélation encore plus importante :

— Matosas est menacé chez Lavezza : s'il ne figure pas parmi les trois premiers, il sera balancé à la fin de la saison.

Elle me l'annonça sans emphase, mais j'eus l'impression que c'était une information explosive. L'équipe Lavezza avait mis Matosas le dos au mur, l'exigence était un simple prétexte pour s'en débarrasser : il n'avait aucune chance d'arriver parmi les premiers à Paris. Sauf, bien sûr, s'il liquidait la dizaine de coureurs qui le dépassaient. La conclusion était évidente : Matosas et ses proches étaient responsables des tragédies du Tour ! Fiona le savait-elle ?

— Pourquoi me racontes-tu cela ? Tu ne me communiques presque jamais tes informations sur les autres équipes.

En effet, en sa qualité d'inspectrice en chef, elle essayait de ne pas abuser de sa position, et elle ne voulait pas me donner l'avantage sur mes rivaux.

— Premièrement, parce que c'est une information qui ne vient pas de mon bureau ; je ne viole aucune règle de confidentialité. Deuxièmement, parce que j'y vois une chance unique pour toi, et si tu veux le savoir, pour le bien du cyclisme. Il te reste trois bonnes années, il est encore temps de faire exploser le leader qui est en toi ; il suffirait que tu dépasses Matosas pour monter sur le podium. Lavezza t'offrirait la position de leader l'année prochaine.

— À condition que Matosas ne se débarrasse pas de moi d'abord.

— Toi aussi, tu crois qu'il y a un assassin qui rôde ?

— Pas toi ?

En posant cette question, je ne pus m'empêcher de regarder derrière moi et de scruter l'obscurité qui nous entourait. En dépit de la nuit étoilée où la lune ne brillait guère, je crus remarquer que deux silhouettes nous suivaient.

— Je ne sais pas encore ce qui rôde, mais en tout cas il se passe des choses bizarres, reconnut-elle.

— C'est forcément Matosas, tu viens de m'offrir le mobile et les faits parlent d'eux-mêmes ; il est déjà deuxième au classement.

— Pas de précipitation, sergent Moreau.

— Tu es au courant, pour le commissaire ? demandai-je avec inquiétude tandis qu'on entrait dans l'hôtel.

En dépit de ma fatigue, j'accélérai pour laisser derrière moi les ombres que j'avais vues, mais je ne savais plus si c'étaient les arbres bercés par le vent ou l'effet d'une paranoïa galopante.

— Laisse tomber, ici les murs ont des oreilles, répondit-elle tout bas. Repose-toi, demain la haute montagne t'attend – après une pause, elle ajouta avec un sourire : Et une nouvelle chance.

"Les murs ont des oreilles, mais pas seulement ici", me dis-je. Comment savait-elle que le commissaire m'appelait ainsi quand il voulait me provoquer ? Les conversations avec le policier s'étaient toujours déroulées en tête à tête. J'observai Fiona discrètement : elle était tellement hermétique que j'avais parfois l'impression de partager mon lit avec une étrangère. J'ignorais tant de choses de ma maîtresse que j'étais encore surpris de certaines de ses réflexions dans les rares moments où l'intimité battait en brèche sa réserve. Quand je croyais avoir compris qui elle était, elle se débrouillait pour me montrer une facette qui mettait en pièces l'image que je m'étais enfin forgée d'elle.

Cependant, dans aucune de ces versions, je n'aurais imaginé Fiona capable d'intriguer dans mon dos ; au contraire, je croyais qu'elle ne savait pas mentir ni tempérer ses opinions pour éviter un conflit, encore moins pour tromper. Elle était frontale et directe, sans miséricorde, mais juste. Son commentaire avait sûrement une explication rationnelle et inoffensive : il suffisait de lui demander franchement ce qu'elle savait de mes conversations avec le commissaire et comment elle en avait connaissance. Mais je m'abstins.

— Reste, ne t'en va pas, lui demandai-je en entrant dans ma chambre.

Je redoutais les dangers qu'elle pourrait encourir sur le court chemin du retour. Elle interpréta ma demande comme une tentative de séduction ; au lieu de répondre, elle se déshabilla spontanément. On évitait d'avoir des rapports pendant les épreuves trop exténuantes comme le Tour, sans pour autant se priver de caresses quand on se retrouvait dans l'intimité. On ignora le règlement de l'équipe pour le second soir consécutif, mais tant pis.

Le visage enfoui entre ses seins semés de taches de rousseur, cette nuit-là je dormis d'un sommeil profond et détendu. Mais auparavant, j'avais revu mes deux listes : celle des suspects, avec cette fois Matosas en tête, et celle du classement général. La moitié des noms figurait sur les deux listes.

Classement général, 10e étape

(Tarbes – La Pierre Saint-Martin 167 km)

1 Steve Panata	35 h 56' 09"	"Mon *bro*, de plus en plus près du cinquième maillot."
2 Alessio Matosas	+ 1' 21"	"Principal suspect."
3 Milenko Paniuk	+ 1' 44"	"Allié de Matosas."
4 Marc Moreau	+ 1' 47"	"J'occupe la quatrième place !"
5 Pablo Medel	+ 1' 48"	"Allié de Matosas."
6 Óscar Cuadrado	+ 2' 58"	"Il n'a plus d'équipe pour rester."

7 Luis Durán	+ 3' 01"	"Faible."
8 Peter Stark	+ 4' 12"	"Abandonnera d'un moment à l'autre."
9 Sergueï Talancon	+ 4' 16"	"Aucune chance."
10 Viktor Radek	+ 5' 26"	"S'il n'est pas l'assassin, une vilaine tête pour rien."

11e ÉTAPE

Comment démasquer Matosas ? Était-il impliqué lui-même, ou seulement ceux qui voulaient faire de lui un champion ? L'Italien, un assassin ? Difficile à croire. C'était une personne aimable, portée à plaisanter et à rire ; son sens de l'humour était du genre à détendre l'ambiance et à réchauffer les cœurs. Je me rappelai ses gestes de gentleman sur la route et j'en conclus qu'il ne pouvait être le criminel que nous recherchions.

Puis je pensai à Conti, son principal *gregario*, et à Ferrara, son chef mécano, des durs, originaires de l'Italie du Sud : des enfances difficiles et sauvages qu'en d'autres circonstances on aurait facilement pu rattacher à la Camorra ou à d'autres organisations maffieuses de la Méditerranée. Après tout, la mort de Fleming dans la baignoire n'était pas l'intention d'origine, mais le résultat d'un corps à corps intempestif ; l'Anglais aurait pu survivre à l'attaque : une simple fracture et il aurait été éliminé du Tour, mais il serait toujours en vie, comme les victimes précédentes. Vu sous cet angle, Matosas avait peut-être accepté un plan qui consistait à cogner plus ou moins fort pour se frayer un chemin vers une victoire à Paris et empêcher ainsi son éviction humiliante. Oui, tout cadrait : les assassins du Tour étaient Matosas et ses séides.

J'imaginai la surprise du commissaire quand je lui révélerais l'identité des responsables des tragédies de ces derniers jours. Je savais que l'insistance de Favre à m'appeler "sergent Moreau" relevait de l'ironie : pour lui, je n'étais qu'un cycliste et il prenait mon passé militaire pour une imposture. Maintenant, il devrait porter sur moi un autre regard ; pendant quelques instants, je fus effleuré par l'agréable frisson de la réhabilitation. Quant à prouver la culpabilité des Italiens, c'était à la police de l'établir ; en attendant, j'avais scrupuleusement exécuté mon travail.

Fiona quitta ma chambre au point du jour. La course ne commencerait qu'à une heure de l'après-midi ; en me dépêchant, je pouvais voir le commissaire avant le début des préparatifs de l'étape, il était urgent de soumettre les suspects à une surveillance étroite et d'empêcher qu'ils commettent un nouveau crime. J'aurais aimé aussi convoquer Sam Jitrik, le patron du Tour, pour le mettre au courant de mes découvertes, mais à la différence du commissaire il ne m'avait pas donné son numéro de téléphone ni demandé que je l'appelle si j'avais du nouveau. Je me rappelais encore son exhortation enflammée, son appel à la responsabilité pour protéger à tout prix le Tour de France, en ma qualité de cycliste et de patriote : j'aurais aimé l'entendre me remercier d'avoir conjuré la menace qui pesait sur sa vénérable institution.

Je m'attardai sur les différentes versions de la reconnaissance qu'éveillerait chez mes compagnons ma participation à l'affaire ; peu d'entre eux me le diraient avec des mots, mais ils me regarderaient du coin de l'œil et un respectueux silence s'établirait quand j'arriverais au milieu d'eux. Les détails de l'enquête ne seraient peut-être jamais dévoilés, pour des raisons propres à la police, tant pis : les organisateurs du Tour et les autorités le sauraient, et je me chargerais de mettre Fiona au courant. Une façon de détourner la pression qu'elle exerçait sur moi pour que je sois à la hauteur de ses espoirs ; elle aussi devrait me voir avec d'autres yeux. Je n'ai jamais gagné une étape, encore moins une place sur le podium, mais nous saurions tous les deux que j'avais réussi quelque chose de beaucoup plus important.

— C'est Matosas ou son équipe, ou les deux, assurai-je au commissaire Favre quarante minutes plus tard.

On était dans ma chambre, où je l'avais retrouvé après le petit-déjeuner. Un décor peu reluisant, vu l'ampleur de ma révélation : des valises béantes, comme des ventres étripés, des serviettes un peu partout, des crèmes, des douzaines de boîtes de compléments alimentaires dans tous les coins. On changeait d'hôtel tous les soirs, et aucun d'entre nous ne se donnait la peine d'utiliser les tiroirs et les armoires, on plongeait simplement dans les valises pour en extraire ce dont on avait besoin.

— C'est un de mes suspects, répondit prudemment Favre en lançant un regard réprobateur autour de lui.

— Il est désespéré. J'ai appris que son équipe se débarrassera de lui s'il ne monte pas sur le podium à Paris : cela signifie une retraite anticipée, la perte de ses ressources publicitaires, le départ de deux ou trois de ses collaborateurs les plus proches. Lavezza est une des rares équipes qui n'ait pas subi une attaque, et les abandons dans le peloton en font un aspirant au titre. Aujourd'hui, il sera dans les trois premiers.

Le commissaire me dévisagea avec attention et rejeta la tête en arrière sans me quitter des yeux, comme ces gens qui doivent lire une note sans leurs lunettes. Une fois de plus, j'eus l'impression de passer un examen. Son regard de juriste me troubla : soudain, mon réquisitoire contre Matosas me paraissait moins décisif, une simple conjecture.

— Ils veulent tous monter sur le podium, objecta Favre.

— Deux membres de son équipe ont un passé obscur. Sur le circuit, on pense que dans leur jeunesse ils ont été en contact avec la maffia, et personne ne veut se lier à eux. Il n'est pas déraisonnable de penser qu'ils ont reçu de l'aide pour réaliser leur plan.

Soudain, voilà que je parlais comme un personnage de série policière, pour tenter d'être crédible. L'attitude du commissaire après ma révélation était très loin de la gratitude à laquelle je m'attendais. Au contraire, sa méfiance me donnait l'impression d'être un mouchard peu fiable.

— Il aurait le mobile et les moyens, admit-il après une longue pause. Je vais vérifier les antécédents des membres de son équipe. Autre chose ?

— Non, pas pour le moment, répondis-je, comme si j'étais en mesure de lui dévoiler un autre mystère bientôt. – Je décidai de lui poser une question sur le même ton professionnel : Des progrès sur l'examen de la bonbonne de gaz ?

— J'ai reçu un rapport. Pas très concluant, répondit-il d'une voix à peine audible.

Son regard transmettait un message catégorique : “N’abuse pas.” J’abusai :

— Et que dit le rapport, commissaire ?

— Qu’en effet c’était une vieille bonbonne, mais d’après le fabricant, elle ne peut pas exploser sans intervention extérieure. Il affirme que cela ne s’est jamais produit. Nous aurons plus d’éléments quand les experts auront achevé l’analyse des fragments. Nous saurons alors s’il y a des traces d’une substance étrangère. En attendant, je maintiens la thèse : il s’agit d’une attaque.

Après cette rencontre, on décida de se revoir le lendemain, et je me rendis à la réunion matinale de l’équipe. On allait aborder la deuxième étape de haute montagne, avec la redoutable ascension du légendaire Tourmalet : dix-sept kilomètres de côte avec des rampes à 7,3 %, et auparavant il faudrait grimper les douze kilomètres qui mènent au col d’Aspin. Une journée pour les grimpeurs, plus exigeante que celle de la veille. Si les trois rivaux de Steve décidaient de s’unir pour attaquer, ils pouvaient nous mettre en miettes.

Nous avions néanmoins un atout. La descente du Tourmalet est presque aussi légendaire que l’ascension, et beaucoup plus dangereuse : trente kilomètres en chute libre par des routes précaires, de simples terrasses surplombant l’abîme, où on plane à plus de soixante-dix kilomètres-heure. Et personne au monde n’a le talent de Steve en descente ; plus d’un coureur est tombé en essayant de le suivre. Moi-même, qui ai pratiqué avec lui des milliers d’heures d’entraînements solitaires, je le perds de vue sur ces toboggans interminables. Mon compagnon pourrait même combler son retard pris dans l'ascension, si celui-ci ne dépassait pas quelques secondes.

Au démarrage de l'étape, on comprit vite que le plan de nos rivaux était un copié-collé de la veille. L'ascension de l'Aspin éparpilla le peloton : les équipes de Matosas, Paniuk et Medel grillèrent leurs *gregarios* en les forçant à user les autres cyclistes et en particulier ceux de la Fonar. Le rythme fut infernal dès le début. Au pied du Tourmalet, nous n'étions plus qu'une douzaine ; à partir de ce moment-là, la vitesse se stabilisa et il n'y eut plus de décrochages pendant un bon moment.

J'avais d'abord cru que l'absence d'attaques obéissait à la prudence ou à une stratégie, mais je compris vite que la vraie raison, c'était la fatigue. Les nombreux démarrages de la veille se payaient maintenant, surtout avec Matosas et Medel. Nous montions si lentement que je pus scruter à loisir les visages de l'Italien et de Conti, son obscur *gregario* : ils transpiraient la culpabilité, c'était du moins mon impression. Le visage enfantin de Conti, loin de le favoriser, rappelait celui d'un psychopathe de cinéma. Je le regardais avec une telle insistance que ce gamin à l'air de *serial killer* finit par s'en apercevoir et répondit à mes regards en haussant les sourcils, comme s'il me demandait si j'avais perdu quelque chose ; je ne pus retenir un frisson en imaginant Fleming dans sa baignoire.

J'eus la confirmation de la fatigue de nos rivaux quand, à cinq kilomètres du col du Tourmalet, ils lancèrent enfin leurs attaques. Ce jour-là, ils n'avaient pas l'énergie affichée la veille : ils écrasaient les pédales et se rasseyaient dix mètres plus tard, aussi blasés qu'un couple célébrant le rite de l'accouplement hebdomadaire au bout de trente ans de vie commune. Mais à la suite de ces assauts, quatre autres coureurs décrochèrent.

Un peu plus haut, Steve, considérant qu'il n'y avait rien à craindre et qu'on était à deux kilomètres du sommet, me demanda d'aller de l'avant si j'en avais la force.

— Je te rejoindrai dans la descente et on se débarrassera d'eux, ajouta-t-il.

Sa proposition était contraire aux instructions de Giraud, car sans mon aide il était exposé aux attaques des autres grimpeurs dans le dernier tronçon, mais il avait raison, la fatigue générale écartait toute éventualité de menace. Le rythme de l'ascension était pitoyable et nos adversaires semblaient sur les rotules. Tout ce qu'il nous fallait : en haute montagne, épuisé ou pas, si on remarque que les rivaux sont encore plus mal, on a une poussée d'adrénaline.

J'en eus la confirmation à l'instant où j'attaquai. Je m'étais posté derrière Medel et Paniuk qui étaient en tête, et au premier virage je changeai de vitesse et me lançai en avant par surprise ; les deux rivaux, voyant que le leader ne participait pas à l'échappée, me laissèrent filer. À ce moment-là, j'occupais la quatrième place, et avec cette échappée je pouvais leur passer devant au classement général, mais aucun leader d'aucune équipe ne redoute les *gregarios* : ils savent que tôt ou tard leur directeur technique va les sacrifier. Aucun d'eux ne visait l'étape, ils étaient là pour démolir Steve. Ce n'était pas moi qui les inquiétais.

Ce fut une erreur monumentale de leur part, mais compréhensible. Il y avait des années que je n'avais pas lancé une attaque en solitaire ; ils n'avaient pas de point de comparaison pour m'évaluer. Ils savaient que j'étais un grimpeur-né, et que mon rôle était de protéger le leader de mon équipe : en montagne, je n'avais jamais pédalé à un autre rythme qu'à celui de Steve, protégé par mon sillage. Maintenant, débarrassé de cette tâche, j'accélérai sur des rampes à huit ou neuf pour cent, le cœur en joie. Arrivé à la cime, l'ardoise d'une moto m'apprit que j'avais pris près de trois minutes à mes poursuivants. Fiona avait peut-être raison.

Dans la descente, je n'attendis pas Steve. Si l'info était vraie, en ce moment même j'étais le leader virtuel du Tour de France au classement général ; une sensation enivrante, même si elle était passagère. Je descendis à une vitesse suicidaire, résolu à augmenter l'écart à tout prix : par deux fois, ma roue goûta au gravier du bas-côté, à quelques centimètres du précipice. Je savais qu'en bas de la descente il restait six kilomètres avant l'arrivée, ces derniers en légère côte, et que mes poursuivants désespérés travailleraient en équipe pour réduire l'avantage que j'avais pris sur eux.

Je ne sais comment Steve s'y était pris, mais quand j'arrivai sur le plat qui annonçait la dernière petite ascension avant l'arrivée à Cauterets, mon compagnon m'avait rejoint ; si mon échappée avait été méritoire, l'écart que Steve avait pris sur nos rivaux dans la descente était une véritable prouesse. Fiona se trompait peut-être, finalement. On monta les derniers kilomètres en nous relayant ; deux mille mètres avant la ligne d'arrivée, Steve passa devant et mit la gomme, comme s'il voulait me semer, et je compris qu'il souhaitait bénéficier des dix secondes de bonification de la première place, en plus d'accrocher à son palmarès une victoire d'étape supplémentaire ; je me collai à sa roue, ruminant avec amertume le rôle ingrat du *gregario*. Dans ces dernières rampes de l'ascension j'aurais pu, si je l'avais voulu, dépasser Steve dans le sprint final. Mais je me rappelai avec résignation que ce n'était pas mon rôle.

Je me demandai si en m'effaçant une fois de plus devant Steve je ne risquais pas de perdre Fiona. Je ne m'étais jamais senti assez digne d'être son compagnon ; au fil des années, j'avais fini par avoir un succès relatif auprès des femmes, mais jamais auprès d'une femme comme elle. Son insistance à me déclarer le meilleur cycliste du circuit me laissait penser que son amour naissait peut-être de sa conviction : pour une personne dont la vie tourne autour du vélo, c'était une raison suffisante pour respecter, admirer et en dernière instance aimer quelqu'un. Mais que se passerait-il si je continuais de me maintenir au second plan ? Quelle serait l'ampleur de sa déception ? Disparaîtrait-elle de ma vie aussi soudainement qu'elle y était entrée ?

J'étais tellement plongé dans mes pensees lugubres que Steve dut agiter le bras : alors seulement je me rappelai que cent mètres avant l'arrivée il s'était décalé.

— À toi de jouer, champion, me dit-il d'un air amusé.

Je ne répondis pas : je partis comme une flèche vers la ligne et la franchis les bras levés pour célébrer ma première victoire dans une étape du Tour. Sur mon passage dans les derniers mètres, les supporters, peut-être des milliers, agitèrent des drapeaux français. Et je me rappelai qu'on était le 14 Juillet, la fête nationale ; je l'avais complètement oublié, absorbé comme je l'étais par les tâches du jour et mes nouvelles fonctions policières. Les quarante minutes suivantes, je flottai sur un petit nuage au milieu des trophées, des embrassades des assistants, des micros assoiffés, des interviews exaltées et des inévitables contrôles antidoping.

Dans le bus, je trouvai un Giraud euphorique ; que la Fonar ait les deux premiers au général, même de façon provisoire, c'était un triomphe pour lui, une prouesse rarement vue. Après la cérémonie de remise des trophées de l'étape, il passa un long moment à se pavaner devant les journalistes, au pied du véhicule, mais dans le bus, sur le chemin de l'hôtel, je le vis chuchoter quelques mots à Steve. Je ne les entendis pas, mais je connaissais suffisamment l'oiseau pour comprendre à ses mimiques qu'il était mécontent. Quand on se retrouva seuls, Steve et moi, à la fin du repas, je compris pourquoi :

— Il n'a pas du tout apprécié que je te laisse arriver le premier, à cause des sponsors et de je ne sais quoi d'autre. Ne l'écoute pas, c'était fabuleux de te voir gagner l'étape.

Je faillis répondre que s'il m'avait laissé la première place c'était parce qu'au préalable je lui avais cédé le passage et que je ne l'avais pas attaqué, mais au lieu de rectifier, je le remerciai de son geste.

— Qui l'aurait cru, il y a dix ans, quand on dégommait les ivrognes dans les bars de Catalogne, me répondit-il, en minorant mes remerciements. Si nous prenons soin de toi, nous pouvons monter tous les deux sur le podium à Paris, déclara-t-il avec enthousiasme.

“Si je prends soin de toi, tu pourras monter sur le podium à Paris !” pensai-je. Autant qu'il me souvienne, sobre ou aviné, il n'avait jamais dégommé personne dans un bar, mais son expression ravie m'émut. Sa joie devant mon succès était pure, et j'étais injuste. Le sourire radieux de Steve et son bonheur communicatif ne me laissaient jamais indifférent. En outre, quand il parlait de prendre soin de moi, il pensait plus à une stratégie d'équipe qu'à une attitude condescendante de sa part. Je me rappelai sa Jaguar de sport dans laquelle il était arrivé chez moi, trois semaines après avoir gagné son deuxième Tour ; il m'avait vanté le moteur et les finitions en cuir pendant un long moment, et m'avait obligé à m'asseoir à la place du copilote pour me montrer l'élégance du tableau de bord. Quand il s'aperçut que sa prétention m'agaçait – ce qui semblait être son objectif –, il me tendit les clés, attachées par un ruban vert : il exultait, plus heureux de me l'offrir que moi de la recevoir.

— Tu crois que Giraud va me laisser arriver vivant à Paris ? demandai-je, intoxiqué par son optimisme.

À l'évidence, si un rival mettait en péril la place de Steve, le directeur de la Fonar m'obligerait à prendre la défense de mon leader, même si l'effort me cramait dans les derniers mètres d'une ascension ; dans ce cas, je pouvais perdre dix ou quinze minutes et disparaître tout au fond du classement général.

— On voit que Matosas et Medel sont fatigués, répondit Steve, prudemment.

Évidemment, il ne voulait pas non plus mettre en péril la possibilité de gagner son cinquième Tour.

Je le regardai, déçu. J'aurais espéré une autre attitude de sa part, un appel à ne pas nous rendre, à nous rebeller contre les desseins de Giraud et à nous jurer, comme nous l'avions fait douze ans auparavant, de nous battre dos contre dos pour gagner, sans souci des conséquences.

Sa générosité condescendante me rappela le patron d'une plantation, qui félicite fièrement son esclave d'apprendre à lire.

Steve perçut ma déception et sa réaction me surprit : il me serra dans ses bras sans un mot. Une fois de plus, sa réaction me désarma. De nouveau j'admis que j'étais injuste ; les prétentions de Lombard et de Fiona avaient déformé ma vision de l'ordre naturel des choses. Un *gregario* est une pièce au service de son leader ; Steve était dans le juste. Telle était la logique du Tour : cent quatre-vingt-dix-huit coureurs pour s'assurer qu'une petite dizaine se disputerait le maillot jaune. L'équipe avait été organisée et recrutée pour que Steve soit champion, et lui-même était prisonnier de ce dessein.

On se sépara sans dire grand-chose. J'essayai de me débarrasser de ma tristesse, qui me suivit jusqu'à ma chambre ; ce jour-là, où j'avais enfin gagné une étape du Tour, devait être le plus beau jour de ma vie de cycliste, mais je me sentais minable. Un *gregario* ne devrait pas goûter aux miels de la victoire, pour la même raison qu'un enfant dans un camp de réfugiés ne devrait pas goûter un gâteau au chocolat.

Même Fiona ne put me tirer du malaise qui me dévorait. À son message sur le portable, *Viens dans le camping-car de Lombard, nous fêtons ta victoire*, je répondis par un laconique : *Très fatigué. Demain.* Non seulement j'étais épuisé, mais je ne voulais voir personne, et surtout pas Fiona ; la dernière des choses dont j'avais envie c'était qu'on me parle de gâteau au chocolat.

Mes souhaits laissaient le commissaire de marbre. Il attendait devant ma chambre : deux mégots écrasés montraient que ni les bonnes manières, ni sa santé, ni mon repos, n'étaient au nombre de ses priorités. Il entra dans la pièce sans écouter mes protestations.

— Du nouveau, sergent ? demanda-t-il distraitement en scannant du regard le désordre des lieux avant de le poser sur le contenu d'une valise ouverte.

— Rien, répondis-je, mécontent de cette intrusion, pendant que je me laissais tomber sur le lit, résigné à supporter sa présence.

— Comment cela, rien ? Vous voilà deuxième au général. N'importe qui dirait que l'assassin essaie de favoriser l'équipe Fonar, dit ce dernier sur un ton ironique, comme s'il s'agissait d'une plaisanterie.

En effet il esquissa un sourire, un rictus qui me fit penser à un barracuda. Et il fixa mon visage, guettant une réaction qu'il pourrait commenter.

— Serais-je devenu un suspect, répondis-je sur le même ton, en écho à sa plaisanterie.

Moi aussi, je le regardais dans les yeux, dans l'attente d'une réponse.

— Au fond, nous n'avons encore ni suspects ni innocents ; nous ne pouvons écarter personne. En ce qui me concerne, il y a deux cents suspects et leurs assistants respectifs. Vous me l'avez dit vous-même : "Chaque coureur mène sa propre guerre et la plupart sont prêts à mourir pour la gagner", n'est-ce pas ?

Il me gratifia de son maudit demi-sourire. Je devinai qu'il attendait son heure depuis plusieurs jours pour me donner l'estocade.

— Et d'où sort que j'étais votre infiltré dans le peloton ?

— D'accord, réduisons le chiffre à cent quatre-vingt-dix-sept candidats, concéda Favre, certains sont à coup sûr plus suspects que d'autres.

— Vous avez enquêté sur les équipiers de Matosas ? Sur leurs liens avec la maffia ?

— Mouais. Rien de concluant.

Il pencha la tête d'un air dédaigneux. Il avait utilisé la même expression à propos de la bonbonne de gaz ; même si Favre avait appris quelque chose, il ne me le dirait jamais.

— Moi, j'ai la confirmation que Matosas sera congédié à la fin de la saison ; seule une victoire sur le Tour lui sauverait la mise, à lui et à ses proches. Si quelqu'un a des raisons de commettre un acte désespéré, c'est bien lui.

En réalité, je n'avais aucune confirmation, je prenais l'information de Fiona pour argent comptant ; ses informations étaient toujours fiables. Et je voulais montrer au commissaire que, contrairement à lui, j'étais prêt à partager mes découvertes.

— Et Giraud ? À quel point est-il désespéré ? Moi aussi, j'ai entendu des choses. Les sponsors américains de Steve seraient plus à l'aise avec un directeur technique yankee, même si officiellement l'équipe est française. On cite des noms pour la prochaine saison. Comme pour Matosas, seul un triomphe à Paris pourrait le sauver. C'est du moins ce qu'il croit, je pense.

Je ne savais pas si l'information de Favre était correcte, car jusqu'alors je n'avais rien entendu à ce sujet, mais c'était vrai, ces derniers jours Giraud paraissait nerveux et irrité ; en réalité, on aurait pu en dire autant de lui dans tous les grands Tours où j'avais couru sous sa tutelle. J'aurais aimé expliquer au commissaire à quel point mon directeur sportif était un fils de pute, ou lui expliquer que je le croyais capable de tout pour éviter un échec ; un sursaut de loyauté à l'égard de la Fonar, et par extension de Steve, me retint. Admettre que notre position sur le tableau était le résultat d'une machination criminelle, c'était nier les efforts de toute l'équipe et en un sens cela nous rendait suspects : si Giraud avait vraiment partie liée avec les attentats, Steve et moi, les deux bénéficiaires de ses actes, serions obligés de prouver notre innocence.

De nouveau je me demandai quelle était la vraie raison de la visite du commissaire. Si j'étais suspect, l'intrusion du policier était positivement une effraction. Son comportement sembla le confirmer : il s'approcha de la table de nuit et prit un des flacons de compléments alimentaires ouverts, lut l'étiquette et flaira le contenu, comme s'il voulait s'assurer que l'un coïncidait effectivement avec l'autre. Je me rappelai que certaines victimes avaient été intoxiquées ; Favre se comportait comme s'il pensait trouver le poison sur ma table.

— Je me demande si je suis déjà en âge de prendre des compléments, dit-il, songeur. Que me disiez-vous, à propos de Giraud ? ajouta-t-il en se tournant vers moi.

Je n'avais rien dit sur Giraud, mais je l'avais pensé très fort. Les manières de Favre commençaient à me taper sur les nerfs. Je me rappelai le soulagement que j'avais éprouvé lors de sa première visite, quand j'avais vu qu'il n'était pas envoyé par l'agence antidoping ; cette fois, j'aurais souhaité le contraire. Ç'aurait été mieux qu'un fin limier qui flaire le sang.

— Giraud a toujours été le même, exigeant et discipliné. Je ne vois rien de changé chez lui. En tout cas, devant cette avalanche d'accidents et de tragédies, il s'inquiète pour Steve. Il a appris que la direction du Tour a appelé la police ; à juste titre, il craint que ses coureurs soient la cible de l'assassin.

— Il s'inquiète ? Dans quel sens ?

"Encore le fin limier", me dis-je. Il ne pouvait dissimuler son émotion : ses narines s'ouvraient et se fermaient comme des écluses. Je compris aussitôt mon erreur. On ne pouvait rien offrir à Favre ; il transformait le détail le plus anodin en os à ronger.

— Dans le sens de nous appeler à la prudence, d'éviter les risques inutiles, de nous prévenir qu'un danger rôde quelque part.

Le directeur n'en avait rien dit à l'équipe, mais il en avait sûrement parlé avec Steve ; plus ou moins, à mon avis. Quoi qu'il en soit, j'étais prêt à dire n'importe quoi, pour être débarrassé du policier. Je faillis reparler de Matosas, mais Favre pouvait interpréter mon insistance comme une tentative de détourner son attention sur quelqu'un d'autre.

— Je vous demande de vous concentrer sur Giraud dans les prochains jours, pour le moment c'est le principal suspect, dit-il en se dirigeant enfin vers la porte, m'offrant sa meilleure imitation de compagnon affable. Bon, sur Matosas aussi, mais lui, je m'en charge. Votre position à l'intérieur de la Fonar a une valeur incalculable à présent, autant ne pas se disperser.

Cette recommandation n'améliora pas l'opinion que j'avais du commissaire. Jusqu'alors, j'étais un homme à l'intérieur du peloton, et maintenant j'étais son homme à l'intérieur de la Fonar. Ce forban, comme aurait dit ma mère, me demandait d'espionner ma propre équipe. Mais il n'avait pas fini de me surprendre Dans le couloir, il se retourna et posa la main sur mon épaule.

— Et je vous félicite pour votre seconde place au classement général, j'en suis fier, dit-il presque entre ses dents et sans me regarder. Il y a plus de trente ans qu'un Français n'a pas gagné le Tour, ajouta-t-il avant de s'éloigner d'un pas vif.

Je ne pus m'empêcher de relever cette ironie : un commissaire, un ex-militaire et une inspectrice en chef des mécanos – Favre, Lombard et Fiona – nourrissaient le même espoir que je gagne le Tour, chacun avec ses raisons. Et je me demandai si l'assassin était à l'œuvre. Serait-ce un psychopathe malade de patriotisme ?

Ce soir-là, j'essayai de m'endormir, ravi de me savoir à un peu plus d'une minute et demie du maillot jaune : une sensation inconnue jusque-là, mais très excitante en dépit des soucis de ces dernières heures. Je me demandai si Fiona était aussi fière de moi que le commissaire. Mais la vraie question était : le serait-elle encore quand j'aurais disparu des premières lignes du classement ? Tôt ou tard, Giraud se chargerait qu'il en soit ainsi dans son souci de prendre soin de Steve. Et si je sortais indemne de ses stratégies, je risquais encore d'être la proie de cet assassin à l'affût. D'un patriote fanatique ? Matosas, un Italien désespéré ? Giraud, un narcissique impitoyable ?

L'idée que mon propre directeur technique pouvait être une menace à double titre finit par chasser mon sommeil. Et quand on chasse le sommeil, la panique est à deux pas ; d'ailleurs, si je ne parvenais pas à me reposer pour affronter la dure ascension du lendemain, un assassin ou une stratégie hostile de la part de la Fonar seraient inutiles : la fatigue se chargerait de m'écrabouiller. Peu à peu je parvins à me détendre grâce au mantra auquel je recourais tous les soirs : la révision des temps accumulés à la fin de l'étape. Douceur des chiffres.

Classement général, 11e étape

(Pau – Cauterets – Vallée de Saint-Savin 188 km)

1 Steve Panata	41 h 03' 31"	"De mieux en mieux."
2 Marc Moreau	+ 1' 43"	"Steve et moi, la passe de deux. Le rêve."
3 Alessio Matosas	+ 3' 37"	"On lui a rendu coup pour coup, à ce salaud."
4 Milenko Paniuk	+ 3' 56"	"Ces trois-là, ils ont raté leur complot."
5 Pablo Medel	+ 3' 59"	"Je ne comprends pas la trahison de Medel, c'était un ami."
6 Óscar Cuadrado	+ 6' 02"	
7 Luis Durán	+ 6' 41"	
8 Sergueï Talancon	+ 7' 56"	
9 Viktor Radek	+ 8' 21"	
10 Rol Charpenelle	+ 8' 42"	

2010

Quand je dis à Fiona que Steve est mon frère, elle croit que c'est une façon de parler ; elle n'a jamais compris qu'en un sens Steve est réellement mon frère. Pendant des années, je n'ai eu aucune nouvelle de Beatriz, ma mère. Dans les premiers mois de mon service militaire, je lui ai envoyé trois ou quatre longues lettres où je lui décrivais les paysages de l'Occitanie et la vie de caserne. J'aurais aimé lui dire qu'elle me manquait, mais je ne savais comment m'y prendre : nous n'avions jamais été proches ni affectueux, mais à ce moment-là, entouré d'une soldatesque bruyante et hostile pour qui j'étais "le Colombien" malgré mon français sans accent et mon nom de famille, Moreau, les attentions brusques que doña Beatriz m'avait prodiguées quand j'étais petit prenaient dans mon souvenir les proportions d'une expression dévote de l'amour maternel.

Je ne m'avouai pas vaincu, en dépit du silence qui répondait à mes lettres, et au Noël suivant, quatorze mois après avoir quitté la Colombie, j'appelai chez moi : une voix mélodieuse et joyeuse me répondit et se tut dès qu'elle m'entendit. Les quelques monosyllabes par lesquels elle répondit à mes questions maladroites n'exprimaient ni colère ni rancœur, mais un trouble né de la surprise et de la gêne ; elle redoutait sans doute que mon appel ait pour objet d'annoncer mon retour à Medellín. Au bout de quelques minutes, elle parla vaguement d'une casserole sur le feu et me passa son mari. Un dialogue qui s'étira en longueur et n'intéressa aucun de nous deux : on raccrocha en se souhaitant un joyeux Noël. Au moins, son haleine était inoffensive à huit mille kilomètres de distance.

Dans les jours qui suivirent, je finis par admettre qu'en fin de compte, j'étais bel et bien mort aux yeux de ma mère. D'ailleurs, je me demande si j'ai été vivant pour elle un seul jour, si à un moment ou à un autre j'ai été autre chose qu'une corvée. Elle m'avait eu à dix-sept ans avec un homme de quarante-deux ans qui l'impressionnait beaucoup au début et qu'elle avait fini par détester au bout de quelques mois ; ils se séparèrent huit ans plus tard, mais dans les dernières années de leur mariage ils ne se voyaient presque plus, car le colonel avait été nommé à l'ambassade d'un pays voisin, le Venezuela.

Je suppose que mes yeux bleus et mes pommettes paternelles lui rappelaient l'homme qu'elle détestait. Elle était tout jardins et fleurs, musiques et fêtes ; alors que le colonel Moreau était jaloux, contrôleur et dominateur, sévère et rigide. Un mélange qui transforma le temps de leur cohabitation en enfer. Et je devins la preuve irréfutable que certaines mauvaises décisions sont irréversibles.

En dépit de la désillusion, je gardai espoir. Je refusais d'admettre que ces montagnards mal dégrossis et ces déchets des banlieues de Lyon et de Marseille, avec qui je partageais désormais la vie de caserne, soient plus aimés que moi. Mais c'étaient des rejetons de clans qui se manifestaient par des coups de fil et des visites, ou par des paquets de cigarettes, du nougat ou des petits pains durcis envoyés régulièrement par la grand-mère, alors je compris que le scénario était simple : ma mère se mordait les doigts et s'étranglait le cœur pour effacer mon souvenir, avec le désir ardent de reconstruire une vie avec le docteur et ses deux fillettes.

Comme je l'avais cru quelques années auparavant quand mon institutrice m'avait quitté pour aller à Bogotá, je pensai que le vélo serait l'instrument idéal pour récupérer ma mère. Je deviendrais champion du monde, je serais riche et célèbre, et un jour j'irais à Medellín et l'emmènerais dans ma limousine avec chauffeur devant la maison que je lui aurais achetée ; alors, elle comprendrait qu'elle s'était lourdement trompée en refusant de suivre ce que lui dictait son cœur.

Mais au fil des mois, à son tour elle mourut en moi. Lombard et le vélo devinrent la vie même, et pas l'instrument pour récupérer une vie en Colombie qui n'en avait jamais été réellement une. Je me vouai à mon environnement français et finis par admettre que je n'avais été qu'une pénitence pour Beatriz Restrepo. Elle s'efforçait de son mieux d'enterrer mon souvenir une bonne fois pour toutes, et j'essayai de suivre son exemple.

Steve changea tout cela. Quand on décida de vivre ensemble sur le lac de Côme, on partagea la même maison la première année. Les parents de mon compagnon étaient des visiteurs assidus, même s'ils ne logeaient pas toujours dans notre grand appartement, et ils ne tardèrent pas à adopter ce garçon sage et reconnaissant qui était maintenant le meilleur ami de leur fils. Diana, la mère, comprit que mon tempérament posé exerçait une influence bénéfique sur les impulsions téméraires et l'ingénuité optimiste de leur fils.

Un jour, le père de Steve se rendit à Bogotá pour affaires et le couple décida de prolonger le voyage et de faire un peu de tourisme dans plusieurs pays d'Amérique du Sud ; avant de quitter la Colombie, ils décidèrent, par gratitude et par curiosité, de passer par Medellín et de rencontrer ma mère. Je ne leur avais pas beaucoup parlé d'elle, et presque toujours en termes vagues, raison de plus pour éveiller leur intérêt.

Doña Beatriz dut se sentir flattée par la visite obséquieuse de personnes si distinguées, qui l'emmenèrent dîner dans le restaurant chic de l'hôtel où ils étaient descendus et lui dirent grand bien du fils qu'elle avait en France ; Mme Panata lui offrit un très beau bracelet en or d'un joaillier à la mode de Santa Fe. Sans doute mue par un mélange de fierté et d'obligation, elle écrivit un petit mot qui arriva quelques jours plus tard :

Steve et Marc,

Quelle bonne nouvelle que tout aille si bien pour vous ; vous devez être dans un très bel endroit. Tous mes vœux. Rendez vos parents fiers de vous.

Beatriz Restrepo

Steve prit ce mot pour une victoire, et moi pour un affront plus blessant que le silence. Ce n'était pas la lettre d'une mère à son fils ; elle était plutôt adressée à Steve, afin de ne pas passer pour une personne mal élevée aux yeux de ses parents.

À compter de ce jour, mon compagnon prit l'habitude d'envoyer une carte postale à ma mère chaque fois qu'il écrivait aux États-Unis, comme si le tandem que nous avions constitué sur le vélo s'étendait aussi à nos deux familles, et que dans la répartition des tâches c'était à lui d'entretenir le lien avec les parents. Pas habituée à ces attentions, elle répondait par de petits mots adressés à Steve dans un style très formel, de son écriture ronde d'écolière, où elle exprimait ses salutations et ses remerciements. Mon ami me les montrait ; je hochais la tête et essayais de les oublier. Au fond, je savais qu'entre ma mère et moi rien n'avait changé ; ces échanges ne me concernaient pas du tout.

Deux ans plus tard, alors que nous habitions des maisons contiguës, toujours dans le même quartier près du lac, Steve m'annonça, amusé et ravi, que ma mère viendrait pour Noël. Il s'attendait à mes réticences mais au fond il était convaincu de nous amener à un heureux dénouement : il parviendrait à fondre mère et fils dans une embrassade réconciliatrice. J'appris ensuite que pendant des mois il avait lutté contre les objections de Beatriz et qu'il les avait finalement vaincues en lui envoyant un billet de première classe Medellín-Milan, où nous irions la chercher. Je savais qu'en réalité il ne l'avait pas convaincue ; ma mère avait compris, en voyant le montant de la dépense – payée d'avance –, qu'elle ne pouvait y échapper : c'eût été un geste de mauvaise éducation de refuser ce cadeau généreux.

Les jours suivants, Steve organisa avec passion et enthousiasme l'agenda de nos activités quand doña Beatriz serait là. Le restaurant avec chauffage et panorama incroyable, la boutique des thés, l'élégante échoppe de souvenirs, la chocolaterie sophistiquée et le cadeau de bienvenue : manteau et écharpe en cachemire. J'approuvais avec résignation et agacement le programme ébauché, sachant qu'il deviendrait un chemin de croix désagréable pour elle, et pour moi le rappel cruel des raisons pour lesquelles nous avions tous les deux décrété la mort de notre relation.

Ma mère trouva une solution bien à elle. La veille de prendre l'avion, une voisine envoya un télégramme pour nous annoncer qu'elle avait été hospitalisée : une sciatique qui la handicapait depuis des mois et qui avait fini par l'immobiliser ; le message était adressé à Steve. Son désamour avait eu raison de ses sursauts de politesse.

Steve, un peu déçu, ne s'avoua pas vaincu pour autant. Moi, à vrai dire, j'accueillis la nouvelle avec un énorme soulagement. Il fit envoyer des fleurs à l'hôpital et continua de lui adresser des cartes postales pendant des années, mais il n'essaya plus de nous réunir.

L'expérience m'apprit que je n'avais plus de mère et qu'au sens strict je n'en avais jamais eu ; en revanche, je compris que j'avais trouvé un frère. Comment et pourquoi, voilà ce que ni Fiona ni Lombard ne pouvaient comprendre.

12e ÉTAPE

Je me réveillai, me levai, ouvris les rideaux et la fenêtre de ma chambre. Le vent frais du matin augurait plutôt bien de la journée qui s'annonçait. Les sept heures de sommeil avaient apaisé mes démons, et la demi-heure suivante avec mes compagnons les mit définitivement en déroute.

En général, le petit-déjeuner n'est pas le moment le plus fulgurant de la journée : un cafard enfumé est plus vivant que les momies ahuries et hirsutes qui descendent à la salle à manger peu après 8 heures. Mais ce jour-là, la table de la Fonar était en fête ; presque quatre minutes entre Steve et la troisième place de Matosas, ce qui nous consacrait favoris du Tour. Nous seulement nous avions le maillot jaune, mais nous étions en tête du classement par équipes. La Fonar faisait une razzia, ce qui allait gonfler le palmarès et les poches de tous ses membres.

Je m'assis à droite de Steve, comme tous les jours, quel que soit l'hôtel où nous étions ; il occupait le haut de la table, selon un protocole qui assignait les places en fonction d'une hiérarchie non écrite. Plusieurs de mes compagnons me tapotèrent le dos, et même certains coureurs de l'équipe française AG2R, qui cette fois logeaient dans le même hôtel, me félicitèrent de loin : ces douze dernières années, aucun compatriote n'avait gagné un 14 juillet, ce qui constituait un véritable affront national.

Steve était heureux, pour l'équipe, pour moi, pour lui. Son sourire et son enthousiasme irradiaient vers toute la tablée. Dans sa meilleure version, le charme de mon ami ne laisse personne indifférent, et moi moins que quiconque. Maintenant, tout allait bien. Il avait pour ainsi dire le Tour dans la poche, moi j'avais gagné une étape et pour quelques heures au moins j'étais le second meilleur de tout le peloton. Même dans nos délires les plus fous, dans le camp de Catalogne où nous nous étions rencontrés, nous n'aurions jamais imaginé un triomphe comme celui que nous étions en passe de connaître.

Mais je crus remarquer que l'euphorie de Steve était un peu forcée, tendue. Il paraissait plus soulagé que content ; il avait les gestes outrés d'une personne qui s'est débarrassée d'un gros poids. Fiona avait peut-être raison : au fond, il était rongé par les occasions que j'avais perdues en me condamnant à être son ombre, mais si nous pouvions monter tous les deux sur le podium à Paris, moi aussi je rentrerais dans l'histoire du cyclisme et tout affront serait oublié.

Avant de remonter dans nos chambres respectives, il me serra contre lui : "Peu importe ce que dira Giraud, faisnous gagner tous les deux", chuchota-t-il à mon oreille. Heureusement, ce jour-là la ligne de départ était à quelques pas de l'hôtel ; on en profita pour rabioter quelques heures de repos, en attendant de signer le registre officiel de la course.

Une heure plus tard, Fiona frappa à ma porte et se glissa dans ma chambre. Je n'avais pu la voir la veille, parce que l'UCI avait organisé une longue réunion des inspecteurs qui l'avait obligée à descendre dans un hôtel éloigné, dans un autre village des Pyrénées.

Je crus qu'elle venait me féliciter, ne serait-ce que brièvement. Elle était jolie comme un cœur : mon bas-ventre prit une initiative qui lui était propre et s'imagina toutes sortes de récompenses. Mais Fiona se contenta d'une étreinte rapide et d'un baiser fugace ; ce n'était pas la raison de sa présence. Elle tira de la poche arrière de son pantalon un papier plié, tiède, qui avait épousé la courbe de sa fesse gauche. Mon excitation persista, en dépit de toutes les probabilités négatives : concernant Fiona, je restais toujours optimiste. Elle déploya entre ses mains un plan de route.

— Il suffit que les temps se maintiennent aujourd'hui entre les leaders, Mojito. Assure-toi seulement que Matosas ne réduise pas l'écart. Bouger maintenant mettrait Giraud sur ses gardes et il y a encore beaucoup d'étapes ; il vaut mieux tout reporter sur les deux derniers jours, juste avant Paris.

La stratégie de Fiona était correcte, si je voulais trahir la Fonar. Nous abordions la dernière journée dans les Pyrénées et il y aurait ensuite quatre étapes de plaines et de collines pendant lesquelles nous ne devrions pas avoir trop de problèmes pour contrôler nos rivaux. Le Tour s'achèverait par quatre journées très dures de haute montagne dans les Alpes, des journées décisives.

— Nous sommes prêts. Nous avons de meilleurs grimpeurs qu'eux, ne t'inquiète pas ; aujourd'hui, nous neutraliserons n'importe quelle attaque, répondis-je avec prudence, sans faire aucune allusion au complot contre Steve dont elle parlait. Je te promets que ce soir je serai toujours second au classement, conclus-je.

Je lui donnai un baiser, auquel elle répondit avec enthousiasme. On se quitta avec entrain, sans savoir que l'assassin contredirait ma promesse quelques heures plus tard.

À midi, on se retrouva dans le bus pour recevoir les instructions de Giraud sur l'étape qui nous attendait, avant de passer à la signature du registre officiel de la course, exigée par le règlement.

C'est alors que je mesurai le chambardement déclenché par ma victoire. Il paraît que près d'un millier de journalistes sont accrédités pour couvrir le Tour de France ; moi, j'eus l'impression qu'ils étaient deux mille agglutinés autour du pavillon des signatures par lequel je devais passer avant le départ de l'étape. Ils voulaient tous une déclaration ou une image exclusive. En théorie, les journalistes attendent la fin de l'étape pour poser des questions aux cyclistes après qu'ils ont franchi la ligne d'arrivée : en général, ils respectent les minutes qui précèdent le départ, quand les coureurs essaient de se détendre et de se concentrer sur les efforts qui les attendent. Mais la presse n'a aucun scrupule à bousculer le protocole.

— Cela fait trente-deux ans qu'un Français n'a pas gagné le Tour, me dit Axel Simon quand j'arrivai enfin au bus.

Il me montra les gros titres du journal qu'il était en train de lire : "La France revit au Tourmalet", disait

L'Équipe. Axel, le masseur qui m'était attribué, était un des rares compatriotes de l'équipe Fonar, bien que l'équipe soit formellement enregistrée comme une organisation française. Il y avait aussi Pierre Tessier, que nous surnommions le Bigot parce qu'il avait l'habitude de réciter des Notre Père au moment du départ, et Giraud, mais je pense que ce salopard n'a ni mère ni patrie, comme disent les Mexicains. Axel me dit :

— Tu es la nouvelle célébrité. J'en ai même bénéficié : la télévision française m'a interviewé tout à l'heure. Ils voulaient tout savoir sur toi.

— Et tu leur as dit quoi ?

— Que tu avais gagné grâce au massage, qu'à cause du 14 Juillet je t'avais fait un traitement spécial, plaisanta Axel.

C'était un brave type et le meilleur des masseurs, même s'il avait la beauté d'une gargouille de Notre-Dame. Ce fut justement pour cette raison qu'on s'était retrouvés ensemble ; mes compagnons avaient invoqué toutes sortes de raisons pour l'éviter, comme si sa laideur était une maladie contagieuse qu'il pouvait transmettre par les mains. Moi, je n'avais eu aucune difficulté à reconnaître un mal-aimé dans mon genre.

— J'espère que tu ne leur as pas révélé que cela incluait un heureux dénouement.

— Ne t'inquiète pas, tes secrets sont sous clé dans l'armoire ; je ne voulais pas qu'ils perdent leurs illusions, ils parlaient de toi comme si tu étais la réincarnation d'Anquetil.

Je pensai au légendaire *Enfant Roi**, Jacques Anquetil, aussi célèbre pour ses cinq victoires sur la Grande

Boucle que pour sa réputation d'homme à femmes. Sous n'importe quel angle, l'allusion était mortifiante : mes prouesses dans ces deux domaines étaient ridicules.

— Tu aurais dû leur dire que notre leader est Steve et que je suis un *gregario* – je n'avais plus envie de plaisanter. La minute et demie qu'il a sur moi représente une distance définitive, et même deux secondes auraient suffi. Pas besoin d'alimenter cette bouffonnerie !

Et je montai dans le bus pour me protéger des journalistes pendant les minutes qui précédaient le départ. J'eus des remords en voyant le visage contrarié du pauvre Axel, qui voulait juste rigoler, mais je trouvais que cette histoire tournait à la mauvaise plaisanterie.

Pas question de trahir Steve, même si c'était le plus fort désir de Fiona et de la presse française. Arriver deuxième me semblait déjà une perspective étrange. Nous pourrions contrôler les attaques des rivaux lors de cette étape, mais ce serait trop demander que nous y parvenions lors des quatre dernières étapes alpines, si les équipes de Matosas, Medel et Paniuk unissaient leurs efforts de nouveau ; en ce cas, je devrais me crever pour protéger le maillot jaune de Steve, et je finirais non pas à la deuxième place, mais à la vingtième.

Le bus était une oasis de tranquillité après le tumulte de la presse. Mes compagnons roulaient déjà autour du parking pour se détendre les muscles, et mécanos et assistants affrétaient les trois voitures chargées de vélos de rechange qui nous suivraient sur la route. Je pensai aux cent quatre-vingt-quinze kilomètres qui nous attendaient, et une partie de moi souhaitait tout envoyer au diable : perdre quinze ou vingt minutes sur le leader et mettre un point final aux espoirs absurdes que la presse alimentait. Plus la farce serait entretenue, plus dure serait la chute, et je connaissais assez ce genre d'histoires pour savoir qu'au bout du compte les journalistes eux-mêmes et les supporters qui m'encensaient finiraient par me poignarder pour me faire payer leur déception.

Malgré tout, je ne pus m'empêcher de jeter un coup d'œil sur un *Libération* posé sur le siège de Giraud : "L'espoir", gros titre au-dessus de la photo prise la veille où je franchissais la ligne d'arrivée, les bras en l'air. Une douzaine d'autres journaux gisaient au pied du siège du directeur sportif. Je regardai de nouveau la première page de *Libération* et je compris pourquoi Giraud avait mis cet exemplaire de côté. Sous ma photo, il y en avait une beaucoup plus petite, de Lombard, accompagnée d'un encadré ainsi intitulé : "Meilleur que Steve." L'article ne pouvait pas commencer plus mal : "Le colonel Lombard, entraîneur personnel de Marc Moreau, dit Annibal, assure qu'en tout point le coureur français est meilleur cycliste que son chef de file, l'Américain Steve Panata. « S'il le décide, il peut gagner le Tour », affirme-t-il."

Je sentis le monde s'obscurcir. Giraud croirait que j'avais incité le vieux militaire à publier ces propos de défi. Je comprenais maintenant pourquoi tant de journalistes m'avaient posé la question quelques minutes plus tôt : les affirmations de Lombard étaient prises pour une déclaration de guerre de ma part. Je ne pouvais même pas attribuer toute cette histoire à la gaffe d'un pisse-copie malintentionné : l'article était signé, excusez du peu, par Ray Lumière, le journaliste du cyclisme le plus connu et le plus crédible de toute la presse française.

Naïvement, j'avais cru que l'insistance des journalistes à me soutirer une déclaration sur le maillot jaune n'était qu'une provocation visant à récolter une info à scandale, sans savoir que le scandale avait déjà été déclenché par mon prétendu mentor. Je mesurai alors la distance observée par tous mes compagnons dans la dernière heure, quand je les avais rejoints dans le bus avant les signatures ; j'étais sans doute le seul à ne pas être au courant de la déclaration de Lombard. Les membres de la Fonar avaient dû l'interpréter comme un acte de déloyauté vis-à-vis de l'équipe ; et Steve, comme un coup de poignard dans le dos.

L'irruption inopinée de Fiona dans ma chambre prenait maintenant tout son sens. Elle avait cru que Lombard avait lancé les hostilités sur mon initiative, ce qui signifiait que ce jour même je lancerais la première attaque contre Steve ; ma maîtresse était venue me conseiller d'être prudent et d'attendre des journées plus décisives. Apparemment, elle ne me prenait pas seulement pour un traître, mais aussi pour un imbécile.

L'appel sur la ligne de départ interrompit mes réflexions. Un regard sur le peloton suffit pour comprendre que j'étais le plat du jour ; à ma grande surprise, la plupart de mes compagnons me regardaient avec sympathie. Pour beaucoup de *gregarios*, la perspective d'une victoire de l'un d'entre eux est une rébellion contre le monopole des leaders. Aucun d'entre eux ne m'aiderait à monter sur le podium à Paris, mais le simple geste qui transparaissait à travers les déclarations de Lombard était stimulant pour eux, et à coup sûr irrévérent ; en tout cas, c'était une bizarrerie cocasse, au milieu des codes rigides imposés par les directeurs sportifs.

Même les rivaux me regardaient d'un bon œil. Ils ne me laisseraient sûrement pas m'échapper, maintenant qu'ils avaient compris que j'aspirais au maillot jaune, mais ils se réjouissaient d'une éventuelle scission à l'intérieur de la Fonar : tout ce qui ressemblait à un croche-pied à Steve Panata était une bonne nouvelle, et ce qu'ils voyaient comme une dissidence de son principal *gregario* était pain bénit pour leurs aspirations. N'importe quoi l'est, quand on détecte une difficulté du leader qui a une avance de quatre minutes.

En revanche, l'attitude dans les rangs de la Fonar était à l'opposé. Le silence qui m'accueillit quand je rejoignis mes coéquipiers en attendant le signal du départ montra qu'ils me considéraient comme un danger pour les objectifs de l'équipe, autrement dit pour leurs primes. Plus d'un pouvait avoir de la sympathie pour ma cause, mais aucun n'était brouillé avec son portefeuille, et je risquais de creuser un trou dans leur budget. À contrecœur, ils me ménagèrent une place parmi eux à l'intérieur du peloton : un mulâtre au congrès du Ku Klux Klan n'aurait pas été plus mal à l'aise.

Je regardai l'écran du potentiomètre comme si je le voyais pour la première fois ; à mon comportement, on aurait pu croire que j'avais réussi à charger des films dans le petit appareil. Tout plutôt que de regarder Steve dans les yeux. Mais une grande tape dans le dos m'arracha à mon point de fuite.

— Tu es mon héros, Annibal. Tu les as tous baisés, se réjouit Radek. Si tu as besoin d'un coup de main en montagne, compte sur moi, parce que ces lâches ne vont pas te le donner, dit-il en lançant un regard de mépris sur mes coéquipiers.

Si j'avais l'espoir de rassurer la Fonar, l'épouvantail polonais venait de le ruiner. Ces derniers jours, avec ses éternelles diatribes contre le Tour et ses imprécations incessantes, Radek était devenu un paria, un oiseau de mauvais augure que tout le monde fuyait ; mais voilà, il n'était plus le seul dans cette catégorie.

Je me sentis mieux quand la course démarra et que le peloton se mit en mouvement. Tout va mieux quand on pédale. Comme si mes jambes pompaient de l'oxygène pour mon cerveau, je mis au point des stratégies pour montrer à mon équipe que j'étais toujours avec elle, que tout cela n'était qu'un énorme malentendu. Le soir, je pourrais l'expliquer au dîner, le lieu où les choses qui valent la peine sont discutées entre nous, mais l'essentiel était de le prouver pendant la course, le lieu où elles comptent vraiment.

L'équipe aurait certainement besoin de moi. La dernière journée dans les Pyrénées était la pire de toutes : deux ascensions très dures de première catégorie et à la fin une brutale escalade vers le plateau de Beille, un col hors catégorie. Selon la légende, le classement des cols correspond à la vitesse de l'emblématique 2 CV Citroën pour gravir ces cols : ceux de quatrième catégorie, les plus simples, se seraient appelés ainsi parce que cette vieille voiture pouvait les monter en quatrième, et ainsi de suite jusqu'aux plus difficiles, de première catégorie, qu'elle ne pouvait gravir qu'en restant en première. Inutile de dire que les cols hors catégorie étaient ceux où il fallait couper le moteur et coller un attelage à la vieille guimbarde ; j'étais évidemment l'attelage qui aidait Steve à conquérir ces cimes.

C'était sans doute ce qui me sauvait, provisoirement, de la vengeance de Giraud. Pour une journée comme celle-ci, nos deux autres bons grimpeurs étaient insuffisants : le Portugais Guido, et Tessier, le Bigot. Nous étions sûrs que l'association des trois équipes de Matosas, Medel et Paniuk imprimerait un rythme infernal dans les deux premiers cols, afin qu'on grille nos cartouches. Dans l'ensemble, ils disposaient de sept ou huit grimpeurs décents et peu leur importait de les cramer si cela leur permettait de nous isoler, Steve et moi, dans la montée finale. Sans moi, le leader serait une proie facile pour ce trio de loups.

Donc, Giraud avait besoin de moi, c'est pourquoi il avait laissé le numéro de *Libération* sur son siège au lieu de m'en tartiner la figure avant le départ de l'étape. Mais le lendemain, quand nous attaquerions la première des quatre journées relativement plates, les choses seraient différentes. Il pourrait m'imposer la tâche ingrate de fournir les bidons, barres et gels aux coureurs de l'équipe ; à raison de huit à dix bidons par cycliste, cela signifierait une demi-douzaine de visites à la voiture de ravitaillement. Le problème, bien sûr, n'était pas de ralentir pour attendre la voiture, mais de remonter jusqu'à la tête du peloton où pédaleraient mes compagnons. Normalement, on répartissait ce travail entre trois ou quatre coureurs, mais Giraud pouvait bien me confier cette tâche à moi tout seul : il suffirait d'une journée ou deux à ce régime pour que le directeur sportif réussisse à me vider.

J'aurais bien de la chance si après tout ça je réussissais à avoir encore la force d'échapper à la voiture-balai qui élimine les cyclistes trop lents à la fin de chaque étape.

Dès lors, je pouvais dire adieu à ma deuxième place au général, aussi préférai-je m'armer de bonnes résolutions, montrer que j'étais un membre fidèle de l'équipe et m'épargner la punition qui risquait de me tomber dessus les jours suivants.

La course se déroula comme prévu. Les trois équipes rivales grimpèrent les deux premiers sommets comme s'il n'y avait pas de lendemain ; ils perdirent la plupart de leurs *gregarios* mais atteignirent leur but. Au pied de la dernière ascension, il ne restait que Steve et moi de la Fonar, six membres des équipes rivales, y compris leurs trois leaders, et quatre grimpeurs d'autres équipes, aucune d'entre elles ne pouvant prétendre au podium. Surprise : l'un d'eux était Radek, qui de temps en temps approchait son vélo du mien pour me sourire et lever le pouce en l'air ; je feignais de ne pas comprendre pour ne pas devenir complice de la folie que ruminait peut-être ce Polonais enragé.

Quoi que Steve ait pu penser de moi, il décida de le remettre à plus tard. Il se colla à ma roue et on fit tous les deux ce qu'on savait faire le mieux en montagne : résister. Ils essayèrent de se débarrasser de nous en sollicitant tout le répertoire : nous exposer au vent en prenant le contrôle du bas-côté protégé, lancer de fausses échappées pendant que les grimpeurs prenaient soin des trois leaders sans se soucier de savoir à quelle équipe ils appartenaient… Bref, un complot sur toute la ligne. Ils recoururent même à une stratégie qui dans un autre sport aurait équivalu à un crachat ou à une morsure : à plusieurs reprises, ils essayèrent d'introduire de force un *gregario* entre ma roue et celle des trois rivaux, ou de nous bloquer pour permettre à Matcsas et aux autres d'échapper sans qu'on puisse les rattraper. Je défendis ma position avec le désespoir d'un moribond dans une queue de rationnement.

Par intuition, je m'étais mis dans la roue de Medel ; il était sans doute en meilleure forme, suffisamment pour tenter une échappée en solitaire. Si l'Espagnol démarrait, je devrais prendre une décision risquée : le suivre signifierait abandonner le groupe avec lequel on montait, même si on était souvent attaqués. Parier sur Medel serait profitable si les trois échappés parvenaient à atteindre le sommet – étant bien entendu que Steve serait dans ma roue –, mais si l'un de nous défaillait, le groupe qui venait derrière en se relevant nous rejoindrait et nous dépasserait, car ils auraient économisé de l'énergie en restant ensemble. Prendre une mauvaise décision pourrait nous coûter le Tour.

N'en prendre aucune, également : si nous ne le suivions pas, lui ou tout autre qui démarrerait, le groupe risquait de ralentir pour le laisser prendre de l'avance et remettre enfin le maillot jaune à un autre que Steve. Si je prenais la mauvaise décision, non seulement je sacrifierais la Fonar, mais mon directeur sportif penserait que j'avais commis une erreur intentionnelle pour provoquer la défaite de mon leader. Je me rendis compte que toute ma carrière dépendait de la décision que j'allais prendre dans les prochaines minutes. Comme tant d'autres fois au cours de ce Tour, l'assassin décida pour nous.

Pendant que Paniuk, Matosas et Medel lançaient de fausses échappées à seule fin de me laisser sur des charbons ardents et de camoufler l'attaque définitive, Steve creva : on entendit tous son cri, et l'Américain se retrouva aussitôt à trois ou quatre mètres en arrière. Sans se concerter, les autres accélérèrent, comme s'ils avaient reçu un coup de fouet : rien n'est plus stimulant que de voir le leader en difficulté.

Sur le bas-côté, Steve examina son vélo. Je m'approchai et compris que les dieux me donnaient l'occasion de me racheter : sans hésiter une seconde, je descendis de mon Pinarello et l'offris à mon compagnon. C'était la fin de mes prétentions au podium, mais aussi celle des soupçons sur ma prétendue déloyauté. Qu'un *gregario* cède son vélo à son leader est un comportement normal ; que le deuxième au général le donne au premier, ça ne s'est jamais vu.

Tous les deux, Steve et moi, on entendait Giraud brailler dans les oreillettes, pressant l'Américain de reprendre la route. Dès l'instant où on s'était arrêtés, le chronomètre de mon cerveau s'était enclenché : les échappés avaient déjà repris quarante-six secondes à Steve, et à coup sûr cette distance grandirait grâce au travail d'équipe de ceux d'en haut contre leur poursuivant solitaire. La seule consolation pour la Fonar était que Steve avait devant lui deux tronçons de replat où il pourrait réduire l'écart.

Je le vis partir et attendis la voiture de Giraud, qui arriverait d'un moment à l'autre avec le vélo de rechange ; avec un peu de chance, je rejoindrais le leader et l'aiderais à gérer la situation. En effet, je vis notre voiture bleue et rouge sortir du virage, tel un énorme élan surmonté des beaux bois de nos bicyclettes. Mais ce fils de pute ne ralentit pas d'un poil, au contraire il accéléra en me voyant et je jurerais presque qu'il m'aurait renversé si je n'avais pas fait un pas de côté ; je le perdis de vue derrière un bois de pins. Je n'en croyais pas mes yeux, ce salaud m'avait traité comme si j'étais un putain de bûcheron applaudissant au passage de la caravane.

Puis j'entendis la voix de notre directeur sportif dans l'oreillette : "Steve a besoin de son vélo de rechange, Annibal. Le tien n'est pas adapté à ses jambes. Attends la deuxième voiture, elle ne va pas tarder." Je devinai un fond de moquerie dans sa voix. Pour les autres coureurs, qui avaient aussi entendu, l'explication était valable ; personne ne pourrait l'accuser d'agir délibérément contre moi. Giraud prétexterait qu'il était plus urgent de rejoindre Steve et de lui donner un vélo adapté, que de s'arrêter pour me remettre dans la course.

En tout cas, Giraud avait eu sa vengeance à effet immédiat. La deuxième voiture était derrière un gruppetto sur qui on avait pris dix minutes au dernier pointage ; dans la pratique, c'était là que s'éteignait tout espoir de monter sur le podium à Paris. Dans mon for intérieur, je savais que ce soir-là mon nom ne serait pas au *top ten* que je psalmodiais avant de m'endormir.

Le chronomètre de ma tête fonctionnait toujours : 1' 25"… 1' 26"… 1' 27". Techniquement, j'étais encore à la deuxième place du classement, car mes temps avaient dépassé de 1' 54" ceux de Matosas en début de journée, mais dans quelques secondes je serais peu à peu dépassé par les coureurs qui jusqu'alors étaient derrière moi au classement général.

J'allais m'asseoir par terre quand Radek arriva, pédalant comme un furieux, solitaire, le visage creusé et défaillant, mais affichant toujours un ressentiment qui semblait ne pas avoir de fond ; je me rappelai qu'on l'avait lâché un ou deux kilomètres plus tôt. Il s'arrêta devant moi, vit le vélo de Steve et comprit ce qui s'était passé. Il fit un mouvement de tête désapprobateur et dit quelques mots que je ne sus comment interpréter :

— Je vais te donner une seconde chance, ne la gaspille pas, cette fois.

Et il fit une chose totalement inattendue : il descendit de son vélo et me l'offrit. Je mis deux secondes à réagir. 1' 48"… 1' 49"… Je ne savais même pas combien de minutes de pénalité sont infligées au coureur qui reçoit un vélo d'un membre d'une autre équipe : trois, vingt, aucune idée, peu importait, je voulais seulement arrêter la pendule qui continuait d'égrener dans mon cerveau : 1' 52"… 1' 53". Sans un mot, j'enfourchai sa machine et m'élançai avec fureur, comme si chaque coup de pédale écrasait le visage de Giraud, de mon père, des narcos qui avaient assassiné mon institutrice ; je me levai en danseuse et ne me rassis qu'en voyant au loin la voiture bleue et rouge de notre équipe, qui roulait très certainement derrière Steve.

Je fus moi-même étonné de les avoir rattrapés aussi vite. J'en compris vite la raison : Giraud et les deux mécanos étaient à côté du véhicule, regardant vers le bas. Un mauvais pressentiment me hérissa l'échine. Quand j'arrivai à leur hauteur, je vis mon vélo contre un arbre, le pneu déjanté tournoyant comme un hula-hoop autour de la taille d'une fillette ; et je vis Steve qui essayait de sortir d'un fossé de trois ou quatre mètres de profondeur, le visage égratigné et le maillot jaune entièrement déchiré. Il souleva une jambe, puis l'autre, prudemment, comme s'il redoutait qu'elles ne répondent plus. Sa pâleur contrastait avec le kaki militaire du vert végétal qui nous entourait.

Sans hésiter, je me laissai glisser jusqu'à lui ; je constaterais par la suite que dans la glissade je m'étais fait une vilaine blessure à la fesse, comme si les irritations de ma sueur entre les jambes ne suffisaient pas. 3' 49"… 3' 50"…

— Ça va ? Tu peux bouger les bras ? Les épaules ? lui demandai-je en l'examinant comme une mère inspecte son fils le jour de la rentrée des classes.

— La jante *tubeless* de ton vélo s'est décollée, Annibal, et j'ai percuté l'arbre. Ces casques sont excellents, hein ! et il fit mine d'enlever le sien pour l'examiner. Il avait l'air encore en état de *shock*, mais ce n'était pas le moment d'échanger des politesses. 4' 01"… 4' 02".

— En route, tu es encore le leader, nous n'allons pas leur donner le maillot, lui dis-je en regardant les lambeaux jaunes légèrement ensanglantés.

En réalité, je savais que nous avions perdu l'étape et le maillot, au moins pour ce jour-là, pendant que je le poussais à reprendre la route ; les deux mécanos descendirent dans le ravin et m'aidèrent à le tirer par les bras.

Il nous fallut encore une minute pour nous remettre, monter sur nos vélos de rechange et appuyer sur les pédales. 5' 02"… 5' 03". À ce moment-là, Matosas était le nouveau leader du Tour de France avec plus d'une minute, et la distance n'allait pas cesser d'augmenter. Nous aurions beau nous défoncer sur les presque quatre kilomètres qui restaient avant le sommet, dix coureurs prenant des relais à l'avant sont plus rapides qu'un duo en solitaire.

Je m'élançai devant Steve jusqu'en haut de la côte sans demander à être relevé ; me revint à l'esprit l'image de l'attelage de bœufs tirant la Citroën en panne. Steve n'était pas en forme ; il pédalait légèrement penché, un bras collé au corps, plus touché que nous ne l'avions cru au moment de reprendre nos vélos ; je craignais une clavicule brisée ou une côte fracturée. En ce cas, ce serait la fin du Tour pour lui. Plusieurs fois, je fus obligé de ralentir pour qu'il ne décolle pas de ma roue.

Je n'ai jamais autant admiré mon compagnon qu'à ce moment-là. Sa pâleur était cadavérique et l'étrange rictus qui déformait son célèbre visage montrait qu'il était sur le point de craquer, et cependant il continuait de jouer des cuisses comme un moulin, comme s'il avait scindé la partie inférieure du corps de la portion inutilisable du torse et de la tête. J'imaginai comme dans un cauchemar qu'en franchissant la ligne d'arrivée nous découvririons qu'il était mort pendant que ses jambes pédalaient encore. Naturellement, ma tête n'allait pas bien non plus.

Je ne sais comment, mon compagnon parvint à suivre mon rythme, mais il semblait perdu, le visage flétri, les yeux à peine entrouverts, comme un grand héron au cou dressé. Je ne comprends pas d'où ce garçon élevé dans du coton avait sorti cette capacité de résister à la souffrance. Après quatre Tours et ses vitrines, il n'avait plus rien à prouver, mais il était là, prêt à y laisser la peau et à s'abîmer gravement plutôt que de renoncer. Par deux fois, je repoussai la moto du caméraman de la télévision qui braquait son objectif à la hauteur des pédales pour transmettre les mouvements douloureux de mon ami.

De mon côté, j'agonisai plusieurs fois, pendant que Steve passait d'une frontière de la souffrance à la suivante. Il ne s'aperçut même pas qu'il avait franchi la ligne d'arrivée : les assistants l'arrêtèrent en bloquant son guidon alors qu'il pédalait toujours, plongé dans je ne sais quelle transe. Quand il s'aperçut qu'il était arrivé au col, il s'évanouit ; moi, je m'adossai à une palissade sans descendre de vélo et j'eus des haut-le-cœur. Je vomis des substances épaisses aux couleurs brillantes, en espérant que ce n'était que de la nourriture.

En définitive, les trois misérables nous prirent plus de huit minutes et inversèrent les rôles : maintenant, ils monopolisaient le podium avec presque cinq minutes d'avance sur Steve. Et en ce qui me concernait, la chute dans le classement serait pire, car la pénalité réglementaire, quand on acceptait le vélo d'un adversaire, était de deux minutes. Quoi qu'il en soit, je trouvais que ça en avait valu la peine.

Les journalistes, qui avaient suivi notre ascension sur l'immense écran de l'arrivée, pensaient que nous perdrions plus de vingt minutes sur les leaders de l'étape. La presse et les supporters avaient accueilli froidement l'arrivée des dix échappés, précédés de Matosas, Paniuk et Medel, et avaient applaudi les images des deux silhouettes pitoyables qui se traînaient pouce après pouce jusqu'à la cime. Au col, je vis des larmes dans les yeux de nos mécanos.

La souffrance est l'essence du cyclisme, et pas seulement à cause de ce qu'on exige d'un professionnel ; c'est aussi ce qui nourrit la passion du supporter. Un mélange pimenté d'épique et de sacrifice. Ce n'est pas un hasard si les spectateurs s'agglutinent dans les côtes des grands sommets : c'est là qu'ils assistent à l'autoflagellation que les champions sont prêts à s'infliger pour le rester.

Plus tard, après avoir pris une douche dans le bus qui nous ramenait à l'hôtel, je songeai que certes Steve avait perdu le maillot jaune ce jour-là, mais il avait remporté une victoire autrement plus importante, et qui manquait à sa carrière. Son image triomphaliste, un peu dans le genre Cristiano Ronaldo, était souvent prise pour de l'arrogance ; un physique impressionnant et un style élégant sur le vélo, des coups de pédale arrondis et parfaits, contribuaient à donner l'impression qu'il n'y avait ni grandeur ni héroïsme dans ses succès. L'écrasante supériorité de la Fonar et son côté star de la jet-set ne plaidaient pas en sa faveur. Tout cela amenait la presse et le public à sous-estimer la discipline et l'effort qu'il y avait derrière ses victoires. Mais ce jour-là, éreinté et blafard, il avait montré ses entrailles au monde, et le monde avait aimé ce qu'il avait vu.

Ce que je n'avais pas aimé, c'était sa place vide dans le bus. On l'avait hospitalisé pour examen et stabilisation de ses signes vitaux ; et on ne savait pas encore s'il pourrait continuer.

À l'hôtel, je m'enfermai dans la chambre d'Axel pendant une heure et demie pour le massage de rigueur ; cette fois, il resta silencieux. J'aurais aimé m'excuser de ma brusquerie du matin, mais je n'avais ni l'envie ni l'énergie de parler. Avec tout ce qui s'était passé, cet incident était anodin. J'étais pressé de manger un morceau et, si possible, d'aller voir Steve un moment à l'hôpital.

En quittant la chambre du masseur, je trouvai un policier devant la porte ; je fus encore plus étonné de le voir me suivre dans le couloir jusqu'à la chambre 204, qui m'avait été attribuée. "Ordre du commissaire Favre", dit-il en réponse à mes sourcils froncés. J'aurais voulu protester, mais j'avais encore plus envie de mon lit. Mes yeux se fermèrent immédiatement.

Au bout de je ne sais combien de temps, je fus réveillé par des coups impérieux à la porte ; c'était le commissaire, bien sûr. Mon cerveau allait sûrement de travers, car je fus simplement content que cette fois il trouve la pièce en ordre : je n'avais pas encore ouvert mes bagages que les assistants avaient déposés.

— Steve va mieux, dit Favre en guise de bonsoir, peut-être aussi pour me tirer moins brutalement de mon sommeil. – Je suppose que mon visage et l'obscurité de la pièce ne laissaient aucun doute sur ce qu'il avait interrompu. – Il a des contusions, mais pas de fractures, externes ou internes. D'après ton équipe, il sera au départ demain, mais on préfère qu'il dorme à l'hôpital.

— Bien, très bien, dis-je, ravi.

Tant que Steve pouvait courir, le Tour n'était pas perdu. Enfin, le commissaire était porteur d'une bonne nouvelle.

J'étais debout, une main appuyée sur la porte ouverte, espérant que la visite s'arrêterait là ; cependant, quelque chose me retenait, je devais lui poser une question, mais impossible de me rappeler laquelle. Il dissipa mes doutes et, au passage, réduisit à néant la bonne nouvelle qu'il venait de me donner.

— Votre vélo a été saboté, dit-il brutalement, comme s'il dévoilait soudain un secret trop longtemps gardé.

— Hein ? Quoi ? bégayai-je.

Les siestes n'améliorent pas mon intelligence.

— On aurait pu vous tuer. Tout indique qu'on a bricolé le boyau *tubeless*, qui a fini par se décoller. Nous en saurons un peu plus demain.

Je me rappelai le pneu déboîté de la jante au pied de l'arbre, comme les anneaux superposés d'un plat de calamars. Grâce à sa bonne étoile, Steve s'était sorti vivant d'un accident qui, son casque cabossé l'attestait, aurait pu être mortel, mais le commissaire avait un autre point de vue.

— Vous avez eu beaucoup de chance, sergent, ce coup vous était destiné ; c'est la deuxième fois que vous vous en sortez. J'ai posté un policier dehors, je ne veux pas qu'il y en ait une troisième.

Bien sûr, le policier ! Voilà ce que je voulais lui demander, pourquoi un policier devant la porte ? Cela m'ennuyait de l'admettre, mais cette fois le commissaire avait raison. Ce n'était pas Steve, mais moi, qui avais eu de la chance. Le vélo fracassé contre l'arbre, c'était le mien, mais la crevaison imprévue avait fait une autre victime. L'assassin avait cherché à se débarrasser des deux leaders au classement : en me supprimant, les Alpes auraient la peau de Steve, sans défense face aux grimpeurs.

— On ne peut pas non plus écarter l'hypothèse d'un accident, objectai-je, plus par envie de contredire le commissaire que par conviction.

— Allons, sergent, deux fois, c'est trop pour un hasard ! Encore une avarie qui aurait pu vous coûter la vie ! dit-il avec dédain, en pensant à la bonbonne de gaz.

Je commençais vraiment à prendre en grippe la moustache sinueuse au-dessus de son sourire moqueur : du genre qu'on ne peut obtenir qu'avec une loupe et beaucoup de patience.

— Impossible de savoir si un boyau *tubeless* peut se décoller. Les températures d'aujourd'hui étaient particulièrement élevées, insistai-je un peu mollement, me raccrochant désespérément à toute hypothèse qui ne fasse pas de moi la cible d'un assassin insaisissable.

— Au moins, cela écarte votre directeur sportif de la liste des suspects, dit-il en ignorant mon argument. Giraud n'avait aucun intérêt à provoquer un incident qui mette Panata hors course – et après une pause, il ajouta d'un air pensif : Mais cette attaque était conçue pour vous atteindre, il ne pouvait pas savoir que Steve finirait sur ce vélo.

Il parlait comme s'il venait d'en prendre conscience, même si trois minutes auparavant il m'avait déjà dit le même genre de chose, mais sur un autre ton. Le commissaire, semblait-il, n'était pas très au courant de ce que disaient ses personnages successifs.

— Me frapper à cette étape du Tour, cela revient à frapper Steve, je suis son principal *gregario* ; Giraud n'aurait jamais tenté une chose pareille, répondis-je sur le ton de ces gens qui déclarent que deux et deux font quatre.

Favre était-il maladroit, ou cherchait-il seulement à me houspiller ?

— Est-ce lui qui vous a ordonné de céder votre vélo au leader, ou était-ce de votre propre initiative ? Vous a-t-il dit quelque chose dans l'oreillette quand il a su que Panata avait crevé ?

Voilà donc où Favre voulait en venir : pouvait-il écarter Giraud de sa liste ? Et que voulait-il dire exactement par “mon initiative” de céder mon vélo ? Devenais-je parano, ou la police estimait-elle possible que je sois au courant de la roue sabotée ? Et, pire encore, que je l’aie donnée à Steve dans l’intention qu’il ait un accident ?

— Voyons, commissaire – je continuais d’additionner deux et deux –, savez-vous qui monterait sur le podium si la course s’achevait aujourd’hui ? Ne pensez-vous pas que nous devrions revenir sur votre thèse ? À qui profitent tous ces sinistres ?

— Sinistres ! Bravo, sergent, vous commencez à parler comme l’un des nôtres, dit-il avec ironie.

Si j’avais eu un rasoir à portée de main, je lui aurais tondu sa putain de moustache.

— Laissez-moi me reposer, voulez-vous ? dis-je. J’en avais soudain marre de lui, de moi, du Tour.

Il parut se rendre compte que je tenais à peine debout, appuyé contre la porte, car il battit en retraite.

— Très bien, dit-il, conciliant. Demain, j’aurai les résultats de l’examen de la roue. Je serai ravi de vous informer si nous trouvons quelque chose…

— … de concluant !

— Comme l’un des nôtres ! répéta-t-il, et cette fois il n’y mettait plus d’ironie. Il prit congé en pointant l’index de la main droite, comme s’il soulevait le bord d’un chapeau qu’il ne portait pas.

Je retournai m’affaler sur le lit, mais je n’avais plus envie de dormir ; j’avais besoin de manger, beaucoup. Avec toute l’agitation des dernières heures, j’avais oublié l’autre devoir d’un cycliste à la fin d’une étape : renouveler le stock de calories. En me dépêchant, j’avais encore le temps de rejoindre l’équipe à la salle à manger. Les incidents de la journée avaient bousculé les habitudes, seule raison qui explique pourquoi aucun assistant n'était venu me chercher ; Giraud et d'autres membres de l'équipe devaient être à l'hôpital auprès de Steve. Je dînerais, et ensuite je demanderais qu'on m'emmène le voir.

Une fois de plus, les coups à la porte ruinèrent mes intentions. Fiona entra en trombe, me serra contre elle et me donna un long baiser ; nous avions échangé des messages dans les dernières heures, mais je n'avais pu la voir. Une de ses tâches était de coordonner l'équipe de techniciens qui vérifiait l'état des vélos à la fin de chaque étape.

— C'est quoi, ce policier devant ta porte, Mojito ? Ça les embête que ce ne soit pas toi qui aies chuté ?

— Une mesure de protection, le commissaire croit qu'on a saboté mon Pinarello et… – Je m'interrompis soudain. Je ne lui avais jamais parlé de Favre, même si elle m'avait laissé entendre qu'elle était au courant. – C'est un commissaire de police qui…

— Je sais tout sur Favre, me coupa-t-elle en posant un doigt sur mes lèvres. Et tu as raison, je viens d'examiner moi-même la jante. Quelqu'un a utilisé la mauvaise pâte pour coller le pneu *tubeless*. Tu te rappelles Beloki ?

Me revint à l'esprit l'image de Lance Armstrong dévalant la colline à travers champ après avoir évité le corps de l'Italien, tombé parce que sa roue avait un défaut ; on apprit par la suite qu'un mécano avait appliqué par erreur une des colles qu'on utilisait quand la jante était encore en aluminium. Les anciens adhésifs ressemblent à ceux d'aujourd'hui, mais ils n'ont aucun effet sur le carbone qu'on utilise de nos jours. Beloki s'en sortit par miracle. Mais ça lui coûta sa carrière ; il avait gagné des deuxièmes et troisièmes places dans le Tour, malheureusement, sa chute avait entraîné une fracture du fémur, du coude et du poignet. Il ne fit plus jamais rien de bon comme cycliste. Depuis lors, on avait supprimé cette vieille colle sur le circuit, même si on en trouve toujours dans le commerce : les bicyclettes en aluminium représentent les plus grosses ventes.

— Celui qui a fait cela m'aurait tué sans scrupules ! Si le pneu s'était détaché lors d'une des deux descentes d'aujourd'hui, je ne serais plus là pour en parler, dis-je, me rappelant la descente du deuxième col à plus de soixante-dix kilomètres-heure.

— Moi non plus, je ne comprends pas comment le *tubeless* a pu tenir aussi longtemps, répondit-elle, et je sentis qu'elle frissonnait autant que moi.

Elle me serra contre elle encore une fois, et j'eus l'impression qu'elle m'aimerait même si je ne montais jamais sur le podium.

— La question est : qui est l'auteur ? dis-je en me rappelant que des deux c'était moi le détective, même si, bien sûr, elle était la chef des mécanos.

— Difficile de croire qu'on aurait pu se passer de la complicité d'un mécano de la Fonar. Un élément extérieur aurait pu changer le pot de colle, mais il n'aurait pas eu accès à ton vélo. Si on voulait t'atteindre, forcément on devait manipuler une de tes roues, et cela, seul quelqu'un de l'intérieur peut le faire.

— Ces pneus *tubeless*, on les change régulièrement ?

— Ça dépend de l'usure de l'étape. Pas tous les jours : en moyenne tous les trois ou quatre jours, plus souvent en cas de grosse chaleur ou si on passe sur les pavés.

— Ça a donc été le cas aujourd'hui, n'est-ce pas ? Sinon, je serais tombé hier, je suppose

— Oui, aujourd'hui. Dans une étape de ce genre, les vélos doivent être montés et lubrifiés à 10 heures du matin, et même avant, si un cycliste veut s'échauffer dessus. Cela signifie que les mécanos travaillaient depuis 7 heures, au moins. Mais j'ai du mal à croire à la responsabilité d'un gars de la Fonar ; ils sont dans l'équipe depuis des années, je les connais tous très bien, conclut Fiona en hochant la tête d'un air soucieux.

Je repensai aux cinq assistants chargés de l'entretien des cycles et trouvai beaucoup plus de raisons qu'elle de me fier à mes compagnons ; cependant, les faits ne laissaient aucune place au doute. Il était dur d'admettre qu'un membre de l'équipe ait eu l'intention de me tuer, mais pour elle aussi il était difficile d'avaler qu'un mécano trahisse son métier de cette façon : la dévotion qu'ils ont pour leurs machines est presque religieuse. Alors, à mon tour je la serrai contre moi pour la consoler.

À force de se serrer, on finit par s'embrasser ; et cette fois, ce fut un appel de Steve qui interrompit mes désirs. En moins d'une demi-heure, on avait saboté mes besoins de dormir, de manger et d'aimer – et tout ce qu'on s'apprêtait à faire, Fiona et moi ; trois besoins fondamentaux chez un être humain, merde ! Elle leva les yeux au ciel en implorant sa clémence, se dégagea de notre étreinte et sortit sans que je puisse la retenir. De dos, elle eut avant de disparaître le même geste que Favre, quelques minutes auparavant.

J'eus une longue conversation avec Steve, qui gisait dans un lit d'hôpital pendant que je me dirigeais vers la salle à manger et me servais du poisson, du riz et un épais liquide chocolaté. Aucun de nous ne parla des déclarations de Lombard publiées dans la presse : en réalité, on se redonna courage comme deux collégiens qui font des plans ambitieux et improbables pour l'été suivant. On se promit de récupérer physiquement dans les cinq jours qui nous séparaient des Alpes, et qu'en haute montagne les trois bâtards qui avaient profité de nos malheurs mordraient la poussière. On ne parla ni de l'assassin ni de son intention évidente de ne pas nous laisser arriver entiers à Paris.

Je raccrochai et dévorai ce qui était devant moi ; j'avais enfin réussi à satisfaire une des trois urgences physiologiques. Une heure plus tard, je m'adonnai à la deuxième, même si le mantra de ce soir-là était loin d'être rassurant.

Classement général, 12e étape

(Lannemezan – Plateau de Beille 195 km)

1 Alessio Matosas	46h 50' 32"	"La tragédie de la roue l'a aidé. Un hasard ?"
2 Milenko Paniuk	+ 22"	"Jusqu'où va sa complicité avec Matosas ?"
3 Pablo Medel	+ 26"	"Je ne peux pas croire que l'Espagnol soit un assassin, mais..."
4 Steve Panata	+ 4' 49"	"Mon *bro* va-t-il pouvoir continuer le Tour ?"

5 Marc Moreau	+ 8' 26"	"La fin des espoirs de Fiona et de Lombard !"
6 Óscar Cuadrado	+ 8' 42"	"Mes respects, je me demande comment il peut tenir, sans équipe."
7 Luis Durán	+ 9' 25"	"Aucune chance, mais maintenant il va lorgner ma cinquième place."
8 Serguei Talancon	+ 11' 03"	"Il lui manque un bon *gregario* pour être une menace."
9 Anselmo Conti	+ 13' 21"	"Voilà que l'enfant psychopathe entre dans le *top ten* !"
10 Rol Charpenelle	+ 13' 27"	"Tu es bien loin, Rol !"

13e ÉTAPE

L'étape du jour aurait dû être tranquille, *une étape de transition* comme on dit, mais il n'en fut rien, ni sur la route ni ailleurs, surtout ailleurs. Si les gros titres de la presse de la veille avaient bouleversé mon monde, ceux du jour ébranlèrent le reste de l'univers, au moins celui du cyclisme. "Un assassin dans le Tourmalet", affirmait la première page la plus racoleuse, celle du journal anglais *The Sun*, et en pages intérieures il développait les spéculations de la police sur le sabotage de mon vélo ; trois ou quatre autres journaux évoquaient l'hypothèse sans offrir autre chose que de prétendues rumeurs du côté de la police. L'entourage de Favre avait sans doute été trop bavard.

Heureusement, le communiqué que nous remit le chef de la com de la Fonar au petit-déjeuner précisait que cette information se limitait à la presse à scandale et au monde digital, que ces articles ne parlaient même pas d'un assassinat, qu'ils situaient la chute qui aurait pu coûter la vie à Steve dans le Tourmalet et non dans la montée du plateau de Beille : ce genre de journaux n'allaient pas s'encombrer de la réalité s'ils avaient un bon titre racoleur. En tout cas, inventés ou pas, ces articles se rapprochaient de la vérité beaucoup plus que leur auteur ne pouvait l'imaginer.

Sur les réseaux sociaux et dans les milieux du Tour, on ne parlait que de ça. Les représentants du syndicat des cyclistes publièrent un communiqué pour exiger "une enquête exhaustive" et n'écartèrent pas l'éventualité d'une suspension d'activité s'ils jugeaient que l'intégrité des coureurs était en danger. Les cyclistes étaient les derniers à avoir intérêt à suspendre la compétition – sauf ceux qui, épuisés ou blessés, étaient sur le point de jeter l'éponge –, mais à l'instar de la presse à scandale, les leaders syndicaux ne permettraient pas non plus que la volonté de leurs mandants s'oppose à une belle rébellion.

— Comment va mon Forrest Gump[1] ? dit Steve en guise de bonjour en entrant dans la salle à manger de l'hôtel, où l'équipe finissait son petit-déjeuner ; il parlait en tordant légèrement les lèvres, comme s'il sortait de chez le dentiste, et il avait un bras replié sur la poitrine, un geste qui n'était naturel que chez Napoléon.

— Forrest Gump ? répliquai-je avec entrain, ravi de le voir sur pied.

Je l'aurais embrassé avec plaisir, si la scène n'avait paru ridicule dans une salle à manger pleine de cyclistes – deux autres équipes étaient hébergées dans le même hôtel –, et d'ailleurs je ne voyais pas comment serrer Steve contre moi sans lui faire mal.

1. Il s'agit d'un film de Robert Zemeckis (1994). Un simple d'esprit, Forrest Gump, revisite l'histoire des États-Unis en se donnant un rôle de premier plan dans tous les moments-clés

— Il y a trois jours, on ne parlait que de l'explosion de la bonbonne de gaz qui avait bien failli te réserver le même sort qu'à Vil Coyote, hier tu étais le sauveur de la France et aujourd'hui tu es la victime préférée de l'assassin du Tourmalet. Autrement dit, le centre de tout ce qui se passe dans le Tour. Le Forrest Gump du cyclisme ! conclut Steve.

— L'hôpital ne t'a pas enlevé ton mauvais esprit, répondis-je en déplaçant ma chaise pour le laisser passer.

— Moi, mauvais esprit ? C'est bien toi qui m'as refilé le vélo funeste ! protesta-t-il en riant, puis, encore debout et s'adressant à toute la salle, il ajouta en me désignant du doigt : N'acceptez jamais un vélo d'Annibal, il revend ses roues et les remplace par de vieilles occasions ; à moins que vous ayez envie de vous retrouver à l'hôpital !

L'éclat de rire général libéra la tension, mais je n'y vis rien de drôle. La grimace de douleur de Steve quand il s'assit en disait long sur l'effort qu'il faisait pour minimiser l'incident et surtout pour se moquer de ses propres blessures ; parfois, nier l'évidence est le seul moyen de boucler les vingt et une étapes du Tour.

En revanche, Favre fut catégorique : pour lui, cet incident était un tournant. Le commissaire avait enfin une liste vraisemblable d'auteurs matériels sur laquelle travailler ; ses hommes et lui – je savais maintenant que deux subalternes l'assistaient – avaient soumis les mécanos de la Fonar à de longs et sévères interrogatoires dans la nuit. Selon lui, l'un d'eux avait forcément saboté mon vélo, et il attendait d'un moment à l'autre des aveux qui mènent à l'arrestation de complices, car pour la police ce chapelet de tragédies ne pouvait être l'œuvre d'un seul homme, c'est du moins ce qu'il me confia avant que je monte dans le bus qui nous conduirait au point de départ à Muret, non loin de Toulouse.

— Nous avons décidé de suspendre les interrogatoires pendant quelques heures, jusqu'à la fin de l'étape ; ça les fera réfléchir.

En réalité, le commissaire les avait relâchés contre sa volonté ; la Fonar avait insisté auprès des autorités pour que les mécanos puissent assurer leur travail, sinon l'équipe aurait dû abandonner la compétition. Les chefs de Favre acceptèrent, car ils ne voulaient pas d'un scandale majeur, à condition qu'après l'épreuve les suspects soient de nouveau mis à la disposition de la police.

— En attendant, poursuivit le commissaire, nous serions preneurs de tout renseignement personnel les concernant : un vice, un passé honteux, un secret inavouable. Ce sont les fissures qui permettent de faire craquer un criminel pendant un interrogatoire.

— Si c'était un secret inavouable, comment pourrais-je le connaître ?

Favre était sans doute dans son rôle, mais il y avait sûrement des façons plus subtiles de me demander d'être un mouchard. En théorie, ce qui se passe dans une équipe reste dans l'équipe. Je connaissais trois ou quatre trucs que plusieurs d'entre eux trafiquaient sous le manteau, mais tant que je ne connaîtrais pas l'identité du coupable, pas question de persécuter un innocent.

— Ce ne sont pas vos amis, sergent. L'un d'eux a essayé de vous tuer.

Il fallait bien le lui reconnaître : le manque de délicatesse de Favre remettait les choses en perspective.

Inévitablement, je pensai à mon vélo fracassé contre un arbre, la roue sinistrée tournant encore.

— Vous êtes certain que la roue a été sabotée ? Hier, vous m'avez dit que vous n'en aviez pas encore la preuve concluante.

Ma question était naïve, mais je ne pus m'empêcher de m'attarder sur le dernier mot en arrondissant les syllabes. Il me regarda avec méfiance, se demandant si je me moquais de lui.

— Nous savons de façon formelle – et là il avança la mâchoire dans un geste de défi, tout fier d'avoir trouvé la bonne expression – que la colle utilisée n'est pas sortie des pots alignés sur les étagères de la Fonar.

Je l'avais appris en début de matinée par les messages de Fiona : c'était sa propre équipe qui avait tiré cette conclusion. Mais j'éprouvais un étrange plaisir à désorienter ce commissaire maniaque. Et la contemplation des hordes de petits poils non rasés qui menaçaient de prendre d'assaut la ligne frontalière de sa moustache m'apportait une satisfaction obscure ; Favre, comme les mécanos, n'avait sans doute pas fermé l'œil de la nuit.

Je lui dis que je l'informerais si me revenait un détail ou un événement significatif, et je me débarrassai de lui ; ça devenait une habitude. Comme les fois précédentes, je me sentis un peu coupable ; après tout, ce n'était pas une affaire à prendre à la légère, et Favre essayait d'arrêter quelqu'un qui avait déjà provoqué des ravages énormes et qui pour comble avait décidé de s'en prendre à moi ces derniers jours.

Pendant le transfert à Muret, départ de la course, je passai en revue ce que je savais des cinq mécanos, essayant de déterminer lequel pouvait être le coupable. Ma méthode était celle qu'on applique quand on veut aller au cinéma et qu'on doit choisir entre le moins mauvais des films proposés à l'affiche : je cherchai d'abord qui avait peu de rapports avec moi. Il s'agissait de Basset, un type plutôt introverti, un Breton. Puis je pensai à Marcel, surnommé le Dandy à cause de ses goûts de luxe côté vêtements et accessoires. Jordi, le Catalan, était avec nous depuis deux ans à peine, et même si Adriano n'était pas du Sud de l'Italie, c'était quand même un compatriote de Matosas et de ses sbires. Joseph avait cinq enfants et une épouse exigeante. Si on voulait trouver un suspect, pas un n'en réchappait.

Mais me revinrent aussi à l'esprit toutes les scènes de la famille que nous étions devenus, les plaisanteries que nous étions les seuls à comprendre, les faiblesses de chacun que nous couvrions, le plaisir partagé d'une victoire, les blessures léchées en troupeau à la fin d'une journée désastreuse. Chercher un assassin dans ce groupe était beaucoup trop douloureux. Je savourai le moment où on quitta le bus pour monter sur les vélos bien alignés par Basset, Marcel, Jordi, Adriano et Joseph, en dépit du manque de sommeil et de l'inquiétude qui creusaient leurs traits.

Quelques secondes avant le départ, le grand baron du Tour, Sam Jitrik, apparut devant les caméras pour assurer que les rumeurs de la presse à scandale étaient des mensonges irresponsables d'un goût douteux. Sur l'écran disposé par les sponsors sur la ligne de départ, juchés sur nos vélos, nous observions le doigt en baguette de chef d'orchestre de Jitrik crachant dans le vide des phrases destinées au bronze : "Des dizaines d'hommes ont perdu la vie dans l'histoire du Tour, des centaines ont été brisés dans leur tentative de conquérir ces cimes sans autre arme qu'un vélo fragile et un cœur vaillant. C'est l'essence de notre sport. La tragédie est un sous-produit de notre passion ; chercher des mains coupables équivaut à insulter la grandeur de nos athlètes. Laissons-les partir pour une nouvelle bataille contre les montagnes, en espérant que les dieux seront aujourd'hui bienveillants avec ces héros."

Je me rappelai que ce jour-là nous n'allions livrer bataille contre aucune montagne, mais Jitrik n'aurait pas toléré que la géographie contredise une phrase bien tournée. Puis il monta dans la voiture de direction pour donner le départ de la course.

— C'est un assassin.

C'était Radek, qui passait à côté de moi tandis que nous suivions la voiture officielle ; j'aurais aimé lui demander de quoi il parlait. Savait-il quelque chose de précis, ou était-ce une invective de plus contre les organisateurs ? Vu le ton utilisé, on aurait plutôt dit une explication qu'une insulte ; il n'aurait pas été étonnant que ce Polonais extravagant sache une chose que nous ignorions. Je le cherchai du regard, mais je l'avais perdu au milieu de la mêlée qui se formait après le départ. J'aurais aimé le remercier de son geste de la veille.

Une fois de plus, j'éprouvai le soulagement que le départ de la course offrait toujours à ma cervelle tourmentée ; me concentrer pendant les quatre ou cinq heures à venir sur les exigences du peloton, voilà ce qu'il fallait pour me faire oublier l'assassin. Steve se colla à ma roue et le reste de l'équipe nous entoura. Je repérai Matosas et ses gens, et je dirigeai notre petite flottille vers lui.

Après plusieurs journées de haute montagne, exigeantes pour les grimpeurs, une torture pour tous les autres, on a quelques étapes de transition, un répit pour les premiers, ce qui permet aux seconds de briller ; la plupart des équipes préfèrent une arrivée massive pour permettre le final explosif de leurs sprinters. Celles qui n'en ont pas tentent des échappées précoces dans l'espoir de prendre un avantage décisif et de remporter l'étape : pour beaucoup de coureurs, c'est la seule possibilité de gagner leur quart d'heure de gloire sur le Tour.

Au cours de ces journées, la stratégie est simple : éviter les échappées qui mettent en danger le maillot jaune. En théorie, c'était aussi le plan adopté par nos rivaux, Matosas, Paniuk et Medel. Les ennemis d'hier devenaient les alliés du jour pour imprimer un bon rythme au peloton et empêcher que les échappés deviennent une menace ; on ne laissait partir que ceux qui par leur position au général ne représentaient aucun danger pour nos leaders, et même dans ces cas-là on limitait l'avance qu'ils pouvaient prendre ; le plus souvent le peloton rejoignait les échappés avant la ligne d'arrivée.

Voilà à quoi on s'attendait, mais ce qui arriva fut du jamais vu dans l'histoire du Tour. À une trentaine de kilomètres de l'arrivée, juste avant le petit village de La Baraque, les trois équipes rivales prirent la tête du peloton : mon inquiétude s'aviva et je criai aux coureurs de la Fonar de leur coller à la roue. Je ne comprenais pas encore la stratégie qu'ils poursuivaient, mais je savais que dans les rues étroites d'un village on risquait de se retrouver coincé dans le peloton. Seuls quatre d'entre nous purent rejoindre la tête, mais ça ne servit pas à grand-chose ; plus d'une douzaine de *gregarios* de Paniuk et de Medel nous entourèrent et nous bloquèrent, tandis que l'équipe de Matosas au grand complet s'élançait et distançait le peloton. Je ne fus pas étonné de voir que seuls deux maillots d'une autre couleur l'accompagnaient : ceux de Paniuk et de Medel.

Le mouvement était aussi astucieux que pervers : ils voulaient porter le coup de grâce à Steve avant que celui-ci soit remis de ses blessures. Les onze échappés prirent plusieurs minutes avant qu'on puisse sortir de la souricière de La Baraque ; et même alors, il ne fut pas facile de briser le cercle des *gregarios* de Paniuk et de Medel.

Quand enfin je pus me dégager, je me rendis compte que la bataille était perdue. Organiser la poursuite prendrait encore plusieurs minutes : la moitié de nos hommes était dispersée dans le peloton et leurs efforts pour nous rejoindre étaient ralentis par les rivaux. D'autre part, les autres équipes se contentaient d'être spectatrices de cette poursuite ; aucune n'avait de prétendant au maillot jaune, avec cette échappée, ils ne perdaient qu'une étape. Le seul pénalisé par la manœuvre, c'était Steve Panata.

Nous aurions laissé notre peau si nous avions voulu les rattraper, mais je compris que nous n'étions plus des rivaux pour les onze échappés. La division des tâches ainsi orchestrée n'était pas le fruit du hasard. L'équipe de Matosas était la plus rapide des trois dans le contre-la-montre par équipe ; et avec Paniuk et Medel, elle devenait une fusée. Nous aurions de la chance si nous pouvions limiter l'écart qu'ils avaient déjà creusé. Si on y ajoutait les presque cinq minutes de retard que nous avions au départ, le sort du Tour penchait en faveur des trois échappés.

Il se passa alors un événement étonnant. J'avais toujours pensé que la Fonar serait la seule équipe à tirer le peloton et je m'apprêtai à gérer l'effort ; à ma grande surprise, d'autres équipes nous dépassèrent et je les maudis, croyant qu'elles voulaient aussi profiter de la faiblesse de Steve. Mais je vis que tout le peloton s'y mettait. Une fois de plus, c'est Radek qui me fit réagir.

— On va chercher ces fils de pute ! cria-t-il en passant. Prenez votre temps ! ajouta-t-il en regardant Steve.

Ce qui arriva par la suite fut un des moments les plus émouvants de l'histoire du Tour de France : cent cinquante coureurs se défonçant les jambes et les poumons pour empêcher qu'une poignée de saligauds tire son épingle du jeu. Les équipes se succédèrent en tête et pédalèrent comme des enragées pour entraîner le peloton au-delà de ses limites ; quelques minutes plus tard, nous étions devenus un puissant missile lancé sur les échappés.

Nous savions que depuis la veille l'avantage pris par Matosas et compagnie après l'accident de Steve était très mal accepté par le circuit ; une loi non écrite, mais souvent violée, exige de ne pas tirer profit d'un accident sur route, en particulier si la victime est le leader de la course. Les compagnons avaient bien pris note de la valeureuse remontée de Steve la veille.

Apparemment, ils n'avaient pas digéré cette échappée abusive contre un concurrent pas encore remis de sa chute de la veille, et quand le peloton travaille uni il devient un TGV qui dévore tout sur son passage, surtout si un désir de justice inspire l'esprit des coureurs. Rien ne ravigote mieux une collectivité que la sensation de combattre un coup fourré.

Plein de reconnaissance, j'essayai de participer à cet effort en prenant un peu la relève en pointe. Je remontai les positions, mais en voyant cela Radek eut un geste de courtoisie : il me montra la queue du peloton. On semblait vouloir nous accorder une faveur complète : neutraliser l'attaque perfide et nous permettre de récupérer de la dépense excessive d'énergie de la veille dans les Pyrénées. J'acceptai sa proposition et ramenai la Fonar à l'arrière du peloton.

— C'est un piège ! S'ils nous enferment, c'est foutu, tonna la voix de Giraud dans les oreillettes. Rejoignez la tête.

— Ce n'est pas un piège, répondis-je, mécontent.

— Qu'ils tirent s'ils veulent, mais il faut rester sur ses gardes, dit-il, ignorant mon intervention. S'ils baissent le rythme, on se détache et on attaque. Il faut rattraper les échappés.

— Nous avons besoin de ce repos, protestai-je en regardant Steve, et on nous l'offre.

— Ne sois pas naïf, Annibal. Attaquez.

— Giraud, il y a une chose qu'on appelle la décence, et il faut savoir la reconnaître quand elle se présente, dis-je après un long silence.

Voilà, c'était dit, pédaler donnait de l'oxygène à mon cerveau.

— Figure-toi que c'est moi le directeur sportif, dit l'autre, furieux. Attaquez, putain de merde !

Je passai en revue les membres de l'équipe Fonar, qui n'avaient pas perdu un mot du dialogue, sans y participer ; tous me renvoyèrent leur regard, dans l'attente d'une réponse. Des années de conditionnement mènent les coureurs à suivre les instructions des directeurs techniques sans broncher, sauf s'ils s'appellent Lance Armstrong. Mes coéquipiers aussi étaient impressionnés par la solidarité de tous les compagnons ; comme moi, ils trouvaient irrespectueux de dédaigner leur politesse et de manifester notre méfiance en remontant en tête. Par ailleurs, nous comprenions tous, sauf Giraud, que Steve n'était pas prêt à se lancer dans une poursuite. Il roulait dans ma roue, concentré sur la simple et très dure tâche d'appuyer sur une pédale après l'autre, indifférent au dialogue qu'il venait d'entendre.

Je fis donc la seule chose interdite à un coureur sur la route, vis-à-vis de son directeur : je décrochai l'oreillette. Ce geste pourrait me coûter l'expulsion, mais je n'avais ni l'envie ni l'énergie de tenir tête à l'entêtement de Giraud. Je pourrais toujours prétendre que l'oreillette s'était déboîtée, mais je savais que ce serait un argument inutile ; les omniprésentes caméras de télévision avaient sûrement capté le moment où ma main avait débranché ce foutu appareil.

J'étais songeur : je vivais peut-être mes derniers kilomètres sur le Tour. Je me retournai pour voir comment allait Steve ; s'il ne se remettait pas, c'étaient peut-être aussi les derniers pour lui. À ce moment-là, sans cesser de regarder ma roue arrière, il débrancha son oreillette d'un geste presque distrait, comme s'il se grattait l'oreille. À part ce mouvement, rien sur son visage ne révéla qu'il était sorti de son hébétude.

Subtil, mais suffisant. Je pouvais être expulsé de l'équipe : Steve, jamais. Surtout vu ce qui se passa ensuite : un à un, tous les membres de la Fonar firent de même. Je ne pus m'empêcher de sourire. Sans le vouloir, j'avais provoqué une révolte contre Giraud, et sans doute son éviction après la compétition. Même si les caméras n'avaient pas capté le geste de rébellion des neuf coureurs, on ne tarderait pas à remarquer que toutes nos oreillettes pendaient, sourdes et inutiles.

Quel que soit le résultat de la chasse, et donc de l'étape, cette rébellion dans les rangs de la Fonar serait le sujet du jour dans le monde du cyclisme. Et de nouveau, sans le vouloir – enfin, presque –, j'en avais été le protagoniste. Steve ne se trompait peut-être pas beaucoup en me traitant de Forrest Gump du Tour, j'espérais seulement que je ne le serais plus quand l'assassin déciderait de repartir à l'attaque.

Perdu dans ces pensées, je ne compris ce qui se passait que lorsque Guido fit un geste en direction de la longue route qui s'étendait devant nous. Les échappés étaient à cinq cents mètres de là, et l'arrivée à huit kilomètres : nous les avions rejoints grâce à l'effort brutal de mes compagnons. Je lançai un coup d'œil à la ronde et remarquai qu'ils l'avaient payé cher. Sans en avoir conscience, l'équipe la Fonar avait avancé et se trouvait au milieu du peloton, grâce aux équipes qui avaient décroché après avoir pris la relève en tête et qui maintenant roulaient à l'arrière, gardant le même rythme à grand-peine ; ce qui aurait dû être une journée de récupération pour tous était devenu une étape punitive qui avait exigé des sacrifices énormes, au nom de ce qu'il leur semblait juste.

Ce jour-là, nous avions contracté une dette à l'égard de tous : impossible de croire qu'il y avait un assassin dans ce groupe de professionnels. On avait tout lieu de penser qu'il était peut-être dans le petit groupe de fils de pute qui roulaient en avant et qui avait essayé de nous poignarder lors de cette journée : on les absorba trois kilomètres avant l'arrivée, sans simagrées ni triomphalisme, sauf Radek, qui les regarda d'un air provocateur et querelleur. On franchit la ligne en masse.

Sur le trajet de l'hôtel où nous dormirions cette nuit-là, Giraud ne fit aucune allusion à ce qui s'était passé, mais l'affaire était un rhinocéros rose dans le bus, même si on feignait de ne pas le voir. À deux sieges du mien, je voyais l'énorme panse de notre directeur sportif monter et descendre, tandis que ses narines s'ouvraient avec rapacité ; la scène me rappelait vaguement un personnage de *Star Wars*, un énorme crapaud intimidant et furieux.

En arrivant à l'hôtel, aux abords de Rodez, je laissai à Giraud le temps de descendre et de s'éloigner du bus ; je ne voulais surtout pas croiser mon venimeux directeur. J'avais beau ne pas me rappeler clairement le personnage dans le film, j'étais sûr qu'il ne s'agissait pas de Yoda, et il me le prouva quelques instants plus tard.

— Fils de pute ! me souffla-t-il à l'oreille en m'attrapant par le cou. – Il m'avait attendu à la descente du bus. – Même s'il n'y a plus rien d'autre dans ma vie, je m'assurerai que tu ne gagnes jamais une course, même si je dois te faire tomber de vélo.

J'allais répondre, mais à l'évidence ses mots n'étaient pas le début d'une conversation. Il tourna les talons et partit en fulminant. Sa menace me glaça. J'essayai de me redonner du courage en pensant que de toute façon je n'en avais pas gagné beaucoup jusqu'alors : je n'avais donc pas besoin de son aide pour perdre les suivantes. Cependant, il n'était pas facile de rester de marbre quand un type qui pèse cinquante kilos de plus que vous vous enfonce les doigts dans le cou et jure de vous persécuter jusqu'à la fin des siècles.

Je ravalai ma salive et le regrettai à l'instant. Marcelo Curatti, un vieux compagnon napolitain, aimait à dire que le mauvais goût dans la bouche, il faut le cracher et le chasser du corps, ne pas le ravaler ni le renvoyer dans ses entrailles. Bouleversé, je débouchai mon bidon et bus de l'eau, avec le vague espoir de pouvoir au moins l'évacuer par l'urine ; courageuse réponse de ma part. Deux heures plus tard, je racontai à Fiona l'incident devant le bus ; je préférai passer sous silence ma terrible vengeance urinaire.

— Tu as donné le coup de grâce à sa carrière, dit-elle, bardée de son implacable bon sens.

— Je ne l'ai pas fait exprès. Ce qu'il nous ordonnait était une folie, le peloton nous aurait pris pour des malappris.

— Je sais. Vous avez réagi comme il fallait – elle caressa légèrement ma joue du bout des doigts, plus doux que ses paumes calleuses, et ajouta : Maintenant, je t'aime un petit peu plus.

Cette dernière phrase me surprit. Fiona pouvait être physiquement tendre, surtout quand elle était endormie, mais de sa bouche ne sortaient jamais ni fleurs ni miel.

— Demain, je ne prendrai pas l'oreillette, plaisantai-je en rougissant presque.

Je me rapprochai d'elle dans un geste plus reconnaissant que suggestif : quelqu'un qui m'aime, c'est toujours pour moi un privilège immérité. Nous étions dans ma chambre, je venais d'avoir le massage habituel, le dîner serait servi dans une heure. Si les hôtels de route choisis par l'organisation sont tirés au sort entre les équipes, un coup d'œil circulaire montrait que ce jour-là nous avions perdu. Un matelas bombé, des rideaux qui ne connaissaient pas la lessive, une douche maculée de taches douteuses que par chance je n'utiliserais pas tel était le décor que même un film d'Hitchcock aurait refusé.

— Favre avait raison quand il t'a dit que la Fonar avait l'intention de se débarrasser de Giraud à la fin de la saison ; j'ai vérifié. D'où son obsession de gagner le Tour à tout prix : il croyait que cela pouvait changer la donne. – Fiona avait refermé la petite brèche romantique inattendue et repris son ton analytique. – Sinon, il était sûr que de toute façon les autres équipes se battraient pour l'engager. Mais maintenant, devant l'insurrection de tous ses coureurs, elles vont y réfléchir à deux fois. Alors oui, il est persuadé que tu l'as coulé.

— Franchement, ça ne me gênerait pas de ne plus voir sa tronche sur le circuit. S'il parvient à diriger une autre équipe, j'aurai toujours peur de tomber dans un de ses pièges en pleine route ; il m'a juré qu'il se vengerait, qu'il m'empêcherait de gagner toutes mes courses jusqu'à la fin de mes jours.

— Alors, tu as la meilleure des vengeances à ta portée… dit-elle, provocatrice.

— Laquelle ? demandai-je, tombant pieds et poings liés dans son piège.

— Gagner le Tour, tant que tu es encore sous ses ordres ! répondit-elle joyeusement.

On éclata de rire comme si c'était une bonne plaisanterie sans importance, mais je savais qu'elle était mortellement sérieuse. Tant que je resterais dans le *top ten* du classement, elle enfoncerait le clou. Ne sachant que dire, j'essayai de l'embrasser, une stratégie qui en général avait toujours porté ses fruits dans mes liaisons précédentes ; une fois de plus, je constatai que cela ne fonctionnait pas avec Fiona. Elle toléra mes bras comme un enfant qui se laisse embrasser par une parente un peu trop parfumée, et se dégagea dans l'intention de me parler face à face, mais je changeai de sujet avant elle.

— Tu as des nouvelles de Lombard ? Il y a un bout de temps que je ne l'ai pas vu.

Ces dernières heures avaient été si intenses que je n'avais pu discuter avec mon vieil ami, même si je ne pouvais ignorer les déclarations publiées par *Libération* qui avaient causé tant de problèmes ; je devais m'assurer, en outre, qu'il ne récidiverait pas avec d'autres journalistes. Mais il avait disparu ; je compris qu'il m'évitait.

— Il est dans le coin, dit-elle vaguement. On l'empêche de t'approcher, ajouta-t-elle à voix basse et contre son gré, l'air fâché.

Fiona suivait les codes de l'*omertà* avec la fidélité d'un Sicilien.

— Oui, je suppose que Giraud lui a interdit de mettre les pieds dans tous les hôtels où se trouve la Fonar, sous prétexte de mesures de sécurité entre autres, dis-je en manière de justification.

— Pas Giraud, répondit-elle. Steve.

— Quoi ? Steve ? Comment cela ?

— *You know nothing, Jon Snow*, répondit-elle en secouant la tête.

Quelques minutes plus tard, j'envoyai un SMS à Lombard pour qu'on se voie le soir même. Ce ne serait pas facile, car je ne pouvais pas mettre un pied dehors sans être abordé par la presse ou par les supporters ; d'ailleurs, Fiona n'avait pas besoin de me le dire, je savais qu'on avait interdit au vieux militaire d'entrer dans l'hôtel. Sans oublier qu'il valait mieux ne pas rôder dans les couloirs ou les cuisines, considérant qu'il y avait un assassin en liberté qui semblait m'en vouloir.

On dîna comme tous les soirs, les cyclistes et les techniciens, à des tables séparées. Jamais je ne m'en réjouis davantage que cette fois-là ; notre moral était celui d'une équipe de foot qui, après avoir pris 4-0, essaie de finir à 4-3. Les derniers kilomètres de l'étape, quand le peloton galopa furieusement pour rejoindre nos rivaux, avaient été légendaires, mais avaient seulement interdit à nos rivaux de creuser leur avantage : le lendemain, nous aurions toujours les cinq minutes de retard sur Matosas avec lesquelles nous avions débuté l'étape aujourd'hui. En somme, un effort épique pour nous maintenir au même niveau. Nous nous contentions donc d'enfourner la nourriture avec le moins de mots possible, sans enthousiasme mais sans inquiétude excessive. De la fatigue plus qu'autre chose.

Un peu plus tard, je me faufilai par la porte de derrière jusqu'au parking de l'hôtel. Je croyais avoir été discret, mais dès que j'eus mis le pied sur le trottoir, deux gardes du corps de Steve se collèrent à moi comme des arapèdes.

— Du calme, je vais au bus, j'ai besoin d'une douche d'eau tiède avant d'aller dormir ; celle de l'hôtel a suffisamment de germes pour déclencher une guerre bactériologique.

Imperturbables, ils me suivirent sur les dix mètres qui nous séparaient de notre énorme véhicule.

J'avais envoyé un message à Axel un peu plus tôt pour qu'il laisse monter Lombard dans le bus ; mon compatriote était responsable de la propreté du véhicule en fin de journée et il était aussi le seul assistant en qui j'avais confiance. J'ignore s'il savait que sa complicité pouvait lui coûter sa place, mais en tout cas il avait obéi sans hésiter. Je pense que le niveau d'intimité qu'on peut avoir avec une personne qui vous palpe le corps une heure ou une heure et demie par jour, pendant des années, même les amants ne l'atteignent pas ; Axel connaissait mes muscles et mes tendons comme un violoniste connaît son instrument. Peut-être me voyait-il comme moi je voyais le corps en plastique qui laissait transparaître veines et organes en classe de biologie, cet écorché que la directrice de mon école gardait dans son bureau pour qu'on ne l'abîme pas ; naturellement, mon corps n'avait aucun secret pour lui. J'étais sûr qu'il pourrait aussi garder celui-là.

— C'est incroyable, la réaction du peloton aujourd'hui contre ces malfrats ! dit Lombard du fond du bus.

Le colonel parlait comme ça. Il m'avait raconté un jour qu'il avait grandi avec une nourrice qui lui avait donné des bandes dessinées à lire pendant des années, et il n'avait jamais pu se débarrasser des *crénom* et des *saperlotte* que je n'avais entendus que dans la bouche de Batman et de Robin dans un feuilleton télé.

— C'était incroyable, en effet, approuvai-je sans savoir comment réprimander mon vieux mentor.

— Avec un peu de chance, il va continuer et vous placer, Steve et toi, en tête ; après quoi, il ne te restera plus qu'à bien choisir le moment de ton attaque finale.

Apparemment, l'entretien allait être plus compliqué que je ne l'aurais espéré. Loin de regretter l'émoi qu'il avait provoqué, le colonel avait toujours le même refrain : je devais trahir Steve.

— Non, ça ne se reproduira pas. Le soutien du peloton, c'est uniquement aujourd'hui. Nous aurons beaucoup de mal à reprendre à ces trois-là l'avantage qu'ils ont sur nous.

— Tu ne connais même pas ta puissance, ton niveau de résistance et de récupération. Si seulement tu me laissais te montrer les chiffres dont je dispose, mais tu ne veux jamais les voir, dit-il en passant de la fierté à la déception, comme un enfant.

Lombard et son fils utilisaient mon mot de passe pour entrer sur la base de données de la Fonar, où étaient regroupés les enregistrements d'une douzaine d'indicateurs que le potentiomètre accumulait sur chaque journée d'entraînement ou de compétition ; croisés avec d'autres, ils rendaient compte des indices de recupération, de fatigue, de puissance, de cadence de pédalage et de beaucoup d'autres encore. Toutes ces informations étaient transmises en temps réel pendant la course, et ainsi les techniciens connaissaient la puissance de développement de chaque coureur en direct, mais personne n'était aussi exhaustif dans ses analyses que le fils de Lombard, harcelé par son père.

— Bon, à ce sujet, dis-je après un long soupir, vous m'avez mis dans un drôle de pétrin avec vos déclarations à *Libération*, selon lesquelles je suis meilleur coureur que Steve. Premièrement, je ne le crois pas, mais on ne va pas en discuter, m'empressai-je d'ajouter en levant la main pour l'empêcher de m'interrompre. Deuxièmement, tout ce que vous pouvez dire à la presse ou à l'intérieur du circuit, on considère que c'est moi qui l'ai dit, et ça fait des vagues.

— Mais c'était seulement l'opinion d'un simple et vieux supporter, dit-il sur un ton geignard.

— Ne soyez pas naïf, Lombard, pas de ça avec moi. Si je vous ai donné accès à l'intérieur du circuit et si Fiona vous a accrédité comme assistant, c'est parce que nous pensions que vous étiez conscient d'avoir un devoir de respect et de discrétion vis-à-vis de nous, de moi. Hier, vous avez rompu cet accord.

Le vieux baissa la tête, visiblement touché. Je ne lui avais jamais parlé de cette façon. Les yeux humides, les lèvres pincées et les paupières frémissantes, il semblait retenir ses larmes. Je ne pus m'empêcher de me rappeler le moment où il m'avait offert avec exultation un vélo cabossé, sans doute le plus beau jour de ma vie.

Pendant que je m'égarais dans les souvenirs, Lombard se reprenait.

— Bien ! Alors, Annibal, parlons clair – soudain, le militaire était de retour, il se redressa, rejeta les épaules en arrière et gonfla les pectoraux qu'il n'avait plus. J'ai un fils de sang et un fils de la vie, et ce que tous les deux ont fait ou peuvent faire justifie mon passage dans ce monde. Le reste est broutille, saperlotte !

Lombard pouvait parler comme un personnage de bandes dessinées et avoir l'air un peu snob, mais l'intensité de ses émotions compensait largement cela.

— Merci…

Cette fois c'est lui qui m'imposa silence d'un geste de la main.

— Voilà pourquoi je ne vais pas te laisser commettre un crime contre toi-même – il avait pris le ton d'un officier au front. Même si c'est ma dernière mission sur terre, je vais veiller à ce que tu honores le don que tu as reçu, et à ce que tu remportes la Grande Boucle. Je sais que tu peux gagner ce Tour. Tu dois le gagner !

Il était plutôt ironique qu'en l'espace d'une heure deux hommes aient manifesté l'intention de s'occuper de ma carrière jusqu'à la fin de leur vie : Giraud en m'empêchant de gagner, et Lombard en voulant que je gagne. J'entrevis l'image de ces deux hommes se livrant à un bras de fer, manches retroussées sur une table. Même si le ton du militaire était ferme et catégorique, je n'avais aucun doute sur l'identité du vainqueur de ce genre de combat.

— Vos paroles me flattent, colonel, et je vous en remercie du fond du cœur. Vous êtes peut-être aussi le père que je n'ai jamais eu ; vous avez toute ma reconnaissance pour ce que vous avez fait pour moi. Mais le maillot jaune n'a rien à y voir : les pères d'autres coureurs voudraient aussi que leur enfant monte sur le podium à Paris, et comme vous le savez, trois seulement sur cent quatre-vingt-dix-huit y parviennent, les autres n'ont plus que l'orgueil et la fierté d'avoir couru les vingt et une étapes, ce qui n'est pas rien. Nous ne sommes pas pour autant des enfants déloyaux. Et si je peux être l'instrument qui donne la victoire au frère que je n'ai jamais eu, je serai le plus heureux de ces deux cents gars.

— Steve, ton frère ? dit-il sur un ton ironique.

Lombard ne connaissait sûrement pas la série *Game of Thrones*, mais il fit exactement la même tête que Fiona quand elle m'avait asséné son *"You know nothing, Jon Snow"*. Je me rappelai ce qu'elle m'avait dit sur une prétendue interdiction signifiée au colonel par mon ami.

— Allons, vous ne l'appréciez peut-être pas, mais lui et moi avons grandi ensemble dans le cyclisme, répondis-je, et le militaire eut une grimace de douleur.

Il ressentait mes paroles comme une sorte d'ingratitude.

— Tu étais déjà Annibal quand tu l'as rencontré. La grandeur t'attendait ; malheureusement, il a croisé ton chemin.

Cette conversation ne menait nulle part. Personne n'allait dissuader Lombard de croire que j'aurais pu être le Messi du vélo si j'avais suivi ses conseils. Je voulais lui demander qui l'empêchait de m'approcher et de quelle façon, mais je ne voulais pas alimenter sa croisade contre Steve, et, considérant la partialité de Lombard à l'égard de mon ami, je ne saurais jamais la part de vrai dans ses propos et ce qui était un pur produit de son imagination. Si Fiona préférait qu'on lui noie les pieds dans un bloc de ciment plutôt que d'avouer quoi que ce soit, Lombard était capable de moucharder même dans ses rêves.

— Je vous demande de ne plus rien dire à la presse à mon propos, dis-je, convaincu de l'inutilité de cette conversation. À la presse ou à n'importe qui, d'ailleurs. Et attendez quelques minutes avant de quitter le bus, ajoutai-je.

Je me levai et avançai dans le passage pour descendre.

— Annibal, dit-il pour me retenir. Cet homme, le grand…

Il me montra un des gardes du corps de Steve qui m'avaient escorté jusqu'au véhicule ; leur silhouette s'étirait devant l'éclairage en contre-jour de l'hôtel, haute et lourde, tel un sarcophage de pharaons siamois. Les vitres teintées et l'obscurité dans laquelle nous étions plongés permettaient de les observer sans être vus.

— Qu'a-t-il ?

— Il est dangereux, c'est un tueur. C'est lui qui accompagnait Steve quand celui-ci est venu me parler.

— Steve vous a parlé ?

Enfin, nous allions peut-être aborder le sujet, que je le veuille ou non.

— Oui, hier.

Et il se tut. Lombard pouvait être désespérant ; maintenant qu'il m'avait appâté, il voulait que je lui extorque au tire-bouchon les mots que je n'attendais plus de sa part.

— Ce salaud m'a menacé. Ton frère ! dit-il avec mépris.

— Il vous a menacé ? Comment cela ? Que vous a-t-il dit ?

— Que si je ne te laissais pas tranquille, le moins grave qui m'arriverait, ce serait de ne plus approcher un grand Tour cycliste. Le moins grave ! C'est une menace de mort implicite, tu sais !

— Je vous en prie, n'exagérez pas.

— Ensuite, ce type – et il désigna Sarcophage – a choisi

mon pied pour faire demi-tour et emboîter le pas à Panata quand il est parti, ajouta-t-il, offensé.

Je ne savais pas si le vieux disait vrai, mais je ne pus m'empêcher de regarder le géant : cent quarante kilos, au minimum.

— Il s'agit forcément d'un malentendu ; à sa façon, Steve essaie de me protéger. Imaginez-vous le mal que vos déclarations dans la presse m'ont causé, colonel ? Steve a dû penser que votre présence à mes côtés pourrait renforcer vos propos ; Giraud et le reste de l'équipe me regardaient comme un pestiféré et je ne peux écarter l'hypothèse de représailles de la part du directeur sportif. Il y a pire que d'être un *gregario* de luxe, savez-vous ? Par exemple porteur d'eau.

— Et mon pied écrasé, se plaignit-il, offensé.

— Sans doute une initiative de ce fils de pute, répondis-je avec rage. Vous avez dit vous-même qu'il vous avait infligé cela dans le dos de Steve.

— J'en doute. Il y a beaucoup de choses que tu ignores, sur Steve : on dit que son agent et lui ont étouffé plus d'une proposition d'une équipe qui te voulait comme leader. Ils ont offert, menacé, comploté pour que ces propositions ne te parviennent pas.

— Vous avez des preuves ? Moi aussi, j'ai entendu ces rumeurs, elles viennent le plus souvent de coureurs et de techniciens des équipes que nous avons battues. Bien sûr, ils seraient ravis de briser le duo que nous formons.

— Des preuves ? Ton ami veille toujours à ce que son image soit immaculée. Je n'ai pas de preuves de ses menaces d'hier, mais le pied enflé me rappelle que c'était une monnaie sonnante et trébuchante, dit-il, et tous les deux on baissa les yeux sur ses chaussures. Bien plus, enchaîna-t-il, je ne serais pas étonné que sa bande et lui soient mêlés aux tragédies de ces derniers jours.

— Ah, si c'est lui et sa bande, ils ont fait un travail de cochon, répondis-je avec ironie. Matosas, Paniuk et Medel nous réduisent en miettes.

Le silence s'établit entre nous ; nous n'avions plus de munitions, comme deux boxeurs après le dernier assaut, plus fatigués que belliqueux. On se sépara sans animosité particulière et je préférai croire que même si mes arguments étaient loin de l'avoir convaincu, le colonel éviterait de nouvelles déclarations explosives.

Avant de quitter le bus, Axel m'intercepta.

— Il faut que je te parle. – J'étais étonné ; nous avions passé une heure et demie dans son réduit pendant le massage. – Je viens d'apprendre quelque chose que tu devrais savoir, expliqua-t-il pour se justifier.

Je regardai les gardes du corps qui attendaient à quelques mètres de là, Lombard encore dans le bus, et je secouai la tête, contrarié. Cette journée n'en finissait pas ; j'avais l'impression que je n'avais pas dormi dans un lit depuis des semaines.

— Passe dans un quart d'heure ; une de ces brutes sera dans le couloir, dis-lui que tu m'apportes un sédatif que je t'ai demandé.

Je montai dans ma chambre comme si c'était le Walhalla et qu'une demi-douzaine de walkyries m'attendaient dans mon lit ; puis je me rappelai le grabat de ma quasi-cellule dans laquelle je dormirais en solitaire. Je m'immobilisai quand je vis Favre dans le rôle de Cerbère, posté à l'entrée des Enfers.

— Ne vous fâchez pas, sergent, juste une minute, se défendit-il en voyant ma tête.

Au lieu de répondre, je m'effaçai avec une pantomime cérémonieuse.

— C'est devenu une habitude pour vous de m'attendre. Je ne crois pas être important au point de monopoliser le précieux temps du commissaire en chef de la police, dis-je ironiquement.

— Vous l'êtes, Moreau, vous l'êtes. Tout semble tourner autour de vous, ce qui m'intrigue – il marqua une pause méditative, et reprit, comme s'il se rappelait soudain quelque chose. – Mais je ne suis pas venu pour vous le reprocher, pas maintenant.

C'est moi qui remarquai cette fois comment le commissaire choisissait ses mots : "Pas maintenant, mais plus tard", pensai-je.

— Alors, quelle est la raison de votre venue ? dis-je avec un rien d'impatience.

— Nous avons repris les interrogatoires des mécanos de la Fonar. Vous m'avez conseillé ce matin de chercher quelque chose, du linge sale, afin de les faire craquer. Vous savez comment fonctionnent les pièges.

Je n'avais jamais rien dit de pareil, Favre semblait être un expert dans l'art d'attribuer ses propos à autrui ; avec cette méthode, je n'aurais pas été étonné qu'un de ces pauvres mécanos finisse par s'accuser, même s'il était innocent. À la différence d'eux, qui n'avaient pas pris un instant de repos depuis vingt-quatre heures, le commissaire semblait dispos ; il avait sûrement dormi pendant que nous courions l'étape. La petite moustache s'était remise à régner, propre et luisante, aux confins de sa lèvre supérieure.

— Là, je vais vous décevoir, commissaire ; je n'en ai aucune idée, dis-je en essayant de deviner le scénario qui le renverrait le plus vite possible dans le couloir.

— Ah ! répondit-il mollement, comme s'il cherchait une autre raison pour rester dans la pièce.

Ses yeux balayaient l'environnement, mais dans cette petite chambre il ne trouvait aucune prise où poser le regard. Depuis sa première visite, j'avais pris soin de tout laisser dans mes valises, mais sans les boucler ; la seule chose que pouvait voir le commissaire, c'étaient des sortes de ventres gonflés arborant de vilaines cicatrices à moitié fermées.

— Si je me rappelle quelque chose, je vous enverrai un message. Et je vous serais reconnaissant de m'informer de ce que vous pourrez découvrir ; après tout, ce sont mes compagnons qui sont interrogés – et après une hésitation, j'ajoutai : Et c'est mon vélo qui a été saboté.

— Comme vous dites, tout semble tourner autour de vous, déclara le commissaire avant de s'en aller.

Je m'assis sur le lit, envoyai un texto à Axel, que je regretterais pendant des jours – “Tout ce que tu as à me dire, dis-le-moi demain, je suis à plat” –, coupai mon téléphone, m'allongeai et n'eus plus aucune nouvelle de moi. Ce fut ma première nuit d'un Tour de France sans réviser le classement général à la fin d'une étape ; je me consolai en pensant que c'était le même que celui de la veille.

Classement général, 13e étape

(Muret – Rodez 198,5 km)

1	Alessio Matosas	51 h 34' 21"	"Plus coupable que jamais."
2	Milenko Paniuk	+ 22"	"Complice n° 1."
3	Pablo Medel	+ 26"	"Complice n° 2."
4	Steve Panata	+ 4' 49"	"Il commence à se remettre ; c'est peut-être trop tard."
5	Marc Moreau	+ 8' 26"	"Fin de mes rêves."
6	Óscar Cuadrado	+ 8' 42"	"Désormais, il n'est plus une menace pour le podium."
7	Luis Durán	+ 9' 25"	
8	Sergueï Talancon	+ 11' 03"	
9	Anselmo Conti	+ 13' 21"	
10	Rol Charpenelle	+ 13' 27"	

2014

Si Steve fut le frère que je n'avais jamais eu, Diana Panata fut ma mère. Toute personne qui nous aurait vus aux obsèques aurait juré que j'étais le fils affligé et Steve un ami solidaire.

Elle était morte quelques semaines après qu'il avait remporté son troisième maillot jaune, et quelques jours avant le départ de la Vuelta, en Espagne. Une pneumonie foudroyante l'emporta après une intervention de chirurgie esthétique qui ne devait comporter aucun risque ; le père de Steve, avant tout avocat, se demandait s'il n'allait pas porter plainte contre l'hôpital, alléguant que c'était là qu'elle avait attrapé ce virus mortel.

Nous avions suspendu l'entraînement et pris un vol pour Santa Fe, Nouveau-Mexique, pour la voir avant la crémation ; je m'effondrai devant son cercueil : elle avait un visage qui n'était pas le sien, livide et impavide. Diana était une femme montée sur batterie au lithium, incapable de rester trois secondes immobile, une force de la nature.

Si j'étais effondré, le père et le fils étaient hébétés. Ils la regardaient, groggys, se demandant ce que serait leur vie désormais, sans cette femme qui semblait illuminer tout ce qu'elle faisait et touchait.

Je n'avais jamais pu l'appeler *mère*, comme elle m'en avait souvent prié, mais j'avais fini par accepter les attentions et les égards maternels qu'elle nous prodiguait équitablement à Steve et à moi lors de ses longues visites au lac de Côme. Dès le premier séjour qu'elle passa avec nous, elle entreprit une croisade pour remédier à mon état d'orphelin avec un zèle que les templiers auraient envié ; elle me traîna chez un dentiste pour éradiquer les effets de l'abandon, renouvela ma garde-robe, équipa ma cuisine et celle de Steve d'appareils que nous n'utilisions jamais, supervisa nos relations féminines avec la rigueur qu'aurait pu avoir un gardien de harem ; en somme, elle devint tout ce que doña Beatriz, ma mère, n'avait jamais été.

Ce qui ne fut pas le cas de Robert Panata, qui m'avait toujours traité avec une amabilité distante, mais pour être juste assez proche de celle qu'il manifestait à Steve. L'avocat était un homme élégant et cordial, mais qui semblait toujours être ailleurs ; sa condescendance et ses manières impersonnelles n'étaient généralement pas interprétées comme du dédain par ses interlocuteurs, elles donnaient plutôt l'impression que son esprit ruminait quelque chose de plus décisif et de plus important que tout ce qui l'entourait.

Loin d'être jaloux de la passion que sa mère avait mise à vouloir m'adopter, Steve devint sa complice. Il partageait ses affaires avec moi, vêtements, argent – et s'il avait pu, ses premières petites amies –, comme si c'était organique, comme si cela s'inscrivait dans un ordre naturel remontant à notre petite enfance. Il lui arrivait de me passer la PlayStation avec réticence, simplement parce que c'était mon tour, comme un enfant qui doit partager la balançoire avec son frère, que cela lui plaise ou non ; il détestait perdre, c'est la première chose que je vis clairement dans sa personnalité. On passa des mois dans une rivalité féroce pour battre l'autre à un jeu vidéo de football pour lequel j'avais un talent inné. Les premières semaines, je l'écrasai, et il était en permanence furieux, voulant toujours recommencer la partie, tel un parieur empêtré dans sa malchance.

Quand il était bien luné, c'est-à-dire quand il gagnait, il était adorable. Il possédait le don étrange de faire briller l'atmosphère qui l'entourait. Son enthousiasme ressemblait à une coupe de champagne, son énergie était étincelante, contagieuse, même si c'était moi le perdant.

Dans la victoire, il était généreux, expansif et solidaire. Dans la défaite, il était un vrai coup de pied dans les couilles : il claquait la porte du placard comme s'il avait soudain oublié où étaient les bols, jurait à haute voix même pour des vétilles, éraflait la voiture en la sortant du garage. Il se comportait comme si la défaite était un événement contre nature, un incident inadmissible, le signe d'un dérèglement de l'univers qui perturbait l'ordre des choses.

Il s'entraîna seul, à en juger par ses cernes à l'époque, pendant des nuits interminables, jusqu'à ce qu'il me batte de façon régulière à ce foutu jeu vidéo. Alors, le calme et le bonheur revinrent dans la maison et son amour fraternel m'enroba de nouveau.

Mais bien ou mal luné, il considéra toujours que j'étais plus qu'un ami. Lors d'un camp d'entraînement à Tenerife, typique de début d'année, j'attrapai une fièvre étrange qui me cloua quatre jours à l'hôpital. Steve fit un scandale terrible parce qu'on l'empêcha de passer ses nuits sur un canapé dans ma chambre pour veiller sur moi, sous prétexte que nous n'avions pas de liens familiaux, aussi dormit-il recroquevillé sur la banquette arrière d'une voiture, sur le parking. Quand on me laissa m'en aller, il était difficile de distinguer lequel des deux sortait des soins intensifs. Après cela, pendant des mois il pensa que l'un de nous deux devrait entamer des démarches pour changer de nom, afin que cette situation ne se reproduise pas ; son père l'en dissuada quand Steve le consulta sur les procédures légales visant à rajouter Moreau à son nom de famille.

En général, j'étais mi-amusé, mi-flatté, devant ces effronteries fraternelles, toujours conscient d'être un personnage de passage dans la famille Panata. J'étais persuadé que tôt ou tard nos destins se sépareraient. Quand Steve remporta le premier maillot jaune, il prit très mal que je ne veuille pas me tatouer sur la cheville, comme lui, un petit vélo en souvenir de "notre" victoire. Je trouvais cela exagéré ; admettre face au monde que j'avais été provisoirement adopté par les Panata était une chose, reprendre à mon compte la victoire de Steve me paraissait pathétique.

Pour Lombard, tout était pathétique. Je pense qu'il m'avait orienté vers l'équipe Ventoux dans le secret espoir qu'on me choisirait pour succéder au coureur vedette, Bijon, qui allait prendre sa retraite, aussi dut-il éprouver une profonde déception quand il apprit que les dirigeants avaient préféré Steve et que j'avais accepté de devenir son *gregario* pour un temps indéterminé ; et il supporta encore plus mal de voir que j'avais trouvé une famille qui n'était pas lui.

Bien avant la mort de mon père, deux ans après que j'étais devenu professionnel, Lombard était passé avec une intensité croissante du rôle de tuteur à celui de père ; il venait souvent à la maison, ou bien il me téléphonait. Quand il apprit que Diana appelait le dimanche matin et exigeait de parler aux deux garçons, il prit l'habitude d'appeler le samedi après l'entraînement ou après une compétition, s'il y en avait une.

Quand il comprit qu'il était impossible de rivaliser avec Diana en matière de conseils domestiques, il décida de se concentrer sur le suivi des aspects techniques de l'entraînement et de m'administrer des discours de père à fils sur le sens de la vie, qui semblaient sortir tout droit d'un livre de développement personnel ; je rapportai quelquefois ces propos à Steve, qui devinrent un motif de plaisanterie dans son dos. "Il y a une raison à tout" était son expression favorite et on se mit à l'employer à propos de n'importe quoi, soulignée par nos éclats de rire ; quand on ne savait pas quoi dire, quand on avait rendez-vous avec une fille ou quand on discutait entre copains, on lâchait l'énigmatique : "Il faut vivre comme on pense, sinon, on finit par penser comme on a vécu." Avec beaucoup de sérieux, sur un ton absolument convaincu, en se retenant de rire.

Je ne me suis jamais assez repenti de la tristesse que je lui ai causée quand il a découvert nos moqueries. Un jour que j'étais au téléphone avec lui, Steve demanda à lui parler et posa des questions sur un potentiomètre qu'on allait mettre sur le marché ; le colonel conseilla de ne pas s'affoler : il fallait attendre encore un peu. Steve le remercia pour l'information et raccrocha, du moins le crut-il.

— Il m'a dit que ce n'est pas parce qu'on se lève tôt qu'il fait jour plus vite, se moqua-t-il en s'écartant du comptoir de la cuisine, où se trouvait le téléphone.

— Mais l'avenir appartient à ceux qui se lèvent tôt, répliquai-je sur le même ton parodique.

— Ceux qui se lèvent tard, Dieu les prive de lard.

— Et avec les noceurs, Satan fait son beurre ?

— Ah non, le diable a de l'éducation.

— Pourtant, qui dort dîne, et avec le diable badine.

— Le diable est plus réel s'il est vieux et colonel.

On continua d'échanger des proverbes débiles en rigolant, et j'allai prendre un verre d'eau sur le comptoir ; la petite lumière verte du téléphone me signala qu'il était toujours en ligne : Steve avait mal raccroché. Je soulevai le combiné et entendis une respiration hachée à l'autre bout du fil, puis j'entendis un clic et la communication fut coupée.

Les semaines suivantes, le colonel se comporta comme s'il n'avait rien entendu, mais par son attitude un peu raide et guindée je compris qu'il était très offensé. Plus jamais je ne me moquai de ses propos, qu'il se remit à débiter quelques jours plus tard.

Pour ma défense, je dois dire qu'à plus d'un titre je fus plus son fils que Bernard. Le jeune homme grandit avec sa mère et ne s'intéressa jamais au vélo, la passion du père ; il se passionnait pour les ordinateurs, autour desquels s'était construite sa carrière. Si chacun était présent dans la vie de l'autre, c'était plus par des actions concrètes que par des liens affectifs. Mais dans les dernières années, grâce aux applications cybernétiques que Bernard avait conçues pour analyser mon rendement, père et fils semblaient enfin avoir un intérêt commun.

Avec le temps, Lombard et Steve finirent par se tolérer, mais aucun des deux ne comprit jamais l'importance que l'autre avait dans ma vie.

14e ÉTAPE

De la même façon que je pense au classement général avant de m'endormir chaque jour que je passe dans le Tour, mon premier réflexe en me réveillant est de visualiser l'étape qui nous attend. La veille au soir, j'avais changé mon habitude ; le matin même aussi. Être victime de deux tentatives d'assassinat en l'espace de quatre jours est sans doute un mobile suffisant pour bouleverser la routine. Ces deux fois, j'avais bien failli y passer ; j'avais échappé de peu à l'explosion, et au vélo saboté, à cause de la crevaison inattendue de mon leader. Je n'étais pas certain d'avoir autant de chance si j'étais l'objet d'une troisième tentative.

Au lieu de visualiser le parcours de la journée, mon cerveau évalua mes chances de rester en vie dans les jours à venir. Deux scénarios étaient possibles : si l'assassin voulait que l'un des trois leaders – Matosas, Paniuk ou Medel – triomphe à Paris, il était sur la bonne voie ; peut-être se contenterait-il de leur avantage et nous laisserait-il tranquilles. Peut-être aussi, ayant éliminé la Fonar, allait-il se concentrer sur deux de ces sprinters pour obtenir que son champion remporte le maillot. J'eus pitié de Paniuk et de Medel, mais juste un peu, vu ce qu'ils avaient tenté contre nous la veille : je persistais à penser que Matosas était le favori des criminels qui avaient décidé d'altérer la course.

Mais il y avait un second scénario, beaucoup plus redoutable. Bientôt les Alpes : quatre journées sur les hautes cimes pouvaient tout changer, y compris leurs cinq minutes d'avance. Les coups portés ayant lessivé la puissante équipe anglaise de Batesman et celle des Espagnols de Movistar, la Fonar était de loin la plus performante en haute montagne. Comme ce n'était pas le point fort de Steve, nous avions une équipe de grimpeurs. Si l'assassin avait quelques notions de cyclisme, ce qui était vraisemblable, il ne nous laisserait surtout pas arriver vivants en haut du Ventoux et des autres sommets alpins. Jusqu'alors, la tactique du criminel avait été de frapper non pas le leader mais son principal écuyer ; s'il ne changeait pas de méthode, la seule conclusion possible était que je serais victime d'une de ses bonnes idées.

Je passai un moment à essayer d'imaginer le moyen qui serait maintenant utilisé pour s'en prendre à moi. Je n'avais pas encore quitté ma chambre, mais un garde avait certainement passé la nuit devant ma porte, même si je ne connaissais pas l'accord que la police et les gardes du corps de Steve avaient passé pour me protéger ; en tout cas, je ne mourrais pas comme Fleming, noyé dans sa baignoire par un intrus. Mais l'assassin avait prouvé qu'il avait eu assez d'imagination et de ressources pour faire exploser la bonbonne de gaz de Fiona et pour saboter mon vélo ; j'en conclus qu'une troisième attaque était presque impossible à empêcher. Ce jour-là, nous allions parcourir cent soixante-dix-huit kilomètres et demi à découvert, ce qui nous laissait sans défense pendant presque quatre heures.

Jusqu'alors, les responsables des tragédies avaient assez bien réussi à travestir leurs agressions en accidents, mais s'ils se décidaient à abattre leurs cartes, il n'y avait aucune défense possible sur route contre un franc-tireur ou une moto assassine. Tout bien réfléchi, j'écartai cette possibilité : un assassinat de cette nature provoquerait sans doute la suspension du Tour, et il y avait longtemps que j'avais écarté Radek ou un autre concurrent hostile à la compétition comme l'auteur possible de ces attaques. Non, les criminels voulaient que leur homme soit consacré à Paris, et ils devaient donc s'assurer que leur tentative suivante paraîtrait également accidentelle.

Favre avait raison, la seule façon de parer une attaque était de trouver l'assassin avant qu'il frappe de nouveau. Une fois de plus, j'avais été injuste avec le commissaire, les mécanos étaient la seule piste solide et je n'avais aucune raison de lui reprocher la rigueur avec laquelle il les interrogeait. Au lieu de le repousser, je devais collaborer avec lui pour trouver une preuve de culpabilité parmi eux ou les laver de tout soupçon.

Je repassai le profil de ces cinq hommes et décidai de m'intéresser aux deux qui avaient pour mission de préparer mon vélo : Marcel et Joseph. En théorie, les trois autres auraient pu s'en occuper, mais pas sans que ces deux-là s'aperçoivent qu'on avait manipulé mon Pinarello. Je me penchai aussitôt sur le premier : Marcel, le Dandy, était dépensier et un tantinet frivole, et il avait tendance à regarder ses collègues de haut. Joseph était l'inverse, un homme réservé qui s'occupait de sa nombreuse progéniture et de sa redoutable épouse ; la simple possibilité qu'on lui propose de prendre des risques l'aurait rendu malade. Si ce pauvre Joseph s'était prêté à un sabotage, il aurait craqué dès la première heure d'interrogatoire.

Comme s'il s'agissait d'une carte digitale sur écran, je grossis l'image du Dandy pour l'analyser. Je ne trouvai aucune information révélatrice dans ce que je connaissais de sa vie privée. Mais en m'enfonçant dans les couches successives de mon cerveau, je me rappelai que quelqu'un avait mentionné qu'il portait des blessures amoureuses : un soir, avant le départ du Tour, il s'était mis à boire dans le café du coin où nous étions, et Basset, le chef des mécanos de la Fonar, avait dû le rappeler à l'ordre. Le démarrage de la compétition avait enfoui ce souvenir, mais je commençais laborieusement à l'exhumer, comme on essaie de récupérer une bague dans un égout sans autre accessoire qu'un fragile bout de bois.

Je savais qu'il y avait autre chose à propos du Dandy, un détail important qui m'échappait ; déçu, je m'habillai pour aller prendre le petit-déjeuner, sans cesser de ruminer cette affaire. Maintenant, c'était une cochonnerie dans la dent que je ne pouvais toucher de façon obsédante qu'avec le bout de la langue. Dans le couloir, je saluai le policier, qui essayait de rester éveillé, affalé sur un petit banc ; il attendait la relève, sans doute. En dépit de la couche de gomina dont il s'était tartiné, ses cheveux montraient les ravages d'une nuit interminable, et c'est à ce moment-là que je récupérai la bague dans l'égout et me débarrassai de la cochonnerie dans ma dent : les ennuis du Dandy provenaient de ses amours avec Daniela, la sœur de Di Salvo, un cycliste italien qui venait de lever le pied : une belle femme au tempérament explosif que nous connaissions tous, car elle était sortie avec une demi-douzaine de cyclistes. Elle devait considérer un simple mécano comme un pas grand-chose.

J'avançais dans le couloir quand l'information que je cherchais me sauta à la figure. Les hommes de Matosas, Conti et Ferrara, étaient du Sud de l'Italie, comme Di Salvo, la petite amie du Dandy. J'avais trouvé un lien entre notre mécano et l'équipe Lavezza. Si j'avais été un personnage des bandes dessinées de Lombard, une ampoule imaginaire se serait allumée au-dessus de ma tête. Et je fis ce que personne ne fait dans ces bandes dessinées : je sortis mon portable et pianotai l'information pour l'envoyer au commissaire. Alors, je découvris que j'avais une demi-douzaine de messages d'Axel sur l'écran, et un de Fiona ; je coupe toujours le son.

Le portable encore à la main, je reçus et lus la réponse de Favre avant d'entrer dans la salle à manger : *C'est le principal suspect, nous confirmons aujourd'hui qu'il a des dépôts qui dépassent son salaire. Cette fiancée liée aux gens de Matosas est peut-être la clé : très bien, sergent Moreau, continuez dans cette voie.*

Les ordres du commissaire transmis par le téléphone me déplaisaient autant que ceux qu'ils me donnaient en tête à tête. Accuser le Dandy me laissait un goût amer dans la bouche ; même s'il n'était pas sympathique, il restait un compagnon de l'équipe. Je me débarrassai de cette sensation désagréable en me disant que je faisais ce qu'il fallait. Bref, s'il était innocent, ce ne serait qu'un mauvais moment à passer pour lui.

Bien entendu, ce fut plus qu'un mauvais moment. En entrant dans la salle à manger, je regardai la table des mécanos ; ils étaient tous là, un assistant surveillait les vélos qu'ils avaient préparés très tôt ce matin-là pour l'étape du jour. Un bref coup d'œil suffisait pour comprendre qu'ils n'avaient pas non plus beaucoup dormi cette nuit-là : à l'évidence Favre comptait les avoir à l'usure, et d'après ce que je voyais ils n'étaient pas loin d'avouer qu'ils étaient mouillés dans l'assassinat de Kennedy.

Le Dandy était parmi eux, avec sa gourmette en or, mais sans la fière allure des jours précédents, le visage rivé sur son bol de céréales. Guido, un de nos coureurs, m'informa que la police les avait relâchés vers 5 heures du matin pour qu'ils accomplissent leurs tâches. Murat, la Bête, dit pis que pendre des autorités et déclara que la Fonar devait protéger ses mécanos contre les abus dont ils étaient victimes, en intercalant une insulte catalane tous les deux ou trois mots. Les convives étaient tous d'accord et j'approuvai en silence en me tortillant avec inquiétude sur ma chaise. Il était émouvant que les cyclistes, qui jouaient leur peau tous les jours en s'abandonnant à l'habileté de mécanos, manifestent une telle solidarité malgré le vélo saboté. Du coup, je me sentis un peu plus merdeux, mais le pire était à venir.

Quelques minutes plus tard, les deux inspecteurs adjoints de Favre, accompagnés de trois policiers, entrèrent dans la salle, se dirigèrent vers la table des mécanos et ordonnèrent au Dandy de les suivre, en déployant toute une mise en scène ; c'était sûrement le commissaire qui en avait décidé ainsi. Il fut brutalement embarqué, malgré les protestations de quarante ou cinquante acteurs du Tour présents dans la salle à manger ; ce jour-là, trois équipes étaient logées à l'hôtel, entre autres l'équipe Lavezza de Matosas, mais même eux firent tinter leurs couverts contre verres et assiettes pour protester contre l'arrestation du Dandy.

Mes compagnons de table, dont certains s'étaient levés, regardaient encore les policiers s'éloigner quand je vis l'écran de mon téléphone s'allumer ; je l'avais posé à côté de mon assiette. Heureusement, personne ne vit le texte qui se déroula sur l'écran : *Vos intuitions étaient correctes, sergent, Daniela Di Salvo et Ferrara sont du même village, Reggio Calabria. Je vais interroger M. jusqu'à ce qu'il avoue. Je ne peux pas le relâcher, il pourrait s'enfuir.*

Machinalement, je me tournai vers l'équipe italienne : Ferrara, chef des mécanos, présidait à sa table : il était l'incarnation de ces gens qui peuvent vous coller une balle dans la tête sans interrompre leur petit-déjeuner. Je suppose qu'à force de regarder *Le Parrain* et *Les Soprano*, le profil moyen d'un Italien du Sud correspond au souvenir d'un personnage d'un film de gangsters, et on ne peut pas dire que son physique l'avantageait : maigre et osseux, les yeux cernés, il avait tout d'un fossoyeur, constipation chronique incluse. Difficile de croire que cet homme et l'exubérante Daniela étaient issus du même village.

Une phrase de Favre me gênait : dans mes souvenirs du Giro, Reggio Calabria était beaucoup plus qu'un village. Je vérifiai sur internet : c'était une ville de cent quatre-vingt mille habitants. Ferrara devait avoir la cinquantaine et cette fille la trentaine ; peu de chance qu'ils aient été camarades d'école ; ce qui n'éliminait pas la possibilité que les familles se soient connues, mais de là à en faire une preuve de complicité, il y avait du chemin. Dans ces conditions, ayant grandi à Medellín, je devrais forcément être membre d'un cartel de la drogue. Puis, je me rappelai que le commissaire avait mentionné quelques économies sur le compte de Marcel, outre ses entrées habituelles : là, c'était différent, j'étais de Medellín mais mon compte était toujours en déficit. Cette pensée n'atténua guère la culpabilité qui me tenaillait : mes informations avaient précipité l'arrestation du Dandy. J'avais l'impression d'être un Judas masqué.

— Stevlana a appris que j'étais tombé et elle veut venir, me dit Steve.

Il semblait être le seul à ne pas avoir prêté attention à la scène qui venait de se dérouler, absorbé par un échange de messages avec sa fiancée. La Russe avait cette qualité étrange : même à distance elle exigeait d'être le centre d'attention, au moins celui de mon compagnon.

— Dis-lui que tu vas bien, que tu la retrouveras à Paris. Le passage des Alpes promet d'être très dur, tu ne vas pas en plus l'avoir sur le dos !

D'accord, c'était une façon de parler, mais je ne pus m'empêcher de l'imaginer au lit, chevauchant Steve en agitant ses beaux seins, convoitise du désir planétaire ; en la voyant, je me disais toujours que pour une femme comme elle, il y en avait au moins deux qui étaient plates comme des limandes.

— Je sais, dit-il ennuyé, mais va lui faire comprendre !

— Demande à Benny d'inventer quelque chose, de lui trouver une occupation, pour mériter son salaire.

Benny était l'agent de Steve, un baratineur qui aurait obligé son fils à se coucher dans une flaque pour lui marcher dessus et ne pas salir ses chaussures de luxe.

— Elle le déteste, parce que les entrées qu'il nous avait dénichées pour Bob Dylan étaient au vingtième rang.

— Qui ne déteste-t-elle pas ?

Ma question était d'ordre statistique, et pourtant elle ressemblait à un reproche.

— Margaret, je crois, répondit-il après réflexion.

C'était la directrice de sa fondation en faveur des enfants des rues ; une institution qui orientait ses efforts sur la Colombie, ce dont je devrais être éternellement reconnaissant à Steve. Des dizaines de millions de dollars étaient investis dans les quartiers pauvres de Bogotá, de Medellín et de Cali.

— Bonne idée : dis à Stevlana que Margaret est sur le point d'abandonner ; qu'elle seule peut la convaincre de continuer, parce que Margaret l'admire et l'écoute. Bref, tout ce que tu voudras. Supplie-la d'aller voir Margaret à New York, dis-lui que tu l'accompagnerais volontiers si tu n'étais pas coincé ici.

Stevlana s'était rendue quelquefois en Colombie avec Margaret pour collecter des fonds et visiter des favelas, et elle avait été enchantée de sa bonne action. À juste titre : quelques milliardaires avaient signé de gros chèques au simple spectacle de son décolleté.

— Excellent. Stevlana sera ravie de sauver sa journée ; j'appelle Margaret aujourd'hui même pour qu'elle monte le numéro. Il suffit qu'elle la monopolise une semaine. Aujourd'hui, tu es brillant, Mojito, dit-il, mi-sérieux mi-blagueur.

— Tu ne vas pas en plus te moquer de moi !

Mais j'étais content : c'était une bonne solution. J'aurais aimé que ce soit aussi simple de trouver l'assassin ou de reprendre le maillot jaune à Matosas.

Comme si Axel avait attendu ce moment pour remettre en selle mon pessimisme, il surgit dans la salle à manger, en nage.

— Pourquoi ne réponds-tu pas à mes messages ? se plaignit-il, et il insista : Tu as fini ? On peut se prendre un moment ?

— Je vous laisse, vos secrets d'alcôve ne me regardent pas, dit Steve en éclatant de rire, allusion à ma longue séance de massage tous les soirs dans la chambre de l'assistant.

À ce moment-là, la plupart des commensaux s'étaient retirés ou presque ; tout le petit hôtel était pris par des équipes du Tour. Notre propre table était vide. On alla chercher un café et on se rassit.

— Hier, je n'ai pas eu le temps de les voir, dis-je en guise d'excuse. Pourquoi tant de hâte ?

— Il faut que tu interviennes. La police est en train de tuer les mécanos ; ils n'ont pas dormi depuis deux jours.

— Je le sais, mais je n'y peux rien, dis-je, et je sentis le rouge me monter aux oreilles – d'un geste précipité j'y portai la main, mais ne sentis aucun changement. Je ne serais jamais un bon joueur de poker ; d'ailleurs, Axel non plus, qui trouva mon commentaire encourageant. – De plus, mon vélo saboté est la seule piste pour la police, tu ne peux pas lui en vouloir.

— Mais Basset, le Dandy et tous les autres sont innocents, dit-il en se tordant les mains, plié en deux, comme s'il avait une envie irrésistible d'uriner.

— Allons, Axel, tu ne vas pas me dire que c'est un hasard ; en 2003, c'était peut-être une négligence, mais plus aujourd'hui. La colle d'aluminium qu'on a mise sur ma jante a été éliminée du circuit depuis belle lurette. Quelqu'un a essayé de me nuire, et en beauté. Et ce quelqu'un a forcément travaillé sur ma machine quelques heures avant le départ.

— C'est ce que je voulais te dire hier soir. C'était ton vélo, mais ce ne l'était pas.

Je le regardai fixement, essayant de déchiffrer ses paroles. Axel aimait plaisanter, mais dans le cadre du boulot il était sensé et responsable ; vu son air angoissé, il n'avait pas l'air de jouer aux devinettes.

Je le priai de s'expliquer. Au début de la saison, chaque coureur reçoit cinq vélos ; certains, comme Steve et moi, un peu plus. Parfois même, les fournisseurs doivent réapprovisionner pour compléter l'inventaire ; au fil des mois, les machines sont grignotées pour que les deux ou trois qui seront utilisées en compétition soient dans un état idéal : un choc par ici, un braquet abîmé par là, obligent à utiliser le guidon ou la pédale d'un vélo de dépannage. Il me raconta qu'avec un peu de perfidie certains mécanos du circuit parviennent à déduire du solde de l'inventaire des vélos entiers qu'ils revendent ensuite à prix d'or : ceux de Steve et, à un degré moindre, les miens, étaient les plus cotés de la Fonar.

Puis il me rappela qu'au Giro d'Italie, deux mois auparavant, j'avais fait deux chutes qui n'avaient pas eu de conséquences, mais qui avaient motivé des devis gonflés pour exagérer les dégâts. Résultat : un vélo impeccable revendu vingt mille euros au marché noir.

— C'était l'argument de vente : voilà le vélo qu'Annibal utilise sur le Tour, conclut Axel en dessinant avec les doigts des guillemets sur sa dernière phrase.

— Je vois où tu veux en venir. Il aurait pu être le vélo saboté, mais cela n'explique pas que je me sois retrouvé dessus. Il a dû passer entre les mains de Dandy ou de Joseph, chargés de préparer mon équipement.

— Pas forcément, dit-il d'un air contrit, c'est pourquoi je ne voulais le dire qu'à toi.

— Me dire quoi ?

J'étais de plus en plus intrigué.

— C'est moi qui me suis occupé des vélos toute la semaine, dit-il, angoissé.

Et il se tut, attendant mes conclusions. Que je tirai sans tarder. Les masseurs font leur travail à la fin de chaque étape, mais avant et après ils sont un peu partout : ils transfèrent les bagages des coureurs et des mécanos dans l'hôtel suivant, s'occupent du ravitaillement des coureurs pendant et après l'étape, et équipent les voitures suiveuses. Là, il se référait à une des tâches les plus modestes, mais essentielle pour notre propos : surveiller les vélos que les mécanos ont préparés le matin de bonne heure, pendant que ceux-ci prennent leur petit-déjeuner.

— Il y avait Pierre et moi. Mais il y a une bonne vingtaine de vélos, et tu sais comment ça se passe ! Les journalistes approchent, les touristes se faufilent, le personnel de l'hôtel aussi ; ils prennent les vélos en photo, vous posent des questions.

En effet, je le savais. Le bus des vélos, un véritable atelier de mécanique, est garé dans une rue voisine de l'hôtel où on nous loge, et cet endroit devient vite une galerie improvisée de vélos : quand les mécanos ont fini de les nettoyer, de les graisser et de les monter, ils les laissent autour du véhicule, appuyés contre le bus ou contre un mur, quelques-uns sur leur support.

— Tu crois qu'on aurait pu voler l'original et en mettre un autre à la place, en plein jour ? demandai-je, incrédule.

— Je n'ai cessé d'y réfléchir, et je ne me souviens de rien, mais c'est la seule explication possible. Allons, tu connais le Dandy et les autres ; aucun d'entre eux n'a pu commettre cette saloperie, quelqu'un de l'extérieur a échangé ton vélo contre un autre.

— La police parle de virements suspects sur le compte du Dandy.

— Bien sûr ! Ce sont les vélos qu'on vend en coulisses, répondit-il en haussant les épaules.

— Mais alors, pourquoi ne le dit-il pas ? On ne le soupçonnerait plus de faire partie d'une bande d'assassins !

— Il ne le dit pas, parce que cela équivaudrait à avouer son vol ; la Fonar le mettrait à la porte et déposerait peut-être même plainte contre lui – après une pause, il ajouta : Au point où en sont les choses, il va pourtant y être obligé.

— Mais alors, quel est le problème ? demandai-je avec une certaine impatience.

— Si on admet que ton vélo a été subtilisé par quelqu'un, la police cherchera à comprendre comment le vélo saboté est arrivé jusqu'à toi ; autrement dit, on interrogera tous ceux qui ont approché les vélos ce jour-là.

Maintenant, Axel me regardait, les sourcils froncés, les rides au front, au bord des larmes ; la tête d'un écolier convoqué chez le directeur.

— De grâce, Axel, quoi d'autre ? dis-je en prenant un ton léger. – Il m'avait effrayé, je croyais même qu'il y avait un gros problème. – Nous savons tous que c'est un vrai cirque : difficile de surveiller tant de vélos avec tous ces gens, les mécanos travaillent pour ainsi dire dans la rue. N'importe lequel d'entre nous peut en témoigner auprès de la police ; rassure-toi. Tu seras interrogé pendant deux heures, on examinera ton passé, ton compte en banque, et on te relâchera. Point final.

— C'est bien là le problème, dit-il, les yeux baissés.

— Quoi ? Ton passé ou ton compte en banque ? demandai-je, plus curieux qu'inquiet.

— Heu, moi aussi je suis mêlé à la vente des vélos, finit-il par répondre, d'une voix à peine audible.

— *Fucking* Axel ! dis-je déçu, en guise de reproche.

— Mais c'est inoffensif, Annibal, supplia-t-il, de toute façon la Fonar revend ses vélos en fin de saison. Quelle importance si deux ou trois disparaissent en cours de route ? Nous ne mettons jamais en danger ceux que vous utilisez ; nous veillons toujours à ce qu'ils aient toutes les pièces de rechange nécessaires. Tu sais combien on peut tirer d'un vélo de Steve chez un collectionneur ? Quatre ou cinq fois sa valeur réelle sur le marché. Une fortune pour nous, et ça ne nuit à personne.

— Ce n'est pas à moi qu'il faut le dire ? Va voir la police, la Fonar, au moins pour qu'on retire les membres de l'équipe de la liste des suspects. Il vaut mieux être accusé d'abus de confiance – j'allais utiliser le mot *vol*, mais je m'étais retenu à temps ; mon pauvre masseur était déjà suffisamment mal en point – que d'assassinat, tu ne crois pas ?

— Je le sais. Je voulais avoir ton avis. Et comme tu conseilles le commissaire qui dirige tous ces interrogatoires, tu pourrais lui dire du bien de moi.

Ainsi, lui aussi était au courant, et dire que j'étais convaincu que mes rencontres avec Favre étaient un secret ! Pour Fiona, je n'étais pas étonné, elle est toujours au courant de tout ; si Axel le savait, tous les membres de la Fonar le savaient aussi. Une sale nouvelle pour moi. Je passais pour un collabo à leurs yeux ; rien de bon, maintenant que la police resserrait son étau autour de nos compagnons. Cela expliquait la froideur de la plupart d'entre eux à mon égard. Je l'avais attribuée exclusivement aux déclarations de Lombard, qui faisaient de moi un traître, un saboteur de l'objectif de la Fonar de sacrer Steve champion ; or, c'était davantage lié à mon rapprochement avec les autorités. Non seulement traître, mais collabo, des péchés plus graves aux yeux d'un cycliste qu'être pédé ou, pire encore, d'être l'inventeur des *pavés du Nord**.

— Non, je ne collabore pas avec le commissaire et je n'approuve pas ce qu'il fait. Il est passé me voir deux ou trois fois, parce qu'autrefois j'étais dans la police militaire, mais franchement il est tombé sur un os : je m'en suis débarrassé comme j'ai pu – voilà que je me défendais, et j'aurais aimé que toute l'équipe m'entende.

Au moins, je ne lui mentais pas. J'avais plusieurs fois essayé de me débarrasser de Favre, sans trop lui en dire. Je n'étais pas un traître, toujours pas, et encore moins un collabo ; mais toute personne qui verrait l'historique de mon WhatsApp de ces dernières heures imaginerait autre chose. Maudit Favre, il m'avait fourré dans un drôle de pétrin ! Que penserait Fiona si elle savait que par ma faute on avait arrêté le Dandy ? Et Lombard, ou Steve ? Merde, je voulais juste aider à arrêter l'assassin qui avait porté atteinte à plusieurs membres de notre communauté, et pour me rassurer je repassai rapidement en revue les victimes, y compris celles qui avaient été touchées avant le Tour.

— … serais incapable de nuire à la Fonar, disait Axel – une fin de phrase qui me tira de l'îlot d'autocommisération dans laquelle je m'étais réfugié. Tu vas intervenir en ma faveur ? conclut-il, suppliant.

Ainsi donc, lui non plus n'avait pas cru un mot de ma tirade sur la prétendue distance que je prétendais maintenir avec Favre. Je m'avouai vaincu, provisoirement.

— Je vais essayer. En attendant, on va gagner l'étape.

Il hésita avant de me laisser partir et me serra contre lui, ému, comme s'il me disait adieu avant d'être envoyé à Alcatraz. Comme avec Steve quelques jours auparavant, la position me mit mal à l'aise, ce qui était étrange, s'agissant d'une personne qui passait plusieurs heures par semaine à travailler sur mon corps nu, ou peut-être à cause de cela.

En s'écartant, il remarqua quelque chose dans mon cou, et cette fois avec l'assurance de celui qui a colonisé un territoire, il examina ma peau en écartant le col de ma veste de jogging.

— D'où viennent ces bleus ?

— De quoi tu parles ? Quels bleus ? demandai-je, étonné.

Je me dirigeai vers l'énorme glace qui occupait un des murs et espérai vainement transformer en grand salon cet espace étriqué. En effet, j'avais des marques violacées dans le cou ; sans doute s'agissait-il des effets de la brutalité de Giraud la veille devant le bus. Les gènes combinés du colonel Moreau et de l'infirmière Restrepo étaient sans doute une bénédiction pour le cyclisme, mais pour beaucoup d'autres choses elles étaient un désastre : outre une transpiration sulfureuse, ma peau avait la sensibilité de celle de Marie-Antoinette.

Un peu plus tard, dans le bus qui nous emmenait au départ de l'étape, Steve et moi reprîmes nos congratulations mutuelles au point où nous les avions laissées la veille ; on se dit qu'on avait survécu aux coups et aux pièges, ce qui signifiait que nous étions destinés à dominer et à gagner la course. Quand nous parlions du maillot jaune, c'était toujours au pluriel, même s'il n'y avait qu'un seul tee-shirt. Fiona et Lombard pouvaient trouver cela absurde ; moi, comme Steve, je trouvais cela absolument normal. C'étaient eux qui ne comprenaient rien.

Je pensai que Steve, à la différence de mon amante et de mon tuteur, ne me reprocherait pas d'avoir livré Marcel à la police ; tout bien réfléchi, il n'avait rien à me reprocher, hormis une trahison personnelle. Je pourrais raconter à Steve, le cas échéant, qu'il avait noyé un frère jumeau afin de rester fils unique : il aurait secoué la tête et aurait attribué mon comportement aux caractéristiques incompréhensibles de mes origines franco-colombiennes.

J'avais peu d'estime pour le style de vie que menait maintenant mon compagnon au milieu des célébrités et des paparazzis, et je suppose qu'il voyait avec dédain mon goût pour les puzzles, le jazz et les bons romans. Mais notre communion absolue autour du vélo renvoyait au second plan toute autre différence.

Les objectifs de l'étape ressemblaient à ceux de la veille : favoriser la récupération de Steve et veiller à ce que les leaders ne creusent pas l'écart. Malheureusement, il s'agissait d'un parcours beaucoup plus ardu : cent trente-sept kilomètres sans difficultés particulières, suivis de deux cols de deuxième catégorie avant l'arrivée à Mende. Pour nos rivaux, la récupération de Steve était aussi un compte à rebours, mais en sens inverse ; ils devaient carrément le liquider avant qu'il soit complètement remis et que la Fonar lance sa contre-attaque.

L'étape démarra comme prévu. Matosas et sa bande imprimèrent un rythme vertigineux mais sans tenter ni échappées ni blocages sournois, contrairement à ce qui s'était produit la veille. Ils cherchaient simplement à épuiser Steve avant les deux cols finaux : là, ils attaqueraient.

Cependant, j'étais obsédé par un danger beaucoup plus imminent, que je n'avais pas osé évoquer devant Giraud ni même devant Steve. Entre le kilomètre quarante-quatre et le kilomètre cinquante-neuf, on avait une descente de quinze kilomètres en chute libre, un tracé que mon compagnon dominait comme personne dans le circuit. Mais seuls les cyclistes savent ce que peut provoquer dans la tête une chute grave après avoir perdu le contrôle du vélo, comme c'était arrivé à Steve deux jours plus tôt ; dans la descente du col de Vernhette on dépasserait les quatre-vingts kilomètres-heure et forcément il revivrait la panique qu'il avait connue récemment en perdant le pneu *tubeless*, sauf que cette fois, à cette vitesse, la mort serait au rendez-vous.

J'avais vu des vétérans paralysés au moment d'aborder une descente, le lendemain d'une chute dangereuse, surtout si elle était due à une défaillance du vélo ; un peu comme la panique d'un automobiliste qui, après avoir été victime d'un accident de la circulation – rupture de freins –, reprend le volant pour la première fois. Mais je redoutais aussi l'effet contraire : que Steve, pour surmonter sa peur, prenne trop de risques sans avoir conscience de sa panique, ce qui n'aurait rien eu d'étonnant, vu le tempérament de mon ami.

— Descendons lentement, lui dis-je en abordant le toboggan au kilomètre quarante-quatre.

Il haussa les sourcils, étonné, mais je fixai un point entre ma jambe droite et ma pédale, comme si j'avais un problème. Il me lança un regard soucieux et hocha la tête en direction de la tête de course, où se trouvaient les trois leaders. Il craignait qu'on prenne du retard.

— Rien de grave, je changerai de vélo à la pause pipi, dis-je en prenant le problème à la légère.

À partir du kilomètre cinquante-neuf, et pendant les quatre-vingts suivants, on traverserait un long plateau où le peloton ralentirait sûrement pendant quelques minutes pour que la majorité des coureurs puisse uriner sans descendre de vélo. On ne voit jamais cette scène à la télévision, mais elle est aussi courante que les maillots trempés et les corps maigrichons : une fontaine versaillaise constituée d'une centaine d'athlètes colorés déversant leurs fluides sur les bas-côtés.

Ma stratégie impliquait de gaspiller un vélo de rechange en dépit du bon état du mien. On descendit avec une prudence relative en queue de peloton, et sur le plat on reprit rapidement nos positions derrière les coureurs de tête. Je dois dire que Steve roula de façon impeccable : outre son style élégant et épuré, son esprit semblait blindé contre les craintes et la méfiance qui harcèlent en général les cyclistes ; un accident était une anomalie qui ne le concernait pas, un défaut du vélo, un incident sans lendemain.

Quelques kilomètres plus loin, la voiture de Giraud me remit un autre vélo, sous l'œil soupçonneux du directeur sportif et des mécanos : je préférai penser que leurs regards méfiants sur ma machine étaient inspirés par le sabotage que j'avais subi deux jours avant, mais j'y décelai aussi une pointe d'incrédulité. Je compris qu'après les derniers événements, les mécanos avaient révisé mon vélo avec un soin particulier, et quand j'avais demandé le changement ils croyaient que j'avais crevé : et ils ne comprenaient plus les raisons de ma demande.

Je préférai me concentrer sur ce qui m'attendait ; j'affronterais l'un après l'autre chaque défi qui se présenterait et ce n'est qu'après l'arrivée que j'essaierais d'avoir une vision d'ensemble. On ne survivrait pas à l'étape si je mélangeais assassins et policiers, vu les virages et les pentes qui nous attendaient.

Les kilomètres suivants se déroulèrent sans incidents, mais à un rythme trépidant. Matosas, Paniuk et Medel ne cessaient d'épier Steve, dans l'attente d'un signe de reddition ou de fatigue, pendant que leurs *gregarios* jalonnaient brutalement le peloton : trois vautours guettant le dernier souffle d'un buffle moribond. Mais Steve refusait de succomber. Moi qui étais le plus proche de lui et qui le connaissais le mieux, je remarquais ses mâchoires crispées, expression de la souffrance pour maintenir le rythme, dans l'ascension du premier des deux cols de cette dernière partie ; il ne voulait donner aucun espoir aux charognards à l'affût.

La côte de Sauveterre n'était pas très prononcée, mais elle était longue de plus de neuf kilomètres ; Steve tint bon, mais il arriva épuisé au sommet, même si j'étais le seul à l'avoir remarqué. Je me demandais s'il supporterait la côte de la Croix-Neuve, qui nous attendait à la fin de l'étape : cinq kilomètres seulement, mais trois avec une pente d'environ dix pour cent : elle lui ferait l'effet d'un mur. Côté poitrine, ça n'avait pas l'air d'aller, il battait des paupières bizarrement quand il respirait, comme si l'air lui brûlait les entrailles. Même Giraud s'en rendit compte ; depuis le début de la course, il demandait périodiquement à Steve comment il se sentait, et ce dernier répondait positivement, parfois par monosyllabe. Depuis une demi-heure, il ne répondait plus au directeur, comme s'il craignait qu'un mot prononcé le prive de l'énergie nécessaire pour donner le coup de pédale suivant.

Dans le dernier raidillon, je redoutai le pire. Si Steve craquait au pied de la côte, les trois premiers monteraient sur leurs pédales et finiraient avec un avantage à deux chiffres : la fin du Tour pour nous. “Pas pour toi”, disait ma petite voix intérieure, ou celle que Fiona avait réveillée en moi, ce qui revenait presque au même. Quel que soit celui ou celle qui l'avait prononcée, il ou elle avait raison. Une fois Steve éliminé, j'étais le coureur le mieux placé de la Fonar, cinquième au classement général ; en théorie, l'équipe travaillerait pour moi et m'aiderait à attaquer ces odieux coureurs. Dès cet instant, dans la Croix-Neuve, si mon ami était officiellement éliminé.

Nous ne devons jamais sous-estimer la dévotion qu'on a inoculée dans l'âme d'un *gregario*. Je chassai mes démons, rassemblai l'équipe et constituai une sorte de formation en diamant autour de Steve. Sur ces routes de la région Midi-Pyrénées était né le surnom d'Annibal, et je connaissais chacun de ces sommets à force de m'y entraîner ; je connaissais les vents de côté que nous trouverions dans la première partie de l'ascension et contrôlai la bordure, protégée par la montagne. Si on voulait nous dépasser, il faudrait s'éloigner de la paroi et avancer contre le vent. Il ne soufflait pas très fort, mais c'était une bonne stratégie.

— Allons-y, champion, dis-je à Steve en me rapprochant, encore un quart d'heure à tenir l'étape de demain n'est que de la descente et le jour suivant, c'est relâche. Si ces fils de pute ne nous ratatinent pas aujourd'hui, je te jure qu'on leur piquera le maillot jaune dans les Alpes.

Il ne répondit pas. Il hocha la tête, comme un enfant obéissant, mais sa pâleur était un mauvais signe. Il ne me corrigea même pas : il y avait encore deux jours avant le jour de repos, mais à ce moment-là je lui aurais même dit que la lune était un fromage si ça l'avait fait tenir un peu plus longtemps. Quoi qu'il en soit, il trouva la force de nous suivre quand on se faufila de notre mieux entre la paroi et nos rivaux.

— Défendez la position, à coups de baffes s'il le faut, maintenant on va prendre le vent de face, dis-je par radio à mes coéquipiers, du moins aux quatre qui nous accompagnaient encore. Et en effet, trois cents mètres plus loin, quand nos concurrents affrontèrent le coup de frein du vent debout, ils voulurent se faufiler entre nous et chercher l'abri de la paroi que nous occupions ; les équipiers de la Fonar serrèrent les rangs, obligeant les coureurs à nous dépasser, ce qui était presque impossible avec un tel vent de face. Finalement, ils se collèrent à la roue de Guido, le dernier d'entre nous, pour se rapprocher aussi de la montagne : ils attendraient un changement favorable pour attaquer Steve de nouveau.

Quelques secondes plus tard, le Portugais leur rendit la monnaie des vacheries qu'ils nous avaient servies en nous agressant les jours précédents ; il pédala plus lentement pour que la Fonar prenne ses distances sur ses rivaux. Ils s'affolèrent et tentèrent de le dépasser, mais Guido accélérait à chacune de leurs attaques, écartait les coudes et zigzaguait légèrement, pour les obliger à se décaler vers le milieu de la route, exposés au dur vent frontal. Cela dura plus d'un kilomètre. L'état de faiblesse de Steve nous empêcha de profiter de la ruse de notre coéquipier, mais j'avais conscience que chaque kilomètre parcouru sans avoir été attaqué constituait une victoire pour nous.

Désespéré, parce qu'il entrevoyait le sommet de la Croix-Neuve, Matosas consulta les deux autres leaders, et ils décidèrent de se lancer : s'ils n'attaquaient pas maintenant, ils perdraient toute chance de remporter le Tour. Ils s'écartèrent de la paroi, envoyèrent leurs *gregarios* en avant par groupe de deux et se redressèrent sur leur vélo.

Je savais qu'en approchant du sommet on perdrait cette barrière naturelle et je redoutais le pire, mais la stratégie de Guido était le meilleur des investissements. Les *gregarios* rivaux étaient épuisés par la demi-douzaine d'offensives contre le Portugais ; encore mieux, au moment où le petit groupe allait nous rejoindre, Medel se dégonfla, au physique comme au moral. Je compris d'un coup d'œil qu'il avait été frappé par le célèbre et redouté *bonk*, autrement nommé coup de pompe : le moment catastrophique, quand le cycliste est à sec de combustible. L'Espagnol avait du mal à digérer les Tours de trois semaines.

Les coéquipiers de Medel ralentirent immédiatement pour ne pas lâcher leur chef. Matosas et Paniuk perdirent de l'élan, indécis : dans aucun de leurs scénarios ils n'avaient envisagé que l'un d'eux s'effondre avant Steve. On en profita pour grignoter quelques mètres, et on arriva au sommet huit cents mètres plus tard ; après une légère descente, on atteignit la ligne d'arrivée. On était tellement attentifs à ce qui se passait derrière qu'à aucun moment on ne rompit la formation, et ce n'est qu'en franchissant la ligne que je compris qu'une fois de plus j'avais remporté l'étape. En additionnant les bonifications de première et deuxième place, on avait réussi à reprendre quelques secondes à Matosas : moi, vingt-deux, Steve dix-huit ; pas grand-chose, mais d'une portée psychologique énorme. Medel avait presque cinq minutes de retard, ce qui permit à Steve de le reléguer à la troisième place du classement général, une chose impensable le matin même, vu les blessures de notre leader.

L'agréable sensation que me donna ce petit triomphe inattendu tomba à l'eau quand je découvris à l'hôtel que les mains d'Axel n'étaient pas là pour m'accueillir : j'imaginai le petit masseur aux doigts prodigieux bégayant des excuses et pataugeant dans les phrases caustiques d'un Favre ricanant et dédaigneux.

Je n'étais pas convaincu de l'utilité de parler au commissaire, mais je ne pouvais pas faire moins pour mon fidèle Axel. J'attendis néanmoins que Philippe, le masseur de Steve, finisse sa séance habituelle, presque deux heures plus tard, pour que ses frictions m'épargnent les contractions pénibles et typiques le lendemain. L'attente me parut éternelle, tant j'étais habitué à avoir le massage en descendant du bus ; mais c'étaient les instructions de Giraud, une petite vengeance du directeur. Je m'en occuperais plus tard, ou pas du tout : c'était le genre de micro-résolutions qui me soulageaient, même si je ne les mettais pas nécessairement en pratique.

En pensant au chef de la Fonar, je passai doucement les doigts sur les taches brunes que ce salaud m'avait imprimées dans le cou. Puis mon cerveau établit un lien avec les épisodes des *Experts* que j'avais regardés à la télé : le cadavre de Fleming avait aussi des marques au cou. Serait-il possible de comparer ces taches pour voir si c'étaient les doigts de Giraud dans les deux cas ? Mes connaissances en médecine légale n'allaient pas aussi loin ; en réalité, elles ne dépassaient pas les cuisses de la merveilleuse Claude, de Biarritz, dont le souvenir affleura inopinément, une fois de plus. Je me recentrai sur Giraud et, en dépit des problèmes qu'on aurait si le chef de la Fonar était l'auteur des crimes, je savourai l'image du tout-puissant directeur, menotté et poussé sur le siège arrière d'une voiture de patrouille. Il faudrait que j'en parle au commissaire ; je ne savais même pas si le corps de Fleming était toujours à la morgue, s'il avait été enterré ou incinéré.

Mais il y avait une affaire plus pressante dont je devais discuter avec Favre. Je n'avais aucune idée de l'endroit où Axel était interrogé, et même si je l'avais su, je n'avais ni les moyens ni les raisons de m'y présenter ; il ne me restait qu'à envoyer un message au commissaire pour lui demander de me contacter de toute urgence. Je ne savais trop ce que je pourrais lui dire, hormis lui chanter les louanges du professionnalisme et du bon cœur de mon compagnon, un argument qui aurait le même effet qu'une punaise face à un bulldozer, sans doute. Favre avait enfin la pelle et la pioche qu'il avait tant cherchées pour profaner les mystères du cyclisme ; il introduirait dans l'esprit du Dandy et d'Axel l'horreur de dormir au milieu des violeurs, dans la cellule où il les enverrait pour l'infraction qu'ils avaient commise en revendant les vélos, sauf, bien sûr, s'ils exhumaient tous les secrets gênants que pouvaient connaître les membres du circuit. Et on peut dire que les masseurs et les mécanos en connaissaient : pièges et tromperies, formes subtiles de dopage, homosexualités cachées, adultères, félonies et trahisons. En somme, les doses habituelles de cochonneries qu'on trouve dans toute société à demi fermée. Dépourvues de la dimension épique, de la confiance mutuelle et de la solidarité implicites dans le cyclisme, aux mains du commissaire, ces informations seraient un moyen de chantage pour briser les volontés et les pactes de sang ; il pourrait – ou pas – découvrir l'assassin par cette voie, mais il ruinerait à coup sûr des réputations et gâcherait des vies. Il atteindrait peut-être la carie qui nous tourmentait tous, mais après avoir arraché beaucoup trop de dents. La sonnerie du téléphone de la chambre me fit sursauter et, heureusement, m'arracha à mes réflexions.

— *Monsieur** Annibal, dit dans le combiné la voix cérémonieuse et inimitable de Ray Lumière, pourrais-je vous prendre quelques minutes ?

Je répondis par l'affirmative et descendis aussitôt voir le vieux journaliste, même si l'expérience de ces derniers jours m'avait appris que ce genre de demande prenait toujours beaucoup plus que quelques minutes.

Le célèbre journaliste, si célèbre qu'il signait ses articles Ray, sans le nom de famille, trônait sur un canapé du petit hall de l'hôtel qui nous hébergeait cette nuit-là ; c'est lui qui avait publié les retentissantes déclarations de Lombard dans *Libération* quelques jours plus tôt.

Un romantique retranché derrière l'hermétique burqa de son cynisme. Comme tant d'autres en ce monde, il était une figure légendaire, pour diverses raisons. Il frisait les soixante-dix ans, mais avait le mérite de croire qu'il en avait quarante de moins, du temps où il commençait de couvrir le Tour, mais les photos le présentaient maintenant comme un homme prématurément vieilli : nous avions tous l'impression que lorsque les dinosaures avaient disparu et qu'un vélo avait soudain surgi de la brume, Ray était déjà là pour le décrire.

La réputation du journaliste ne provenait pas seulement de son apparente immortalité. Sa plume avait signé parmi les plus belles lignes qu'on ait écrites sur le cyclisme, ou même sur le sport ; pour beaucoup d'entre nous, la plus belle récompense, après une victoire d'étape sur le Tour, c'était d'être enfin le sujet d'une de ses chroniques. Nous sentions que, d'une certaine façon, aucun coureur n'était entré dans les pages de l'histoire du cyclisme tant qu'il n'avait pas été croqué par une des phrases légendaires du poète de la petite reine. Un jour, le tennisman Rafael Nadal, un fan de vélo, a dit qu'il regrettait qu'après une victoire à Roland-Garros il n'y ait pas un Ray qui transforme en exploit littéraire sa performance de la veille.

— *Monsieur** Annibal, dit-il en me voyant, je suis désolé de vous déranger, vous comprendrez que les circonstances obligent à réagir avec prestance.

J'acquiesçai, sans trop savoir comment interpréter son expression. Ray utilisait des phrases simples et brèves, mais il donnait toujours l'impression que ses propos cachaient autre chose, comme une surface étale sous laquelle on devinait des requins ou des sirènes, ce qui revenait au même. Il insista :

— Quelqu'un parmi nous est en pleine action, et il vaudrait mieux découvrir son identité avant la police, vous ne croyez pas ?

— Je ne sais que vous dire, les informations sont vagues, répondis-je pour gagner du temps.

— Les informations ne sont pas vagues. Les coups sont visibles, ce qui est vague, c'est l'identité de celui qui les commet, me semble-t-il.

— Axel et Marcel sont harcelés par le commissaire Favre, ce qui m'inquiète ; beaucoup de gens peuvent en subir les conséquences, explosai-je.

J'avais décidé d'être franc avec le journaliste. Ray était une sorte d'alter ego du cyclisme, défenseur de la pureté et de l'éthique sportive ; le bruit courait qu'en 1998, c'était grâce à son intervention que la police avait saisi un chargement de drogues destiné à l'équipe Festina, le premier grand scandale de dopage massif. Sa responsabilité n'avait jamais été prouvée, mais beaucoup crurent que le vieux journaliste avait préféré le scandale, espérant ainsi déclencher une purge qui nettoie les poubelles qui avaient prostitué son sport.

— On a eu beaucoup de mal à se débarrasser de Festina et de Lance Armstrong, on ne résisterait pas à un troisième choc. Tout ce qui intéresse le commissaire, c'est sa carrière, et il se moque éperdument de couler le cyclisme, dit-il avec tristesse.

— Je croyais que Favre travaillait main dans la main avec Jitrik et les intérêts du Tour ; il paraît que même le Premier ministre veut sauvegarder l'image de l'institution, objectai-je.

— En effet, mais le commissaire trouvera toujours des journalistes qui grossiront le scandale dans leur propre intérêt.

— Alors, que suggérez-vous, Ray ?

— Nous nous sommes trompés dans l'affaire Festina-Armstrong ; nous n'aurions jamais dû laisser le scandale s'étaler dans la presse et dans les tribunaux. Cette fois, nous devons élucider le problème et le régler nous-mêmes.

De nouveau, je pensai aux monstres marins sous la surface de ses propos. Que diable voulait dire Ray par "le régler nous-mêmes" ? Jusqu'alors, j'avais cru que ma responsabilité était d'aider à identifier le coupable et, en cas de réussite, d'en informer la police. Et voilà que le vieux journaliste proposait, sans le dire, quelque chose de plus terrible. Éliminer l'assassin ? L'enfouir dans un trou et feindre qu'il ne s'était rien passé ?

Je regardai Ray avec inquiétude : le vieux avait-il perdu la tête ? Ce personnage pittoresque aux oreilles poilues, qui avait la réputation d'être un chauffeur sauvage et téméraire, pouvait terroriser tout le circuit, véhicules de patrouille compris ; une figure parmi toutes celles qui abondent dans ce cirque. Ses parents avaient été exterminés à Treblinka et l'après-guerre ne lui avait épargné aucune pénurie dans son enfance. Tout jeune, le cyclisme lui avait offert un refuge contre les horreurs du monde, et il s'accrochait avec le désespoir du naufragé aux derniers vestiges de ce qui à ses yeux rendait ce sport héroïque. Mais maintenant, les démons de l'enfance le rattrapaient.

— Je ne vois pas comment nous pourrions débusquer le responsable de ces événements, nous ne sommes pas des policiers et nous n'avons pas leurs attributions. Ce n'est pas à moi de secouer ce pauvre Dandy pour qu'il avoue à qui il a vendu mon maudit vélo, dis-je avec doigté. J'ai plus de chances d'enfiler le maillot jaune que de découvrir qui essaie de me tuer, ajoutai-je, découragé.

Néanmoins, j'étais soulagé de pouvoir communiquer à quelqu'un ce que je ruminais depuis des jours.

— Vous avez toujours été en mesure de porter le maillot jaune, même si vous n'êtes pas décidé, dit-il avec conviction. Mais c'est un autre sujet. Je suis venu vous dire que nous avons un avantage sur la police : sur le Tour, peu de choses peuvent échapper à l'attention combinée de Fiona, de vous et de moi-même.

J'ignorai la première partie de son commentaire et me concentrai sur l'alliance qu'il me proposait. Là, le vieux avait raison : nous avions tous les trois une position stratégique sur le circuit et, en outre, complémentaire.

— Et Lombard… ajoutai-je, pensif.

Mon tuteur avait beaucoup de loisirs et savait se lier avec les employés de l'organisation, les officiers qui coordonnaient les patrouilles et les motards, les chauffeurs et les assistants qui constituent le méli-mélo quotidien de ce spectacle.

— Vous savez certaines choses, j'en connais d'autres, et *madame** Fiona doit en savoir plus que nous deux réunis, dit-il, ignorant ma suggestion d'associer Lombard au groupe. Si nous pouvions échanger nos informations sur les étranges incidents de ces dernières semaines, nous découvririons peut-être ce qui se passe. Et soyons francs, Annibal, l'affaire ne concerne que quatre équipes : la Fonar ; Lavezza, avec Matosas ; Rabonet, avec Paniuk ; et Ills Balears, avec Medel.

— Et après ? À supposer que nous trouvions le coupable, qu'en fera-t-on ?

— On le neutralise, on le menace de révéler son identité s'il ne cesse pas, je ne sais pas, moi ! dit-il, un peu exaspéré de se sentir acculé. Tout dépendra de son identité et de l'enjeu réel. Tout plutôt que laisser un nouveau scandale ruiner la crédibilité du cyclisme.

Le vieux avait raison, un maillot jaune décroché grâce aux interventions d'un assassin, c'était porter le coup de grâce au Tour ; le monde commençait à peine à oublier que derrière chaque gagnant il y avait une nouvelle drogue à découvrir. Le problème n'avait pas été éradiqué, mais la sévérité des contrôles l'avait marginalisé ; l'écrasante majorité des cyclistes courait sans l'aide de substances interdites ou de transfusions illégales, même si beaucoup de supporters étaient convaincus du contraire. Un scandale de plus expédierait notre réputation dans un voyage sans retour.

— D'accord, je vais en parler à Fiona dès aujourd'hui. Mais promettez-moi une chose : si nous parvenons à le démasquer, jurez-moi que vous ne ferez rien sans que nous l'ayons tous décidé.

Ray réfléchit, puis hocha la tête en signe d'approbation. Ce n'était pas grand-chose, et je dus m'en contenter. Ensuite, je lui racontai ce que je savais : le départ de Matosas et de Giraud à la fin de la saison, le vélo vendu par Marcel et Axel au marché noir, l'expertise de l'explosion de la bonbonne du camping-car de Fiona, le rapport d'autopsie du corps de Fleming et, après une hésitation, les marques violacées que m'avaient imprimées les doigts de mon directeur technique.

Il écouta, impassible. J'ignorais ce qu'il savait déjà de mon récit, et la part de vérité de ses propos, qui n'étaient peut-être que les délires d'un vieil obsédé. Il m'assura que deux des *gregarios* de Medel avaient reçu des femmes en cachette plusieurs nuits de suite, jusqu'à ce que le directeur sportif d'Ills Balears s'en aperçoive ; plus tard, il s'avéra que c'étaient des prostituées envoyées par un mécène anonyme, et non des amoureuses. D'après Ray, on avait promis de l'argent à un bon grimpeur de l'équipe russe Partak s'il abandonnait la compétition la troisième semaine, et ce n'était sans doute pas le seul cas ; quant à la diarrhée qui avait affecté plusieurs coureurs de l'équipe

AG2R lors de la deuxième semaine, toujours d'après lui, elle avait été provoquée par un laxatif en poudre mélangé aux aliments.

Certains de ces incidents me semblaient plus relever d'une confrérie d'étudiants en mal de blagues lourdingues que des desseins sinistres d'un criminel dans le genre de celui que la police recherchait ; cependant, ce n'était pas vraiment anodin. Deux ou trois nuits d'orgies sans sommeil pour deux ou trois *gregarios*, cela suffisait pour empêcher une équipe moyenne de créer la surprise, et la déshydratation provoquée par un estomac transformé en gouttière est aussi efficace qu'une jambe cassée pour se débarrasser d'un rival. C'étaient des mesures concrètes très faciles à réaliser, pour un familier du circuit.

Si Ray disait vrai, l'ampleur des incidents et leur diversité ressemblaient à un complot en bonne et due forme. Planifié de longue date et exécuté par un réseau d'opérateurs, une bande qui assassinait un cycliste dans une baignoire, ou qui faisait exploser une bonbonne dans un camping-car pour me réduire en miettes, mais qui recourait bêtement à des frasques de potache pour se débarrasser d'un rival. J'en conclus que si les assassinats avaient cessé, ce n'était pas par scrupule de la part des criminels, mais par désir d'éviter un scandale qui mène à la suppression du Tour. Une vue d'ensemble montrait qu'ils avaient réussi quelque chose de remarquable : les dix ou douze équipes les plus compétitives avaient eu un tas d'ennuis qui les empêchaient d'être efficaces à cent pour cent, sauf celles de Matosas, Medel et Paniuk. La Fonar survivait grâce à la chance qui m'avait permis d'échapper aux deux attentats de ces derniers jours, envers et contre tout, et malgré l'état de Steve.

C'était sans doute une bonne nouvelle que les agressions aient été planifiées avec autant d'anticipation ; les criminels n'avaient sûrement pas eu le temps d'improviser une troisième attaque lors des sept étapes restantes, d'autant que nous étions maintenant sur nos gardes et que Giraud, la police et les gardes du corps de Steve avaient constitué un blindage autour de l'équipe Fonar. À cette même heure, deux hommes étaient postés entre nous et l'entrée extérieure, qui ne cherchaient pas à cacher leur présence, et par la fenêtre on voyait une voiture de patrouille garée devant l'hôtel, entourée de plusieurs policiers.

On échangea nos numéros de téléphone et il s'en alla. Il me dit qu'il était logé dans un hôtel situé à une trentaine de kilomètres de là, et que par prudence il préférait rentrer avant la nuit. Je me dis qu'on était en été, et qu'il avait encore deux heures de lumière, mais pour ce vieil homme, les précautions n'étaient pas un luxe : j'imaginai les voitures, les motos et les piétons qui se retrouveraient dans le fossé au passage de sa Renault verte, qu'il conduisait follement, à plus de quarante kilomètres-heure au-dessus des capacités de son âge et de ses yeux fatigués.

Je consultai mon téléphone : deux messages. L'un était du commissaire : *Impossible vous voir maintenant, tour des événements inattendu. Vous mets au courant demain.* Favre utilisait le WhatsApp en style télégraphique, comme si chaque mot avait un coût. Je préférai ne pas explorer ce qu'un "tour des événements inattendu" pouvait signifier, et je savourai le soulagement de ne pas être obligé de le voir ce soir-là, même si cela impliquait que je ne pourrais intervenir en faveur du pauvre Axel. Je calmai facilement une poussée timide de culpabilité, en me disant que j'avais au moins essayé. Et j'oubliai complètement le masseur quand j'ouvris l'autre message : *Invite-moi à dormir*, disait Fiona.

Ce soir-là, on se comporta comme jamais dans un Tour de trois semaines. Nous avions sans doute besoin tous les deux de faire l'amour, et nous savions, sans avoir à nous le dire, que les deux étapes suivantes seraient moins exigeantes, et suivies d'une journée de repos ; ou plus simplement nous étions avides de nous sentir vivants et unis, après les dangers et les angoisses des jours derniers.

Fiona venait du froid, mais son corps avait toutes les couleurs de l'été et ses assauts au lit étaient plutôt typiques des tropiques. Elle travailla sur mon corps sans hâte, rallongeant l'instant, sachant que des semaines s'écouleraient avant de pouvoir de nouveau profiter de nous-mêmes. Je commençai par le vert de ses yeux, je continuai par les cerises de ses mamelons et finis par les rosés de son entrejambe.

Nous prîmes un repos ému en silence, écoutant les bruits du démontage d'une étape du Tour ; peu à peu on cessa d'entendre les voix des mécanos et des assistants qui s'affairaient autour des bus garés sous notre fenêtre. Quand l'obscurité et le silence furent propices, je me mis à parler. Fiona promenait les callosités de sa paume sur ma poitrine, et m'écoutait lui exposer la proposition de Ray et lui décrire en long et en large comment j'avais vécu les expériences de ces derniers jours, les visites de

Favre, mes craintes sur l'assassin et la fragilité de mes espoirs à propos du maillot jaune.

— Giraud ou Matosas ; d'une façon ou d'une autre, l'un des deux est mouillé, dit-elle d'une voix rauque, suivie d'un long silence.

— C'est aussi mon impression, mais les attaques contre moi devraient écarter Giraud ; c'est lui qui aurait le plus à perdre en cas de défaite de Steve, dis-je, presque déçu.

— C'est le plus grand fils de pute de tout le circuit, je m'attends à tout de sa part ; mais tu as raison, il y a quelque chose qui ne colle pas. L'autre est Ferrara, lui aussi c'est une merde.

Fiona n'était pas seulement mécano jusqu'au bout des ongles, elle parlait aussi comme eux.

— Les liens entre le Dandy et Daniela l'ont sans doute aidé à vendre mon vélo, et c'est un proche qui l'a acheté ; il devait savoir comment bricoler la colle du pneu *tubeless* et comment remettre le vélo au milieu des autres pour qu'il tombe entre mes mains. Tu crois que les mécanos qui travaillent avec lui savent quelque chose ?

— Je vais voir, mais l'explosion de la bouteille de gaz du camping-car me laisse perplexe. N'importe quel mécano aurait remarqué qu'elle était presque vide ; quand tu ouvres la trappe où elle est entreposée, le compteur est visible. La seule explication, c'est qu'on a voulu t'effrayer en laissant croire à un accident. Ça n'a pas de sens. Et je n'écarte ni Giraud ni l'entourage de Steve, dit-elle – et elle sentit la contraction de ma poitrine au contact de ses doigts, comme s'ils étaient subitement devenus des braises ardentes. Ton directeur et Fleming se haïssaient.

Tu le savais ? Quand Giraud a dirigé une équipe en Angleterre, il a voulu gagner à tout prix, comme toujours, et il a forcé ses gars à prendre des drogues ; Fleming a refusé et a fini par le dénoncer aux dirigeants. Après une petite enquête, l'affaire a été discrètement enterrée, et Giraud n'a plus jamais travaillé avec les Anglais. Au chômage, il a passé des mois à boire, et beaucoup l'ont entendu dire que s'il retrouvait Fleming il le tuerait, parce que celui-ci avait inventé toute l'histoire.

Je me rappelai la nécrologie enflammée de Giraud sur le défunt et sentis un relent d'acidité remonter de l'estomac. J'étais d'accord avec Fiona ; un tel individu était capable de toutes les infamies : si on voit ce genre d'homme les yeux rougis à un enterrement, on peut être sûr que c'est à cause d'une allergie aux fleurs. Je ne voyais pas très bien pourquoi elle n'écartait pas non plus l'entourage de Steve ; j'aurais aimé le lui demander, mais je ne voulais pas briser la complicité amoureuse qui nous enveloppait. Nous parlions sur le ton de ces couples qui, en fin de journée, passent en revue les commérages des voisins ou les travaux à envisager dans la maison ; ces moments étaient au plus près d'un foyer que je n'avais jamais eu.

Je sombrai lentement dans le sommeil sans avoir évoqué une seule fois le classement général. En constatant cela, la photographie de ce tableau fut la dernière des choses qui me traversa l'esprit. Steve en troisième position et moi en cinquième ; les choses auraient pu être pires, pensai-je. Et malheureusement j'avais raison.

Classement général, 14e étape

(Rodez – Mende 178,5 km)

1 Alessio Matosas	56 h 02' 19"	"Pas de doute, c'est lui l'assassin."
2 Milenko Paniuk	+ 22"	"Principal complice."
3 Steve Panata	+ 4' 31"	"Tant que je vivrai, il y aura de l'espoir."
4 Pablo Medel	+ 5' 06"	"L'Espagnol va craquer dans la troisième semaine."
5 Marc Moreau	+ 8' 04"	"Je pourrais au moins passer devant Medel."
6 Óscar Cuadrado	+ 9' 56"	
7 Luis Durán	+ 10' 25"	
8 Sergueï Talancon	+ 11' 49"	
9 Anselmo Conti	+ 14' 38"	
10 Rol Charpenelle	+ 14' 52"	

15e ÉTAPE

J'abordai la journée avec un optimisme que je n'avais pas éprouvé depuis des semaines, ou du moins depuis que la petite moustache de Favre était entrée dans ma vie pour m'annoncer qu'il y avait un assassin parmi nous. Le corps de Fiona, que j'enlaçais à mon réveil, a sur moi l'effet alchimique de transformer la merde en or. Ce qui aidait aussi beaucoup, c'est que désormais nous étions une confrérie ; l'alliance avec elle et Ray me donnait l'impression d'être le membre d'une ligue secrète et puissante, et pas seulement un simple *gregario* et un faux sergent de l'armée exploité par un commissaire manipulateur.

L'étape de la journée, en outre, était à l'épreuve des idiots. Un col de faible catégorie à mi-parcours, que le peloton aborderait groupé, et des kilomètres en pente légère ; étape de transition typique avant les Alpes. Nos ennemis ne nous attaqueraient pas ce jour-là, même s'ils en grillaient d'envie. En tout cas pas sur le vélo, ce qui me rappela qu'avec ou sans sommets un criminel ne cessait de m'épier. Cette idée déclencha une crampe du côté des cervicales et j'invoquai le souvenir du corps de Fiona pour conjurer cette sensation.

J'essayai de me concentrer sur les tâches du jour avec l'application d'un alcoolique repenti. Faire des listes, c'était le meilleur remède contre l'anxiété. Un : courir l'étape en facilitant au mieux la récupération physique de Steve. Deux : parler d'Axel à Favre pour éviter autant que possible les brutalités inutiles de la police et, au passage, glaner quelques informations pour la réunion du soir avec Fiona et Ray. Trois : sonder Steve pour voir ce qu'il savait des manigances de Giraud ; ces derniers jours, je les avais vus chuchoter plus souvent que d'habitude, ce que jusqu'alors j'avais mis sur le compte de raisons techniques, mais les soupçons de mon amante et du journaliste suggéraient que mon ami pouvait en savoir plus long sur mon directeur technique. Je commençai par le dernier point.

— Tu as parlé avec Stevlana ? La combine avec Margaret a fonctionné ? lui lançai-je quand on se retrouva autour de la table du petit-déjeuner.

Je voulais savoir si mon stratagème avait été couronné de succès, et aborder un sujet qui nous installerait immédiatement dans notre complicité. J'apprenais un peu des méthodes du commissaire.

— À la perfection, répondit-il tout fier en levant le pouce, et il ajouta : Elle est déjà à New York.

— Ton père ne s'est pas affolé en apprenant l'accident ?

M. Panata était déjà en France, mais par discrétion il ne se montrerait que lorsque la caravane du Tour arriverait à Paris.

— Je l'ai rassuré. Heureusement, il ne savait rien des rumeurs du *Daily Sun*.

— Tu sais que d'après la police le pneu *tubeless* a été délibérément saboté ?

Jusqu'alors, je n'avais pas abordé le sujet avec Steve. Comme tous les coureurs, l'équipe de la Fonar pensait que la détention d'Axel et de Marcel s'inscrivait dans une enquête officielle pour négligence.

— Giraud m'a mis au courant. Tu vois, je t'avais dit qu'il se passait des choses bizarres, que nous devions être plus prudents, me reprocha-t-il.

— Et qu'en pense Giraud ? Il les attribue à quoi ?

— Il est sûr que ça vient des Italiens, que Ferrara et deux ou trois membres de son équipe ont un passé trouble de fourberies et de mauvais coups, et qu'ils sortent tout le répertoire maintenant qu'ils sentent le podium pas loin. Il dit que depuis des années il a des ennuis avec eux.

— Et pourquoi ce ne serait pas les Italiens qui auraient des problèmes avec Giraud ? Tu sais qu'il traîne aussi derrière lui une longue liste de procès et de polémiques. Ne serions-nous pas au cœur d'une guéguerre entre eux ?

Enfin, j'avais amené la conversation sur le terrain qui m'intéressait. Steve réfléchit quelques instants.

— En ce cas, comment expliquer la mort de Fleming ?

Sa réponse me prit de court. Steve était au courant de l'assassinat de l'Anglais, qui remontait à une semaine, et il ne m'en avait rien dit. Voilà qui me donnait la confirmation qu'il y avait quelque chose de brisé entre nous. Par le passé, nous nous serions précipités l'un vers l'autre à la minute où nous aurions appris une telle révélation. Il interpréta mon air surpris comme une tentative de feindre que je n'étais pas au courant.

— Le commissaire a dû t'en parler, non ? me dit-il avec une nuance de reproche, une fois de plus.

Ainsi, Steve savait tout, ou presque : je préférai croire que s'il ne m'avait rien dit c'était parce que moi non plus je ne lui avais pas parlé de mes conversations avec Favre. Mon ami était vexé, et il avait de bonnes raisons de l'être.

— Je ne voulais pas t'inquiéter, répondis-je, sincèrement ému – je me rappelai sa tristesse soudaine, quelques années auparavant, quand on nous avait annoncé le décès inopiné de ma mère. Je suis désolé, ajoutai-je.

Il esquissa un demi-sourire résigné, compréhensif.

— Nous ne devons pas oublier que nous étions ensemble bien avant l'apparition de tous ceux-là, dit-il en balayant la tête en demi-cercle, mais le geste embrassait l'ensemble du Tour. – Lombard était là bien avant tout ça, mais je gardai cette observation pour moi. – Y compris Giraud, Stevlana ou Fiona, ajouta-t-il en reprenant son air de reproche.

— Sans Stevlana et Fiona, on nous aurait déjà collé l'étiquette de pédés, dis-je en essayant d'alléger la tension et de donner à la conversation un tour plus familier.

Il fit de même ; en général, il avait encore moins tendance que moi à exprimer ce qu'il ressentait.

— Il y a quelques jours, Benny a demandé à la Protex d'ouvrir une enquête parallèle à celle de la police, me dit-il, désireux de me parler franchement. – À sa façon, il voulait montrer qu'à compter de cet instant nous laissions tomber tout secret que nous aurions gardé ces derniers jours. – Ça nous coûte une fortune, je voulais juste savoir si nous courions vraiment un danger, toi et moi.

— Et qu'ont-ils appris, ces gens de la Protex ? dis-je, salivant presque à la perspective de voir plus clair dans cette obscurité qui nous entourait : Favre m'avait sans doute inoculé ce sacré vice du fin limier.

— Ils sont chers, mais ils sont bons. Ils ont les moyens d'avoir accès aux dossiers de la police, et ils ont mis sur l'affaire deux détectives privés, ils préfèrent que je ne les connaisse pas et que je n'aie aucun contact avec eux. Tous les soirs, ils m'envoient un rapport par e-mail.

— Bon, et qu'ont-ils appris ? insistai-je avec impatience.

Plus qu'un chien policier, j'avais maintenant l'impression d'être un chien dans une boucherie.

— La police a trouvé des traces de plastic d'origine militaire dans les débris de la bonbonne de gaz du camping-car de Fiona…

— Ce détail figure dans les dossiers de la police ? interrompis-je, indigné.

— Le commissaire ne te l'a pas dit ? se moqua-t-il triomphalement, comme s'il constatait que ses secrets étaient meilleurs que les miens.

— Non, ce forban de Favre… répondis-je désarçonné – voilà que j'étais maintenant le *gregario* de Steve en matière de détective : franchement, j'étais écœuré. Quoi d'autre ?

— Ton vélo a été vendu à un intermédiaire il y a deux mois – il marqua une pause, alluma son portable, consulta son courrier et reprit : Un Hollandais. Ce dernier l'a revendu à un collectionneur privé et là, on perd sa trace. On sait seulement que c'était un Français.

— Et sur Matosas et son entourage, que sait-on ?

— Conti a des antécédents judiciaires et Ferrara a été mêlé à des affaires de drogue sur le circuit et en dehors. Ces gens sont capables de tout, mais on n'a rien de concret contre eux. On a vérifié qu'ils ont des alibis – et il dessina des guillemets avec les doigts – pour certains incidents qui ont précédé le Tour. Ils n'étaient pas dans le pays. Donc, s'ils sont impliqués, l'affaire est beaucoup plus vaste et concerne beaucoup plus de gens.

— Et dis-moi, sérieusement, ils ont quelque chose sur Giraud ? Je sais que les dirigeants de la Fonar veulent un autre directeur technique pour l'an prochain, et il est désespéré. Tu sais qu'il avait juré de tuer Fleming ?

J'exagérais, mais l'expression de surprise de Steve en valait la peine.

— C'est peut-être un imbécile, je suis d'accord, mais tu ne crois quand même pas qu'il est un assassin ? Il ne se trouvait même pas à Rennes le soir de la mort de Fleming, il m'avait dit qu'il irait à Amiens pour rencontrer les analystes de Paris : après l'étape, il a pris sa voiture et il est rentré dans la nuit.

Le centre d'analyses de rendement et de biométrie de la Fonar était en banlieue parisienne ; tous les quatre ou cinq jours, un expert le contactait où qu'il soit pour discuter de l'évolution et des possibilités de chaque coureur pour les étapes restantes.

— Une aubaine, pour être hors de portée du radar, tu ne crois pas ? Sais-tu à quelle heure il est rentré ? La Protex pourrait le vérifier, non ?

En réalité, je le provoquais, manière de prolonger ma petite victoire, mais je sentais encore les bleus dans mon cou, comme si quelque chose les avait soudain réactivés.

— Ça ne va mener nulle part. Giraud est un fils de pute, mais pas un imbécile. S'il avait voulu tuer Fleming, il ne l'aurait jamais fait lui-même ; sa bedaine est reconnaissable à cent mètres. Il aurait utilisé un homme de main, ajouta-t-il, rêveur.

Il prononça ces derniers mots comme s'il hésitait à prendre un taxi ou un Uber, comme s'il se demandait de quelle façon assassiner quelqu'un. Où était le garçon naïf au cœur d'or ? Nous étions maintenant seuls dans la salle à manger de l'hôtel, entourés de serveurs qui nous regardaient du coin de l'œil, attendant notre départ pour finir leur service ; notre table était la dernière à débarrasser. On s'en alla et on se donna rendez-vous deux heures plus tard dans le bus qui conduirait à la ligne de départ.

J'avais encore le temps de voir le commissaire et de liquider le deuxième point de ma liste. Axel et Marcel restaient invisibles. J'écrivis un message à Favre dans son style télégraphique : *Serai dans ma chambre jusqu'à 11 heures ; ai de nouvelles informations. Urgent.* Un limier ne pourrait résister à l'odeur de cet appât, pensai-je en souriant.

De retour dans ma chambre, je réfléchis aux propos de Steve. Avait-il pris la défense de Giraud, ou celle de la logique ? Il avait raison sur un point, le directeur sportif pouvait être explosif et rancunier, mais il n'était pas le moins du monde imbécile. Il n'aurait jamais pris le risque d'être reconnu. Malgré tout, c'était bizarre qu'il ait décidé d'aller dans une autre ville ce soir-là ; c'était le plus beau des alibis. Si on ordonne d'assassiner quelqu'un, on s'assure d'être le plus loin possible de la scène du crime. Voilà ce que j'aurais dû répondre à

Steve, mais cela m'arrive souvent : la bonne réponse me vient quand je n'en ai plus besoin.

Favre frappa quelques minutes plus tard, et je me dis que cette fois je devais être plus dégourdi.

— Qu'avez-vous découvert, sergent ? Qu'avez-vous appris ? dit-il, le souffle court, il avait dû monter l'escalier quatre à quatre.

— Bonjour, commissaire. Vous prendrez bien quelque chose ?

En réalité, je n'avais que de l'eau et quelques gels à lui offrir.

— Oui, oui, bonjour. Quelle est la nouvelle ?

"Définitivement un accro aux secrets", me dis-je. Au visage de joueur de poker calculateur et détendu que j'avais vu lors des rencontres précédentes avait succédé l'image même de l'anxiété ; la sueur perlait sur sa moustache, on aurait dit un diadème. J'aurais aimé retarder ma réponse pour mettre sa patience à l'épreuve, mais j'étais impatient de lui demander des comptes.

— J'ai appris que pour la bonbonne de gaz on a utilisé un plastic dont l'armée a l'exclusivité, d'après les analyses de la police. J'ai pensé que vous devriez le savoir.

Je me félicitai pour ma dernière phrase ; je lui tendais la perche sans en avoir l'air.

— Je le sais. Ce rapport m'est parvenu très tard, et comme nous n'avons pas pu nous voir hier… dit-il plaintif, comme si c'était de ma faute.

Puis il me lança un regard perçant, comme s'il essayait de deviner mon poids ; je pouvais presque lire une phrase défilant sur son front : "Comment diable a-t-il pu l'apprendre ?" Comme sur les tableaux d'affichage des gares.

— Et vous avez pu en savoir plus sur mon vélo ? À qui l'a-t-on vendu ?

Maintenant, c'était moi le joueur de poker. Il me jaugea de nouveau, essayant de savoir si la question était sincère ou si je le mettais à l'épreuve. Il décida de ne pas prendre de risques.

— Un marchand hollandais l'a acheté il y a peu de temps, puis il l'a revendu à un client anonyme, lâcha-t-il brusquement, comme s'il préférait avaler d'un trait une boisson amère. C'est tout ce que nous savons.

Maintenant, il était catégorique, souhaitant mettre un point final à toute révélation de son côté. À l'évidence, il était habitué à recevoir des confidences, pas à en faire.

— Axel et Marcel sont encore en détention ? Ce que vous venez de me dire les disculpe du sabotage du vélo, non ?

— Ah, si c'était vrai ! dit-il sur le ton geignard d'un vendeur de tapis arabe désolé de ne pouvoir accorder une réduction sur sa marchandise. Ce n'est pas encore très clair, sans parler des autres délits qu'on pourrait leur imputer, ajouta-t-il, laissant planer une menace voilée.

Le prix de l'emballage risquait d'augmenter le coût.

— Tant que la Fonar ne porte pas plainte, ce qu'elle n'a pas fait et ne fera jamais, pas de délit à poursuivre ; nous le savons tous les deux. Il faut qu'ils reprennent leur travail, l'équipe se ressent de leur absence.

— On s'applique, ce genre de choses prend du temps, dit-il, de nouveau geignard.

Le dialogue n'était plus très drôle ; il y avait beau temps que j'avais perdu l'avantage initial.

— Ne me transformez pas en double victime, commissaire : mon masseur confisqué après mon vélo sinistré. Il y a des années qu'Axel travaille avec moi, il sait comment me remettre en forme. Hier, je courais tuméfié.

— Je vais voir ce qui est possible, dit-il avec nonchalance.

— Ray Lumière m'a rencontré hier, lâchai-je soudain, jouant ma dernière carte. – Le commissaire était certainement au courant, mais il ne savait sûrement pas de quoi nous avions parlé. – Il voulait avoir mon avis sur les sinistres. J'ai répondu par des généralités, mais vous savez comment sont les journalistes ; il a tellement insisté que j'ai fini par lui dire que je verrais ce qui était possible, conclus-je en reprenant ses propres termes.

Mon défi était aussi infantile que d'ouvrir sa braguette et de poser un mètre sur la table, et presque d'aussi mauvais goût ; je n'en étais plus aux subtilités. S'il menaçait de retenir Axel indéfiniment, je pouvais bluffer en menaçant de déclencher le scandale avant terme.

— Je crois qu'Axel nous a dit tout ce qui pouvait nous être utile, nous pourrions le libérer, concéda-t-il. Chez Marcel, en revanche, il y a encore des zones obscures, ajouta-t-il sur un ton sec, du genre : “Je vous fais une réduction sur le tapis, mais vous l'emportez sans l'emballage.”

— Un lien entre Daniela et Ferrara ? demandai-je, maintenant sans arrière-pensée.

Ayant récupéré Axel et atteint mon second objectif de la journée, il était inutile de continuer le bras de fer. Mon ton était de nouveau celui d'un inspecteur essayant d'être utile à son collègue.

— Leurs familles se connaissent. Une fille de Ferrara a été dans la même école, mais avec un an de décalage, répondit-il, signant la trêve à son tour.

— Voilà qui resserre l'étau sur les gens de Matosas, dis-je en pleine complicité avec le commissaire. Et sur les trois qui sont en tête, il faudrait peut-être écarter Medel. Deux *gregarios* de l'équipe Ills Balears ont reçu des visites nocturnes en toute clandestinité pendant trois jours ; or, c'étaient des prostituées envoyées par un bienfaiteur anonyme. Autrement dit, quelqu'un a aussi essayé de nuire à l'Espagnol. Ce qui ne laisserait que deux aspirants au titre, encore épargnés par le criminel : Matosas et Paniuk.

Je ne sais pourquoi je donnais cette information au commissaire. Ma nature compatissante, je pense. Je devais honorer d'une façon ou d'une autre le geste du policier d'avoir partagé l'information sur la sœur de Ferrara, mais je n'avais pas fini de parler que je sentis combien j'avais été déloyal envers Ray, qui m'avait transmis l'information.

Après le départ de Favre, le malaise persista pendant que je m'habillais pour la course. Toute l'irritation disparut quand en sortant de ma chambre je vis Axel entrer dans la sienne : j'en conclus que tout ce que j'avais offert au cours de ma transaction avec le commissaire avait valu la peine. On avait livré le tapis.

Dans le bus qui nous emmenait au point de départ, à Mende, je demandai à Steve comment il se sentait ; il projeta les épaules et les coudes en avant comme s'il était Hulk déchirant le dos de sa chemise, mais malgré son pouce en l'air il eut une grimace de douleur. Quand on se mit à rouler, je vis qu'il était encore bien touché, sa cadence n'avait pas retrouvé l'élégance et l'efficacité qui l'avaient rendu célèbre, et, quoique pas très visible, la rigidité d'un bras déformait son style. D'après les médecins, Steve n'avait rien de cassé, mais il était clair que l'effet des coups mettrait du temps à disparaître. Toutefois, l'amélioration était visible et dans trois jours on affronterait les cimes des Alpes, où tout se déciderait. Une fois de plus, je me félicitai de la facilité du trajet de cent quatre-vingt-trois kilomètres que nous attaquions maintenant, c'était du moins ce que je croyais.

Neuf étapes sur dix dans le genre de celle de ce jour finissent avec le peloton sur la ligne d'arrivée ; quand ce n'est pas le cas, c'est parce qu'un petit groupe de dix ou douze coureurs a tiré parti d'une échappée précoce, et encore, parce qu'il n'est composé d'aucun concurrent qui justifie un effort supplémentaire pour qu'on les pourchasse. En tout cas, ce sont des étapes où la position des leaders ne bouge pas sur le tableau, mais Matosas et compagnie avaient décidé que cette fois ce serait différent.

Je m'apprêtais à riposter aux échappées ou aux tactiques de blocage, mais je n'aurais jamais imaginé ce qu'ils avaient préparé. Deux heures et demie après le départ, au moment d'aborder le seul obstacle de la route, le col de l'Escrinet, le compagnon de chambrée de Conti, Alonso, s'approcha de Steve par son côté le moins bien protégé. Même si la Fonar roulait à peu près groupée, la densité du peloton empêchait de maintenir une formation rigoureuse autour de notre leader.

Je remarquai l'arrivée d'Alonso – le maillot vert des Italiens me met en alerte même quand je dors –, mais son allure ne laissait rien présager d'hostile ; à l'intérieur du peloton, les tee-shirts interagissent comme des pépins de fraise dans un batteur. Je m'inquiétai quand je remarquai qu'il avait ajusté sa vitesse pour se mettre à la hauteur de Steve, à moins de vingt centimètres de lui. Je pressentis plus que je ne devinai ce qui allait arriver : ce salopard fit un bref crochet pour que l'axe de sa roue arrière touche les rayons de celle de mon compagnon. Voilà qu'ils jouaient à *Ben-Hur*, ces fils de pute !

Casser la roue de quelqu'un en pleine course est une mesure désespérée, incertaine, et le résultat peut être aussi grave que dans le film, surtout au milieu du peloton ; le choc d'un axe contre un autre peut provoquer la perte d'équilibre d'un ou plusieurs coureurs, et entraîner une chute collective aux conséquences imprévisibles ; et même si les concernés parviennent à rester en selle, les rayons cassés obligent à un changement de vélo immédiat.

Quoi qu'il en soit, l'équipe vert et blanc de Lavezza était prête à tirer profit de l'incident, même s'il fallait sacrifier un de ses coureurs. Plus tard, quand je revis la séquence à la télévision, je constatai que les autres membres de l'équipe italienne avaient pris place en tête du peloton avant même le rapprochement d'Alonso : de cette façon, ils échappaient au risque d'être victimes de la chute et se mettaient en position d'attaquer le moment venu.

Mais une fois de plus les dieux de la route prirent nos malheurs en pitié. Alonso attaqua Steve sur le côté droit, où il était blessé, mais quand il sentit l'impact mon compagnon replia le bras et son guidon se tourna sur la trajectoire de l'Italien : Steve tomba sur lui, mais en avant, ce qui le sauva de la boucherie qui se déclencha derrière lui. La Bête, le sprinter de la Fonar qui roulait derrière Steve, et Alonso lui-même eurent la plus mauvaise part, et sans le vouloir servirent de mur de contention : les autres coureurs heurtèrent les deux cyclistes tombés sans atteindre notre leader.

Au moment du contact, je roulais de l'autre côté de Steve et je m'approchais pour lui demander comment il se sentait avant d'affronter la côte. À ce moment-là, je réagis instinctivement, comme tout coureur devant une chute : rouler pour échapper à l'avalanche, et ralentir pour voir la gravité de l'affaire.

— Steve est tombé au milieu du peloton, criai-je dans l'oreillette.

J'apprendrais plus tard qu'une trentaine de coureurs étaient tombés, mais qu'une dizaine seulement avaient été blessés. J'entendis la voix de Giraud, furieux :

— Fils de pute ! Et les Italiens ? Paniuk ?

Devant moi, je vis une grande partie de l'équipe verte debout sur ses pédales, essayant de s'échapper. Les règles non écrites au sujet des accidents prescrivent de rouler à la même vitesse, voire de ralentir, par respect pour les camarades tombés, mais il y avait belle lurette que Matosas et sa bande n'avaient plus aucune considération pour le code du savoir-vivre.

— Ils s'échappent, répondis-je, déçu.

— Je vais bien, interrompit Steve dans l'oreillette, et en effet je vis de loin qu'il s'était relevé.

Des coéquipiers de la Fonar se relevaient aussi, et d'ailleurs ils n'étaient pas tous tombés : ils flottaient entre ma position et celle de Steve, qui semblait chercher quelque chose. Je redoutai une nouvelle fois que, en plein *shock*, il ait perdu toute notion de l'endroit où il était ; plus tard, j'apprendrais qu'il essayait de repérer un vélo de la Fonar en bon état pour l'enfourcher.

— Rattrape-les, Annibal, ne les laisse pas échapper, même s'il faut les dégommer, dit Giraud. Guido, organise le soutien de Steve avec ceux qui restent.

Sans attendre une seconde, je bondis en avant. Une demi-douzaine de coureurs m'imitèrent, après la surprise initiale, dont Paniuk et Radek. On roula comme des dératés, en se relevant à tour de rôle, jusqu'à ce qu'on revoie les Italiens : ils étaient six, y compris Matosas et le sinistre Conti. Je fus content de voir que parmi eux il n'y avait ni Paolo le Vénitien, ni Stefano, le Calabrais, deux coureurs de Lavezza que j'avais toujours appréciés. Matosas et son équipe n'avaient pas osé impliquer tous les coéquipiers dans la saloperie qu'ils avaient commise.

Le col de l'Escrinet représente à peine huit kilomètres de côte et la pente est en moyenne d'un modeste six pour cent, mais j'espérais en profiter au maximum. Je n'avais pas les moyens de les dégommer, comme me l'avait ordonné Giraud, mais je pouvais sûrement les rejoindre. Et même les dépasser.

— Tu me suis ? demandai-je à Radek quand nous étions sur le point de rattraper les Italiens.

Il me répondit par une grimace bizarre que j'interprétai comme un sourire et il s'élança derrière moi ; d'autres se joignirent à nous.

La plupart du temps, quand un petit groupe en rattrape un autre, les deux stabilisent leur vitesse pour rassembler leurs forces. Quand on fut à la hauteur de l'échappée, je sentis que ceux qui roulaient avec moi se relâchaient ; l'objectif atteint, ils reprenaient leur souffle. Radek et moi, en revanche, on durcit la cadence et à la surprise générale on prit le large. Matosas voulut réagir, mais les quelques mètres de décrochage augmentèrent, tandis que ses coéquipiers organisaient la chasse. Je n'étais pas gêné de remorquer Radek dans la montée, il l'avait bien gagné ; il n'était pas un mauvais grimpeur, mais j'étais plus fort. De nouveau je me dis que Fiona n'avait peut-être pas tort. Au sommet, on nous annonça que nous avions 1' 12" d'avantage sur Matosas et Paniuk ; le reste, c'était du gâteau. On franchit la ligne d'arrivée cinquante-huit secondes avant eux. J'aurais pu conquérir ma troisième étape du Tour, mais je laissai la roue du Polonais passer la première.

Malheureusement, Matosas avait atteint son but : blesser Steve. Finalement, je n'étais peut-être pas si bon, mais il ne m'avait pas poursuivi avec ardeur, car je n'étais pas son objectif. Ce jour-là, il lui grignota encore deux minutes, et à Medel aussi, son ex-complice.

Si je croyais avoir déjà vu Giraud furieux, sa colère était maintenant épique. Assis dans le bus qui nous ramenait à l'hôtel, les coureurs écoutaient l'explosion de l'immense directeur sportif, trop fatigués ou blessés pour réagir. Mais il n'attendait pas non plus un dialogue : Giraud est de ces gens qui sont convaincus qu'un monologue est une conversation. Cependant, à la fin il se tourna vers moi.

— Et toi, pourquoi tu n'as pas réagi ?

— Au moins, je l'ai empêché de gagner.

Je n'avais pas envie de polémiquer, mais pas non plus d'être écrasé par le petit dur de la bande.

— Ne joue pas les idiots. Ton boulot, c'était de les retarder, pas de les faire aller plus vite !

— Allons, ne joue pas les idiots ! me souffla Steve tout bas, mais assez haut pour que Giraud et deux ou trois coureurs l'entendent.

Le directeur sportif en perdit la parole et sans doute aussi le souffle, car il vira au bleu ; il se retourna et s'assit. Une fois de plus, je me dis que cet homme pouvait être explosif, mais pas idiot. Un mot de Steve aux patrons de l'équipe ferait instantanément du directeur un chômeur.

J'aurais aimé que Lombard et Fiona soient témoins de la défense que Steve avait prise de son ami ; ils ne le sauraient jamais, parce que naturellement je n'allais pas leur décrire une scène où je n'étais pas très brillant. Il y avait un côté humiliant dans le fait qu'un coureur vétéran comme moi n'ait pas riposté à une insulte de ce genre. Je me sentis un peu mieux quand je compris qu'en réalité Steve avait devancé ma réponse, la rendant inutile, et je retrouvai ma bonne humeur quand je me rappelai les occasions où j'avais tiré mon ami des griffes d'un ivrogne mal embouché.

Les mains d'Axel achevèrent de réparer les dommages sur les muscles et l'ego. Quoique douloureux, ses massages amélioraient mon humeur ; en me relevant à la fin de ces séances le monde me semblait être un meilleur endroit que celui que j'avais laissé quatre-vingt-dix minutes plus tôt, peut-être parce que quatre-vingt-dix minutes plus tôt je descendais d'un bus plein de cyclistes exténués et confrontés à un directeur sportif invariablement insatisfait de leur rendement.

Pendant ma séance avec Axel, j'avais essayé d'amener la conversation sur les interrogatoires : il savait peut-être quelque chose que je pourrais utiliser à la réunion du soir avec mes nouveaux compagnons détectives. Cependant, bien que les mains de mon masseur n'aient pas perdu de leur magie, sa loquacité était restée au fond de la geôle d'un commissariat local. Le pauvre semblait dévasté, et la tension et la fatigue n'amélioraient guère la beauté relative de ses traits. Je choisis de respecter son silence. Je préférai lui demander comment il allait ; il répondit par un monosyllabe et poursuivit sa tâche. Je ne sais même pas s'il était au courant de mon intervention pour le libérer, mais cela ne me semblait pas très important.

Je descendis dîner un peu avant l'heure prévue, espérant finir avant l'arrivée de Giraud ; je n'avais aucune envie de subir une nouvelle philippique du terrible manager. D'autres avaient sans doute eu la même idée, car la majorité, y compris Steve, était installée à la table que le cuisinier avait préparée pour la Fonar

— Ne joue pas les idiots, Guido, prends de la salade ! dit mon *bro* sur le ton d'une mère qui gronde tendrement son fils. – Steve avait sûrement mitonné cette phrase à l'avance, mais il avait attendu mon arrivée pour la prononcer. – L'éclat de rire fut général et me réconforta. Son sens de l'humour ne respectait pas toujours les normes européennes et il ne semblait pas comprendre ce qui était politiquement incorrect pour nous, mais cette fois il avait mis dans le mille : en le ridiculisant, il effaçait la gravité de l'insulte. On passa la moitié du dîner à nous la lancer l'un à l'autre en demandant le sel ou le Nutella, jusqu'à l'apparition de Giraud.

Par chance, ce soir-là nous partagions la salle à manger avec l'équipe néerlandaise, ce qui mettrait des limites à ce qui pourrait traverser l'esprit de notre directeur ; d'ailleurs, ce qui lui traversait l'esprit devait ressembler à des scorpions et des serpents, car il mâchait à peine les bouchées, comme s'il voulait ravaler des aiguillons enflammés qui menaçaient de jaillir de sa bouche.

On était convenus de se retrouver dans la chambre que Fiona avait louée cette nuit-là dans notre hôtel, un privilège réservé aux cadres de l'UCI. J'aurais aimé rester quelques minutes seul avec elle, mais Ray devait arriver plus tôt pour ne pas être vu des gardes du corps de Steve qui me suivaient.

En voyant le vieux journaliste et mon amante assis autour d'un guéridon, parlant à voix basse, je pensai que Lombard aurait dû avoir sa place parmi nous. Pour je ne sais quelle raison, Ray avait ignoré ma suggestion.

— Avec ce qui s'est passé aujourd'hui, nous avons la confirmation que tout désigne Matosas et sa bande, dit-il. Il doit désespérer de gagner, pour jouer au cirque romain en pleine course. La Bête et Alonso ont des fractures multiples, j'arrive de l'hôpital où ils ont été admis ; ils sont dans des box voisins, à peine séparés par un paravent. Grâce à Dieu, une infirmière a vu la Bête se traîner sur le sol, essayant d'atteindre le lit de l'autre ; on l'a déménagé avant qu'il le mette en pièces.

— Pourquoi l'infirmière est-elle arrivée à ce moment-là ! dis-je avec ironie. Les juges ont-ils vu l'agression sur les vidéos ? Tu sais s'ils les ont regardées ? demandai-je à Fiona.

— Je sors à peine de cette réunion, on m'a demandé

d'être présente pour décrire ce qui arrive à un vélo quand on casse un rayon.

Elle continua de parler mais je n'écoutais plus, j'étais perdu dans les paroles d'une chanson vénézuélienne que j'avais apprise dans mon enfance : "Vapeur ou goélette, ou bien, madame, les rayons d'une bicyclette." J'entendis alors le journaliste demander :

— Et qu'ont-ils décrété ?

— Rien. Alonso a très bien choisi son moment : l'hélicoptère qui les filme avait pris de l'avance, et toutes les prises dont on dispose viennent des motos, mais l'attaque s'est passée au milieu du peloton. Et la Bête a beau dire qu'il a vu l'agression parce qu'il était juste derrière, il est impossible de le prouver, encore moins de sanctionner Alonso.

— Alors, on est baisés.

— Pas du tout, au moins vous les avez frustrés de la victoire de l'étape, dit Ray admiratif.

Ah, merde, que n'aurais-je donné pour que le journaliste soit mon directeur technique !

— Et il y a plus intéressant, dit Fiona. Dans les dernières prises de l'hélicoptère, on voit que l'équipe italienne a pris la tête, sachant ce qui va arriver, mais pas les coureurs des équipes de Medel ni de Paniuk. Matosas voulait aussi les baiser et maintenant ils le savent.

— Ça se tient, ils sont tous les deux très proches de l'Italien au classement général ; je suppose qu'ils ont conclu une alliance pour neutraliser Steve, étant bien entendu qu'ensuite ce serait chacun pour soi, si l'un d'eux voulait décrocher le maillot jaune. Sauf que Matosas a pris les devants, dit Ray.

— Espérons que cela va créer un conflit ; au moins, ils ne s'uniront plus contre nous.

— C'est très probable, dit Fiona. Ce qui signifie que les Alpes te tendent les bras : séparés, ce ne sont plus des concurrents pour toi.

— Sept minutes de retard et un assassin en liberté. Des bras très menaçants, objectai-je sans animosité.

Ray nous observait, amusé. L'échange lui montrait que ce débat ne datait pas d'aujourd'hui.

— Il pourrait y en avoir beaucoup moins, dit-elle avec un sourire. J'ai une bonne nouvelle pour toi : à la fin de la réunion, la commission d'appel s'est réunie. J'ai appris qu'ils cherchent une solution pour te rendre les deux minutes dont on t'a pénalisé parce que tu avais utilisé le vélo de Radek.

— Et pourquoi feraient-ils une chose pareille ? demanda Ray, étonné.

— Ça n'est pas publiable, d'accord ? répliqua Fiona, méfiante.

— Non, bien sûr que non, répondit Ray après une pause douloureuse.

Demander cela à un journaliste, c'est comme demander à un politicien de rembourser ses frais de représentation.

— Lombard a harcelé un cadre du Tour en se plaignant que tu ne peux pas être sanctionné si ton vélo a été saboté, qu'on ne peut pas appliquer une peine conventionnelle à une situation hors du commun. Le dirigeant s'est inquiété quand le colonel a insinué qu'il pouvait en informer la presse, et Jitrik a été consulté. Il semblerait que le patron insiste auprès des juges pour trouver une solution honorable.

— Le règlement n'admet aucune exception.

— Pas pour Jitrik. Ils vont sans doute prétexter qu'ils ne peuvent sanctionner Annibal, considérant qu'il a cédé le sien dans un acte d'honneur sportif. Le prétexte est sans intérêt, tout est bon, pourvu que personne n'apprenne l'existence d'un criminel qui élimine les coureurs du Tour.

Le vieux journaliste secoua la tête en silence, déçu. Il déplorait certainement que les juges violent un règlement, même pour de bonnes raisons, ou qui me semblaient telles. En tout cas, ce n'était pas moi qui m'opposerais à une telle décision. Avant que Fiona ait terminé sa phrase, j'avais déjà fait mes calculs : si on m'enlevait la pénalisation, je me lèverais le lendemain à cinq minutes du leader et à la troisième place, devant Steve.

À mon expression, elle comprit ce que je pensais. On ne put s'empêcher d'échanger un sourire et ma hanche se déplaça de façon imperceptible d'un centimètre dans sa direction ; soudain, le journaliste était de trop dans cette chambre. Puis je me rappelai que je devais partir le premier pour entraîner les gardes du corps, et seulement alors Ray pourrait quitter la pièce, mais je songeai qu'en étant dans le même hôtel, rien ne m'empêcherait de revenir plus tard. Nouveau regard avec Fiona, qui à l'évidence avait lu dans mes pensées car elle me renvoya un regard du genre : *n'y pense même pas*. Elle avait sans doute raison ; si on s'envoyait en l'air, les cinq minutes deviendraient cinquante.

Je retournai dans ma chambre et consultai la page officielle du Tour : ils n'avaient pas encore supprimé les deux minutes de pénalité, mais ma tête rajusta les positions et je fus enchanté de ce que je vis. Je devançais

Steve d'un peu plus d'une minute, ce qui n'était pas arrivé depuis… jamais.

Classement général, 15e étape
(Mende – Valence 183 km)

1 Alessio Matosas	59 h 58' 54"	"Au moins, il s'est démasqué. Assassin et ennemi public."
2 Milenko Paniuk	+ 22"	"Il n'a jamais fait partie du complot criminel, semble-t-il."
3 Marc Moreau	+ 5' 12"	"Ce n'est pas encore officiel, mais… Steve est derrière moi !"
4 Steve Panata	+ 6' 30"	"Comment mon *bro* va-t-il le prendre ? Va-t-il encore être « mon *bro* » ?"
5 Pablo Medel	+ 7' 05"	"Malgré tes manigances, tu n'as pu monter sur le podium, mon pote."
6 Óscar Cuadrado	+ 11' 55"	
7 Luis Durán	+ 12' 24"	
8 Sergueï Talancon	+ 13' 48"	
9 Anselmo Conti	+ 16' 37"	"Et lui, que fait-il dans le *top ten* ?"
10 Rol Charpenelle	+ 16' 51"	

16e ÉTAPE

Je me réveillai plein d'indécision, ce qui est une sale façon de se réveiller. Je me retournai dans mon lit, me demandant si je devais m'abandonner à l'exquise sensation de me savoir devant Steve dans le Tour de France – oui, le Tour de France ! –, ou m'inquiéter des terribles conséquences que cela pourrait entraîner. J'étais à la troisième place, et, encore mieux, je savais qu'en montagne je pourrais dépasser les deux premiers. Je pensai au maillot jaune et mon cœur réagit avec force fanfares et palpitations.

Un message de Steve glaça cette célébration : *Il faut que je te parle avant que tu voies Giraud.* Mon ami voulait sans doute me préparer à une mauvaise nouvelle. J'imaginai le pire : un résultat positif d'une agence antidoping, ou la décision de la Fonar de me rayer de l'équipe pour rébellion. Tout bien réfléchi, je repoussai ces deux hypothèses. Fiona aurait appris avant mon directeur sportif toute disqualification pour dopage, et par ailleurs Giraud savait que Steve n'aurait aucune chance de rattraper Matosas dans les Alpes sans mon aide.

Je passe te voir avant le petit-déjeuner, écrivis-je à Steve, après quoi j'oubliai Giraud quelques instants et passai en revue d'autres motifs d'inquiétude. Jusqu'à présent, on s'en était pris à moi pour nuire à mon compagnon ; maintenant que je pouvais moi-même l'emporter à Paris, il y avait d'autant plus de raisons de m'éliminer. Quelles que soient les manigances de mon directeur sportif, c'étaient des broutilles, comparées à un assassinat. Armé de cette maigre consolation, je frappai à la porte de Steve quelques minutes plus tard.

— Il veut te donner une bonne leçon, m'annonça-t-il en ouvrant, mais purement symbolique, rassure-toi. De quoi montrer qu'il reste le chef. Ce sera inoffensif.

— Et ça consiste en quoi ? demandai-je, méfiant.

— Être le porteur d'eau dans l'étape d'aujourd'hui, dit-il en baissant les yeux.

Je ne peux pas dire qu'il m'ait pris par surprise : c'est une tâche humiliante pour un *gregario* de première ligne. Certes, même les leaders portent des bidons d'eau à leurs coéquipiers quand, pour une raison ou pour une autre, ils sont rejoints par la voiture du directeur sportif, mais en général cela dépend des circonstances de la route : un retard involontaire ou le besoin de parler personnellement avec le technicien. Être intentionnellement sacrifié pour cette tâche, c'est comme imposer au chef cuisinier de faire la vaisselle dans son restaurant.

Je compris que Giraud se sentait vraiment offensé, car en termes stratégiques il jouait avec le feu. Nous n'abordions pas une étape de transition ; il n'y aurait aucune montée importante, mais c'était un trajet de deux cent un kilomètres, dont à peine une trentaine en descente : le reste, un faux plat interminable, mais toujours en côte. Cinq heures d'usure pure et simple qui nous laisseraient désirer fortement le repos du lendemain. La Fonar n'aurait pas besoin de ses grimpeurs, mais si les rivaux décidaient d'attaquer, il faudrait tous ses poumons pour entourer Steve. En tout cas, la décision de Giraud m'infligeait une bonne correction. Remonter et redescendre le peloton sans arrêt tout au long de la route m'infligerait une usure additionnelle si je voulais arriver en même temps que les leaders ; en somme, cela équivaudrait à courir un marathon les fers aux pieds.

— L'enfoiré ! Quel fils de pute !

— Ne t'inquiète pas, je l'ai convaincu qu'il fallait en mettre plusieurs sur cette tâche ; avec un peu de chance, il ne te le demandera que deux fois. Je lui ai dit que j'avais besoin que tu sois frais, pour qu'à partir de mercredi tu m'aides à dégommer Matosas, lança-t-il sur un ton complice.

Mais ses yeux me fixaient, à l'affût.

En d'autres circonstances, cette conclusion aurait été inutile ou lancée de façon distraite, genre "comme de bien entendu" ; mais il me regardait comme si sa vie dépendait de ma réponse. Soudain je compris la raison de l'appréhension de Steve : il avait appris qu'on annulerait ma pénalité de deux minutes, et que je démarrerais l'étape officiellement devant lui. Je devais absolument confirmer mon intention de me sacrifier en sa faveur, et il voulait s'assurer que ma troisième place au classement n'avait rien changé à l'accord qui existait entre nous : faire de lui le champion.

— Merci, dis-je sur un ton neutre. – Je finirais sans doute par me comporter comme tous les *gregarios*, mais sur le moment je sentais couler dans mes veines cette merveilleuse drogue qu'est le pouvoir ; j'étais désolé pour mon compagnon, mais il était réjouissant que, pour une fois, les choses s'inversent. – Bon, allons prendre le petit-déjeuner, conclus-je.

Je lui tournai le dos et retournai dans ma chambre, le laissant dans l'incertitude.

Même l'ordre que me donna Giraud deux heures plus tard n'entama pas mon moral. Sans lui accorder trop d'importance, j'acquiesçai à tout ce qu'il me dit, comme s'il me demandait simplement de ne pas oublier de bien attacher mon casque. Je n'avais pas l'intention de lui donner le plaisir de paraître furieux ou humilié, une image dans laquelle je me serais sûrement vautré quelques heures plus tôt.

Quand les coureurs se regroupèrent, attendant que le drapeau donne le signal du départ à Bourg-de-Péage, mon vélo se retrouva à côté de celui de Matosas ; peut-être un acte inconscient, tant j'étais habitué à me placer à côté du maillot jaune que Steve avait porté tant de jours, et que l'Italien portait maintenant. Le leader ignora ma présence.

Je me demandai si l'équipe Lavezza allait tenter quelque chose d'agressif comme la veille. Finalement, ils étaient les grands perdants : ils avaient voulu sacrifier un de leurs *gregarios* pour éliminer notre leader, mais c'est la Bête qui avait écopé, un équipier qui ne nous aurait été d'aucune utilité dans les Alpes. Ce sont eux qui en avaient pâti le plus ; en outre, leur situation dans la corporation ne pouvait être plus mauvaise. Autant que je sache, aucune autorité ne les avait affrontés, encore moins sanctionnés ; cependant, le bruit courait dans le peloton que l'accident avait été provoqué, entraînant dans la chute une trentaine de coureurs.

Radek, une fois de plus, comprit l'indignation collective. Tandis que je cherchais le regard de Matosas, qu'il détournait en examinant sa cheville opposée, comme s'il y avait trouvé un inexplicable poil ayant survécu à l'épilation, le Polonais faufila son vélo entre nous.

— Si vous recommencez comme hier, je te tue, dit-il au leader de Lavezza.

Ce dernier secoua la tête et esquissa un sourire ironique, comme s'il trouvait drôles les excentricités de Radek. Puis il se retourna et dit quelques mots à un de ses coéquipiers.

— Et je le ferai ! insista Radek en me lançant un regard de défi, comme si moi aussi je m'étais moqué de lui.

Je hochai la tête sans répondre, pensant que tout commentaire de ma part ne pourrait qu'exacerber sa colère ou, pire encore, l'inciter à tenir sa promesse. Je me rappelai la liste initiale des suspects où le Polonais occupait la première place, quelques jours plus tôt. En dépit de sa menace, je l'avais définitivement écarté, je ne pouvais pas le croire coupable, après tout ce qu'il avait fait pour moi. C'était de toute façon un type bizarre, que personne n'avait envie d'avoir comme ennemi. Au bout du compte, sa menace contre Matosas pouvait être utile : l'Italien y réfléchirait à deux fois avant d'envisager un autre coup tordu.

— Ne le tue pas, dis-je après un silence, assure-toi simplement qu'il ne garde pas le maillot jaune jusqu'à Paris, dis-je en riant, comme si cette scène n'était qu'une plaisanterie.

Avant même d'avoir fini ma phrase, j'avais compris mon erreur : il pinça les lèvres et plissa les yeux comme s'il récitait les nombres premiers. C'était le portrait vivant du templier à qui on a confié la mission de sa vie. "Je ne vais pas découvrir l'assassin, mais je vais finir par en fabriquer un", me dis-je, un peu chagrin.

Les cinq heures suivantes ne furent pas non plus une consolation : Giraud fit de moi un pizzaïolo sur roue, portant de l'eau et de la nourriture d'un bout à l'autre du peloton étiré. Pas seulement deux fois, comme me l'avait promis Steve ; en se rendant compte de ce qui se passait, mes coéquipiers cessèrent de demander des boissons, des barres et des gels, et prétendirent se contenter de ce qu'ils récoltaient auprès des assistants, sur les zones de ravitaillement. Mais Giraud voulait les hydrater de force, aussi remontai-je sans cesse l'échelle des cyclistes comme un pauvre sherpa, avec mes bidons sur le dos.

Rien d'extraordinaire du côté des équipes. Quelques échappés venus du fond du classement général, sachant que c'était leur dernière possibilité de passer à la télévision : les quatre étapes des Alpes qui commenceraient à la fin de la semaine seraient réservées aux meilleurs grimpeurs et aux leaders du classement. Le peloton transforma la dernière journée avant le repos en journée de détente ; il décida de courir à vitesse modérée, heureusement pour moi, se contentant de rattraper les échappés, et on arriva tous ensemble à Gap.

Je franchis la ligne en queue de peloton, avec le même temps officiel que mes rivaux ; malheureusement, beaucoup plus fatigué qu'eux. Je maudis de nouveau Giraud et pendant que je prenais la douche dans le bus, je caressai l'idée de convaincre Radek d'inclure mon directeur sportif dans ses menaces de mort. Une bêtise, je le sais, mais en enfilant mon jogging j'étais de meilleure humeur. Je savais que cela ne se reproduirait pas ; malgré toute la haine qu'il me vouait, Giraud ne pourrait se passer de mes talents de grimpeur lors des dernières étapes.

J'en vins donc à penser que mes chances étaient intactes. Quoi qu'il arrive en montagne, le Tour était terminé. Même si je défaillais de fatigue, on ne reprendrait la route que dans quarante-huit heures, c'était suffisant pour me remettre. Seuls deux rivaux me séparaient du maillot jaune de leader, et je savais que dans les sommets qui nous attendaient j'étais le meilleur. Je m'imaginai en jaune à Paris, heureux hasard : c'était la couleur de l'équipe nationale colombienne. Pour les Français, je serais le premier compatriote après trente-cinq années de sécheresse, pour les Colombiens, je serais le premier. Fiona m'aimerait pour toujours, et Lombard verrait son rêve réalisé. Mais une ombre soudaine déchira cet arc-en-ciel prometteur : Steve. Une autre tache, beaucoup plus noire et sinistre, apparut aussi : l'assassin, dont je sentais le souffle dans ma nuque.

Après la séance de massage, je décidai que ce soir-là j'éviterais toute activité en rapport avec le sergent Moreau, ma seconde personnalité sur ce Tour. Annibal était beaucoup plus intéressant : le coureur n° 22, sur le point de créer une surprise historique sur le Tour de France. Cela signifiait éviter Steve, qui aimerait bien me détailler le rapport de la Protex ; Favre, toujours prêt à m'extorquer des informations, et Fiona et Ray, mes nouveaux alliés d'intrigue. Je demandai au brave Axel de m'excuser auprès du reste de l'équipe et de me monter le dîner. Finir la journée à 8 heures du soir était la meilleure stratégie pour récupérer de ma fatigue extrême. Si je m'enfermais dans ma chambre quatre jours de plus, ne sortant que pour la course, l'assassin n'aurait plus aucune chance de m'empêcher d'entrer dans Paris les bras levés.

Ce soir-là, je n'eus pas besoin d'invoquer les positions au classement général pour m'endormir, mais je les repassai quand même.

Classement général, 16e étape
(Bourg-de-Péage – Gap 201 km)

1 Alessio Matosas	64h 47' 16"	"Rendez-vous en montagne, fils de pute."
2 Milenko Paniuk	+ 22"	"Ce n'est pas l'assassin, mais il a comploté."
3 Marc Moreau	+ 5' 12"	"J'ai survécu à une explosion et à Giraud, qu'est-ce qui m'attend maintenant ?"
4 Steve Panata	+ 6' 30"	"Il ne va pas rester les bras croisés, mais de quoi est-il capable ?"
5 Pablo Medel	+ 7' 05"	"Celui-là aussi, et il pourrait tenter une action désespérée."
6 Óscar Cuadrado	+ 11' 55"	
7 Luis Durán	+ 12' 24"	
8 Sergueï Talancon	+ 13' 48"	
9 Anselmo Conti	+ 16' 37"	
10 Rol Charpenelle	+ 16' 51"	

REPOS

On ne survit pas à deux cent vingt étapes du Tour de France pendant une décennie sans recourir à des ruses. Chacun développe ses propres ressources pour aborder vivant la troisième semaine, un peu comme l'employé qui observe un petit rituel avant d'ouvrir officiellement son guichet pendant huit heures. Ma stratégie consiste à diviser la compétition en deux tournois distincts ; j'ai d'autres manies, bien sûr, mais ce n'est pas le moment de rappeler les calculs que j'imagine en combinant le numéro des chambres que j'ai occupées, les temps de mes compagnons et leur numéro de dossard.

Émotionnellement, je me prépare à deux courses ; l'une, de deux semaines, pendant laquelle le défi est simplement de finir dans les meilleures conditions possible, sans sacrifier les objectifs de l'équipe, quels qu'ils soient.

Les cinq derniers jours sont une autre course, différente. Jusque-là, le Tour a été dur, il l'est toujours, mais il a aussi été un cirque ; pour la majorité du peloton, la compétition est finie, et c'est désormais une guerre à tombeau ouvert entre les deux ou trois équipes qui aspirent au podium à Paris, l'assaut final du long siège d'une ville, qui se décidera en quelques heures, le couteau entre les dents.

Pour moi, le jour de repos qui sépare ces deux compétitions est un répit aussi éloigné que possible du cyclisme. Après avoir fait la grasse matinée, je prends un bain, ce qui ne m'arrive jamais entre deux étapes, je mange des choses interdites et regarde des films, dans une vraie salle si la ville et les circonstances le permettent ; n'importe quoi, pourvu que j'aie la sensation d'être en vacances, hors de toute compétition. Le mal que cela peut causer sur mon corps n'est rien, comparé au bénéfice qu'en tire ma tête.

L'année précédente, Fiona m'avait accompagné au cinéma à une séance double, à Pau, où on s'était gavés de pop-corn et de Coca-Cola ; cependant, cette fois je préférai savourer mon repos sans elle. L'année précédente, je n'aspirais pas au maillot jaune, et il n'y avait pas ce réseau criminel qui s'acharnait à me faire tomber du vélo ; mais cette fois sa présence serait un inconvénient, car elle me rappellerait les démons à l'affût. Et donc, grâce au ravitaillement d'Axel et au pouvoir de mon *laptop*, je m'enfermai dans ma chambre, à manger des cochonneries, à regarder des séries sur Netflix et à monter de deux niveaux le jeu que j'avais sur ma PlayStation.

Dans des conditions normales, j'aurais dû négocier avec Giraud, comme les années précédentes, mais il était clair qu'il avait tiré un trait sur moi. Quel que soit le résultat, l'un de nous deux devrait quitter la Fonar après le Tour ; lui menotté et moi revêtu du maillot jaune, dans le meilleur de mes scénarios, néanmoins très improbable.

Steve et Fiona connaissaient mon rituel, et n'opposèrent donc aucune objection. La journée de repos, il préférait, suivant la suggestion des entraîneurs, pédaler quelques kilomètres pour détendre les muscles, et même s'il se moquait de mes prétendues vacances, il avait fini par les respecter. De son côté, Fiona – comment ne pas l'aimer ? – avait compris que cette fois il valait mieux être séparés. Dans la matinée, elle m'envoya un texto : *Je tiens Ray à distance, toi tiens-toi à distance des crevettes et des fruits de mer. À demain, champion.* Comme toujours, précise et opportune ; deux mois auparavant, je m'étais intoxiqué, sur la fin du Giro, et je regardais encore les crevettes avec un ressentiment digne d'un Radek.

En revanche, Favre fut plus difficile à repousser. J'ignorai un message qu'il m'envoya en début de journée ; mon silence l'agaça, et sous prétexte qu'il craignait le pire pour moi, il me bombarda de messages avec l'intensité d'un amant. Laconique, je répondis que j'allais bien et que je me reposerais toute la journée : ce qui eut pour effet un harcèlement redoublé. La méfiance est une seconde nature chez un inspecteur : il était convaincu que mon refus de le voir cachait une raison obscure et inavouable. La paranoïa était-elle un requis indispensable pour devenir policier ?

Si les messages avaient été oraux, ils auraient fini par ces cris : VENEZ AVEC UN MANDAT D'ARRESTATION OU LAISSEZ-MOI ME REPOSER, avais-je écrit dans le dernier d'entre eux. Alors, sa personnalité digitale changea : *Désolé de vous avoir dérangé, je voulais vous informer de l'arrestation probable de Ferrara.*

Cette nouvelle me paralysa et me fit perdre la mission qui m'était impartie, dans *The Division*, le jeu que j'allais lancer. Ce que je venais de lire changeait tout.

L'arrestation de Ferrara me donnait le champ libre pour m'occuper du maillot jaune ; retour aux arcs-en-ciel et aux fanfares. Je relus le texto de Favre et mes réjouissances mentales perdirent de leur enthousiasme. L'"arrestation probable" n'offrait aucune garantie. Il s'agissait sans doute d'une information de plus sur le mécano italien et la famille de Daniela, l'amante du Dandy. Si la police avait du lourd contre Ferrara, celui-ci aurait déjà été arrêté, ou au moins interrogé.

J'en conclus que le commissaire avait simplement voulu sortir vainqueur de la bataille digitale à laquelle nous nous étions livrés ; maintenant, c'était lui qui lançait un os au fin limier qu'il avait cru faire de moi. *Bravo, vous me raconterez ça demain*, écrivis-je et j'éteignis mon téléphone.

J'essayai de reprendre mon jeu, mais j'étais déjà vaincu par une nuée de trolls sataniques, alors je me tournai vers les sudokus, puis vers les infamies de Frank Underwood sur Netflix, mais je fus bien obligé de reconnaître que le commissaire avait réussi à gâcher ma journée. Mes yeux suivaient l'écran, mais mon esprit plaquait le visage de Ferrara sur celui de Kevin Spacey, le héros de *House of Cards*, ourdissant de nouveaux plans pour me pourrir la vie.

Quitte à penser aux Italiens, autant envisager les différents moyens de les vaincre sur la route. Il ne restait que cinq coureurs à pouvoir l'emporter, et je n'avais pas besoin de Fiona pour savoir qu'en montagne j'étais en meilleure forme que les quatre autres, si je rivalisais dans des conditions d'égalité. C'était là le problème, chacun d'eux disposait d'une équipe, ce qui signifiait que je ne pourrais pas attaquer dans les trois premières journées alpines, sinon même la Fonar se dresserait contre moi.

Il fallait attendre la vingtième étape pour trahir Steve, si j'étais vraiment décidé.

Je me levai, comme si je voulais me débarrasser de miettes imaginaires. "Trahir Steve" était une phrase qui déclenchait un court-circuit dans mon système neuronal. Je cherchai un mot qui ne soit pas *trahison*, mais aucun autre ne définissait ce que j'envisageais contre mon ami.

Le miroir posé sur une table basse me renvoya une image inquiétante. Ma tête échevelée me rappela la chevelure toujours en bataille de Radek, même si mes boucles correspondaient chez lui à des fils de fer en hérisson. J'avais la tête de mon père et les cheveux de ma mère. Penser à doña Beatriz me rappela encore Steve : il était ma seule famille. Les dernières années, il avait été meilleur fils de ma mère que moi. Non, décidai-je, je ne lui ferai pas ça. Un maillot jaune ne devait pas s'abaisser à être une merde.

Cette résolution prise, je remontai dans ma propre estime. Fiona et Lombard n'auraient qu'à le comprendre. Quelque chose se crispa, du côté de mon sternum. Je pourrais peut-être trouver une solution intermédiaire : monter sur le podium en compagnie de Steve. Et si celui-ci ne pouvait pas, pour une raison ou pour une autre, je serais là pour sauver le maillot jaune. C'était la solution : si dans la dernière étape mon compagnon n'était pas en état d'être champion, je le serais. Mais uniquement s'il ne pouvait pas. Et si je le devenais, ce ne serait pas de ma faute.

Ma résolution ne rendrait pas Fiona heureuse. Elle ne se contenterait pas de la deuxième place, surtout pas si Steve était à la première. Je me demandai de nouveau si sa haine envers lui était plus forte que son amour pour moi. Je le saurais ce dimanche-là.

Je m'endormis en revoyant les temps que nous devions grignoter à nos trois rivaux. Ma liste ne comportait plus que cinq coureurs. Je cessai de penser au criminel ; je n'étais pas en mesure de savoir qu'à cette heure il avait encore frappé.

Classement général, 16e étape

1 Alessio Matosas	64 h 47' 16"	"Steve et moi, nous sommes les meilleurs et nous allons le prouver."
2 Milenko Paniuk	+ 22"	"Le Tchèque est dangereux, il a une bonne équipe."
3 Marc Moreau	+ 5' 12"	"Décrocher le maillot pour lui, et moi monter sur le podium, est-ce possible ?"
4 Steve Panata	+ 6' 30"	"Grâce à moi, tu seras champion, *bro*."
5 Pablo Medel	+ 7' 05"	"Va te faire foutre, Pablo."
6 Óscar Cuadrado	+ 11' 55"	
7 Luis Durán	+ 12' 24"	
8 Sergueï Talancon	+ 13' 48"	
9 Anselmo Conti	+ 16' 37"	
10 Rol Charpenelle	+ 16' 51"	

17e ÉTAPE

Fiona me sortit du lit de la pire des façons possible : tout habillée et en compagnie de Ray. Je m'attendais à quelque chose de grave en les entendant frapper sauvagement à ma porte, dans le couloir, se moquant d'être vus par le policier qui somnolait sur son siège improvisé. Un peu comme un paysan qui doit traire sa vache et qui l'attend, seul sur son tabouret.

— Conti et Leandro se sont réveillés drogués : Conti a été hospitalisé, c'est peut-être grave, dit mon amante en entrant.

Je l'avais rarement vue aussi agitée ; je dirais même que ses cheveux paraissaient encore plus bouclés que d'habitude, et il y avait de quoi. Si on m'avait dit que la Nasa avait annoncé que la terre était plate, que nous avions jusque-là vécu dans l'erreur, je n'aurais pas été moins surpris. La révélation bouleversait tout.

— Ce n'est pas possible, balbutiai-je. Puisque ce sont eux les…

— … les criminels ? Ah, on dirait plutôt le contraire, dit Ray, catégorique. Il faut repartir à zéro.

— À moins que quelqu'un essaie de se débarrasser de ses complices, dit Fiona.

— Que s'est-il passé exactement ? demandai-je, me rappelant les vieilles consignes de mes cours : d'abord les faits, ensuite l'interprétation.

— Ton ami le policier doit le savoir mieux que tout le monde, dit-elle sans animosité. On les a endormis, je ne sais ni quand ni comment. Quelqu'un voulait les empêcher de démarrer l'étape, mais avec Conti on a forcé la dose. Un mécano de Lavezza raconte que les secouristes qui l'emmenaient sur un brancard avaient essayé de le ranimer.

La figure poupine du coureur n'était plus celle d'un psychopathe, mais celle d'un garçon à l'agonie qui aurait eu sa place dans le giron d'une mère ou d'une fiancée. J'étais désolé pour ces deux-là, et encore plus pour ma thèse qui s'effondrait. Voilà que les Siciliens, ces fripouilles idéales, étaient sur la liste des victimes depuis le début.

— Vous savez si on leur a volé quelque chose ? demanda Ray.

— On les a sortis de leur chambre il y a à peine une demi-heure, la police y est encore, se défendit Fiona.

— Pourquoi cette question ? demandai-je.

— Je ne sais pas, ça me rappelle quelque chose, répondit-il vaguement. Vous pourriez demander comment on les a intoxiqués, et s'il manque quelque chose dans leurs affaires ?

Je pourrais, pensai-je, mais cela me prendrait une séance complète de maigres avancées et de reculades désespérantes avec Favre ; de toute façon, ce serait en fin de journée, après notre retour à Gap.

Je doutais que le commissaire veuille me voir avant que je prenne la route, surtout après mon refus de la veille, mais les détectives avaient sans doute transmis leur rapport à Steve, et ce dernier accepterait peut-être de m'en parler.

Celui qui s'en était pris aux Italiens avait soigneusement choisi, car cette nuit-là trois autres équipes étaient dans le même hôtel que les Lavezza, une grande bâtisse au Lauzet, à moins d'une heure de Gap. Avec une telle quantité d'hôtes qui entraient et sortaient, il n'y aurait pas de vidéo compromettante à la réception, comme cela avait été le cas lors de l'attaque contre les Anglais, dix jours plus tôt.

— Si ce ne sont pas les Italiens, alors qui est-ce ? déplora Fiona.

— Giraud, suggérai-je.

Mais dans ce cas un tas de choses n'avaient plus aucun sens, comme une pièce qu'on force dans un puzzle : du vert sur une image représentant un ours polaire.

— Il ne reste que Paniuk et Medel, dit Ray amèrement. Je ne l'aurais jamais cru, ce sont deux personnes estimables. Mais il n'y a pas d'autre possibilité ; sans ses *gregarios*, Matosas est foutu dans les Alpes. Le jaune reviendra au Tchèque ou à l'Espagnol.

— Ou au Français, dit Fiona sans me regarder.

— Ou au Français. Ce qui signifie que l'assassin va de nouveau attaquer, et sans doute deux fois : et l'une sera certainement pour le Français, convint Ray, qui évita aussi de me regarder.

J'allais préciser "Franco-Colombien", mais je me ravisai : ce n'était pas le moment.

Paniuk ou Medel. Je les avais mis tous les deux sur ma première liste, mais sans les examiner vraiment, obsédé comme je l'étais par Matosas, Conti, Ferrara et leurs liens calabrais. Je n'avais rien contre le Tchèque ; mais j'aurais préféré que l'Espagnol soit innocent. Bien que Medel ait moins de victoires que Paniuk, certaines de ses escapades dans les grands sommets étaient devenues légendaires. Un symbole d'héroïsme et de sacrifice, reconnu même par les professionnels de la douleur.

— Medel n'a jamais gagné un grand Tour, dit Fiona, s'insurgeant, tel un avocat du diable, contre ma défense du grimpeur sévillan. Et il est près de la retraite.

— Paniuk a toujours été un peu bizarre, avança Ray, il n'a jamais voulu apprendre le français ni l'anglais, il se débrouille avec une vingtaine de mots dans le peloton. Et son entraîneur bulgare est plutôt sinistre, vous ne trouvez pas ? Dieu sait ce qu'ils peuvent tramer dans ces langues bizarres qu'ils mâchouillent !

Paniuk était un taiseux sympathique, et en effet je ne me rappelais pas avoir échangé avec lui plus de quelques bribes de phrases depuis des années, mais il lisait la route comme peu d'entre nous et en général ses intuitions étaient justes. Il avait toujours été dans les bonnes causes quand il s'agissait d'une prise en chasse ou d'une échappée ; en somme, un professionnel correct et fiable dans tous les sens du terme.

On se forçait à prendre pour des assassins des personnes qui n'en étaient pas, comme ceux qui essaient de se convaincre devant la glace que la veste cintrée leur va à merveille même s'ils doivent pour cela bloquer leur respiration.

— Ou Giraud, insistai-je avec rancœur.

— Giraud veut sans doute te tuer après le Tour, mais

avant que tu amènes son poulain sur la ligne d'arrivée cela équivaudrait à se tirer une balle dans le pied. Ne perdons pas de temps là-dessus, dit Fiona, affinant son rôle d'avocate du diable.

Je voulais insister sur cette thèse, mais j'étais à court d'arguments. Pour Giraud, le costume du méchant lui allait à merveille, sauf qu'il l'avait mis à l'envers. Tous mes sens me soufflaient qu'il était le coupable, mais impossible de le cadrer avec les faits.

Soudain silencieux, on se plongea dans des calculs impossibles ; le silence amplifia les coups à la porte et on sursauta, comme si l'assassin venait se présenter en personne et dissiper tous nos doutes.

— Tu dois prendre soin de toi ! dit Lombard en poussant la porte restée entrouverte.

Ce qu'il dit n'était plus une nouveauté depuis une dizaine de jours, mais il y avait une telle angoisse dans le ton de sa voix que je crus sentir une ruade me défoncer le dos. À mon insu, je regardai dans le couloir comme si je m'attendais à voir derrière lui un homme brandissant une faux.

— Bonjour, colonel, dit Fiona, mi-affectueuse mi-amusée, réagissant la première à cette apparition étrange.

Elle était plus habituée que moi aux marques de sénilité du vieux militaire depuis quelques mois.

Ray et Lombard se saluèrent d'un hochement de tête sans daigner échanger un regard. De nouveau je me demandai si ces deux-là avaient un passé commun qu'ils préféraient ne pas exhumer.

— Saperlotte ! Tant de violence n'était pas nécessaire, à moins qu'ils veuillent qu'un perdant gagne, dit Lombard

– il remarqua sans aucun doute nos expressions ahuries, car il essaya de s'expliquer : Paniuk et Medel sont si mauvais qu'il a fallu dégommer la moitié du peloton pour qu'il monte sur le podium, ajouta-t-il sur le ton d'un professionnel qui explique qu'un vélo est un véhicule à deux roues.

On acquiesça tous les trois en silence, n'ayant aucune envie de provoquer une autre sentence zen.

— Au moment où vous êtes entré, nous nous disions justement qu'Annibal était en danger, dit Fiona au bout d'un silence qui devenait gênant.

Alors, je me rendis compte que depuis quelques semaines elle lui parlait plus lentement, articulant chaque syllabe, comme si elle s'adressait à un étranger ; Lombard semblait légèrement indécis, il semblait même avoir oublié pourquoi il était venu.

— J'ai parlé à Bimeo, dit-il. – Les paroles de Fiona avaient débloqué ses neurones. – La sécurité du Tour va blinder cet hôtel jusqu'à la fin de votre séjour. J'ai obtenu qu'il accepte de dédier une moto avec caméra pour suivre exclusivement tes mouvements ; quoi qu'on te fasse, tout sera enregistré. Et le reste du temps, tu seras entouré. Voilà ce que je venais te dire, conclut-il, triomphant.

— Pendant toute la période alpine, l'équipe est hébergée dans cet hôtel, n'est-ce pas ? me demanda Fiona. Ça va faciliter les choses.

En effet, nous y resterions quatre nuits. L'organisation avait préféré des navettes aux points de départ et d'arrivée, pour avoir des nuits plus reposantes.

— Bimeo est un escroc, dit Ray avec mépris, il devrait être en prison, au lieu d'être chargé de la sécurité du Tour.

Le journaliste avait raison. Des années auparavant, Bimeo avait quitté Interpol dans des circonstances obscures, et avait presque aussitôt été recruté par Recaud, le directeur administratif de l'organisation du Tour. Mais quand la compétition démarrait, Bimeo devenait le véritable pouvoir : il coordonnait la logistique avec la Gendarmerie nationale, les polices locales, les patrouilles et les motards. Et il était entouré d'une poignée de sbires entièrement dévoués à sa personne.

— J'ai déjà la Protex, de Steve, qui veille sur moi, et les policiers envoyés par Favre, dis-je en éclatant de rire. Si vous y ajoutez ceux du Tour, il n'y aura bientôt plus de place dans le couloir.

— L'objectif est de trouver le coupable, pas d'entasser les gardes à la porte d'Annibal, reconnut Fiona. Vous avez une idée sur son identité, colonel ? Bimeo doit avoir une hypothèse ; si l'affaire éclate au grand jour, il sera le premier à perdre son poste.

— Je viens de lui parler. Il prétend que ce sont des exagérations des journalistes – et il marqua une pause, sans doute parce qu'il y en avait un parmi nous. Le Tour est le Tour et il y a toujours des accidents, des pièges et des entourloupes.

— Des vélos sabotés, des assassinats dans les baignoires, des gazés et des intoxiqués ? s'indigna Ray.

— Il y a cent ans, on lançait des clous sur la chaussée pour crever les pneus, on changeait les panneaux de signalisation pour égarer les rivaux, et des gazés il y en a déjà eu, dit Lombard, cette fois complètement lucide.

— Oui, en Adriatique, et c'était pour les dévaliser, pas pour les envoyer à l'hôpital ! protesta Ray avec énergie

– maintenant, il respirait avec difficulté, et il s'accorda un répit avant de développer son explication. Il y a six ou sept ans, deux masseurs ont été anesthésiés avec un gaz infiltré par un tube sous la porte ; on leur a volé de l'argent, des montres et des ordinateurs pendant qu'ils étaient hors-jeu, mais au réveil ils n'avaient plus qu'un bon mal de crâne. L'affaire d'aujourd'hui est différente, conclut-il en se tournant vers Lombard.

— Bimeo dit que c'est la même chose, on a vidé leur chambre ; l'intoxication était plus grave parce que la pièce était plus petite que ne le pensaient les voleurs. En tout cas, cette affaire relève de la sécurité de l'hôtel, pas de celle du Tour.

— Qui devons-nous croire, colonel ? Celui qui défend les positions de Bimeo et assure que tout est une exagération des journalistes, ou celui qui est entré dans la pièce en essayant de sauver Annibal d'une attaque imminente ? dit Ray avec la brutalité d'un juge qui boucle un dossier irréfutable.

Lombard dut penser la même chose, car il regarda mes pots de compléments alimentaires alignés sur la table de nuit, soudain distrait. Maintenant, il avait l'air d'une mère s'assurant que j'avais bien pris mes médicaments.

— On n'est jamais trop prudent ; il y a des ennemis que nous n'imaginons même pas, dit-il finalement, revenant seulement à moitié de l'endroit où les arguments l'avaient exilé. Nous devons tous prendre soin de toi, Marc, parce que cette année tu vas être champion.

Il se précipita dans mes bras et me serra contre lui avec une telle maladresse qu'il faillit me renverser, et sans un mot de plus il quitta la chambre.

La forte odeur des menthes que le vieux mâchouillait toujours me mouilla les yeux, ou alors c'était parce qu'il avait dit mon nom de baptême, que je n'avais plus jamais entendu après mon arrivée à la caserne.

— Il est malade, Annibal.

— Qu'a-t-il donc ? Encore de l'arthrite ?

— La vieillesse, décréta-t-elle tout bas.

On se quitta, encore troublés, après répartition des tâches. On convint de se revoir le soir même. J'aurais alors vécu une des quatre journées qui me restaient pour sortir vivant du Tour, considérant, bien sûr, qu'à Paris plus aucun d'entre nous ne courait de danger.

Steve pensait différemment.

— J'ai dit à Stevlana de nous rejoindre au lac, ça n'a pas de sens qu'elle vienne à Paris. Espérons qu'elle va m'obéir, me dit-il au petit-déjeuner.

Au moins, avec moi il ne parlait pas d'elle en disant Stevie. En général, à table les coéquipiers nous accordaient une relative discrétion, il présidait toujours la table et moi j'étais assis à ses côtés, à cinquante centimètres du plus proche de nos compagnons ; une règle que personne n'avait fixée, mais que même les nouveaux respectaient. On participait ainsi à la conversation générale et en même temps on avait des échanges plus personnels. Par ailleurs, on s'exprimait dans une sorte de *créole* à base de français mêlé de phrases entières en anglais, saupoudrées de l'espagnol que lui avait appris sa nourrice, d'origine mexicaine ; son vocabulaire côté aliments et parties du corps masculin et féminin était admirable dans cette langue, ce qui était vraiment inquiétant quand je me rappelais la photo de la femme plutôt âgée qu'il m'avait montrée un jour.

— Pourquoi ? Les gens de la Protex en savent plus long ? Tu as appris ce qui est arrivé à Conti ?

— On vient de m'en parler, *bro*. Ils en sauront plus quand leur contact dans la police les appellera. Ils sont inquiets et me demandent de redoubler de précautions. J'en ai marre de tout ça.

Il grimaça et eut une petite contraction sur son côté droit. Ce geste me rappela ce qu'il voulait dire : si pour moi les menaces étaient un gros souci, pour lui elles étaient une douleur à chaque respiration.

— Cela revient à dire que Paniuk et Medel sont les seuls suspects, hein ? demandai-je, pour savoir si les professionnels étaient du même avis que le panel de détectives amateurs que nous étions devenus, Ray, Fiona et moi.

— C'est ce que je leur ai dit, mais ils prétendent n'écarter aucune piste. Il semble qu'Interpol ait trouvé le lien entre Ferrara et le commerçant hollandais qui a acheté ton vélo ; voilà pourquoi l'intoxication de Conti est bizarre. Si les Italiens ont monté tout ce cirque pour faire de Matosas le champion, ce qui vient de se passer n'a ni queue ni tête. Sans Conti, il est foutu dans les Alpes.

— À ce propos, qu'allons-nous décider ?

C'était le sujet que tous les deux nous aurions préféré ne pas aborder. Attaquerait-on Matosas ce jour-là, quand ses compagnons étaient à l'hôpital ? On peut faire ce genre de choses, mais on n'en parle pas.

— Ce que dira Giraud, je pense.

Il n'avait pas envie d'assumer la moindre responsabilité dans ce qui allait arriver. Aucun doute sur ce qu'ordonnerait le directeur sportif, même si c'était de mauvais goût.

Les codes, et en particulier ceux de l'éthique, n'étaient pas le point fort de Giraud.

— Le peloton nous a aidés quand ils ont essayé de tirer profit de ta fragilité, dis-je sans animosité, mais fermement.

Je n'allais pas le laisser se défiler sans qu'il reconnaisse au moins que nous allions commettre une saloperie.

— Écoute, si nous avons perdu du temps à cause du coup bas des Italiens avec ton vélo, il est juste qu'on le récupère. Ce n'est même pas œil pour œil, parce que ce n'est pas nous qui leur avons mis le gaz sous la porte.

S'il y avait un maillot jaune en jeu, les arguments de mon ami étaient dignes d'un cardinal de la cour des Médicis.

— D'accord. Cinq minutes se sont écoulées entre le moment de ta chute, avant que tu reprennes le vélo et te remettes à rouler sur le plateau de Beille ; attaquons-les pour récupérer ces cinq minutes perdues, mais pas plus. Je passe le mot auprès de certains capitaines d'équipe. Je vais leur dire que nous allons rétablir la situation comme si ces deux incidents n'avaient pas eu lieu, répondis-je en dessinant des guillemets avec les doigts.

— Et comment vas-tu t'y prendre pour que ce soit cinq minutes exactement ? Tu vas aussi en parler à Jitrik, comme pour cette histoire des deux minutes ?

Il parlait sur le ton de la plaisanterie, mais je sentis comme un pic à glace dans le dos. Ainsi donc, il était amer parce que le décompte m'avait remonté au-dessus de lui au classement ; je faillis lui dire que cette pénalité de deux minutes pour avoir pris le vélo d'un autre, je l'avais acceptée avec plaisir afin de l'aider à réduire la perte de temps après sa crevaison, mais on ne se débarrasse pas facilement des habitudes : moi aussi je feignis de le prendre à la plaisanterie et j'esquissai un sourire.

— Toute la question est de savoir si tu es en mesure de les cramer. Même si Matosas est un grimpeur, sans Conti il ne pourra pas nous attaquer, mais il n'en a pas besoin. Il est déjà le leader, il lui suffit de ne pas nous perdre de vue pour maintenir son avantage ; à coup sûr il va nous suivre comme une verrue dans le dos.

— L'étape d'aujourd'hui ne s'y prête guère ; celui qui a démoli Conti a choisi un mauvais jour, il aurait dû attendre le week-end.

Il avait raison. C'était la première journée dans les Alpes, mais il s'agissait presque d'un échauffement. Matosas nous suivrait sans problème, car il n'y avait pas de cols de première catégorie, juste des montagnes basses ; les côtes importantes nous attendaient les deux derniers jours.

— Peut-être ne va-t-il rien se passer aujourd'hui ; autant que je sache, Conti et Leandro ne prennent pas le départ ce matin, le Tour est terminé pour eux.

— Récupérer l'avantage sur Paniuk sera plus compliqué, dit-il, songeur.

— Sans oublier que lui ou ses hommes pourraient être les criminels. Et nous ne pouvons pas non plus écarter Medel.

— Ce n'est pas Medel, répondit-il, sur le mode d'une confidence lâchée à contrecœur.

— Comment le sais-tu ?

— C'est dans leur rapport. Les méthodes d'enquête de la Protex ne sont pas limitées par les obligations légales, dit-il en baissant encore plus la voix, et mon air ébahi l'encouragea à poursuivre : Ils ont mis son téléphone sur écoute. Et Medel est convaincu que c'est lui qu'on va attaquer, maintenant, comme ça a été le cas avec tous ceux qui ont eu la possibilité de remporter le maillot. On m'a dit que dans ses conversations avec sa femme, qui est à Séville, il avait l'air de prendre des dispositions, au cas où il ne reviendrait pas.

— Peut-être a-t-il peur de finir en prison.

— Non, *bro*, il est terrorisé. Il croit qu'on va le tuer.

— Alors, c'est Paniuk.

— Il n'y a personne d'autre, dit-il, pas très convaincu.

Sur ce point aussi il avait raison. Paniuk était un type solitaire, taciturne et correct dont nous ne savions pas grand-chose, mais qu'il était difficile d'imaginer au cœur d'une trame aussi compliquée. Il n'avait pas d'amis proches dans le circuit et pas davantage en dehors, or il sautait aux yeux qu'il fallait un réseau comportant beaucoup de muscles et de ressources pour monter l'opération qui avait frappé tant de fois.

Là où nous ne nous étions pas trompés, c'était sur la prédiction concernant Giraud. Le mauvais esprit du directeur sportif n'était jamais décevant : il se montra un guerrier enthousiaste dans le bus qui nous emmenait au point de départ.

— Attaquez à fond, Steve, nous dit-il avec sauvagerie, comme un manager à un boxeur avant de monter sur le ring, mais son regard était braqué sur moi. Rappelez-vous toutes les saloperies de ces enfoirés. La Fonar est beaucoup plus solide que ce qui subsiste de Lavezza ; quant à Medel et Paniuk, ils ne sont pas des rivaux sans les Italiens. Je veux le maillot jaune vendredi, me dit-il sur un ton de défi.

Je me détestai quand je pris conscience que j'avais opiné du chef malgré moi, devant la force de son regard ; encore un chapitre que je ne raconterais pas à Fiona ce soir-là. Puis je m'aperçus qu'il n'avait pas parlé de samedi, et moi non plus. Giraud voulait que le Tour soit résolu dans les trois jours à venir, avant la dernière et terrible journée de samedi à L'Alpe d'Huez ; le vendredi soir, Steve pouvait s'endormir avec le maillot jaune et le perdre le lendemain, dans la dernière côte. Moi aussi, je pouvais être le cardinal finaud s'il s'agissait de sauver les vestiges de mon ego malmené.

Pendant que nous nous pressions au départ, à Dignes-les-Bains, je me déplaçai dans les rangs du peloton pour parler avec les centurions que j'appréciais dans d'autres équipes. Je leur dis sommairement que ce jour-là et le lendemain nous attaquerions Matosas pour récupérer le temps perdu à cause de sa magouille, après quoi nous respecterions l'absence de Conti, pour que tout se décide dans la dernière journée ; aucun d'entre eux ne réagit, mais j'étais sûr qu'ils finiraient par l'accepter comme un de ces petits ajustements entre coureurs qui visent à rétablir une justice que l'organisation ne garantit pas. Mon discours fut sans doute entendu, car aucune équipe n'aida ou ne plaignit l'équipe Lavezza affaiblie quand la Fonar attaqua à fond : on imposa un rythme suicide, confiants dans notre force. Le peloton nous suivit, Matosas compris ; au fil des kilomètres, le contingent s'étira et finit par se fragmenter en multiples gruppettos qui essayaient de survivre. À mi-parcours, on creusa l'écart avec le peloton au moment d'aborder le col d'Allos, une longue côte qui ne dépassait pas les cinq pour cent. Dans des conditions normales, la plupart des coureurs en seraient sortis indemnes, mais nous avions imposé un tel rythme qu'arrivés au col nous étions très peu en tête.

Matosas avait beau être un enfoiré, comme avait dit Giraud, c'était un bon cycliste. Comme nous l'avions prévu, il se colla au dernier coureur de la Fonar avec le désespoir d'un alpiniste qui s'accroche à l'unique saillie d'une paroi verticale.

Steve roulait, aussi bien protégé que peut l'être un leader à cette vitesse. On était encore à quarante-huit kilomètres de l'arrivée quand il décida de courir l'épreuve comme s'il s'agissait d'un contre-la-montre. Il y avait peu de montées, quelques descentes et beaucoup de plats très longs ; sur un de ces tronçons, il prit une cadence impossible et se leva en danseuse pendant plusieurs minutes. Je le suivis de mon mieux, mais ceux qui nous accompagnaient ne purent aller aussi vite. Maintenant, c'était moi qui me collais à lui, redoutant que chaque centimètre gagné par lui finisse par devenir des mètres impossibles à remonter. On aurait dit qu'il voulait prouver au monde qu'il avait retrouvé toutes ses facultés ; peut-être était-il aiguillonné par un simple désir de vengeance.

Mon compagnon avait très bien choisi son moment : Matosas et Paniuk étaient isolés, et Medel n'avait plus qu'un bouclier ; les autres étaient des coureurs de la Fonar, qui avaient ralenti dès que Steve avait démarré. Naturellement, ils n'allaient pas participer à la poursuite que tenteraient les rivaux.

Sur mon compteur, je vis qu'il roulait à soixante-cinq kilomètres-heure sur le plat qu'il avait choisi pour l'échappée ; bien que protégé par sa traction, j'avais du mal à le suivre. Je me demandai si après cela Fiona croirait toujours à mes possibilités.

Huit kilomètres plus tard, on aborda un très long faux plat. Giraud tonnait dans nos oreilles la situation des coureurs et nous encourageait à redoubler d'efforts.

— À toi de prendre le relais un moment, me dit Steve d'une voix souffrante en s'écartant.

En le dépassant, je vis qu'il avait un visage blafard et tendu, mais il me regarda avec des yeux brillants et défiants, qui ressemblaient assez à ceux de Giraud, quelques heures plus tôt. Je compris qu'il avait voulu faire mieux que combler l'écart avec Matosas. Son échappée était un *statement*, comme il aurait dit ; un coup de poing sur la table pour montrer au monde, et à moi, qu'il était le meilleur. Je me contentai de passer devant, comme toujours depuis plus de dix ans.

Plus loin, je commençai à sentir la fatigue, il n'avait pas pris le relais depuis des kilomètres et j'attaquais maintenant une légère côte qui me semblait interminable. Je payais le prix du combustible consommé dans la soudaine escapade de mon compagnon. Il devait souffrir, lui aussi, même s'il était dans ma roue. Cependant, comme une ou deux fois j'avais ralenti, il me dit "plus" dans l'espagnol de sa nourrice ; il ne pouvait pas parler, mais il était clair qu'il avait décidé de cramer Matosas à tout prix.

Dans ces conditions, on continua de creuser l'écart. J'apprendrais par la suite que Matosas et Medel avaient couru en dessous de leurs possibilités. Sans doute, le mental de l'Italien s'était-il brisé avec la tragédie du matin ; Conti était toujours en soins intensifs, luttant pour sa vie, et Medel n'était plus le même non plus. À en croire le rapport au sujet de ses conversations téléphoniques, il avait dû très mal dormir ces dernières nuits.

En approchant de l'arrivée, je me demandais le temps que nous avions repris sur Matosas ; je m'étonnai d'apprendre qu'il restait encore cinq kilomètres quand on m'annonça que nous avions repris cinq minutes au leader. À ce moment précis, je ralentis, me portai à la hauteur de Steve et lui fis un signe discret du doigt : je ne voulais pas que la caméra de télévision sur la moto qui nous précédait de quelques mètres ou le micro que nous utilisions enregistre notre accord. En réponse à mon geste, Steve hocha la tête, dubitatif, et pointa l'index en avant, sans lâcher son guidon.

— OK, c'est à moi, dit-il.

Il me dépassa comme s'il s'agissait d'une relève et que c'était son tour de prendre la tête, mais il monta sur ses pédales et accéléra ; je me demandai si cette nouvelle échappée était une réaction émotionnelle ou une stratégie ruminée au cours des derniers kilomètres. En tout cas, c'était une saloperie, non plus contre Matosas, mais contre moi, qui allais passer pour un imbécile aux yeux des autres capitaines de route.

Je ne sais pas si j'aurais eu la force de suivre Steve, qui avait couru les trente derniers kilomètres à l'abri de ma roue, mais je n'essayai même pas. Je préférai honorer mon accord : pour la télévision, pour le reste du monde, ce moment serait gravé comme la preuve catégorique et implacable de la supériorité de Steve sur son *gregario*.

Je franchis la ligne d'arrivée quatre minutes cinquante-huit secondes devant Matosas et deux minutes derrière

Steve. Mon compagnon était de nouveau le leader du Tour ; Giraud avait obtenu le mercredi ce que nous nous étions promis pour le vendredi. Steve m'attendit à l'arrivée en dépit de l'insistance des inspecteurs, obligés de soumettre le vainqueur de l'étape à un examen immédiat de l'urine.

— C'était plus fort que moi, Annibal, me dit-il à l'oreille en me tapant dans le dos. Je n'ai pas pu me retenir ; ces canailles ne le méritent pas.

"C'est moi qui le méritais, imbécile, pas eux ; c'était notre accord", aurais-je aimé lui dire, mais comme toujours cela me vint quand il avait déjà fait demi-tour pour se rendre au pavillon de l'UCI.

Je voulais rejoindre à vélo le bus de notre équipe, mais une nuée de journalistes m'en empêcha. Ils exigeaient une explication sur ce qui venait d'arriver ; je cherchai de l'aide auprès des assistants de la Fonar, mais je ne vis qu'Axel, qui me regardait, impuissant. Je répondais par monosyllabes aux questions qui fusaient à droite et à gauche ; les deux gardes du corps de la Protex assistaient à la scène, impassibles, apparemment plus intéressés par mes réponses que par le souci de me tirer de ce bourbier. Finalement, Lombard vint me tirer de là, suivi de deux gorilles de Bimeo : se retranchant derrière leur badge officiel, ils prétextèrent je ne sais quoi, m'entourèrent et me raccompagnèrent au bus.

J'étais presque arrivé quand les journalistes m'abandonnèrent en masse. J'en compris vite la raison : devant le bus de Lavezza, Carlo Benett, le directeur sportif des Italiens, serrait Matosas contre lui, lequel pleurait sur son épaule, secoué de spasmes muets et émouvants ; même les journalistes respectèrent ce moment. Quand il sentit la présence de la presse, le directeur poussa le coureur dans le véhicule.

La scène dura quelques instants, mais elle me frappa profondément. Matosas était encore plus vétéran que moi, un grand leader et un cycliste qui avait déjà tout vécu sur le circuit ; le voir pleurer de cette façon était saisissant. Avait-il appris la mort de Conti ? Ou bien le coup de griffe de Steve dans l'ascension annonçait-il la fin de sa carrière ?

Je m'assis en essayant de chasser ma tristesse. Je me rappelai que Matosas et Benett avaient conçu l'attaque qui avait mené la Bête à l'hôpital avec des fractures multiples, et pire encore ils pouvaient être les auteurs intellectuels du sabotage du vélo qui aurait pu m'ôter la vie. Mais ces considérations n'améliorèrent pas mon humeur, elles ne firent qu'ajouter une fatigue profonde à cette tristesse.

Dans le bus, pendant le long trajet de retour à l'hôtel de Gap, je subis l'ambiance joyeuse de l'équipe. Giraud jubilait, comme si le Tour était gagné et qu'on entrait dans Paris le lendemain. Il avait peut-être raison ; Steve était maintenant le leader, et avec la supériorité de la Fonar en montagne et le démantèlement des équipes rivales, il n'y avait plus de raison de croire le contraire. Quoique plus discrets que le directeur, les équipiers étaient ravis : la conquête du maillot jaune assurait des avantages financiers qu'ils espéraient tous. Moi seul, j'assistais au couronnement improvisé avec un sourire froid et le moral dans les chaussettes. Steve ne s'approcha plus de moi le reste de la journée.

— Que s'est-il passé, Mojito ? dit Fiona, à mi-chemin entre l'inquiétude et la protestation, en entrant dans la pièce où Axel m'administrait le massage de rigueur.

Jamais auparavant elle n'était entrée pendant une séance, mais elle avait vu à la télévision Steve me plaquer dans les derniers kilomètres et elle était déconcertée.

— Un coup de pompe ? ajouta-t-elle, incrédule.

Je faillis la mettre au courant de ce qui s'était passé dans la matinée, mais je ne voulais pas alimenter son aversion pour mon compagnon, ou une fois de plus je ne voulais pas passer à ses yeux pour un parfait idiot ; par ailleurs, on ne pouvait pas dire ce genre de choses en présence d'Axel.

— Un peu de fatigue, tu vois le genre, murmurai-je, comme si la pression du massage me permettait à peine d'émettre un son.

— Ça peut arriver à tout le monde, à tout moment, dit-elle. D'ailleurs, il a commencé par t'user en t'obligeant à courir devant sur presque vingt kilomètres.

— Au moins, on a regagné du terrain et Steve est le leader de la compétition, dis-je, plus pour les oreilles d'Axel que pour celles de Fiona.

L'assistant était de toute confiance, mais je préférais ne pas le mettre à l'épreuve. S'opposer à Steve équivalait à trahir la Fonar, son employeur.

— Heureusement, il n'y a pas eu d'incidents sur la route, dit-elle en regardant un Axel visiblement déstabilisé par sa présence.

Fiona observa, apparemment fascinée, comment d'autres mains parcouraient un territoire qui lui appartenait ; je tendis le bras et caressai sa cheville. Elle prit congé après un geste de remerciement en direction d'Axel, sans qu'aucun de nous deux en comprenne la raison.

Plus tard, dans la chambre, je trouvai sur mon portable plusieurs messages de Favre. En résumé, il me racontait que Conti avait survécu, mais qu'il resterait à l'hôpital : on attendrait qu'il soit un peu remis pour l'interroger sur Ferrara et sur son rôle dans le sabotage de mon vélo. Le commissaire voulait provoquer une division entre les Italiens en les dressant les uns contre les autres ; il n'écartait pas l'hypothèse que Ferrara ait tenté d'éliminer des complices en sentant que l'enquête de la police se rapprochait. Il me demandait de le mettre au courant de tout antécédent qui puisse lui être utile pour les opposer les uns aux autres.

Pendant que je ruminais une réponse, je reçus un message de Steve : *Regarde ce qui nous attend sur le lac*, disait la légende de la photo d'un voilier spectaculaire ; *Dis à Fiona de préparer son maillot de bain*, ajoutait-il dans le message suivant. Steve essayait désespérément de rogner nos épines ; c'était la première fois qu'il mêlait Fiona à un de ses plans. Je m'abstins de répondre, mais décidai cette fois d'être moins condescendant avec mon ami. Les jours suivants, nous travaillerions ensemble pour qu'il décroche sa cinquième couronne au Tour, mais j'espérais au moins que son infamie de ce jour ne passerait pas inaperçue.

Avant de ranger mon portable, je vis plusieurs appels manqués. Ils étaient de Bernard, le fils de Lombard ; il me demandait de le rappeler le plus vite possible. Il avait dû analyser les données de la journée et remarquer que mes révolutions par minute et la puissance de mon pédalage étaient plus que suffisantes pour avoir suivi Steve dans son échappée, et il voulait sûrement m'en parler.

Au lieu de répondre à son appel, j'eus une impulsion inexplicable. J'envoyai un message à Matosas : *Je suis content que Conti soit hors de danger*, et à la suite j'écrivis le mot “cordialement”, mais je l'effaçai avant d'envoyer le message. Puis j'éteignis le téléphone.

Ce soir-là, je descendis dîner le plus tard possible pour éviter Steve et mes coéquipiers. À nos tables, il ne restait que deux mécanos, qui me dirent que Steve avait laissé des instructions pour qu'on me conduise dans un petit salon de l'hôtel où Giraud avait organisé une fête en l'honneur de la victoire du jour ; je prétextai une crampe dans le dos et un grand besoin de repos, et me retirai dans ma chambre. Fiona – à qui j'avais donné la clé – et Ray m'y attendaient. Le journaliste avait du nouveau.

— J'ai discuté avec Havel, qui a publié il y a quelque temps une biographie de Paniuk. – Johanes Havel était le Ray Lumière de l'Europe de l'Est, un journaliste vétéran pour qui le cyclisme n'avait plus de secrets. – Le Tchèque n'est pas aussi innocent qu'il paraît. On ne sait pas très bien s'il est orphelin ou s'il a été abandonné, mais il est passé par des familles d'accueil et entre quatorze et seize ans il a été en maison de redressement pour des délits propres aux gamins de son âge. Le cyclisme a été le recours qu'ont trouvé ses mentors pour le sortir de la rue.

Je me dis que ma jeunesse aurait pu ressembler à ça si le vélo n'avait pas croisé mon chemin quand j'avais treize ans. Loin d'être un motif de soupçon, sa conversion en athlète professionnel me semblait encore plus méritoire, et c'est ce que j'expliquai au journaliste.

— Mais un élément a retenu mon attention, parmi tous les délits pour lesquels il a purgé des peines quand il était mineur, insista Ray : un copain et lui ont fait exploser les bonbonnes de gaz de la cafétéria d'un type avec qui ils étaient en litige. Ils ont provoqué un incendie qui a détruit l'établissement.

De nouveau, je sentis une bouffée d'air brûlant dans mon dos et un léger relent de cendres frappa mes narines. Fiona avait dû avoir la même impression, car je la vis regarder par terre et s'assurer fermement sur ses deux jambes, comme si elle se trouvait dans la coursive d'un bateau.

— Mais comment Paniuk aurait-il eu accès à des explosifs militaires dans le genre de ceux qui ont été utilisés pour le camping-car ? demandai-je, lui accordant encore le bénéfice du doute.

— Et d'où a-t-il sorti les complices pour les dix ou douze autres attaques ? Il a beau être le leader de son équipe, ce type est plutôt seul au monde, précisa Fiona.

— Je me contente de vous transmettre l'information que j'ai recueillie, dit Ray en haussant les épaules. En tout cas, Paniuk et son équipe sont les seuls qui n'ont pas été attaqués ; c'est forcément lui le responsable.

— Et Medel est toujours présent au classement général, ajouta Fiona.

— Élimine Medel, dis-je, résigné.

Et je racontai les confidences de Steve sur les écoutes téléphoniques et les courriers électroniques de l'Espagnol.

— Supposons un instant que ce soit Paniuk, déclara Fiona sur le ton d'une maîtresse d'école. Cela signifierait que sa stratégie a été un échec franc et massif. Il est à la troisième place, à une minute de Steve Panata, et il a la police sur les talons. En ce moment, il risque plus de porter l'orange que le jaune.

J'essayai de me rappeler l'uniforme des prisonniers dans les prisons françaises, mais il ne me vint à l'esprit, comme à Fiona, que l'image des films américains.

— Le plan de Paniuk n'est pas absurde, objecta Ray. Il va sûrement finir avant Matosas et Medel, qui se décomposent. Si l'affaire de la bonbonne de gaz et du vélo saboté avaient réussi, la Fonar aussi serait au tapis.

"Et moi dans un cercueil", me dis-je intérieurement.

— Et Paniuk serait le champion, compléta Fiona, mais sa voix n'était pas convaincue. Écartons le Tchèque un moment et cherchons un responsable qui puisse cadrer avec les faits, même si ça nous semble un peu forcé. Un moyen d'éliminer des options, ajouta-t-elle, comme si elle envisageait une autre explication à l'extinction des dinosaures – j'étais ravi qu'elle offre la possibilité de remettre Giraud dans le bain, mais je ne réagis pas.

— Supposons que ce soit Ferrara et ses complices depuis le début, et qu'en sentant la police à leurs trousses ils aient décidé de frapper Conti et Leandro ; un bon moyen de réduire au silence des maillons faibles qui pouvaient devenir des délateurs, et au passage cela mettait l'équipe italienne hors de soupçon, dis-je.

— C'est plus sensé que l'histoire du pauvre Paniuk, murmura Fiona.

— Nous ne pouvons pas non plus écarter Giraud, ajoutai-je, encouragé par le bon accueil de mon intervention. Avec la même logique, nous pourrions admettre qu'il a orchestré les dix ou douze premières attaques pour laisser Steve seul en tête. Il n'a jamais cru que Matosas et Paniuk seraient rivaux, parce qu'il n'a pas prévu que les trois équipes fonctionneraient comme une seule.

— Et comment expliquer l'attaque du camping-car contre toi ? demanda Ray.

— Il a essayé de se débarrasser d'Annibal, parce que sans Cuadrado et Stark sur la route, il savait qu'il était le seul à pouvoir vaincre Steve, dit Fiona comme si elle dévoilait le pot aux roses. Voilà un truc sensé : tu es le seul à ne pas te rendre compte que tu es mûr pour le maillot jaune. Giraud a plus peur de toi que de Matosas ou de Paniuk, ajouta-t-elle en se tournant vers moi.

— Il y avait des façons moins sanglantes de me neutraliser, vous ne croyez pas ? Je veux dire qu'un directeur sportif a beaucoup de moyens de manipuler ses coureurs et de peser sur ce qu'ils font.

— Ça aussi, il l'a essayé, dit Ray. Rappelons-nous le rôle de porteur d'eau qu'il vous a imposé, à transporter des bidons entre Mende et Valence. Il cherchait à vous ratatiner avant d'aborder la montagne.

— L'attaque contre le camping-car, c'était le soir de l'étape du contre-la-montre, quand tu as surpris tout le monde avec un temps très voisin de celui de Steve. Je crois qu'à ce moment-là Giraud a compris que tu étais un véritable danger, dit Fiona.

— Ce qui expliquerait que l'explosion du véhicule ait échoué : c'était une décision précipitée. Personne ne savait que la bonbonne de gaz était presque vide, dit Ray.

— Fiona et Lombard le savaient ; mais pas eux, admis-je.

— Eux… dit Fiona pour elle-même. Qui c'est, eux ? demanda-t-elle, en s'adressant cette fois à Ray et à moi.

Tous les trois, on réfléchit en silence, essayant de reconstituer ce que chacun savait de Giraud, et d'identifier ses alliés. Je les trouvai immédiatement, mais je me gardai bien de les mentionner à haute voix.

— Comment s'appelle cette société qui protège Steve ? dit Fiona, lisant dans mes pensées.

— La Protex, dis-je sur un ton résigné.

— Ses employés ont un air sinistre : ils sont capables de ce genre de choses, admit Ray dans un murmure.

Il prenait conscience que l'un de ses gardes du corps était dans le couloir et allait sans doute assurer le service de nuit. J'essayai de me rappeler le volume sonore de nos voix pendant cette réunion.

— Y aurait-il des micros ? demanda Fiona d'une voix à peine audible.

À notre insu, nous nous étions rapprochés, comme si la fraîcheur de la nuit exigeait de resserrer le cercle autour d'une flambée imaginaire.

— Giraud aurait le mobile et la Protex le muscle, pour assurer la victoire de Steve, conclut Ray.

— Le seul problème, c'est de savoir si Steve est mêlé à cette histoire, dit Fiona.

Dans sa façon de dresser le tableau de la situation, je compris qu'elle était ravie ; un peu comme moi, quand j'avais eu le plaisir, quelques minutes plus tôt, de constater que nous arrivions à la conclusion que Giraud était le principal suspect.

— Savez-vous qui a amené la Protex dans l'entourage de Steve ? demanda Ray.

— Je crois que c'est Benny, son agent, dis-je.

— En l'occurrence, ça revient au même. Cette compagnie est avec vous depuis deux ans, hein ? Giraud ou Steve lui-même a pu lui proposer l'affaire, elle est pour ainsi dire de la famille et vous êtes inséparables.

— Ils pourraient travailler pour n'importe qui, ce sont des mercenaires, dis-je.

— Donc, Giraud ou Ferrara, conclut Ray.

— La police enquête déjà sur Ferrara. Malheureusement, je n'ai pas l'impression que Favre ait Giraud dans sa ligne de mire : il écarte de la liste des suspects tous ceux qui travaillent pour la Fonar. Les attaques que j'ai subies nous mettent tous hors de cause.

— Pire encore, dit Fiona. Si Ferrara est le criminel, tu n'es plus en danger, car il est clair qu'en s'en prenant à Conti il a décidé d'effacer ses traces et de se retirer. Mais si c'est Giraud, tu es en danger, peut-être plus que jamais, car il sait que si tu le décides tu peux vaincre Steve à L'Alpe d'Huez.

— Exact, dit Ray.

Et tous deux me regardèrent : lui avec curiosité, elle avec empressement. Ils attendaient ma réponse.

— Je vais voir Favre, j'obtiendrai peut-être qu'il reprenne son enquête sur Giraud, dis-je sans trop d'espoir.

— Dans l'immédiat, je ne trouve pas que ce soit une bonne idée de passer la nuit avec un garde du corps de la Protex devant sa porte ; la brute qui est dehors ne ressemble pas à un policier, dit Fiona.

— Au contraire, il est au service de Steve, c'est justement le tueur qui a écrasé le pied de Lombard. Mais je ne suis pas en mesure de le renvoyer, ce sont des instructions de la Fonar, répondis-je.

— Je vais demander au colonel de t'envoyer quelqu'un, manière de surveiller aussi les gens de la Protex : une protection contre la protection, proposa-t-elle, et elle prit son portable pour appeler le militaire.

— Depuis quand Lombard dispose-t-il du service d'ordre du Tour ? demandai-je.

— Lui et Bimeo sont inséparables depuis quelques mois. Je m'en occupe. Et cette nuit je reste avec toi, ce sera ainsi beaucoup plus difficile d'inventer un accident si nous sommes ensemble, déclara-t-elle.

— Et dormez la fenêtre ouverte, au cas où ils voudraient rééditer le numéro du gaz somnifère, suggéra Ray. Bonne chance, Annibal. Avant, pendant et après la route, dit-il au moment de sortir.

Dix minutes plus tard, deux types frappèrent à la porte : ils ressemblaient à tout, sauf à des gardes du corps.

— C'est Bimeo qui nous envoie, nous allons veiller sur vous toute la nuit, dit l'un d'eux avec décision, comme s'il s'engageait à escalader l'Everest ; les reliefs de nourriture dans sa dentition chevaline auraient pu nourrir un camp de réfugiés. Lui, c'était Don Quichotte.

Sancho, en revanche, montrait clairement que jamais il n'avait gaspillé de nourriture de toute sa vie. Sans la moustache, il aurait pu passer pour une femme au huitième mois de grossesse.

— Merci, très flatté, dis-je, plutôt amusé.

Je pensais qu'en cas d'agression ils seraient plus utiles comme témoins que comme défenseurs, et encore, à condition de se retourner pendant qu'ils prenaient la poudre d'escampette. Sur de hauts sièges, sans doute subtilisés au petit bar de l'hôtel, ils s'installèrent dans le couloir face à l'homme de la Protex ; Sarcophage les regarda avec mépris et une bonne dose d'indignation : le prestige de son métier retombait soudain de plusieurs degrés. Ils lui renvoyèrent un regard féroce, retranchés derrière leur plaque d'identification suspendue au cou, mais celle de Sancho reposait plutôt sur son estomac, même lorsqu'il était debout.

— Au moins la rumeur se répandra que maintenant je suis aussi protégé par Bimeo, dis-je à Fiona quand on se retrouva seuls. Tout le monde a peur de lui.

— Il est un peu truand, mais je suppose qu'une organisation aussi complexe que le Tour a besoin d'une personne qui hausse le ton et piétine les plates-bandes pour serrer la vis à quelques fonctionnaires locaux, policiers et gendarmes.

— Je me demande à qui les gars de dehors pourraient bien serrer la vis.

— Bimeo ne les recrute pas pour leur talent, mais pour leur loyauté. Et ne nous fions pas aux apparences ; le gorille de Steve est un mercenaire, en revanche pour leur chef le gros et le maigre seraient prêts à tuer.

On se figea tous les deux sur son dernier mot. Ils tueraient Fleming pour Bimeo ? Sans doute si ce dernier le leur ordonnait, mais le chef de la sécurite du Tour serait le dernier à avoir intérêt à provoquer un accident pendant la compétition, sans parler d'un meurtre.

— Alors c'est peut-être un avantage qu'ils soient de notre côté, ou en tout cas du côté de Lombard. Pourquoi sont-ils devenus si amis, Bimeo et lui ? Tu le sais ?

— Des services rendus, je suppose. Lombard a passé plus de vingt ans dans les garnisons des Alpes et des Pyrénées, le vieux s'arrangeait toujours pour être près des montagnes. Il connaît tous les chefs locaux de la police, beaucoup de politiciens et de fonctionnaires de la région sont ses amis. Ces relations doivent être du pain bénit pour la logistique du Tour, au moins celle dont s'occupe Bimeo.

Je pensai au vieux avec tendresse. Les manières polies et cérémonieuses du colonel, toujours aimable et distant avec tout ce qui n'était pas le cyclisme, lui avaient valu de nombreuses amitiés, et avaient découragé tout rival sur une grande partie du territoire français.

J'en conclus une fois de plus que j'avais été ingrat ces derniers jours. Grâce à son intervention, on avait effacé mes deux minutes de pénalisation, et maintenant un Don Quichotte et un Sancho barraient ma porte au garde du corps qui était peut-être aux ordres de Giraud. Je me proposai d'échanger quelques mots avec lui le lendemain matin ; cela me rappela les messages que m'avait laissés son fils. Machinalement, je regardai mon téléphone : il y en avait deux nouveaux.

L'un était de Favre : *Ferrara arrêté. Interrogatoire commencé. Vous tiens au courant.* Je me dis que le laconisme digital du commissaire prenait de l'ampleur : à ce rythme, il finirait par écrire à l'infinitif. Mais c'était une bonne nouvelle, si l'Italien était l'assassin et si le commissaire obtenait des aveux, tout serait terminé et je pourrais me concentrer sur la course. Dans le cas contraire, Giraud aurait gagné du temps pour monter un nouveau coup contre moi. Je décidai de ne plus y penser.

L'autre message n'avait pas d'expéditeur connu, mais je repérai le préfixe de l'Andorre : *Arrêtons ça, il est urgent que je te parle. Demain soir à ton hôtel !* Le texte en italien ne dissimulait aucun mystère, l'ego de Matosas ayant annoncé au monde entier qu'il vivait en Andorre, il n'avait pas besoin de signer ses messages. Intrigué, je m'en ouvris à Fiona.

— Il doit avoir peur. Il ne s'est pas identifié, parce qu'il croit que cela pourrait le compromettre, comme si un message de WhatsApp n'était pas une signature.

— C'est à cause de l'interrogatoire de Ferrara. Axel a fait la même chose quand on a arrêté le Dandy ; il m'a demandé d'intercéder en sa faveur auprès du commissaire.

— Peut-être, dit-elle, songeuse. Et ce n'est pas mauvais. Ainsi, on découvrira ce qu'il sait.

— Ou ce qu'il veut nous dire.

— Il a sûrement quelque chose à offrir, comme Axel : il t'a avoué la vente clandestine de ton vélo pour essayer de se débarrasser des autres.

— Qu'en penses-tu ? J'en parle au commissaire ? demandai-je.

Mais avant même d'avoir sa confirmation, je savais que c'était une mauvaise idée.

— Il est préférable d'attendre, d'écouter Matosas ; il vaut mieux laver son linge sale en famille.

Je ne l'écoutais plus ; elle se déshabillait de façon machinale en jetant ses vêtements sur une chaise, sans l'ombre d'une coquetterie. Son corps n'avait pas besoin des recours de la séduction : ses hanches larges, ses seins oscillant au-dessus du ventre plat et sa touffe de poils roux m'auraient troublé même si l'assassin du Tourmalet, comme l'appelait la presse, était entré dans la chambre. Cette nuit-là, on s'endormit dans la position fœtale, elle collée à mon dos ; en théorie, la position la mieux adaptée pour limiter les impulsions inopportunes de mon corps. Mais je mis un bout de temps à cesser de penser au sien et à me plonger dans la litanie du classement général.

Classement général, 17e étape

(Digne-les-Bains – Pra Loup 161 km)

1 Steve Panata	69 h 06' 49"	"Le cinquième maillot semble inévitable."
2 Alessio Matosas	+ 38"	"Veut-il me voir pour échapper à la police, ou pour m'assassiner ?"
3 Milenko Paniuk	+ 1' 00"	"Le plus hermétique ; serait-il l'assassin que je n'ai pas vu ?"
4 Marc Moreau	+ 1' 31"	"Je ne vais pas remporter le maillot jaune, mais je peux monter sur le podium."
5 Pablo Medel	+ 7' 43"	"L'Espagnol est hors-jeu, sauf si une folie éclate..."
6 Óscar Cuadrado	+ 12' 59"	
7 Luis Durán	+ 14' 36"	
8 Sergueï Talancon	+ 15' 48"	
9 Anselmo Conti	+ 18' 12"	
10 Rol Charpenelle	+ 18' 46"	

18e ÉTAPE

Avant que je sois complètement réveillé, le col du Glandon s'était déjà bien installé dans ma tête. Nous ne le grimpions pas tous les ans, mais je m'en souvenais toujours avec émotion, car nous y avions vécu la journée clé où Steve avait gagné son premier Tour de France après avoir contré toutes les attaques de la Batesman.

Le souvenir des Anglais amena la première morsure de la journée. Nous ne mesurerions plus nos forces, Fleming et moi, sur ces pentes pelées au cœur de défilés mortels. Maintenant qu'il n'était plus un compétiteur féroce et implacable, mais un cadavre, je me rappelais son visage le plus aimable, sa façon méticuleuse d'inspecter son vélo avant de l'enfourcher, comme s'il se méfiait de ses mécanos ; la manière qu'il avait de balancer la tête pendant qu'il pédalait, comme les petits singes collés au tableau de bord des taxis du Tiers Monde.

Je me demandai s'il avait eu aussi une Fiona qui l'encourageait à être beaucoup plus qu'un simple *gregario*. Je comparai mentalement les mérites de Fleming avec ceux de son leader et repoussai cette possibilité ; Stark était un grimpeur puissant, même s'il faiblissait dans les contre-la-montre. Par ailleurs, je ne crois pas que Fleming ait envisagé cette possibilité, même dans ses rêves les plus fous : il incarnait l'essence même de l'écuyer. Il se retournerait sûrement dans sa tombe s'il apprenait que sa mort avait enlevé à Stark toute possibilité de gagner cette course.

Fleming en aurait peut-être dit autant de moi ; que jamais je n'aurais pu être autre chose qu'un *gregario*, que jamais je n'aurais pu vaincre mon leader ; et oui, je trépignerais aussi dans mon cercueil si Steve devait abandonner le Tour à cause de ma mort.

Je repoussai toutes ces pensées et me concentrai sur la journée qui m'attendait. La stratégie était simple : maintenir Steve en tête du classement général, autrement dit empêcher Matosas ou Paniuk d'arriver avant lui. Medel était quasiment hors-jeu, à moins qu'il réussisse une remontée historique. En tout cas, aucun de ces cyclistes ne représentait une difficulté pour l'ensemble de l'équipe Fonar. On pourrait même arriver les premiers et creuser notre avantage, mais j'étais sûr que Giraud ordonnerait une tactique d'attente ; il était inutile de fatiguer Steve.

De nouveau je pensai à la déception de Fiona quand elle assisterait au triomphe de mon compagnon, mais elle pourrait déjà se réjouir de me voir vivant à Paris. Si elle m'aimait, cela devait suffire. Je passai la main sur le creux que sa tête avait laissé dans l'oreiller, cherchant un cheveu roux ; elle s'était glissée hors de la chambre très tôt après avoir déposé un baiser sur mon épaule. Je trouvai un petit poil frisé d'une origine manifeste et désirai très fort qu'on soit lundi pour lui faire l'amour sans hâte ni mauvaise conscience, mais il fallait encore attendre quatre jours et presque sept cents kilomètres, quelques angoisses policières et, je le souhaitais, aucun autre crime à déplorer. Malheureusement, je me trompais.

— Je viens de parler avec les gens de la Protex, *bro*, me dit Steve quand je m'assis à côté de lui pour le petit-déjeuner.

Il savait que cela m'intéresserait. Il se montrait aimable et souriant, conscient que j'étais toujours contrarié par son inconduite, à la fin de la dernière étape. Je n'avais pas répondu aux messages qu'il m'avait envoyés la veille sous divers prétextes.

— Et ils t'ont dit quoi ?

— La police a passé la nuit à interroger Ferrara, me dit-il tout fier, à cause du sabotage de ton vélo.

— Je le sais depuis hier, répondis-je sèchement, mais sans hostilité.

— Ils sont persuadés que les Italiens sont les auteurs de tous ces *incidents**.

— Qui en est persuadé ? La police, ou la Protex ?

— Les deux. Avec ça, Lavezza est cuite, et je ne quitte plus le maillot jaune jusqu'à Paris, dit-il, triomphant. – Je restai silencieux, comme si couper le fruit en morceaux et verser le lait dans le muesli était une tâche aussi absorbante que désamorcer une bombe. – J'ai réfléchi à ta carrière, *brother*, enchaîna-t-il.

Résultat : je me figeai sur place, comme si j'étais paralysé à l'idée de couper le mauvais fil de la bombe. En général, c'était de sa carrière qu'on parlait, pas de la mienne. Mais il poursuivait :

— Ce sera mon cinquième maillot jaune, il m'en manque encore un pour battre le record. Je pense ne pas courir le Giro ni la Vuelta l'année qui vient et me concentrer uniquement sur le Tour.

Je comprenais son désir de dépasser les quatre grands de l'histoire du cyclisme : Anquetil, Merckx, Hinault et Indurain avaient gagné cinq Tours et n'avaient jamais pu aller plus loin ; on appelait cela la malédiction du sixième. Seul Lance Armstrong en avait gagné sept, mais qui furent retirés de son palmarès quand il fut prouvé qu'il s'était dopé. Steve voulait entrer dans l'Histoire comme le plus grand de tous.

— C'est louable, mais il s'agit de ta carrière.

— Les deux vont de pair, *bro*, répondit-il avec enthousiasme. – Il semblait m'avoir amené sur son terrain. – Si je ne cours ni le Giro ni la Vuelta, je m'assure que tu sois le leader de l'équipe, et là Lombard a raison : si je ne suis pas là, je parie ma tête que tu les écrases tous – il marqua une pause et reprit : En tout cas au moins lors d'une des deux courses, sûr.

— Vraiment ?

J'oubliai le muesli, la bombe et la trahison de la veille. Gagner le Tour d'Italie ou d'Espagne, ce n'était pas le Tour de France, mais dans la hiérarchie du cyclisme, ils arrivaient juste après : cela signifiait sortir du lot anonyme des *gregarios* et entrer dans les pages de l'Histoire pour les siècles des siècles. Je n'avais jamais reçu une aussi bonne nouvelle depuis que ma mère m'avait offert un vélo et que Fiona s'était glissée dans mon lit. Mais un obstacle me vint à l'esprit : Giraud n'accepterait jamais.

— L'année prochaine, Giraud ne sera plus là, me souffla-t-il en se penchant sur mon assiette.

— Le bruit court, mais je ne savais pas si c'était vrai.

— Giraud ne sera plus là, et nous non plus. Le créateur de Snatch et de Silicon Valley est un fan de vélo et il veut monter une équipe autour de moi, dit-il, pensif. – Il n'y avait que dans la bouche de Steve qu'une déclaration aussi peu modeste n'était pas grossière ; elle semblait même naturelle. – Ceux qui ont l'argent veulent un gringo comme directeur sportif de Snatch, c'est ainsi que l'équipe va s'appeler, et ils m'ont demandé mon avis sur deux ou trois candidats. Dans la pratique, c'est moi qui devrai donner mon aval, et je poserai les choses clairement : il n'aura mon soutien que s'il me promet de réaliser ce que je viens de te dire.

— *Il Giro*, dis-je comme une caresse, moi, le remporter, chez les Italiens, dans leur propre maison : un beau camouflet après les attaques du camping-car et de mon vélo – mais à peine avais-je prononcé ces mots que mon pessimisme reprit le dessus : Et où allons-nous dénicher les coéquipiers pour gagner tout ça en à peine un an ? Et les mécanos, les assistants ?

— Ne t'inquiète pas, nous aurons un budget faramineux. Le patron de Snatch est ravi à l'idée qu'un Américain batte le record historique de six Tours et il est prêt à ouvrir son portefeuille, les budgets de la Batesman et de la Fonar sont des cacahuètes, comparés à ceux qu'ils m'ont promis, et nous pourrons engager une *dream team*. Ils me demandent une seule chose : que je reste clean ; je les ai assuré que mon urine sera plus transparente que celle d'un bébé.

Et il éclata de rire.

— Je ne sais pas si nous serons prêts pour le Giro ; l'année prochaine Stark et Cuadrado seront gonflés à bloc après cette défaite, dis-je, songeur. Nous n'aurions que quatre mois de compétition pour entraîner une équipe totalement nouvelle avant d'aller en Italie en mai ; il vaudrait mieux parier sur la Vuelta d'Espagne en août.

Steve parut réfléchir et reprit la parole comme si c'était la fin de la trêve.

— Ne nous emballons pas, Annibal, Snatch va se constituer pour gagner le Tour, aussi longtemps que le maillot jaune, moi et le nom de l'équipe resteront synonymes. Nous ne participerons au Giro et à la Vuelta que pour habituer l'équipe à des compétitions de trois semaines et peut-être à deux ou trois autres Tours pour aiguillonner les coureurs, nous ferons donc le prochain Giro, que nous soyons prêts ou non, à toi de décider si tu veux en profiter ; moi je préfère me reposer pour ne pas mettre en péril le sixième maillot jaune.

— Si je comprends bien, tu considères que celui de cette année est acquis ?

— Pas toi ? demanda-t-il, surpris et méfiant.

— Tant que nous n'aurons pas les aveux de ceux qui ont tué Fleming, le danger rôde toujours, dehors.

— La police et la Protex sont sûres que ce sont les Italiens. Paniuk et son entourage sont sur écoute, ils ne peuvent même pas brancher la télévision sans qu'on sache quelle chaîne ils regardent, et je ne vois pas qui pourrait me ravir le maillot jaune. Tu penses à quelqu'un ?

Une fois de plus, l'intensité de son regard me rappela que sa question venait de très loin, de l'époque des entraînements à Gérone où je le semais dans les côtes les plus exigeantes.

Ce qu'il avait dit sur Paniuk m'inquiéta. Depuis quand la Protex espionnait-elle les rivaux ? Était-ce arrivé après les agressions, un complément d'enquête pour protéger Steve ? Ou avait-elle commencé bien avant ? Jusqu'où irait-elle ? Étais-je inclus ? Avait-elle intercepté mes propos avec Fiona sur mes possibilités de conquérir le maillot jaune à ses dépens ? L'inquiétude me donna le frisson. Cela pourrait expliquer sa proposition généreuse de faire de moi le leader de quelques courses importantes : il craignait que mon amante finisse par me convaincre de l'attaquer dans les Alpes. Avec sa proposition, il neutralisait une fois pour toutes mes velléités de lui disputer un Tour.

— Non, je ne vois personne. Cet assassin me rend un peu parano, dis-je pour m'en sortir. Mais Giraud connaît-il l'existence de Snatch ? J'ai l'impression qu'il est de plus en plus speed, presque incontrôlable. Ça pourrait expliquer son comportement ?

— Il n'est au courant de rien. Personne n'est au courant, sauf mon agent, et toi, maintenant ; même pas Stevlana, confia-t-il comme si cela avait un sens particulier. – La Russe ne connaissait pas grand-chose de la vie, à part le reflet de son image dans le miroir ou sur les écrans. – Mais elle sait que les patrons de la Fonar veulent un changement radical. Les pauvres, ils ne se doutent pas que le changement radical, ce sont eux qui vont le subir.

Le commentaire de Steve sur la Fonar était un peu cynique, voire ingrat. Autant que je sache, la Fonar l'avait inondé de toutes sortes de prébendes et de privilèges, certains même inhabituels. En tout cas, si ses plans se concrétisaient, on finirait par liquider la Fonar et récupérer ses meilleurs coureurs, mécanos et assistants. En somme, une infamie.

Je me demandai si, le cas échéant, mon *bro* serait capable d'être aussi infâme avec moi. Ou alors, j'étais encore injuste : je ne connaissais pas la progression des négociations, il y avait peut-être des tensions récentes que j'ignorais, et qui justifiaient le départ de mon ami de l'équipe Fonar. D'autre part, n'était-ce pas une infamie d'envisager de le semer et de le trahir au pied de L'Alpe d'Huez ?

Je chassai ces pensées et on décida d'un commun accord de parler de la route du jour ; on savoura le souvenir de l'ascension du col du Glandon quatre ans plus tôt et on finit par faire un check avec un enthousiasme plutôt factice. Quand je me levai, je vis que Corintios m'observait, sourcils froncés : c'était un des capitaines à qui j'avais affirmé la veille que notre attaque contre Matosas ne nous rapporterait pas plus de cinq minutes. Je baissai les yeux et me sentis minable en quittant la salle à manger.

Je ruminai ma conversation avec Steve sur l'espionnage de Paniuk, le transfert sur Snatch, ma possibilité de gagner le Giro. Un pincement se fraya un chemin vers mon sternum, mais je ne sus s'il obéissait à l'enthousiasme ou à l'appréhension. J'envoyai un bref message à Lombard : *Y a-t-il moyen d'inspecter ma chambre pour la débarrasser des micros et caméras qui pourraient s'y trouver ? Je confie la clé à Axel.* À peine l'avais-je envoyé que je compris mon erreur ; j'étais sans doute sur écoute, moi aussi, que ce soit sur l'initiative de la Protex ou de Steve lui-même. D'autre part, mettre Lombard dans le coup n'était pas non plus une bonne idée : le vieux était de plus en plus erratique.

J'étais heureux de retrouver l'attrait de la route, et de m'y replonger pendant cinq ou six heures, sans oublier ses préparatifs et ses séquelles. La stratégie d'attente nous éviterait une fatigue excessive, mais monter le col du Glandon et le redescendre exigerait une concentration absolue. J'espérais seulement que les agressions du criminel ne seraient plus que du passé.

Seul Paniuk et son équipe, la Rabonet, mirent en péril notre prévision concernant l'étape. Le Tchèque n'avait jamais été aussi près d'un maillot jaune et il ne le serait plus jamais ; se contenter de la troisième place, c'était comme se noyer à quelques encablures de la plage. Il ferait l'indicible pour rattraper la minute qu'il avait perdue au classement.

Mais la Rabonet n'était pas une rivale pour la Fonar. On répondit systématiquement à toutes ses attaques, plus gênantes que dangereuses. Ses *gregarios* débordaient d'enthousiasme mais n'avaient plus assez de jambes pour monter le Glandon ; à mi-côte, je pris la tête de la Fonar, accélérai légèrement et distançai toute l'équipe tchèque, sauf Paniuk. Les attaques cessèrent aussitôt.

Matosas et Medel se contentèrent d'accompagner notre équipe. Je remarquai deux ou trois regards de l'Italien, mais ne pus les déchiffrer ; je me rappelai le rendez-vous du soir et me demandai encore une fois quelles seraient ses révélations. En tout cas, il était clair que le maillot jaune ne figurait plus dans ses projets, peut-être espérait-il seulement une place sur le podium. Il nous suçait la roue, espérant seulement franchir la ligne d'arrivée avec nous.

Medel ne semblait pas davantage être une menace. On voyait qu'il était le plus fatigué de tous les leaders, ce qui confirmait qu'il n'était pas un coureur de trois semaines, surtout si l'insomnie le rongeait la nuit, convaincu qu'il ne finirait pas le Tour vivant.

Nous étions un petit groupe d'une dizaine de coureurs à l'arrivée, quatre de la Fonar, Matosas, Paniuk, Radek et quelques autres. Le Polonais se lança dans une échappée un kilomètre avant l'arrivée, mais personne ne le suivit. Il pouvait se cramer tout de suite s'il le voulait, en contrepartie il gagnait une étape ; il était à la cinquante-deuxième position au classement général, à presque deux heures du leader. Les autres devaient économiser leur énergie pour les montagnes du vendredi et du samedi, avant l'arrivée à Paris. Medel arriva cinquante-huit secondes plus tard. Les autres gardèrent la même position dans le classement.

J'étais content pour Radek. Avec ses deux victoires d'étape, il semblait avoir oublié les vieux affronts, c'est du moins ce que j'avais cru. Le retour à Gap fut long et ennuyeux ; ce jour-là, nous avions dépassé les trois mille kilomètres et nos corps en gardaient les traces. En cette troisième semaine de compétition, le muscle commençait à consumer le peu de graisse qu'on pouvait encore lui offrir : plus d'un coéquipier aurait passé avec succès le casting d'un film sur des réfugiés. Sauf événement extraordinaire à fêter, comme celui d'hier, à ce stade de la compétition l'ambiance dans le bus est celle d'une veillée mortuaire, mais sans les blagues ni l'alcool. Chacun s'enferme dans sa fatigue et ses démons, dans ce qu'il a fait ou raté sur la route, espérant que le massage à l'hôtel effacera le petit claquage qui pourrait devenir une entorse.

La rencontre prévue avec Matosas m'angoissait ; recevoir les aveux d'Axel, mon assistant, ce n'est pas la même chose que rencontrer une personne qu'on a prise pour un assassin pendant deux semaines. Il me serait utile d'avoir des détails sur l'interrogatoire de Ferrara avant mon rendez-vous avec l'Italien.

Pendant qu'Axel pétrissait mon corps dans sa chambre d'hôtel, j'envoyai plusieurs messages à Favre sans obtenir de réponse : le commissaire avait peut-être enterré sa relation avec le sergent Moreau, son "homme de l'intérieur", vu mon peu de réussite en tant que détective. Le bilan des informations que j'avais passées au policier ne donnait rien qui vaille la peine, de son point de vue, qu'il me consacre encore une seule minute de son temps.

Cependant, Favre avait sûrement reçu mes messages, car en remontant dans ma chambre je trouvai un agent motorisé, à en juger par le casque qu'il tenait à la main, qui m'attendait en discutant avec Sancho. L'homme de Favre semblait tout droit sorti d'un clip promotionnel de recrutement de la police nationale : un mètre quatre-vingt-cinq, corps d'athlète, denture impeccable, visage avenant et viril, mais le gros avait sans doute beaucoup d'humour, car le policier riait aux éclats ; il se ressaisit en me voyant et demanda à me parler seul à seul.

— Le commissaire dit qu'il a reçu vos messages, qu'il a hâte de vous parler, mais qu'il ne peut pas venir pour le moment, dit le bel adonis motorisé, qui le devint beaucoup moins quand j'entendis sa voix ridiculement perchée. J'imaginai le cauchemar que cela représentait pour lui dans les rangs de la police ; il avait environ vingt-cinq ans, mais ses cordes vocales étaient celles d'un enfant de treize ans de sexe indéfini, voilà pourquoi, en dépit de sa prestance impressionnante, il n'était que messager ; aucun délinquant n'aurait pu le prendre au sérieux.

— J'ai hâte de le voir. Il ne vous a pas dit s'il pourrait se libérer bientôt ? demandai-je, plus intéressé par le son de sa voix que par sa réponse.

Je ne fus pas déçu.

— Ah oui ! s'exclama-t-il en *si* majeur, une touche de piano difficile à atteindre avec le bras. Il m'a demandé de vous remettre ça, ajouta-t-il après une pause, comme si ma question venait de lui rappeler une autre partie de sa mission, et il sortit une enveloppe de son blouson après avoir fouillé dans ses poches.

Sa voix n'était sans doute pas son seul problème ; son front large et splendide suivait dans son cas un but esthétique, pas fonctionnel.

Je compris que le commissaire ne se fiait pas trop non plus à son messager, car dans l'enveloppe il y avait une longue note explicative et un téléphone. À la différence de ses messages laconiques, sur le papier Favre avait le verbe fleuri et l'éloquence d'une moniale disposant de tout son temps. Il m'expliquait que ses hommes avaient détecté un réseau d'espionnage sur les portables et les e-mails visant plusieurs membres du circuit, et il me demandait d'être prudent dans mes propos par voie orale ou digitale ; il me suppliait – c'étaient ses propres termes – de l'appeler avec l'appareil que j'avais entre les mains au numéro préenregistré dès que je serais seul.

Je reconduisis l'agent jusqu'à la porte, comme si je craignais qu'il ne la trouve pas tout seul. Le gros me lança un regard ironique et j'envisageai d'actualiser mes préjugés ; en cas de danger, je voyais plus clairement à quelles mains il valait mieux se fier. Je m'enfermai dans ma chambre et appelai sur mon nouveau téléphone.

— Ferrara a avoué, dit Favre, retrouvant son laconisme.

— La mort de Fleming et tout le reste ? demandai-je, enthousiasmé.

— Non, le sabotage de votre vélo. Il dit que le Dandy est un imbécile, parce qu'il les vendait pour une bouchée de pain. Il avait été mis au courant par Daniela, la fiancée ; alors, il les lui achetait par un intermédiaire sans que l'employé de la Fonar soit au courant ; il assure qu'il vend ceux de Matosas beaucoup plus cher, et il espérait pouvoir revendre un bon prix le vôtre et celui de Steve.

J'attendis la suite de la révélation, mais le commissaire s'était tu.

— Et à quel moment a-t-il décidé de mettre ce vélo à la place d'un de ceux que j'utilise en ce moment, pour que je me rompe le cou ?

— Ça, il ne nous l'a toujours pas dit. Il a bien été obligé d'avouer l'existence de l'intermédiaire hollandais, parce que nous lui avons montré la trace de ses paiements. Il est sur le point de craquer, et une fois qu'il aura admis l'attaque contre vous, le reste suivra en cascade.

— Êtes-vous absolument convaincu que Ferrara est coupable de tout ?

— Le vélo qui a provoqué la chute de Steve Panata est précisément celui que Ferrara a acheté ; le Hollandais imprime une marque imperceptible sur les objets de valeur qui passent entre ses mains, et il l'a identifiée, donc l'Italien sera bien obligé d'avouer. Je ne sais pas s'il est le cerveau de ce complot, mais à l'évidence il y a participé.

— Et il sait quelque chose sur Matosas ?

— Il est évident que tout a été calculé pour que Matosas soit champion. Nous ne savons pas encore qui est impliqué chez Lavezza, tant que Ferrara n'est pas passé aux aveux, mais depuis hier nous enquêtons sur les membres et les dirigeants de l'équipe, à leur insu. Nous préparons un dossier complet sur chacun d'eux pour l'utiliser au moment où nous commencerons de les interroger.

— Accordez-moi une faveur, commissaire : pourriez-vous me prévenir quand Ferrara en aura dit un peu plus ?

— Bien entendu, répondit machinalement le commissaire, puis, après une pause : Et de votre côté, sergent, du nouveau ? ajouta-t-il, suspicieux après ma demande.

— Des détails secondaires ; Fiona resserre l'étau sur les mécanos de Lavezza pour savoir qui est réglo et qui ne l'est pas. Deux d'entre eux ont travaillé pour elle par le passé, répondis-je, ravi de me montrer utile.

— Nous nous rapprochons, dit-il.

Il y eut un long silence. Son claquement de langue éclata contre mon oreille ; je frémis de dégoût, comme s'il avait introduit ses lèvres charnues dans les replis de mon oreille.

— Dites-moi une chose, Annibal – je sentais de l'hésitation dans sa question : y a-t-il une possibilité que vous soyez le vainqueur ce week-end ?

— Pourquoi cette question, commissaire ? Vous avez l'intention de parier ? dis-je sur un ton amusé.

— J'ai demandé qu'on me confie cette affaire, qui ne m'était pas destinée à l'origine. J'ai toujours suivi le Tour, du plus loin que je m'en souvienne, et mon père avant moi ; la famille campait la veille dans un sommet des Pyrénées pour encourager les coureurs français le lendemain. Chez moi, c'était une religion. Je veux éviter un sale coup, conclut-il fièrement.

— Je ne le savais pas, répondis-je, sans trop savoir si le sale coup se référait au Tour ou à moi-même.

— Il y a des années que je viens, espérant la victoire d'un compatriote, vous savez ? En 1985, papa et moi avons vu Hinault entrer dans Paris avec le maillot jaune ; mon père est mort heureux, trois jours plus tard. Au moins, il s'est épargné cette longue traversée du désert, dit-il songeur, comme s'il venait d'en prendre conscience.

Au ton de sa voix, je compris que nous abordions un sujet plus proche du divan que de l'enquête policière ; Dieu seul sait quels comptes Favre avait encore à régler avec son père.

— Nous aimerions tous qu'un compatriote gagne enfin, dis-je, soudain triste pour lui, pour moi, pour le cyclisme français.

— Je comprends. Bonne nuit, sergent.

À peine avais-je raccroché que j'allumai mon ordinateur portable et repris mes tentatives d'augmenter le niveau de difficulté dans *The Division*, c'est souvent mon seul moyen de sortir de ma fatigue mentale, mais je ne cessai de perdre de façon minable. Impossible de me concentrer : le commissaire avait fini par agiter une fois de plus les serpents de l'ambition. Je me vis dans le maillot jaune en tête du peloton, répondant par un hochement de tête aux cris de joie du public enfiévré, y compris Favre, Lombard et Fiona, criant des hourras sur les Champs-Élysées.

Puis je pensai à Matosas : il avait dit que nous nous verrions à notre hôtel, sans préciser à quel endroit ni quand. Rien n'interdisait au leader d'une équipe de se rendre dans la chambre d'un rival, mais la position que nous occupions au classement général ferait de toute réunion clandestine un scandale majuscule. Steve occupait la première place, l'Italien la seconde et moi la quatrième. Même les autorités pourraient y voir une tentative d'arrangement en coulisses, sans parler de la frénésie que cette nouvelle déclencherait dans la presse.

Je compris que je m'étais mis dans le pétrin. J'envisageais d'annuler ce rendez-vous, et je ne cessais de perdre à mon jeu : Ferrara aurait apprécié tous les cadavres que m'avaient fournis les avatars de *The Division*. La sonnerie du téléphone interrompit le massacre.

— Salut, Annibal. Tu pourrais descendre à la cuisine ? Je voudrais te montrer quelque chose, à propos de ton régime, dit notre chef génois, Jean Carlo, dans un anglais infâme.

— Quoi ? maintenant ? dis-je en me demandant si j'avais bien compris ce qu'il me disait.

— Le supplément italien que tu m'avais demandé ; j'ai quelques échantillons et je voudrais que tu les goûtes. Si ça te plaît, je t'en sers dès demain matin au petit-déjeuner.

— Je descends tout de suite, dis-je, comprenant enfin.

En prenant l'ascenseur, jalousement suivi par mes deux sbires, je considérai que Matosas avait en effet un don pour l'intrigue.

Sarcophage, Sancho, la panse de Sancho et moi, on se serra dans l'étroite cabine. En prétextant que je devais appuyer sur le bouton du rez-de-chaussée je leur tournai le dos et ils se retrouvèrent face à face, séparés par un gros ventre. J'aurais ri de la situation si l'affreuse odeur d'ail n'avait rendu irrespirable cet espace confiné ; et si je ne m'étais pas inquiété de ce que trouveraient mes gardes du corps à la cuisine.

Mais j'avais sous-estimé Matosas. Jean Carlo nous stoppa, assurant qu'il ne laissait pas les foules envahir son espace ; en réalité, sa cuisine, minuscule et splendide, était dans le bus ; il n'était pas moins vrai que dans les hôtels les chefs partageaient parfois celle du restaurant avec les équipes qui occupaient les lieux, surtout quand nous restions plus d'une journée, comme c'était le cas.

À contrecœur, les gardes du corps acceptèrent d'attendre, mais je remarquai le soulagement de l'employé de la Protex quand il alla à la fenêtre de l'extrémité du couloir qui menait à la salle à manger, pour se remplir les poumons. Il n'y avait aucun doute sur l'identité de celui qui émettait ces odeurs fétides.

Jean Carlo me conduisit vers la réserve, au fond de la cuisine, ouvrit la porte, me laissa y entrer et la referma. Les odeurs d'huile d'olive et de graines exotiques me chatouillèrent les narines : une lampe genre chapeau vietnamien éclairait la partie inférieure d'une paire de jambes au fond du cagibi. Je fus soudain pris de panique. Je m'étais mis tout seul dans la situation idéale pour qu'un assassin me liquide. Je n'étais même pas sûr que c'était Matosas qui m'avait convoqué, je savais seulement que Jean Carlo était l'instrument qui avait armé le piège, mais il travaillait peut-être pour un tiers. Je ne fus pas rassuré de me rappeler qu'au sens strict Giraud était le supérieur de notre cuisinier.

— Il faut régler nos comptes, dit enfin Matosas en italien.

C'est du moins ce que j'avais cru comprendre. L'expression était confuse, mais le ton hostile sur lequel il parlait ne laissait aucune place au doute. Je me demandai si dans un corps à corps je pourrais vaincre le Milanais et j'eus un regain d'optimisme : je me rappelais assez bien mon entraînement de policier militaire pour maîtriser un agresseur de mon poids. Mais si Matosas avait l'intention de m'agresser, il portait sûrement une arme. J'avais remarqué que sa main gauche pendait, inerte, mais l'autre était hors du faisceau de lumière de la lampe.

— Je t'écoute, dis-je en anglais, espérant que Matosas comprenait ma langue.

Presque tous les coureurs du peloton comprenaient l'anglais, même s'ils ne le parlaient pas, surtout les membres d'équipes comme Lavezza, essentiellement composées d'une même nationalité. Il poursuivit en italien.

— Ferrara a été arrêté.

— Je le sais. Ce salaud a voulu me tuer.

Répondre par une provocation n'était pas très intelligent, dans la mesure où mon interlocuteur avait peut-être une arme à la main. Mais sans l'avoir prémédité je déployais une des stratégies apprises pour neutraliser un éventuel agresseur : s'approcher mine de rien pendant qu'on l'embarque dans un dialogue intense, émotionnel. En théorie, cela permet de lui sauter dessus quand on est tout près de lui.

— Personne ne voulait te tuer. On voulait seulement riposter à vos attaques. Nous n'allions pas laisser la Fonar gagner grâce à ses tours de cochon.

— Nos attaques ? De quoi tu parles ?

J'avais sans doute mal entendu la réponse de Matosas et je me retrouvais dans une scène de ce que Steve appelait *lost in translation*, un truc très courant quand nous faisions les courses au bord du lac de Côme.

— Il y a trois jours, le veilleur de nuit de notre hôtel a vu quelqu'un farfouiller dans le moteur du bus de l'équipe à 3 heures du matin, et il a trouvé ça louche ; quand il s'est approché, l'homme a détalé. Ferrara a constaté que ce type avait bricolé les freins pour qu'ils lâchent sur la route ; ce matin-là, on devait rejoindre la ligne de départ à Lannemezan, après quarante-deux kilomètres de routes très accidentées.

— Quel rapport avec la Fonar ? Tous ou presque nous avons subi des attaques. Qu'en est-il de l'explosion du camping-car de Fiona ?

— La description du type correspond à celle du géant qui t'accompagne partout.

Je me raidis, parce que Matosas n'avait rien dans la main droite, et parce que cette révélation changeait tout, même si ce n'était pas ce que je répondis.

— Le veilleur a pu se tromper. Il a vu son visage ? Et puis, comment expliquer l'explosion du camping-car ? Si c'est la Fonar, comme tu dis, m'éliminer n'avait aucun sens.

— Nous avons retourné le problème dans tous les sens et en avons tiré la conclusion que c'était une fausse agression destinée à détourner les soupçons. Cela vous permettait de continuer d'éliminer les rivaux sans qu'on se méfie de vous.

Ce qu'il disait était logique. Ses arguments avaient l'avantage, en outre, d'attribuer à Giraud tous les crimes ou presque, car Matosas venait de m'avouer que c'étaient eux qui avaient saboté mon vélo.

— Pourquoi me racontes-tu tout ça ? Pourquoi sommes-nous dans ce cagibi ? D'après toi, je suis un des assassins, hein ?

— Nous ne le croyons plus. Nous avons appris ce que tu as dit aux autres capitaines de route, que tu allais me punir de cinq minutes seulement ; et tu as tenu parole, même si Steve et Giraud ne l'ont pas respectée ; ce qui nous a conduits à penser que tu as toujours été un type correct et que tu ne pouvais pas être complice de ceux qui ont porté atteinte à tant de compagnons – il marqua une pause et ajouta, après une hésitation : En outre, personne n'est assez con pour faire exploser une bonbonne presque sous son nez, en présence de sa femme. Nous savons aussi que ton directeur sportif ne t'aime pas beaucoup, alors s'il fallait feindre une agression autant la diriger contre toi, au cas où elle tournerait mal.

Le commentaire me blessa, il était douloureusement juste.

— Mais alors, pourquoi s'en être pris à moi ?

— Parce que nous n'avions que ton vélo, pas celui de Steve, et à ce moment-là nous croyions encore que tu pouvais être dans la combine. Par ailleurs, il était urgent de frapper la Fonar : nous pensions qu'avec un peu de chance tu pourrais entraîner Steve dans ta chute, vous roulez tout près l'un de l'autre.

— Et pourquoi tu m'avoues tout ça ? Vous auriez pu me tuer.

— Je te l'avoue pour te montrer que j'assume nos actes sans problème, mais nous n'avons pas l'intention de payer pour les crimes. Nous nous sommes contentés de nous défendre.

— Tu n'as qu'à le dire à la police en ces termes.

— Mais toi, tu pourrais aider à exposer notre point de vue, ils ne comprennent rien aux lois de la route ; nous savons que tu as l'oreille du commissaire qui interroge Ferrara.

Le dialogue ressemblait à celui que j'avais eu avec un Axel terrorisé quelques jours auparavant, sauf qu'alors la confession concernait les magouilles d'un masseur et d'un mécano pour gratter quelques euros ; cette fois, c'était la tentative de briser le cou d'un coureur rival. Dans les deux cas, on sollicitait mon intervention pour amadouer Favre, même si le cou en question était le mien.

— Et pourquoi devrais-je vous aider, après ce que vous avez voulu me faire subir ?

— *'cause now we are in the same side*, dit-il dans un anglais encore plus difficile à comprendre que son italien.

— Je ne vois pas en quoi nous sommes du même côté, dis-je, même si je le voyais très bien.

— Je vous ai tenu tête, dit-il tout fier – et il marqua une pause pour se donner de l'importance. Les criminels veulent que Steve soit champion. Maintenant c'est clair ; les positions au classement général le prouvent et la description de l'homme qui voulait saboter les freins de notre bus le confirme. Aucun coureur ne peut plus ravir la victoire à l'Américain, même sans toi ; la Fonar est trop forte et tous les autres trop faibles. La seule possibilité qu'il perde, c'est que tu le dépasses en montagne. Et il est clair que Giraud ou Steve, ou tout membre de la Fonar à l'origine de tout ça, se méfie de toi ; l'affaire de la bonbonne de gaz le montre bien. Il est donc hautement probable que quelqu'un va s'en prendre à toi, là, dehors ! conclut-il en croisant les bras, comme s'il avait fini de dire ce qu'il avait à dire.

En parlant, il s'était rapproché, et maintenant la lumière éclairait son visage. Ses jolis traits de macho italien montraient tous les signes de la dévastation : joues creusées, cernes profonds, lèvres tombantes. Matosas semblait avoir vieilli de plusieurs années, et pas seulement à cause des trois semaines de compétition. Medel n'était pas le seul à se retourner dans son lit en pensant qu'il pouvait être assassiné à tout moment.

— Il y a beaucoup de suppositions dans ce que tu dis. Steve n'avait pas besoin d'aide pour remporter le Tour ; mais toi, si.

— Je n'ai jamais cru que je gagnerais, je ne suis pas naïf ; je m'étais contenté d'entrer dans le *top ten*. Mais quand les grosses pointures ont commencé de disparaître, j'ai pensé que j'avais une chance, et à ce moment-là je suis devenu la cible des attaques. Nous n'allions quand même pas rester les bras croisés !

— Il vaudrait mieux tout raconter au commissaire. Tant que la police croira que vous êtes les coupables, les criminels auront le champ libre, dis-je – je n'allais pas révéler mes soupçons sur Giraud à un rival. Je rapporterai à Favre notre conversation, une partie de ce que tu dis pourrait avoir un sens.

— Merci, répondit-il en espagnol. Et bonne chance pour ce week-end. Sur la route et dans la vie, ajouta-t-il après une pause.

Nous suivîmes le même chemin au retour. Cette fois, c'est le bout de saucisse que Sancho mâchouillait, sans doute prélevé à la cuisine, qui rendait l'air irrespirable dans le petit ascenseur. L'Allemand ne faisait aucun effort pour dissimuler la répulsion que lui inspirait le gros ; je ne pouvais que deviner la tension assassine qui devait régner dans le couloir, devant ma chambre, pendant les heures interminables que ces deux-là partageaient à deux mètres l'un de l'autre.

Les paroles de Matosas s'étaient gravées dans mon esprit ; maintenant, plus question d'avoir l'employé de la Protex sur le dos. Si ce que l'Italien disait sur le sabotage des freins du bus de Lavezza était vrai, Sarcophage, mon garde du corps, était le bras armé des criminels.

Lombard m'attendait dans la chambre. Comment diable avait-il pu savoir que je m'étais absenté quelques minutes ? Mais je me rappelai que Sancho avait été envoyé par Bimeo à la demande du colonel. Le gros ne passait pas seulement son temps à intoxiquer l'atmosphère, il avait sûrement prévenu ses supérieurs de ma courte absence.

— Nous n'avons trouvé aucun micro caché, aucun dispositif de ce genre ; Bimeo a envoyé des techniciens pendant que tu courais l'étape. Mais il est très facile de mettre un portable sur écoute, tu ferais mieux de surveiller tes conversations.

— Comment allez-vous, colonel ? Pour vous aussi, ce sont trois semaines épuisantes, n'est-ce pas ?

Nous n'avions pas parlé de lui depuis longtemps : tout tournait autour de ma préparation, le régime, mes temps, les rivaux. Il n'y a rien d'étonnant à ce que les athlètes finissent par transformer l'obsession des rendements et la préparation physique en narcissisme étouffant.

— Moi ? Bien, dit-il comme si la question l'étonnait. Ou plus exactement je ne me suis jamais senti aussi bien : tu es à la quatrième place et tu as le maillot jaune à portée de main. Je l'ai su en te voyant courir, dès les premiers jours. Je savais que j'avais un champion entre les mains.

— Je deviendrai peut-être champion, colonel, mais pas du Tour, dis-je, amusé.

— Je ne comprends pas, répondit-il, interloqué.

Après quelques hésitations, je décidai de lui parler de Snatch ; c'était un minimum : il vivait dans l'espoir de me voir au-dessus de la mêlée ; il serait rassuré d'apprendre que je serais le leader de l'équipe l'année suivante, sur le Giro et la Vuelta. Je lui racontai tout.

Contre toute attente, l'idée lui déplut.

— Tu ne peux pas faire confiance à Steve, il va te rouler ; il veut t'empêcher de lui ravir le maillot, sachant qu'il est à ta portée. Exactement comme Wiggins en 2012 : il avait promis à Froome que si ce dernier ne l'attaquait pas, il en ferait un champion l'année suivante, et douze mois plus tard il a voulu le trahir.

— Wiggins et Froome n'étaient pas des frères comme Steve et moi.

— Tu as toujours ce refrain à la bouche ? Steve n'est pas ton frère. Tout ce que tu crois devoir à Panata, il y a belle lurette que tu le lui as remboursé. C'est plutôt lui qui est en dette envers toi. Ton frère – il prononça ce dernier mot avec mépris – t'a privé de la victoire ; pire, il a empêché la France de reconquérir la gloire.

J'allais encore protester, mais je compris que c'était inutile : quand le colonel parlait avec *La Marseillaise* en musique de fond, il n'y avait aucun argument qui vaille. Je préférai changer de sujet.

— Dites-moi, colonel, où Bimeo a-t-il déniché ce gros qui campe devant ma porte ?

Il ne répondit pas tout de suite. Il se demandait sans doute comment nous étions passés de l'Olympe apothéotique de la mère patrie à l'homoncule dérisoire qui montait la garde dans le couloir.

— Le Mérou ? réagit-il après avoir rembobiné sa cervelle. Il était chef cuisinier d'une prison où Bimeo était le directeur. Mais ne t'y trompe pas, même les narcos avaient peur de lui. On dit qu'il en a empoisonné un qui l'avait menacé ; et défiguré un autre en lui plongeant la tête dans une marmite pleine de soupe. Les détenus l'ont appris quand ils avaient fini de la manger, dit-il en éclatant de rire.

Moi, j'étais plutôt nerveux : je ne savais plus lequel de mes deux gardiens était le plus sinistre.

— Merci d'avoir fouillé ma chambre, colonel, je me sens rassuré, dis-je en essayant de lui signifier la fin de la visite, mais il ne comprit le message que lorsque je me levai.

— Non, merci à toi, Annibal, répondit-il avec émotion.

— Pourquoi ?

— Parce que dimanche tu vas faire de moi l'homme

le plus heureux du monde. Après cela, je peux mourir en paix.

— Ne dites pas de bêtises, vous et moi nous avons encore du pain sur la planche. Le meilleur est à venir, dis-je en passant le bras autour de ses épaules.

Je sentis en lui une vulnérabilité que je n'avais jamais perçue auparavant ; le colonel avait toujours eu un sacré tonus musculaire, même dans sa vieillesse. Maintenant, je sentais sa poitrine un peu affaissée et j'aurais juré que tout en lui s'était rétréci de quelques centimètres.

— Il faut qu'il arrive maintenant. L'avenir, il est entre d'autres mains ; en revanche, le maillot jaune dépend exclusivement de toi. Marc, ne me déçois pas, je t'en supplie.

Son dernier mot, je le devinai, un hoquet l'avait coincé dans sa gorge.

Je ne répondis pas, je lui donnai l'accolade et le raccompagnai à la porte. Avant d'y arriver, il se retourna vers moi.

— Et méfie-toi du Fritz, c'est de la mauvaise graine, dit-il en faisant un geste en direction du couloir. Sois sur tes gardes quand il est près de toi, même si le Mérou surveille tes arrières.

— Le Fritz ? C'est son nom ?

— Snauchhauser, ou quelque chose comme ça. Je ne sais pas. Il est allemand.

Ce soir-là, je mis longtemps à m'endormir. La réaction de Lombard m'avait laissé perplexe. J'aurais aimé fêter avec lui la bonne nouvelle que Steve m'avait donnée sur ma reconversion en leader ; au lieu de cela, son exigence me mettait le dos au mur. Je me demandai ce que penserait Fiona quand je la mettrais au courant. Mais il faudrait attendre le lendemain, un peu plus tôt elle m'avait envoyé un message : elle était désolée d'être coincée dans des réunions de comités qui finiraient très tard.

Je me penchai sur le classement, en quête de son pouvoir soporifique, mais l'irruption du souvenir de Giraud ne cessait d'altérer ma respiration. Mon intuition avait été la bonne : tout désignait le directeur sportif. Mon intuition me soufflait aussi que Matosas ne mentait pas quand il affirmait que sa culpabilité se réduisait au sabotage de mon vélo.

Quel était le rôle de Steve dans tout cela ? Je préférai penser que Giraud avait agi dans son dos pour qu'il devienne champion, et ce que mon ami avait partagé avec moi ce jour-là confirmait qu'il n'y avait aucune alliance entre eux. En se ralliant à Snatch, Steve allait aussi plaquer Giraud, ce qui n'aurait pas été le cas s'ils étaient mouillés dans un crime.

Satisfait de ma conclusion, je décidai de rappeler Favre : je devais lui parler de Giraud au plus vite. Je lui raconterais ma conversation avec Matosas, les liens de la Protex avec le directeur sportif de la Forzar, mes propres conclusions. Je composai son numéro sur l'appareil qu'il m'avait donné, mais, il ne répondit pas. Il était 00 h 45. Je laissai un message : *C'est Giraud, pas Ferrara.*

Ce qui me permit de me concentrer enfin sur les temps du *top ten* ; en théorie, je veux dire. Mon esprit n'était obsédé que par un chiffre : 1' 31". Les quatre-vingt-onze secondes qui me séparaient de Steve. Je les égrenai trois fois à l'envers avant de sombrer. J'eus des rêves tout en jaune.

Classement général, 18e étape

(Gap – Saint-Jean-de-Maurienne 186,5 km)

1 Steve Panata	74h 13' 31"	"Aucun pouvoir humain ne peut lui ravir le maillot. Vraiment ?"
2 Alessio Matosas	+ 38"	"Celui que je prenais pour l'assassin a plus peur que moi."
3 Milenko Paniuk	+ 1' 00"	"Le seul qui peut être dangereux. Sur la route uniquement, j'espère..."
4 Marc Moreau	+ 1' 31"	"Je suis un *gregario*, je suis un *gregario*, je suis un *gregario*... mais..."
5 Pablo Medel	+ 8' 41"	"Il est KO depuis des jours."
6 Óscar Cuadrado	+ 12' 59"	
7 Luis Durán	+ 15' 22"	
8 Sergueï Talancon	+ 15' 56"	
9 Rol Charpenelle	+ 19' 37"	
10 Richard Mueller	+ 21' 16"	

19e ÉTAPE

Je rêvai du maillot jaune et me réveillai dans la peau d'un *gregario*. C'est ce que je suis, point final. Pourquoi faire semblant d'être autre chose ? Fiona et Lombard sont convaincus que c'est Steve qui m'a mis dans ce rôle. En réalité, je n'ai jamais été un protagoniste, mais un survivant : ce que je suis et serai toujours. Et Steve, toujours le même, me donnait avec son projet de Snatch la possibilité de franchir un cap et de remporter quelques triomphes personnels. Loin de le trahir, je devais lui en être reconnaissant, et je voulus le lui prouver dès que je le vis dans la salle à manger ce matin-là.

— Ne lésine pas sur le petit-déjeuner, *bro*, aujourd'hui on accroche le cinquième, hein ! lui dis-je en posant les yeux sur sa cheville tatouée de quatre vélos, même si elle était dissimulée sous le pantalon de sport de l'équipe.

— Il est déjà tatoué, je n'ai plus qu'à mettre l'encre, dit-il, heureux d'en parler, mais aussi de ma franche disposition à l'aider à l'emporter, et il me le prouva. Nous allons commencer par te donner la deuxième place, qu'en penses-tu ? Comme ça, tu seras le favori au Giro de l'an prochain si je n'y participe pas – il était peut-être généreux, mais jamais modeste. Matosas te devance de combien ?

— Cinquante-trois secondes. Mais Giraud ne va pas me faciliter les choses, il veut qu'on roule tranquillement pour ne pas te fatiguer. Matosas n'aura aucun problème pour nous coller à la roue. Et je ne pourrai jamais lui reprendre une seule putain de seconde.

— Je me sens en bonne forme. Impose-lui un bon rythme à la montée de la Croix-de-Fer pour l'user, et à La Toussuire on met la gomme.

L'étape du jour, l'avant-avant-dernière du Tour, affrontait deux sommets impressionnants ; l'un peu après la moitié du parcours, avec presque vingt-trois kilomètres de montée, et l'autre de dix-huit kilomètres, juste avant l'arrivée. Un véritable supplice pour nos corps moulus.

— Il ne faudrait pas que Giraud m'envoie distribuer des bidons ; il me serait alors difficile de monter sur le podium. Dès qu'il sentira que tu es en sécurité et hors de danger, il va se débarrasser de moi.

Je me dis qu'il ferait sûrement ça et même pire s'il découvrait le message que j'avais envoyé au commissaire la veille, où je lui assurais que le directeur de la Fonar était le responsable des crimes, mais Steve ignorait ce détail.

— Il n'en fera rien, ça l'arrange que la Fonar occupe les deux premières places, pour redorer son blason de directeur sportif. D'ailleurs, à ce niveau du Tour on se moque des exigences de Giraud si elles vont à l'encontre de notre volonté, hein ?

— Tel quel ? S'il m'envoie chercher des bidons, je l'ignore ? lui demandai-je, ravi de la réponse.

Mon long entraînement de *gregario* s'accommodait mal d'un appel à la rébellion, mais si mon leader le disait, je n'avais aucun problème à le suivre.

— Notre radio interne est déjà tombée en panne, non ? répondit-il d'un sourire radieux. Le signal est très mauvais dans les montagnes, ajouta-t-il en éclatant de rire.

Je ris non moins franchement et me retrouvai dix ans plus tôt dans la cuisine de notre maison commune, quand tout était motif de jeu, et que l'avenir était un paradis chargé de fruits merveilleux à portée de main. Soudain, le visage de Steve s'assombrit :

— Mais si tu vois que je lâche prise, tu ralentis la cadence, hein ?

Il me lança un regard méfiant, presque amer. Une expression qui me rappela le passé, mais aussi le présent, quand il m'arrivait de le battre aux jeux vidéos.

— Pour réaliser la passe de deux, il faut d'abord que tu occupes la première place, dis-je en imitant l'attitude et la prononciation de Lombard quand il nous assénait ses redoutables proverbes.

Nouveaux éclats de rire partagés, mais au bout de quelques secondes j'eus des remords de m'être moqué de mon vieux tuteur.

Ma frivolité me tourmentait encore, quelques minutes plus tard, quand je tombai sur lui en remontant dans ma chambre ; il pressait un dossier contre sa poitrine avec l'ardeur d'un rugbyman.

— Bernard et moi, nous avons travaillé là-dessus pendant des jours. Nous avons croisé les courbes de rendement entre Steve et toi en montagne dans les dernières étapes : puissance, rythme cardiaque, cadence. Nous les avons projetées sur le sommet de L'Alpe d'Huez de demain et nous avons déterminé le point exact où tu devras le lâcher – il avait posé sur le lit une demi-douzaine de planches en couleurs autour d'un immense croquis de ce sommet légendaire. Regarde, à quatre kilomètres et demi exactement avant l'arrivée, quand la montée est à neuf pour cent. À cet endroit, vous roulerez à vingt ou vingt-quatre kilomètres-heure ; il suffit que tu montes jusqu'à vingt-huit pour que Steve décroche. C'est dans tes possibilités, mais pas dans les siennes ; il ne pourra pas te suivre. Tu finiras avec 2' 22" d'avance, avec une marge d'erreur de cinq secondes, ça suffit pour lui ravir le maillot de plus d'une demi-minute ; Bernard n'a cessé de le vérifier et de le revérifier, conclut-il, fier et radieux, comme s'il attendait les acclamations d'un public conquis.

La mention de son fils me rappela que je n'avais pas répondu à ses messages insistants. Je devais le rappeler sans faute.

— Merci, colonel, tout est très clair. Votre cercle rouge indique le point de démarrage, c'est cela ?

Le sujet ne m'intéressait pas, encore moins depuis que j'étais déterminé à être loyal envers Steve, mais je ne voulais pas être grossier avec Lombard, surtout après m'être moqué de lui quelques minutes plus tôt.

— Exact, répondit-il, mercredi j'ai refait la route et j'ai pris des photos. Ici, au moment où tu dépasses la marque bleue sur ce rocher, c'est le moment d'attaquer.

Il avait agrandi quatre grandes planches prises depuis la route, pour qu'il n'y ait pas de doute sur le lieu où je devais porter l'estocade.

— Laissez-le-moi, et nous verrons à quoi demain ressemble, dis-je sur un ton neutre.

Je n'avais pas envie de reprendre la discussion récurrente de la dernière semaine.

— Vois-le sous cet angle, Annibal : pendant 3 356 kilomètres et vingt jours, tu as été son *gregario*, tu dois juste cesser de l'être les quatre derniers kilomètres : un quart d'heure. Ce n'est quand même pas trop demander !

Et il me sourit avec la satisfaction du conquérant montrant un briquet à une tribu de l'âge des cavernes.

— Bien vu, dis-je sans grand enthousiasme, en ramassant ses papiers.

Mais mon cerveau ne pouvait les écarter complètement, les virages étaient évidents : Fiona et Lombard avaient raison quand ils affirmaient que j'étais meilleur coureur que Steve, le contraste en montagne était écrasant. Puis je pensai que la décision finale n'avait rien à voir avec les graphiques et les potentiomètres, mais avec la décence. Je n'allais pas trahir mon frère.

L'arrivée de Favre mit un terme aux ultimes tentatives du colonel de me persuader. Le militaire me lança un regard désolé et prit congé ; je ne l'avais pas abusé, il me connaissait assez pour savoir que je n'avais pas pris de décision. Je le vis s'éloigner dans le couloir, les épaules tombantes, traînant les pieds, toute prestance militaire envolée. Je me rappelai ce qu'avait dit Fiona sur les maladies de mon tuteur.

— Et ces gens-là, dehors, ils sont fiables ? Je vous ai supprimé les policiers pour éviter les embouteillages, dit Favre, plus amusé qu'affolé en entrant dans ma chambre.

— Aussi fiables que peuvent l'être un sarcophage et un mérou.

Il me regarda avec étonnement, faillit répliquer, mais finalement aborda le sujet qui le préoccupait. Il était pressé.

— Ça veut dire quoi ? demanda-t-il en me montrant sur l'écran de son portable le texte de mon message : *C'est Giraud, pas Ferrara.*

Pendant quelques secondes, j'eus l'impression de me retrouver à l'école, dans le bureau de la directrice, qui me montrait un dessin obscène sur mon cahier.

Je lui racontai la visite de Matosas, ses aveux sur le sabotage de mon vélo en réponse à ce qu'ils avaient pris pour des attaques de la Fonar, l'employé de la Protex qui avait tenté de saboter les freins du bus de Lavezza, l'hypothèse selon laquelle l'explosion de la bonbonne de gaz avait été une attaque calculée, la terreur de Matosas d'être assassiné. J'expliquai que l'intoxication de Conti et Leandro prouvait qu'ils ne pouvaient pas être coupables des crimes. Je ne parlai ni de Steve, ni du rapport de la Protex qu'il recevait tous les soirs, ni du réseau de surveillance électronique monté par l'entreprise à l'intérieur du circuit, dont il avait aussi connaissance.

Le commissaire ne parut ni surpris ni convaincu : visage impavide, moustache immobile, pupilles braquées sur mes lèvres. Quand je me tus, il était toujours aussi impassible.

— Une caméra de surveillance a enregistré la vue lointaine de l'homme qui s'affairait sur le bus de Lavezza ce matin-là, dit-il enfin. Haute taille, silhouette dégingandée, mais il n'est pas certain qu'il s'agisse d'une armoire à glace dans le genre de celle qui est postée devant votre porte. Nous ne l'écartons pas, parce que la prise n'est pas concluante, mais un des mécanos italiens correspondrait aussi à la description, sauf qu'il est plus maigre.

"Radek ou Don Quichotte colleraient aussi avec la description", pensai-je. Dans ce Babel de races et de nationalités, les hommes vagues et de haute taille étaient légion.

— Alors, vous ne croyez pas à la version des Italiens ?

— Nous ne pouvons pas écarter qu'ils aient eux-mêmes monté l'attentat contre le bus et même l'intoxication de Conti et de Leandro, même s'ils ont eu la main un peu lourde dans le dernier cas. Il s'agit de criminels *amateurs** ; ils ont dû prendre peur quand ils ont assassiné Fleming sans le vouloir, et pour détourner les soupçons ils sont prêts à courir tous les risques.

— Matosas ne faisait pas semblant, il est terrorisé, observai-je à haute voix.

Ce que disait Favre aurait pu être vrai, mais j'étais capitaine de route depuis belle lurette et je savais déchiffrer les expressions de mes rivaux. Le leader de Lavezza ne mentait pas.

— Je ne l'écarte pas non plus, dit alors le commissaire en grimaçant. Le virus espion installé sur les ordinateurs et les portables de beaucoup d'entre vous est d'une nouvelle génération, nos propres experts étaient vraiment surpris. Il semblerait que chacun l'ait installé par inadvertance en ouvrant un faux courrier de l'organisation du Tour adressé à tous les participants.

— On dirait que je ne l'ai pas, Lombard a déjà vérifié.

— Il s'y connaît ?

— Son fils est un expert en cybernétique.

Je regrettai mes paroles aussitôt. Favre l'avait déjà noté sur son carnet. Comme on dit : pour un fin limier, tout ce qu'on lui lance est un os.

— D'un autre côté, l'ampleur et la complexité des attentats qui ont commencé des semaines avant le Tour, reprit le commissaire d'une voix doctorale, semblent excéder les capacités d'un groupe de cyclistes et de mécanos, absorbés par les exigences de la course.

— Exact, dis-je en pensant qu'enfin le commissaire était sur la bonne voie.

— Mais expliquez-moi une chose – j'aurais juré qu'il jubilait : Vous m'avez dit pourquoi ce ne sont pas les Italiens ; maintenant, dites-moi pourquoi c'est Giraud.

— Il a les mobiles : gagner le Tour à tout prix pour rester le directeur sportif de la Fonar ; il a les moyens grâce à sa relation avec la Protex, et vous-même avez dit que tout cela ressemblait à l'œuvre d'une organisation professionnelle. En outre, à mon avis, il a ce requis qui manque totalement aux autres membres du circuit : une absence absolue de scrupules.

— Dans ma profession, nous savons que les scrupules sont aux passions ce qu'une goutte de parfum est à un champ d'épandage, dit-il avec conviction. – J'essayai d'interpréter, sans succès, la phrase du commissaire en plein trip philosophique ; je préférai suivre le rythme de ses propos. – Même si vous avez raison en ce qui concerne la Protex, il faut enquêter sur eux à la loupe, ce que nous faisons actuellement. Et j'espère que vous êtes conscient, sergent, que si vous avez raison, Steve est forcément suspect. La Protex a été engagée par les sponsors de votre compagnon, et non par la Fonar ou Giraud, sans compter que le grand bénéficiaire de tous ces crimes, c'est lui.

— D'accord. Mais ce n'est pas de sa faute si Giraud veut qu'il soit champion, et il n'est pas forcément au courant de ce que le directeur sportif et les mercenaires de la Protex ont négocié dans son dos, n'est-ce pas ?

— Cela reste à prouver.

— Il le prouvera, ne vous inquiétez pas ! dis-je, mais j'aurais aimé un peu plus de fermeté dans ma voix.

— Ce qui nous ramène au duo qui est derrière la porte. Vous avez été victime de deux attaques. L'une, c'est clair, de la part des Italiens qui ont saboté le pneu de votre vélo, mais l'auteur de la bonbonne de gaz reste un mystère. Si votre thèse est correcte et si Giraud et la Protex sont responsables, que fait Schrader derrière cette porte ?

— C'est le nom de Fritz ?

— Un personnage à prendre avec des pincettes, membre des forces spéciales de l'armée allemande avant d'être engagé dans des compagnies privées du genre de la Protex.

— L'explosif utilisé sur le camping-car était militaire, n'est-ce pas ?

— Pas mal, sergent, considérant que vous avez laissé tomber les enquêtes il y a une douzaine d'années, dit-il avec condescendance, même si nous savions tous les deux que je n'avais jamais exercé.

— Croyez-vous que je doive lui demander de partir ?

— Non, il comprendrait que nous les soupçonnons, surtout si vous le lui dites après ma visite.

— Le gros est censé me protéger de l'autre. Un homme de Bimeo.

— Je sais. Encore un voyou.

— Qui ? Bimeo ou le Mérou ?

— Les deux. Toutefois c'est Bimeo qui détient le pouvoir. Mais que voulez-vous, grâce à lui le Tour est une machine bien huilée côté sécurité, et c'est l'essentiel ; par chance, cette fois il vous prend pour un allié, ce qui n'est pas rien. Enfin, il ne reste que deux nuits. Je vais mettre deux agents dans l'escalier pour parer à tout incident ; il n'y a plus de place dans le couloir, dit-il ironiquement, mais ils seront à portée de main. Enfermez-vous à double tour.

— Ne vous inquiétez pas, si Giraud est vraiment le coupable, il a réussi ce qu'il voulait, je ne crois pas qu'il y aura d'autres incidents. Steve sera champion.

Ce qui se déroula au cours de cette journée sembla le confirmer. Au moment où le peloton s'alignait sur la ligne de départ, je constatai que Matosas n'était plus une menace : son regard usé, sa mollesse étaient typiques d'une personne qui attend simplement que tout soit terminé.

Il y eut quelques échappées dans la première moitié de la course, des cyclistes mal classés qui ne voulaient pas quitter le Tour sans se montrer à la télévision. Ils furent tous rattrapés dans le terrible col de la Croix-de-Fer ; personne n'avait assez de jambes pour réussir une échappée en pleine ascension.

Giraud nous avait ordonné de courir en observant une stratégie d'attente ; j'essayai de désobéir sans que cela se voie. Discrètement, je manœuvrai pour que dans la montée la Fonar impose un rythme légèrement au-dessus du nécessaire. Rien qui disloque le peloton, mais assez pour le fatiguer ; j'avais en ma faveur la longue ascension de vingt-deux kilomètres. Quand enfin on atteignit ce premier sommet, le groupe de pointe dépassait à peine la vingtaine. La Fonar maintenait six coureurs et presque tout le *top ten* du classement était présent ; les leaders avaient sans doute le corps en compote et les jambes nouées, mais leur désir de se battre était intact. Celui qui était en huitième position aurait vendu son âme pour déloger celui qui le précédait, tout en sachant qu'il devrait défendre sa place bec et ongles contre le neuvième qui voulait le déloger. Ils avaient tous une raison de mourir et de tuer dans les derniers kilomètres, au moins au sens figuré, voulais-je croire.

Paniuk, troisième au classement général, montra qu'il était prêt à perdre plus que son âme pour décrocher le maillot. Il descendit à une vitesse suicidaire entre ravins et précipices et prit vingt-cinq secondes sur nous tous : Steve, un coureur puissant dans les descentes, voulut le suivre, mais je le retins. Si le Tchèque voulait se briser le cou, c'était son droit, mais pas question pour nous de remettre en question la victoire que nous allions inscrire à notre palmarès. Ou au palmarès de Steve, ce qui revenait au même.

Par ailleurs, Paniuk n'avait pas d'importance, je savais que nous le rattraperions dans la montée de La Toussuire, où les deux premiers kilomètres étaient les plus redoutables. Je ne pus m'empêcher d'admirer le Tchèque pour sa tentative héroïque : tous les vingt ans, un coureur grimpe en solitaire les quinze kilomètres et se fait son maillot jaune à la surprise des autres grimpeurs qui, inexplicablement, ne peuvent le rattraper. Pour un coureur qui réalise cet exploit, deux cents succombent implacablement, mais la soif de gloire ne se calcule pas, elle se moque des probabilités. Paniuk grimpa chaque mètre comme s'il était le dernier ; à aucun moment il ne creusa son écart de plus de trente-cinq secondes, et je sentis la nervosité s'emparer du groupe quand l'ardoise brandie sur la moto de tête nous l'annonça.

Ce matin-là, j'étais parti en quatrième position, trente et une secondes derrière Paniuk. Avec l'avance de celui-ci, l'écart avait doublé. Un kilomètre plus tard, il était à quarante secondes. Je commençais à me demander si nous ne serions pas en présence d'une journée légendaire et je sentis mes tempes gonfler, comme si j'avais avalé une bouchée de glace trop vite.

Il était entendu que mon seul défi de la journée serait de distancer Matosas pour lui arracher la deuxième place au classement, et voilà qu'il fallait me battre pour ne pas perdre du terrain face au troisième. Je n'avais pas encore le rythme que je comptais prendre pour attaquer l'Italien, mais celui que j'avais imposé visait à l'user : deux de nos *gregarios* se cramèrent après avoir couru en tête selon mes instructions, et les deux autres abandonneraient bientôt le groupe pour la même raison. Dans trois kilomètres, il ne resterait que Steve et moi du côté de la Fonar, et nous attaquerions alors Matosas. Tel était le plan, mais Paniuk le bouleversait complètement.

Quelques mètres plus loin, on nous annonça que la distance qui nous séparait du Tchèque était maintenant de quarante-huit secondes. Mais enfin, comment Paniuk parvenait-il à creuser la distance, alors qu'il pédalait en solitaire ? J'essayai de me rassurer en me disant qu'il y avait encore douze kilomètres sur les dix-huit de l'ascension totale, que le Tchèque gérait très mal, qu'il ne tiendrait pas ce rythme. Quoi qu'il en soit, il ne faut jamais désespérer ni lancer une chasse qui ne portera pas ses fruits. Je ne pouvais pas démarrer avant que Guido, le dernier de nos *gregarios*, soit épuisé ; il ne fallait pas gaspiller l'énergie que mon compagnon nous offrait, mais il était clair que Paniuk roulait plus vite que Guido, ce qui devenait un désavantage.

Et encore, c'était le moindre de mes problèmes. Si je me lançais à la poursuite du Tchèque, Steve pourrait ne pas être en condition de prendre ma roue, ce qui signifiait dans la pratique trahir le leader, exactement ce que Fiona m'avait demandé et que j'avais refusé, mais m'en abstenir me condamnait à perdre définitivement le podium au profit de Paniuk, qui semblait mener son échappée sans problème. Plus tard, je verrais à la télévision les images de son visage sur ces derniers kilomètres ; une grimace de douleur figée et inaltérable, un hurlement muet comme celui d'un cadavre de Pompéi. Un cadavre de Pompéi sur le point d'enterrer mes aspirations dans le Tour.

Je demandai à Guido de quitter la pointe en faisant un geste en direction de son potentiomètre ; le Portugais n'en pouvait plus. Nous étions à huit kilomètres du col, Paniuk était en tête, à cinquante et une secondes, et il me devançait de quatre-vingt-deux secondes au classement général.

— Allons-y, proposai-je à Steve.

Mais il secoua la tête. Il semblait être à bout ; et je n'étais pas au mieux. Depuis un certain temps, je sentais un claquage sur les deux hanches qui descendait le long des cuisses, l'impression d'être écartelé, comme les victimes d'antan sur le chevalet de la Sainte Inquisition. Mais je n'allais pas laisser échapper le premier podium de ma carrière pour un problème qui concernait ma vieille amie la souffrance.

Je refis mes comptes : il était évident qu'à ce rythme Paniuk creuserait un écart impossible à combler le lendemain, il risquait même de déclasser Steve. Cette dernière donnée fut la clé.

— Si ça continue comme ça, il va te reprendre le maillot, criai-je comme je pus à mon compagnon, car les poumons gardaient de plus en plus jalousement le peu d'oxygène qu'ils recevaient.

Pendant quelques secondes, Steve ne broncha pas, puis il eut une réaction à laquelle je ne me serais jamais attendu : il changea la cadence, monta sur ses pédales et lança la poursuite. J'étais abasourdi. Je regardai le visage résigné et vide de Matosas, l'image d'un mouton sur le chemin de l'abattoir, et m'élançai en solitaire dans la roue de Steve. Plus tard, je lui demandai ce qu'il avait pensé dans ces instants et il fut incapable de me répondre. Je suppose que tout simplement son aversion pour la défaite était totale. Hélas, je manquais de ce moteur additionnel ; je dirais même que j'avais été entraîné à la défaite. Cependant, tant d'années de conditionnement pour rouler devant le leader ne m'interdisaient pas de regarder son dos grimper en solitaire, tant qu'il me restait un gramme d'énergie. Il avait obéi à sa nature, moi à la mienne. Et je le suivis.

Il me fallut presque un demi-kilomètre pour reprendre les trente mètres que Steve avait gagnés en démarrant en trombe ; quand il me vit à côté de lui, il parut sortir de sa stupeur et comprendre où il se trouvait. Je pris la tête et on laissa les automatismes du pédalage en duo remplacer les impulsions épiques. On dévora les kilomètres suivants sans véhémence mais à un bon rythme, en grignotant le retard, du moins le croyait-on ; on réussit à rattraper Paniuk à un kilomètre de l'arrivée. Le Tchèque était à bout : quand il vit que nous le dépassions, il s'effondra. Il arriva trente-quatre secondes après nous. Cette fois, je laissai Steve franchir la ligne le premier. Pour être honnête, il avait été le moteur de la poursuite, grâce à son sursaut.

Et, le plus important, presque à notre insu nous avions chassé Matosas du podium : zigzaguant et moribond, il arriva presque cinq minutes après nous. Surprise : je dépassais Paniuk d'à peine sept secondes, une fois additionnées les bonifications, et me retrouvais à la seconde place au classement. Encore une journée avant Paris, et Steve et moi serions de nouveau numéro un et deux de la compétition. Cette fois, rien ne pourrait y changer. On se trompait, mais on n'avait aucun moyen de le savoir quand on fusionna dans une longue étreinte que les journalistes prirent pour une effusion, alors que c'était surtout de la fatigue.

Pendant qu'on rentrait à l'hôtel en bus, Giraud prononça quelques mots sur le ton du leader motivant. Il nous félicita pour le boulot, mais ajouta qu'il fallait encore un petit effort le lendemain pour aller jusqu'au bout de la prouesse. On l'écouta à contrecœur ; Steve et moi parce que nous savions ce que nous savions, et les autres parce qu'ils étaient trop épuisés et rêvaient de reprendre sur le portable leurs conversations avec la fiancée ou les amis.

J'écoutai à peine Giraud, mais je le regardai avec attention. Je voyais sa bouche bouffie, ses grosses mains et l'Amérique du Sud qui lui tenait lieu de ventre, me demandant si une partie de ce que je voyais avait contribué directement à la tragédie d'un de mes compagnons. Aurait-il renversé Lampar sur une route solitaire, quelques jours avant le début du Tour ? L'argent versé aux putains qui avaient vidé pendant trois jours les tripes de l'équipe Ills Balears sortait-il de la sacoche qui pendouillait sur sa bedaine ? Ces gros doigts avaient-ils laissé leur marque sur le cou du pauvre Fleming ?

Je souhaitai de tout cœur que les recherches de Favre règlent l'affaire sans tarder et s'achèvent par l'arrestation de ce misérable. Dans mon délire, j'imaginai qu'il était interpellé au moment où Steve et moi montions sur le podium lors de la cérémonie de remise des prix à Paris ; alors, je lancerais un bouquet dans les bras de Fiona, entourée au pied de l'estrade par Lombard et Ray, sorte de version codée de la demande en mariage dont nous n'avions jamais parlé.

La présence de Lombard dans mon film idyllique souleva une ombre gênée. Je m'en rappelai la raison : je n'avais jamais répondu aux messages insistants de Bernard. Je vérifiai l'intensité du signal et composai son numéro ; comme son intérêt devait être en rapport avec les graphiques que son père avait étalés sur mon lit, je baissai la voix et collai mon appareil à l'oreille, près de la fenêtre. La Fonar savait que Lombard et son fils me conseillaient à titre personnel, mais ils ne se doutaient pas que ceux-ci s'introduisaient frauduleusement dans la base de données de l'équipe et encore moins qu'ils préparaient un assaut contre son leader.

On discuta brièvement des résultats de l'étape, il me dit que les données confirmaient que mon état physique et mon niveau compétitif étaient les meilleurs de toute ma carrière. À la différence de son père, Bernard ne manifestait pas un grand enthousiasme, en dépit des nombreuses heures investies dans cette affaire. Soudain, j'en compris la raison.

— Mais ce n'était pas la raison de mes appels, dit-il enfin d'une voix émue. Je me fais du souci pour papa.

Je me rappelai la réflexion de Fiona et la sensation de ma main pressant les biceps décharnés de Lombard.

J'eus soudain la gorge nouée, un peu comme un fermier médiéval qui entend approcher les chevaux au galop. Je redoutai le pire.

— Que se passe-t-il ? Il est malade ?

— Il a quelque chose, oui, mais il ne lâche rien. Et comme il ne se laisse soigner qu'à l'hôpital militaire par ses amis, impossible de savoir quoi que ce soit. Mais ce n'est pas ce qui m'inquiète le plus. Je crois qu'il est en train de perdre la tête.

— J'ai remarqué qu'il était distrait, mais il a soixante-dix-huit ans, n'est-ce pas ? Il serait étrange qu'il n'ait aucune trace de sénilité.

— C'est beaucoup plus que ça. Il fait des choses absurdes, dit-il, agacé que je ne le comprenne pas. Il a vendu La Ramoneda.

— Quand ? Pourquoi ?

Cette révélation m'atterra. La belle propriété de Jurançon, près de Pau, était dans la famille Lombard depuis des générations ; c'était un énorme chalet, presque un château, entouré de vignes réputées.

— À la fin de l'année dernière, je crois. Je l'ai appris par hasard il y a quelques jours, quand j'ai eu besoin du notaire de la famille pour une autre raison. Ce dernier m'en a parlé, parce qu'il croyait que j'étais au courant.

— Je ne comprends pas, il parle toujours de La Ramoneda qui se transmettra de père en fils. C'est d'ailleurs pour ça qu'il te casse les pieds, pour que tu lui donnes un petit-fils.

— Ce n'est pas seulement ça. Le notaire n'a pas voulu me dire combien la propriété a été vendue, quand il a vu que je n'étais au courant de rien. Mais j'ai enquêté ; la valeur marchande des propriétés de ce genre n'est pas en dessous de deux millions d'euros, peut-être même beaucoup plus. J'ai peur qu'on l'embobine, qu'on le roule dans la farine sous n'importe quel prétexte.

— Comment cela ? Que veux-tu dire ?

— Il a toujours soutenu qu'il serait merveilleux de trouver des sponsors pour financer une équipe autour de toi. Je suppose que mes analyses sur tes rendements l'ont encouragé : pendant des mois, il n'a parlé que des grandes courses que tu remporterais si tu étais leader. Je comprends que deux ou trois millions d'euros ne suffisent même pas à débuter, mais il croit peut-être que s'il pose la première pierre, il va attirer d'autres personnes. Il ne t'a rien dit ?

— Rien du tout. Il a en tête de m'encourager à décrocher le maillot jaune dans l'étape de demain, dis-je dans un murmure en regardant autour de moi.

Personne ne semblait m'avoir remarqué.

— Mon père n'entend rien en affaires, il serait une proie facile pour les requins qui rôdent autour du circuit. J'ai peur qu'un voyou le roule et dilapide ses économies.

— Tu ne lui en as pas parlé ?

— J'aurais aimé le faire de vive voix, mais je ne pouvais pas quitter Paris ; vendredi prochain, nous présentons le développement d'une nouvelle appli pour Nokia, et je suis le principal démonstrateur. Ce week-end, quand vous arriverez, je pourrai le voir. Tu veux qu'on en parle tous les deux avec lui ? Dimanche soir, tu n'auras plus aucune obligation. Avec toi, il sera plus facile de l'affronter pour savoir de quoi il retourne.

J'acceptai, il me souhaita bonne chance à L'Alpe d'Huez et raccrocha. Je me demandai si Bernard ne me reprochait pas quelque chose, à juste titre. Son père était sur le point d'investir le patrimoine familial dans une aventure étrange pour me faire triompher ; moi-même je ne me pardonnerais jamais d'être la cause d'un désastre de cette ampleur, à cause des égarements d'un vieillard dont le seul péché aurait été de croire en moi. Nous devions le rencontrer et arrêter cette folie ; avec un peu de chance, nous pourrions interrompre cette opération.

Un souci de plus pour ce week-end. J'avais cru que la seule échappée qui m'attendait le dimanche soir était dans les bras et jambes de Fiona. Je m'égarai pendant quelques minutes dans le souvenir de la douce saveur de son sexe, du voile trouble de son regard juste au moment où le plaisir éclate en elle. J'étais encore dans ses bras en descendant du bus quand je tombai nez à nez avec Sancho. Les pulsions de luxure s'envolèrent comme les oiseaux d'un arbre violemment secoué ; la libido et le Mérou constituaient un mélange absolument impossible.

Je le suivis jusqu'à ma chambre, émerveillé de son agilité inattendue à trotter, un prodige, considérant la masse qu'il déplaçait à chaque pas. Je fus étonné de ne pas voir l'Allemand dans le couloir : sa place était maintenant occupée par la silhouette donquichottesque du compagnon de Sancho. Je fermai ma porte et les laissai échanger des rires et des phrases dans un jargon étrange. Je me demandai si l'échalas avait aussi travaillé à la prison, et s'il avait comme son collègue un surnom de poisson.

Peu après, Favre frappa ; si j'avais su ce qu'il venait me dire, je ne lui aurais pas ouvert. Je pensais avec enthousiasme qu'il apporterait du nouveau sur l'enquête ouverte contre Giraud, une évidence, un témoignage inattendu qui l'incrimine. Mais le commissaire apportait un cadavre.

Il m'annonça que le matin même on avait trouvé le corps de Schrader, le sarcophage allemand qui avait été mon ombre pendant plusieurs jours. On l'avait trouvé, la tête dans un sac en plastique, au fond d'une voiture enregistrée au nom de la Protex, dans un endroit désert, du côté de Saint-Jean-de-Maurienne ; des estafilades et de nombreuses entailles indiquaient que l'Allemand s'était battu jusqu'au bout. Cette armoire à glace montée sur deux colonnes massives avait donné du fil à retordre à celui qui voulait l'envoyer dans l'autre monde.

— Si Giraud et la Protex sont derrière ces crimes, comme vous le dites, la mort de Schrader est absurde, dit-il après m'avoir laissé le temps d'encaisser la nouvelle.

Comme souvent, j'eus l'impression que le commissaire ne venait pas réfléchir avec moi, mais jauger mes réactions.

— À moins qu'ils effacent leurs traces. Supposons que ce soit l'Allemand qui ait exécuté Fleming sur instruction de Giraud ; vous avez dit que c'était un assassin solitaire, n'est-ce pas ? Si Giraud a paniqué en découvrant que la police enquêtait sur lui, il a peut-être voulu éliminer l'auteur matériel, le seul qui pouvait réellement l'incriminer.

— Possible, mais votre logique pose un problème. Pour liquider Schrader il fallait sûrement deux personnes au moins. Dans ces conditions, Giraud n'a plus un seul homme de main, mais deux ou trois, qui peuvent l'incriminer.

— Oui, mais ils sont opaques à nos yeux, il a pu engager des tueurs extérieurs. En revanche, Schrader était déjà dans la ligne de mire de la police ; les Italiens eux-mêmes l'ont désigné comme l'homme qui avait tenté de saboter les freins de leur bus.

— Comment Giraud aurait-il pu le savoir ? objecta Favre en me regardant dans les yeux – tout en lui était devenu un fin limier en arrêt.

— La Protex a un informateur dans la police.

— Maintenant, je comprends mieux, dit le commissaire, déçu, après une longue pause.

Pour la première fois, il semblait ne plus contrôler le rôle d'inspecteur qui était inscrit sur son visage.

— Steve me l'a dit. Il reçoit tous les soirs un rapport en exclusivité, paraît-il. Mais s'il y a collusion entre Giraud et la Protex en cachette de Steve, il est évident que ce dernier en a une copie.

Je ne sais pourquoi, j'éprouvai le besoin de tout lui dire : une impulsion solidaire, en le voyant tellement affecté par la trahison d'un fonctionnaire de la police, sans doute un supérieur. Ou peut-être était-ce un acte de vengeance de ma part ; une petite revanche, pour la façon qu'il avait eue de jouer avec moi.

— Nous ne pouvons pas non plus écarter les Italiens, dit-il en essayant de faire bonne figure. – Il était évident qu'il n'allait pas parler avec moi d'une fuite à l'intérieur de la police. – Ferrara était furieux contre l'Allemand à cause de sa tentative contre le bus, il est convaincu que des membres de l'équipe auraient pu perdre la vie si les freins avaient lâché.

— Ferrara est arrêté, et d'après ce que j'ai vu, Matosas renonce au fromage et rêve de sortir de la souricière. Tuer Schrader après avoir dit pis que pendre de lui aux interrogatoires ne me semblerait pas très malin, vous ne croyez pas ?

Le commissaire marqua de nouveau une longue pause. On était à court d'arguments. La fatigue et la déception firent du silence une lourde pierre tombale.

— Et si on se trompait ? L'assassin n'est peut-être aucun des deux, dit-il finalement.

J'eus l'impression que pour la première fois le commissaire me parlait comme si j'étais un véritable collègue. J'essayai d'être à la hauteur.

— En ce cas, on est foutus ; le Tour s'achève dans un jour et demi. Il sera encore plus difficile de trouver le coupable une fois que tout le bazar aura été démonté et que tous ceux qui sont dans ce cirque se seront dispersés.

— Vous avez raison, sergent Moreau.

On se sépara dans le couloir, le moral au plus bas. J'avais vaguement pitié du commissaire ; après tout, un podium m'attendait le dimanche suivant ; lui, il allait rentrer tête basse à Paris. Un coup dur pour sa fierté.

Pourtant, en nous séparant il me dit avec une lueur inattendue dans les yeux que toute la France monterait L'Alpe d'Huez avec moi, le lendemain. Je me contentai de ravaler ma salive, sans savoir quoi répondre.

Quand enfin je me retrouvai seul, je vis deux messages de Steve sur mon portable. Je l'appelai aussitôt. Il me demanda si je savais ce qui s'était passé, et quand je commençai de lui parler de l'Allemand, il me demanda de ne donner aucun détail par téléphone, qu'on en reparlerait au dîner. On se donna rendez-vous à la salle à manger un quart d'heure plus tard.

L'insistance de Steve à être discret au téléphone confirmait que j'étais sur écoute et qu'il le savait ; sans doute des instructions de sa part. Pour je ne sais quelle raison, je n'en fus ni étonné ni chagriné : on pouvait même considérer que c'était une mesure de protection.

Je reçus un message de Fiona et j'oubliai Steve quelques instants. *Il est urgent que je te voie.* Comme toujours, le cerveau lut les mots, mais c'est l'entrejambe qui les enregistra. Au moment de rédiger une réponse à la hauteur de sa provocation, je reçus une douche froide : *Ray et moi, on monte après dîner.* Je me résignai et descendis à la salle à manger.

Bien avant d'arriver à ma table, je compris l'état d'esprit de mon ami : quatre gardes du corps postés près de la salle, mais aucun à l'intérieur, par respect pour les autres équipes, sans doute.

— Je viens de parler avec le responsable de l'enquête que mène la Protex, *bro*, me dit-il avec angoisse dès que je fus assis. Ils sont arrivés à la conclusion que les Italiens n'ont pas tué Frederick.

“Bien sûr que non, c’était la Protex”, pensai-je.

— Frederick ? C’était le prénom de Schrader ? demandai-je, histoire de dire quelque chose.

— Oui. Un brave type, dit-il sans emphase, distraitement. Le problème, c’est que c’est la porte ouverte à toutes les hypothèses, Fredy est la première victime qui ne fait pas partie du circuit, jusqu’à présent il n’y avait que des coureurs.

Je compris que Fredy était à la fois Sarcophage, Fritz, l’Allemand, Schrader et Frederick. Un homme aussi grand méritait sans doute beaucoup de prénoms.

— Cela n’a ni queue ni tête. Et la Protex n’a aucune hypothèse, aucun suspect ?

— Rien, sauf un détail étrange, mais qui n’a rien à voir avec Fredy. Ils sont allés voir Lampar, qui leur a dit qu’il n’avait pas l’habitude d’emprunter le chemin où il a été renversé quelques jours avant le début du Tour, et qu’il l’avait pris uniquement parce qu’il devait retrouver quelqu’un de l’organisation dans un restaurant sur cette route. Le rendez-vous avait été pris par téléphone. La Protex pense qu’on l’a attiré là pour le piéger.

— N’importe qui aurait pu se faire passer pour un membre de l’organisation du Tour.

— Lampar avait une demande personnelle : il voulait courir sous les couleurs de l’Australie en sa qualité de champion national, sauf qu’il y avait un problème de forme dont j’ignore la nature ; il avait donc présenté sa demande de façon très discrète, parce qu’il voulait éviter une humiliation publique au cas où on lui aurait opposé un refus. Il semble que seuls les organisateurs et son épouse étaient au courant.

— Étrange – cela n'avait aucun sens. Mais s'il y a des hommes de main, des empoisonneurs et des saboteurs, cela signifie qu'il s'agit d'une vaste opération disposant de beaucoup de ressources ; ils auraient parfaitement pu acheter un employé de l'organisation, qu'en penses-tu ?

— Oui, bien sûr, répondit-il, de nouveau distrait. Mais j'en ai marre. J'ai dit à Giraud que c'est la dernière nuit qu'on passe à l'hôtel du Tour. Benny a loué un vol privé Grenoble-Paris pour demain après-midi, où on ira directement après l'arrivée à L'Alpe d'Huez. Adidas m'a offert un appartement à Paris avec tout le confort et la protection nécessaires, ils s'en servent pour les célébrités, et Stevlana m'y attendra. Il y a une chambre aussi pour toi… et Fiona, ajouta-t-il après une hésitation. L'essentiel, c'est de ne plus s'exposer au criminel, nous n'avons pas la moindre idée de l'origine de ces attaques.

— Mais le règlement interdit de dormir en dehors des hôtels du Tour, me semble-t-il ?

En réalité, j'étais prêt à accepter son invitation ; Benny, l'agent de Steve, était un frivole insupportable, mais d'un goût raffiné. S'installer dans une suite de luxe au moins pour une nuit, après trois semaines d'hôtels rustiques avec des douches aux tuyauteries rouillées, c'était une proposition irrésistible.

— D'après Benny, pas besoin de se faire du souci là-dessus : Fleming a été tué dans un de ces hôtels. Et au point où en sont les choses, il est sûr d'obtenir de la souplesse de la part des organisateurs. Eux-mêmes veulent que tout cela finisse ; imagine le scandale s'il arrive quelque chose au maillot jaune ! Il faut seulement avertir les gens de l'AMA que nous serons à Paris. Pour le contrôle antidoping.

— Parfait, quel soulagement de quitter tout ça ! dis-je en lançant un coup d'œil à la ronde dans la salle à manger pleine de cyclistes.

En général je suis ravi de cette cohabitation typique des collèges et des casernes, quand il y a de longues courses, mais jamais je n'avais évolué au milieu de tant de pièges et de trahisons. Je me tournai vers Steve :

— Je vais en parler à Fiona.

Je pressentais son refus ; être l'invité des Stevies figurait dans le *top ten* de ses cauchemars.

Satisfait de ma réponse, Steve regarda la tablée, fit tinter sa cuiller sur son verre et prit la parole :

— Je porte un toast à la victoire de demain, mon cinquième maillot jaune. Je n'oublierai jamais tout ce que je vous dois, dit-il avec émotion en levant son verre de lait.

Les autres se joignirent à lui avec des jus de fruits, du café, de l'eau et même un bol de céréales. Aucun d'entre eux ne leva le bras avec enthousiasme, même si le toast laissait entendre la promesse d'un bonus appréciable.

Nous étions tous, sauf Steve, mal à l'aise de fêter une victoire au milieu de cyclistes que nous n'avions pas encore battus. Beaucoup d'entre eux le prendraient pour un manque de respect ou même un sarcasme ; toutefois, je savais que mon *bro* agissait en toute bonne foi, aveugle à l'entourage, fasciné par sa propre générosité envers ses coéquipiers.

Je montai dans ma chambre, escorté par mon binôme donquichottesque, ils bavardaient joyeusement dans un français à peine reconnaissable à cause de leur argot des prisons, pensais-je. Quelques minutes plus tard, Ray et Fiona arrivèrent. Je les mis au courant de la mort de Schrader et du rôle d'un employé de l'organisation dans l'affaire de l'accident de Lampar ; Fiona n'en croyait pas ses oreilles, mais n'écartait aucune infiltration. En revanche, Ray prenait des notes en hochant la tête. Puis il donna une information révélatrice.

— Cette histoire de Lampar donne une autre coloration à une donnée étrange, à laquelle jusqu'alors on n'avait pas prêté attention. Vous vous rappelez l'hôtel où est mort Fleming ? – On acquiesça en silence, nous connaissions très bien tous les deux Le Galion Bleu, où avait été hébergée l'équipe Batesman ; la Fonar y était passée deux ou trois ans plus tôt.

Le vieux sortit son carnet de route, le gros cahier que les membres de la presse reçoivent au début du Tour ; il se reporta au chapitre de la sixième étape et s'arrêta sur la page où étaient listés les hôtels désignés par l'organisation, et les équipes qui devaient les occuper cette nuit-là, conformément au tirage au sort effectué quelques semaines auparavant. Le Galion Bleu n'apparaissait pas. D'après le programme, la Batesman devait passer cette nuit-là au Madeleine, avec quatre autres équipes.

— Je ne comprends pas. Les Brexit n'auraient pu y descendre si l'hôtel n'était pas sur la liste officielle, dis-je, surpris.

— C'est aussi ce que j'ai pensé, je suis donc allé interroger les Anglais. L'attaché de presse m'a dit que, quelques jours avant, un représentant de l'organisation les avait informés que le Madeleine avait des problèmes électriques dans une aile du bâtiment, et qu'ils avaient été obligés de les déplacer au Galion Bleu au dernier moment. Batesman étant l'équipe la plus nombreuse vu la quantité d'assistants dont elle dispose, l'organisation a jugé que c'était pratique pour tout le monde de les envoyer là-bas. Personne ne s'y est opposé.

— Si quelqu'un voulait attaquer Fleming, Le Galion Bleu était parfait. Petit, modeste et isolé : pratiquement pas de personnel de nuit, énonça Fiona.

— Vous avez demandé qui avait procédé au changement d'hôtel ? Savez-vous s'il est vrai que le Madeleine avait des problèmes dans ses installations ?

— Je n'ai pas reposé de questions sur ce sujet. L'explication m'a paru raisonnable, jusqu'à ce que vous parliez de Lampar.

— C'est absurde, Jitrik ou l'organisation ne s'en prendraient jamais au Tour, dit Fiona abasourdie.

— Certes, mais ceux qui ont monté tout ce désastre ont déjà montré qu'ils ont les moyens d'acheter n'importe qui, y compris un obscur employé de l'organisation. Ils n'ont pas besoin de plus.

— Cela ne disculpe pas Giraud, mais je commence à penser que cette histoire est bien au-dessus de ses capacités, dit Fiona.

— Le commissaire a des infos là-dessus ? demanda Ray.

— Sur Lampar, et maintenant sur cet hôtel ? Rien, du moins il me semble. On s'est quittés tout à l'heure en sentant qu'on était au point mort. Il faudrait que je le prévienne ; si la police découvre l'identité de l'employé, on pourra remonter à ceux qui l'ont soudoyé. C'est la première piste solide qu'on ait depuis le début de cette affaire.

Je remarquai que j'en avais sans doute déjà dit autant à propos de Giraud ou des Italiens, mais un peu d'aveuglement ne fait de mal à personne.

— N'appelez pas Favre. Pas encore, dit Ray. Je suis descendu plusieurs fois au Galion Bleu au cours de ces trente dernières années quand je couvrais le Tour. Il me plaît pour les mêmes raisons que l'assassin : silencieux et à l'écart. Le patron est un vieux bonhomme méfiant et grognon que j'ai appris à estimer, je peux l'appeler aujourd'hui même. Je suis sûr que je peux obtenir de lui plus d'informations que n'en tirerait un policier – il consulta sa montre et ajouta : Donnez-moi jusqu'à 10 heures du matin avant de mettre votre ami le commissaire au courant.

"Mon ami ?" J'aurais bien aimé lui dire que Favre avait été aussi aimable qu'une hémorroïde dans le cul tout au long du Tour, mais je ne voulais pas retenir le journaliste, qui d'ailleurs s'apprêtait à partir. J'avais besoin de parler avec Fiona, je voulais l'informer en privé de ma résolution finale et je savais que cela ne lui plairait pas.

Enfin seuls, je lui expliquai en détail le projet de Steve de créer une équipe avec Snatch, de sa proposition de faire de moi le leader dans toutes les courses sauf le Tour ; de la possibilité, enfin, de ne plus être *gregario* et d'exploiter le potentiel qu'elle croyait voir en moi. Je parlais, allongé au milieu des oreillers, et elle écoutait en silence, assise au bord du lit. À un moment donné, elle se leva, éteignit les lampes et s'étendit à côté de moi.

Je parlai longtemps et sans hâte, avec plus de confiance et d'assurance maintenant qu'il faisait sombre. Enfin, je lui annonçai que le lendemain je protégerais Steve contre tout ce qu'il faudrait, et que je lui assurerais son cinquième maillot jaune ; presque sans m'en rendre compte, je prononçai les dernières phrases sur le ton d'un défi.

Le bruit de mes paroles flotta dans le silence de la chambre et acquit même un poids physique, répugnant. La tête de Fiona effleurait à peine ma cage thoracique, du côté gauche, mais tous mes sens se précipitaient avidement sur le bout de peau effleuré par ses cheveux, dans l'attente d'une réponse, comme si toute ma vie en dépendait.

Après de longues minutes, Fiona prit la parole.

— J'ai peu de souvenirs de ma mère, sauf qu'elle me lisait des histoires le soir. Elle a été hospitalisée quand j'avais quatre ans et elle n'est jamais revenue. Mon histoire préférée était celle de saint Georges, qui sauve la princesse des griffes du dragon ; contrairement à ce que maman croyait, j'avais pitié du pauvre animal. La couverture du livre était terrifiante : on y voyait le visage farouche de saint Georges plongeant sa lance dans le ventre du dragon, qui agonisait au milieu de mille tourments. Mon père s'appelait Georges ; je parie que tu ne le savais pas, tout le monde l'appelait Koky. Il était dur, irascible, j'avais l'impression que sa grimace quand il se mettait en colère était celle du dessin, et je tremblais de peur.

Je l'écoutais sans bouger, émettant par moments un vague son pour l'encourager à continuer.

— Tu ne t'en souviens sans doute pas, mais lors de ta première année de professionnel tu es entré un jour dans le bus que mon père utilisait comme atelier de mécanique l'année où il avait décidé de travailler en free-lance ; il croyait que par son seul prestige les cyclistes et les mécanos viendraient à lui comme s'il était l'oracle.

L'expérience fut un échec, néanmoins ce jour-là tu es venu le consulter. Tu lui as expliqué que tu avais essayé toutes sortes de selles, mais qu'aucune ne te convenait, et qu'en fin de journée tu étais écartelé, boucané ; soudain, tu as rougi en t'apercevant que tu parlais de l'état de ton cul devant une jeune fille d'une vingtaine d'années. Tu as baissé la tête et j'ai remarqué un petit dragon sur ta nuque, à la naissance des cheveux.

Je ris tout bas, mais je n'avais pas la moindre idée de ce qu'elle voulait me dire.

— D'après mon père, ce n'était pas la selle qui était en cause, mais les coussinets de ta *culotte**, et il te fallait en trouver de plus confortables. Je venais de prendre des cours d'anatomie du sport et de physiothérapie, et j'ai émis l'hypothèse que tu avais une jambe plus longue que l'autre : il m'a rembarrée de façon méchante, terrible. Tu as rougi de nouveau et par politesse tu as assuré que c'était en effet une possibilité. Deux semaines plus tard, tu es revenu avec un examen anatomique, ta jambe gauche avait cinq millimètres de moins que la droite, et tu l'as mis sous le nez de mon père avec un sourire innocent. J'ai senti qu'enfin le dragon avait inversé les rôles, remis à sa place le terrible saint Georges et sauvé la princesse.

— Voilà pourquoi tu m'appelles mon Dragon, dis-je en me rappelant vaguement la scène qu'elle décrivait. Je ne savais pas, j'avais oublié ; j'ai toujours cru que c'était à cause du tatouage. Pourquoi ne me le dis-tu que maintenant ?

— Je ne sais pas, dit-elle avec réticence. Ces jours derniers, je pensais à nous ; ce Dragon me manque.

— Si c'est au sujet de Steve et du maillot jaune... commençai-je, mais elle posa un doigt sur mes lèvres. Au bout de quelques instants, elle commença de me caresser.

Nous fîmes l'amour un long moment, toujours guidés par ses élans ; parfois avec gourmandise, parfois avec de brefs répits où elle prenait mon visage entre ses mains et le scrutait avec attention, comme si elle le regardait pour la première fois ou comme si elle voulait ne jamais l'oublier. Deux ou trois fois, je sentis ses larmes sur mon cou.

Quelque part dans ma tête une sirène d'alarme sonnait dans le vide : c'était une folie de faire l'amour la veille de la mère de toutes les étapes, l'ascension redoutable de L'Alpe d'Huez. Cela violait tous les codes professionnels pour et par lesquels je vivais. Je sentais que quelque chose d'important se passait dans ce lit, sans trop bien savoir quoi.

Après, elle s'étendit et retomba dans le silence. Je ne l'entendis pas s'endormir, mais je préférai ne pas interrompre ce qu'elle pouvait faire. Au bout d'un moment, j'essayai de trouver le sommeil en revoyant le classement général, mais cette fois, la première depuis des années, je pensai que cela n'avait pas de sens.

Classement général, 19e étape

(Saint-Jean-de-Maurienne – La Toussuire – Les Sybelles 138 km)

1 Steve Panata	78h 37' 34"	"Aucune force humaine ne peut plus lui ravir le maillot."
2 Marc Moreau	+ 1' 33"	"Deuxième place ! Pourquoi je ne fais pas la fête ?"

3 Milenko Paniuk	+ 1' 40"	"Je dois l'empêcher de s'échapper demain."
4 Alessio Matosas	+ 5' 42"	"En définitive, il me fait un peu pitié."
5 Pablo Medel	+ 14' 26"	
6 Óscar Cuadrado	+ 17' 59"	
7 Luis Durán	+ 20' 31"	
8 Sergueï Talancon	+ 21' 12"	
9 Rol Charpenelle	+ 27' 59"	
10 Richard Mueller	+ 32' 43"	

20e ÉTAPE

Quand je me réveillai, Fiona n'était plus là, comme à son habitude. J'étais encore un peu dans le cirage, mais je sentais que cette fois elle était partie autrement : le silence épais qui avait suivi nos confessions, sa façon de s'accrocher à mon corps dans les dernières heures, l'absence de baiser sur l'épaule avant de s'en aller. Un mot sur le clavier et quelques paragraphes sur l'écran de mon ordinateur portable me confirmèrent que son départ cette fois avait été différent. Je commençai par le billet manuscrit :

Mon bien-aimé Dragon,

Cet après-midi, pendant que tu montes dans les Alpes, je m'envolerai pour Dublin ; j'en ai parlé avec l'organisation et j'ai dit à Ray tout ce que je sais. Je dois régler des affaires là-bas et beaucoup réfléchir. Je ne supporterais tout simplement pas de te voir arriver une fois de plus derrière Steve de ton plein gré ; j'ai le cœur brisé quand j'imagine la scène à Paris où tu devras lever son bras sur le podium ; le Dragon que j'ai thésaurisé toutes ces années explose en mille morceaux. Je croyais pouvoir vivre avec ça, mais il n'en est rien. Et j'ai besoin d'être seule.

Lombard est très gravement malade, il lui reste à peine quelques semaines à vivre, peut-être quelques jours. Ne sois pas trop dur avec lui. Nous ne voulions pas te le dire avant la fin du Tour pour ne pas te déconcentrer, mais le dénouement peut survenir à tout moment. Je lui ai déjà fait mes adieux, telle était sa volonté, me dire adieu tant qu'il était encore debout.

Je suis sûre que tu n'as jamais vu les courriers que Steve m'a un jour envoyés quand il voulait à tout prix m'arracher à tes bras. Si tu les avais vus, tu ne serais pas l'homme dont je croyais être amoureuse. Par décence, je ne te les ai jamais montrés, pour ne pas te faire souffrir. Cela n'a plus de sens de te les cacher.

Je t'aime.
FIONA

Le monde s'obscurcit, un relent nauséabond se débattait dans mon ventre pour remonter dans ma gorge, la chambre basculait autour de la petite table : Lombard avait un pied dans la tombe, Fiona me quittait – elle me quittait ? – et Steve était mêlé à une infamie impardonnable, au moins aux yeux de mon amante ! Les deux premières nouvelles étaient dévastatrices : perdre mon vieux tuteur et la voir disparaître me condamnaient de nouveau à être orphelin, seul. Et comme tant d'autres fois, l'amitié de Steve était mon unique planche de salut.

J'envisageai d'effacer sans le lire ce que Fiona avait laissé sur l'écran. Steve n'était pas parfait – qui l'était ? –, mais il avait été un frère dans les bons comme dans les mauvais moments. Avais-je besoin qu'on m'apprenne une autre saloperie de sa part ? Je le savais capable de tous les abus pour remporter une bataille, et la tentative de conquête de Fiona avait sans doute représenté pour lui une conflagration de première grandeur.

Je refusais de découvrir une chose qui pouvait être fatale, et me faire perdre mon frère. Que me resterait-il alors ? Puis, lentement, comme si c'était un film d'horreur indépendant de ma volonté, mes yeux se tournèrent vers l'écran. Je commençai la lecture.

3 décembre 2012

Marc,

J'ai souvent fait des séjours à l'hôpital, ces derniers mois. Il y a quelques semaines, les docteurs m'ont annoncé que j'ai un cancer. En tant qu'infirmière, je sais ce qui m'attend. La famille que je croyais avoir m'a abandonnée au fond de mon lit. Je sais que je le mérite, parce que j'ai été une mauvaise mère ; je ne pourrai jamais me pardonner ce que je t'ai fait. Je n'espère pas non plus ton pardon, j'ai seulement cru devoir te dire que ta mère est en train de mourir. Il y a longtemps que je voulais te l'annoncer, mais j'avais honte, après t'avoir ignoré pendant si longtemps. Je t'envoie ce mot dans la boîte de Steve, c'est la seule adresse que j'ai.

BEATRIZ RESTREPO

9 décembre 2012

Marc, mon fils chéri,

Les douleurs sont terribles, on ne veut plus me donner de morphine, mais mes amies m'en trouvent parfois une dose. Je veux mourir, mais pas avant que tu m'aies dit quelque chose, pas avant que tu m'aies pardonné. Ces jours-ci, je me suis torturée au souvenir des nombreuses fois où je te laissais pleurer, aux caresses que je te refusais. J'ai détesté ton père, parce qu'il a ruiné ma jeunesse, et je sais que je me suis vengée sur toi. Je ne te demande pas de me comprendre, mais de considérer que tu es la chair de ma chair et de me laisser partir en paix.

BEATRIZ RESTREPO

13 décembre 2012

Je n'ai pas fermé l'œil depuis deux nuits, je crois que la fin approche. Ce sera un soulagement de partir, mais sans ton pardon je me sens sale. Steve me dit qu'il t'a passé mes messages et que tu ne veux pas me parler. Ne me pardonne pas, dis-moi seulement quelque chose, deux mots. Ne me laisse pas partir ainsi, je t'en supplie.

TA MÈRE

14 décembre 2012

Marc, mon petit, s'il te plaît.

Fiona,

Je viens d'apprendre que Mme Beatriz est décédée le 14 décembre dans la nuit, peu après avoir envoyé ce dernier message. Annibal n'a jamais voulu répondre. Quand je lui ai annoncé la mort de sa mère, il a haussé les épaules. Je te le demande : tu préfères cet homme, maintenant que tu le connais ? Ou celui qui t'adore ?

STEVE

J'étais noyé de larmes. Je pleurai sur Beatriz, agonisant dans son lit de douleur, à cause de Steve et de son inconcevable méchanceté, à cause de Fiona et de sa loyauté capable de me cacher cette félonie pour me protéger. Et je pleurai sur moi et sur l'impossibilité de remonter le temps, de me précipiter dans un hôpital de Medellín pour embrasser ma mère et lui dire que je n'avais jamais cessé de l'aimer.

Je devais aller voir mon vieux colonel, m'informer de son état, lui reprocher son silence, lui tenir compagnie. Si je n'avais pu dire adieu à ma mère, je ne devais pas ignorer l'homme qui avait été comme un père pour moi.

Mais je ne pouvais pas bouger. J'étais submergé, paralysé par ces révélations. Il fallait que je rappelle Fiona, pour lui dire que rien n'était plus important qu'elle dans ma vie, et si pour la convaincre je devais remporter le maillot jaune, aucun pouvoir humain ne pourrait m'en empêcher. Puis j'eus envie de battre Steve comme plâtre à l'instant même, d'aller dans la salle à manger, devant tout le monde, et de crier à qui voudrait l'entendre la liste de ses terribles péchés. S'il avait fait une telle chose à son frère, qui l'empêcherait d'assassiner, d'écraser, d'empoisonner d'autres personnes afin de gagner son cinquième maillot et de rejoindre la liste des immortels ?

Il fallait que je parle au commissaire : tout indiquait que ce n'était pas Giraud, mais Steve, qui était derrière les attentats. Il avait envoyé Schrader me surveiller, avait empêché Lombard de m'approcher, et avait mis sur écoute nos téléphones et nos boîtes mail. La Protex travaillait pour Steve, pas pour Giraud.

Je mis du temps à me calmer. Ma seule riposte possible était de lui ravir le maillot jaune, la meilleure et la plus terrible des vengeances ! Mais si je voulais vaincre Steve, je ne pouvais rien dire à personne. Favre avait aussi été infiltré par les gens de la Protex ; et mes communications étaient interceptées. Si Steve apprenait ma décision, il aurait sûrement un plan d'urgence pour me neutraliser ou même me supprimer. Si je n'avais pas subi le sort de ses rivaux, c'était parce qu'il avait besoin de moi en montagne et qu'il croyait avoir acheté mon obéissance en m'offrant de profiter de son projet Snatch. Comme l'avait dit Fiona un jour, il achetait ma soumission.

Il me fallait agir avant la route en mobilisant la cervelle qu'on m'attribuait sur route. Sur le vélo, j'étais tout stratégie, un joueur d'échecs qui anticipait les mouvements des rivaux avant même qu'ils les aient conçus, un artiste qui détectait le bon moment pour feindre une attaque ou un coup de pompe, pour porter le coup de grâce ; et quand je n'étais pas sur la route, je laissais la vie me conduire, je n'avais plus ni calcul ni stratégie, je m'accommodais de ce qui arrivait. Mais désormais ce serait différent.

Je traînai avant de descendre au petit-déjeuner, je voulais passer le moins de temps possible auprès de Steve, par crainte de révéler les démons qui me retournaient l'estomac. Je pouvais difficilement avaler quelque chose dans l'état où je me trouvais, mais je savais que ce jour-là, plus qu'aucun autre de ma vie de cycliste, j'aurais besoin de toute mon énergie pour sortir triomphalement du sacrilège que je m'apprêtais à commettre.

Je descendis à la salle à manger, escorté par le Mérou et l'échalas, son collègue. Selon les instructions de Lombard, ils étaient désormais mon ombre à chaque instant, et sur la route, son chef, Bimeo, avait ajouté deux motards sur le peloton, dont le rôle en réalité était de veiller sur moi et de dégager la voie quand j'étais en pointe. Le moment le plus vulnérable pour une agression, c'est dans les derniers kilomètres d'une côte, quand le public déborde sur la route pour encourager et toucher les cyclistes, et même se refermer sur eux, les engloutir comme un boa constrictor.

À l'instar de beaucoup de personnes victorieuses, Steve est un inconscient qui flotte au-dessus de tout ce qui ne le concerne pas, mais quand ses intérêts sont en jeu, son œil est plus critique que celui d'une couturière dans un défilé de mode. D'un coup d'œil, il comprit que quelque chose ne tournait pas rond chez moi ; il se montra attentionné, chassa les miettes de la place où j'allais m'installer et me tapota le dos en me demandant comment ça allait. La question n'était nullement théorique : il voulait connaître mon état d'âme et plus encore savoir si je respecterais le pacte consistant à le mener jusqu'à la ligne d'arrivée en sa qualité de leader du Tour.

— C'est Lombard, il est à l'agonie, je viens de l'apprendre, murmurai-je tout bas.

Je ne mentais pas, enfin, pas complètement, mais une voix au fond de moi regrettait d'utiliser cette douloureuse nouvelle pour écarter les soupçons de Steve.

— Quoi ? Où est-il ? Qu'est-ce qu'il a ? demanda-t-il, naïvement surpris, inquiet.

Il n'avait aucune estime pour le colonel, mais il savait ce qu'il représentait pour moi. Son visage était l'image même de la mortification. Cette expression de solidarité m'émut et distendit le ressentiment accumulé dans la dernière heure ; puis je me rappelai les marques de douleur déployées par Steve après l'annonce de la mort de ma mère et ma rage revint. Maintenant, je savais qu'alors "mon *bro*" avait pleuré en sachant que, plus que tout autre, il avait transformé en enfer les derniers jours de la vie de Beatriz Restrepo.

Mais la référence à Lombard sauva cette honteuse confrontation ; enfermé dans ma peine, je n'eus pas grand-chose à dire. Ce jour-là, le départ était plus tôt et nous n'avions pas le temps de traîner à table.

De retour dans ma chambre, pendant que j'enfilais ma tenue sur mesure, j'essayai sans succès d'appeler Fiona. Je laissai un message à Lombard pour lui dire qu'il fallait qu'on se voie et il répondit qu'il me retrouverait pour la signature du registre officiel, au départ de

Modane. En revanche, je reçus un texto de Ray qui me glaça : *J'ai contacté Le Galion Bleu, l'hôtel Madeleine et la femme qui avait demandé le changement d'hôtel au nom de l'organisation, je crois savoir qui est derrière tout ça. S'il m'arrive quelque chose, ouvrez l'enveloppe que j'ai envoyée à Dublin. Ne parlez à Favre sous aucun prétexte. Je répète : sous aucun prétexte.* Le message du journaliste m'apportait plus de questions que de réponses ; en réalité, aucune réponse. Avait-il eu la confirmation qu'un employé du Tour travaillait pour la Protex ? Attenterait-on à la vie de Ray ? Avait-on intercepté ce message ? Fiona pourrait-elle être en danger, maintenant qu'on mentionnait une enveloppe contenant les réponses envoyées à Dublin ?

Avant que j'aie pu lancer davantage de questions au vent, un deuxième texto du journaliste s'afficha sur mon écran : *Gagnez ce putain de Tour, Annibal, c'est le seul moyen de démasquer le coupable.*

Je ne savais comment interpréter ce dernier point. Vaincre Steve était jusqu'à ces derniers jours la plus belle saloperie qu'on pouvait commettre contre un frère, mais maintenant c'était la solution pour conserver l'amour de Fiona, un acte patriotique au nom de la gloire de la France et, selon le journaliste, le moyen de résoudre l'affaire de l'assassin du Tourmalet, comme aurait dit la presse.

Je contemplai mes jambes couvertes d'éraflures, mes cuisses épuisées, mon visage flétri par les soucis, et je me demandai s'ils seraient à la hauteur ; par-dessus le marché, j'avais contre moi les démons du ressentiment qui me rongeaient et brouillaient ma capacité d'imaginer une stratégie, je redoutais les réactions instinctives du *gregario* et, le moment venu, la machine bien huilée de la Fonar qui saurait neutraliser tout défi de ma part.

Je sortis de ma valise les graphiques de Lombard et les étalai sur le lit une fois de plus. La route dessinée par l'organisation était une horreur : un col de première catégorie dans les vingt premiers kilomètres et un autre, hors catégorie, le légendaire col du Galibier, à la mi-journée. Puis quarante-cinq kilomètres de descente vertigineuse, le terrain de Steve, jusqu'au pied de L'Alpe d'Huez, un mur de quatorze kilomètres plus adapté aux chèvres qu'aux vélos ; c'est là que le Tour se déciderait, à condition d'être encore vivant à cet endroit-là. Au total, à peine cent dix kilomètres de route, un des parcours les plus courts de la compétition, mais le plus long en temps ; presque cinq heures et demie, ce qui décidait de tout.

J'observai la croix tracée au kilomètre cent six, quatre kilomètres et demi avant l'arrivée : le point où je me séparerais de Steve et où nos vies changeraient pour toujours. Je visualisai l'image que la télévision capterait : moi debout sur les pédales, le visage de mon leader décomposé par la rage, les cris des commentateurs, la frénésie du public devant la victoire inconcevable. Je me demandai si la Protex avait un plan de secours pour me liquider en cas d'échappée de ma part ; je préférai croire que Bimeo avait prévu ce genre de situation et disposé quelques hommes au milieu des supporters. Il le faisait toujours, surtout dans les étapes décisives comme celle de ce jour-là.

Je repensai au colonel et me réjouis de la possibilité de serrer le vieux dans mes bras avant de prendre la route. Je me rappelai la phrase qu'il m'avait servie quelques jours plus tôt : “Je mourrai heureux quand je verrai le maillot sur toi.” Je comprenais maintenant que ce n’était pas du sentimentalisme sénile, contrairement à ce que j’avais cru : c’était son agenda de travail pour ses derniers jours.

J’essayai encore, sans succès, d’avoir Fiona au téléphone, presque jusqu’au moment de la signature sur le registre officiel de la course. Tous les membres de l’équipe arrivèrent ensemble, mais je parvins à éviter Steve, sous prétexte que je devais parler à des journalistes. Enfin, je vis Lombard et l’entraînai derrière le bus de notre équipe pour avoir un peu d’intimité.

— Colonel, comment allez-vous ? Comment vous sentez-vous ?

— Très bien, dit-il avec un rictus qu’il essaya de travestir en sourire. – Maintenant que je le voyais avec d’autres yeux, je remarquais le teint livide de sa peau parcheminée. – Je ne pourrais aller mieux, maintenant que tu vas devenir champion.

Je me rappelai que cette conversation, je l’avais déjà eue avec le vieux militaire, aussi décidai-je de trancher dans le vif.

— Fiona m’a tout raconté. Vous ne devriez pas être ici, vous devriez vous battre à l’hôpital. Pourquoi ne m’en avez-vous rien dit ? Même Bernard ne le sait pas !

— Je suis là où je dois être. Ce qui va se passer aujourd’hui, je ne le manquerais pour rien au monde ; ça vaut bien une vie, et même plusieurs ! Toi avec le maillot jaune ! dit-il, ravi, et pendant un instant ses yeux furent deux braises sur le feu éteint de son visage.

— Mais je ne comprends pas pourquoi vous avez vendu La Ramoneda ; si vous aviez besoin d’argent pour vos traitements, vous auriez dû le dire, colonel, nous vous aurions tous aidés. Vous n'étiez pas obligé de renoncer à cette maison, lui reprochai-je affectueusement.

— Quand tu auras des enfants, tu comprendras ce qu'on est prêt à faire pour eux, Marc, dit-il d'un ton sec, le ton qu'il prenait pour lancer ses proverbes.

J'aurais aimé lui demander ce qu'il voulait dire par là ; se débarrasser de la propriété familiale n'était pas vraiment une façon d'aider son fils. Et au vu de sa maladie en phase terminale, il n'allait sûrement pas utiliser cet argent pour créer une équipe professionnelle qui m'aurait lancé comme leader. N'était-ce pas absurde, s'il ne lui restait que quelques jours à vivre ? Il est vrai que Fiona m'avait parlé de ses accès de démence sénile.

Je ne pus jamais dissiper ce doute. Axel interrompit notre conversation en me prenant par le bras : Giraud voulait nous parler, et on n'attendait plus que moi. Je pris congé du colonel et montai dans le bus où les coureurs entouraient le directeur sportif.

— Tout est cuit à point, mais il faut savoir quand retirer le plat du feu et servir la soupe ; ni trop froide ni trop chaude, nous dit-il à tous, mais ses yeux ne quittaient pas les miens.

Il adorait les métaphores culinaires, qu'elles soient bienvenues ou pas. Giraud était un gourmand, même quand il parlait.

On approuva à l'unanimité. En réalité, il n'y avait pas grand-chose à dire, sauf qu'il était convaincu qu'en tant que général en chef il devait haranguer ses troupes avant la mère de toutes les batailles ; s'il n'avait tenu qu'à lui, il se serait peint la figure en bleu, et tel Mel Gibson il nous aurait envoyés couper la tête de nos ennemis. Une fois de plus, je me dis que ce clown ne pouvait pas être la tête pensante de cette campagne sophistiquée de crimes contre le peloton. Et Steve ?

Je regardai du coin de l'œil la longue jambe de mon ami, dépliée dans le couloir du bus ; quatre petits vélos roulaient sur sa cheville comme un bas filé. Ce jour-là, je m'assurerais que ce bas ne file pas plus loin.

— Comme hier, pas d'excès. Un rythme ferme, mais rien qui épuise Steve… ou Annibal, dit Giraud après une pause. Nous allons vers la passe de deux. À part Paniuk ou Matosas, laissez filer tous ceux qui le veulent, il ne s'agit pas de gagner l'étape. Et si c'est un gros groupe qui s'échappe, douze ou quinze, que deux d'entre vous se collent à eux ; de préférence Guido et Tessier, ainsi Steve aura des coureurs échelonnés devant lui s'il a besoin de remonter. Tous les autres autour de lui, pour le protéger des chutes et l'isoler du peloton. Aujourd'hui, pas d'héroïsme, je veux le maillot, point final. C'est clair ?

Ce plan ne me convenait guère. Si Steve arrivait avec deux ou trois *gregarios* au point d'inflexion signalé par Lombard, j'aurais du mal à rattraper la minute et demie nécessaire pour remporter la couronne ; dans ses bons jours, Guido, notre autre grimpeur, pouvait le remorquer presque jusqu'à l'arrivée. Le pire de tout, c'était de lancer une attaque qu'on puisse interpréter comme une trahison, et de me retrouver en déficit d'une demi-minute.

À la moitié de l'ascension du terrible Galibier, il m'apparut clairement que la plupart des équipes partageaient la stratégie de Giraud. Il y avait quelques bagarres personnelles entre certains cyclistes et leurs voisins au classement général ; ils couraient en surveillant davantage leurs rivaux que leurs propres pédales. Le rythme était fâcheusement lent. Deux ou trois petits groupes, très loin dans le classement, s'étaient échappés un peu plus tôt, dont les deux coureurs de la Fonar sollicités par Giraud. À coup sûr, nous les rattraperions dans le dernier sommet, mais ce n'était pas important. À cette allure, une bonne partie du peloton arriverait groupée à L'Alpe d'Huez, un scénario fatal pour mes plans.

Je décidai de jouer le tout pour le tout. En pleine ascension je poussai la Fonar en tête du peloton, comme pour protéger Steve en le séparant du gros des coureurs. Une fois qu'Alanis, un de nos *gregarios*, eut pris la tête, je lui fis signe d'accélérer ; il m'obéit, mais le changement fut imperceptible. Je gesticulai pour qu'il augmente la vitesse, il me regarda avec étonnement, mais augmenta légèrement la cadence. J'essayais de ne pas utiliser la radio, pour ne pas alerter Giraud. Quoi qu'il en soit, ma stratégie n'aboutissait à rien, car à cette allure on ne décrocherait personne.

Cinq cents mètres plus loin, à deux kilomètres du premier sommet, je m'impatientai et passai en tête. Certes, en ma qualité de *gregario* principal de l'équipe, je me réserve en général pour la dernière cime, mais il n'est pas rare que je collabore à un relais dans un col intermédiaire. Néanmoins, cette fois, en tant que numéro deux au général, c'était une anomalie qui ne passait pas inaperçue. Je profitai de ces secondes pour imprimer un rythme plus soutenu, ce qui sembla réveiller quelques coureurs de premier plan, qui ne voulaient pas décrocher : il y eut une petite frénésie quand plusieurs d'entre eux voulurent remonter le peloton, redoutant une entourloupe de la Fonar. Ma stratégie produisit un résultat, au moins momentané. Le peloton accéléra, et cette masse compacte commença de s'étirer ; le fameux serpent de couleurs grimpant en zigzag au-dessus des précipices, mais accusant déjà des espaces entre ses anneaux.

— Qu'est-ce que tu fous, Annibal ? Retourne dans la roue d'Alanis, ralentissez, bon Dieu ! vociféra Giraud dans les oreillettes.

— Quoi ? Ah oui, bien sûr, dis-je, comme si je m'étais laissé emporter par une distraction.

Je roulai avec vigueur sur les vingt derniers mètres et m'écartai pour me remettre à côté de Steve. Je n'aurais jamais dû : mon *bro* se tourna vers moi et comprit mes intentions comme s'il pouvait mettre sur écoute mes neurones aussi bien que mon téléphone. Le regard d'indignation et de fureur qu'il m'adressa était le même que celui qu'il me lançait quand je marquais un but à FIFA sur la PlayStation, dix ans auparavant.

On continua l'ascension comme si de rien n'était, à un rythme désespérément lent. À l'évidence, les choses allaient se passer comme Giraud l'avait prévu, mais il n'en fut rien : elles se passèrent comme Steve le décida.

À huit cents mètres du sommet du Galibier, je l'entendis lancer un "maintenant" que je ne sus interpréter. Alanis se plaça devant moi et deux autres équipiers de la Fonar me coincèrent contre le bas-côté extérieur ; je devinai la suite. Steve augmenta la cadence et nous distança pour arriver au sommet et amorcer la très longue descente. C'était joué de main de maître : je perdrais quelques précieuses secondes pour me sortir de ce piège, et à ce moment-là Steve serait déjà en train de dévaler la cinquantaine de kilomètres qui nous conduiraient au pied du dernier sommet ; avec son habileté dans les descentes il pourrait encore me prendre deux minutes et au pied de L'Alpe d'Huez il aurait le soutien des deux coureurs de la Fonar partis avec la première échappée.

J'avais été un imbécile. J'avais passé trop de temps à analyser où et comment le trahir, sans jamais envisager que je puisse être moi-même la victime d'une trahison. Steve m'avait bien eu, et sans doute à l'insu de Giraud. Avec ma tentative d'accélérer le rythme dans le Galibier, j'avais étalé mes cartes trop tôt et déclenché son plan de remplacement. Un plan diablement efficace.

Paniuk et un autre s'élancèrent sur les traces de Steve, il les avait aussi pris par surprise. Quand je pus enfin rompre le verrou de mes propres coéquipiers et arrivai au sommet, je les avais perdus de vue, mais à ma grande surprise j'entendis qu'on roulait derrière moi : Radek et Matosas s'étaient collés à ma roue. L'Italien arriva à ma hauteur et dit quelque chose du genre on ne peut pas laisser ces assassins gagner ; Radek me dépassa en murmurant des psalmodies incompréhensibles.

Je jugeai que mes possibilités n'étaient pas bonnes, mais qu'elles auraient pu être pires. Matosas restait un grand grimpeur et Radek descendait comme un dieu, en ce sens qu'il se croyait aussi immortel que lui ; il prit la tête du trio et négocia les virages comme un motard en pleine course – le corps invraisemblablement penché, le genou au sol –, avec des tracés presque parfaits. Ses roues frôlèrent l'argile de l'abîme sous mes yeux plus d'une fois, et la manche de son maillot se déchira contre la paroi de la montagne dans un virage intérieur.

Je roulai derrière lui avec un mimétisme parfait, entraîné dans son sillage de façon millimétrique, comme des marcheurs en file indienne sur un terrain miné. Matosas fit de même derrière moi. On dévala ainsi un toboggan interminable pendant plus de quarante kilomètres à des vitesses incroyables ; on dépassa des coureurs qui avaient participé aux premières échappées et on retrouva les autres sur le petit replat qui précédait l'ascension de L'Alpe d'Huez. De Paniuk, de Steve et de ses deux *gregarios*, pas trace. Ça n'annonçait rien de bon. Adieu le jaune, et j'avais aussi perdu la deuxième place au général au bénéfice du Tchèque.

Quelques mètres plus loin, Matosas me dit que Steve et son cortège avaient cinquante secondes d'avance sur nous et qu'il n'y avait plus de coureurs entre eux et nous. Mon oreillette était silencieuse depuis un bon moment ; on avait sans doute trouvé le moyen de m'isoler. Sans rien se dire, on commença tous les trois à prendre des relais courts et à pleins poumons. Un kilomètre plus tard, on dépassa Tessier, le Bigot, le premier des deux fusibles de la Fonar, complètement cramé ; il ne restait plus que Steve et Paniuk, à part Guido, qui les remorquait sûrement. La distance n'était plus que de quarante-six secondes, maigre consolation pour les 2' 19" virtuelles qui me séparaient du leader. L'ennemi à vaincre n'était pas seulement le temps, mais aussi la distance. Nous avions consommé cinq des 13,8 kilomètres de L'Alpe d'Huez : il en restait moins de quatre pour atteindre le point que Lombard avait marqué. Mais le colonel avait pensé à ce rocher, persuadé que Steve et moi l'atteindrions ensemble, aucun scénario n'avait prévu que je serais trois cents mètres derrière.

Pour comble, Steve avait un autre avantage : pendant qu'on se fatiguait tous les trois en alternant les relèves, plus haut Guido assumait tous les efforts en occupant la pointe pour épargner l'énergie de son leader. Je compris que tout était perdu. En me rompant l'échine et en filant en solitaire je pourrais peut-être rejoindre Steve avant l'arrivée, mais reprendre sur lui une minute trente-quatre pour rattraper mon retard était impossible.

Comme si Radek m'avait entendu, il proféra un juron inintelligible, me dépassa et me fit signe de le suivre.

— Il te donne deux kilomètres, traduisit Matosas, et tous les deux on lui colla à la roue.

Le Polonais est un cycliste imprévisible. Des coureurs comme lui sont redoutables car ils ne participent aux compétitions que pour gagner certaines étapes ; ils s'économisent pendant trois jours, roulant sans effort à l'arrière du peloton, se permettant d'arriver un quart d'heure après le vainqueur de l'étape, mais le lendemain ils se déchaînent, conscients qu'après cet effort ils souffleront aux étapes suivantes. Mais le jour où ils explosent, ils peuvent courir aussi fort ou même plus que le champion du Tour.

Me donner deux kilomètres, cela signifiait qu'il grimperait comme si c'étaient les derniers du Tour, plus ou moins ce que faisait Guido pour Steve, à la différence que Radek s'était reposé les jours précédents. Il démarra avec une telle puissance que je me demandai s'il n'avait pas été trop optimiste en promettant deux kilomètres ;

à une telle cadence, je pensais qu'il serait vidé à la moitié de cette distance. Je lui demandai de se modérer un peu pour ne pas nous laisser sur place. On finit par prendre son rythme et je ne sus plus rien de moi, concentré corps et âme à rouler à quelques centimètres du vélo du Polonais, ce qui parfois semblait impossible.

Je ne sais pas si ce furent deux kilomètres, mais lorsque Radek s'écarta et débloqua la vision je vis le maillot jaune de Steve disparaître dans un virage, à une centaine de mètres de là, peut-être cent trente. On était encore à un kilomètre du rocher de Lombard et je n'avais plus que Matosas, ou ce qui restait de lui ; l'Italien aussi avait payé le prix du rythme très dur imposé par Radek. Je regardai derrière moi et vis le Polonais arrêté, le vélo entre les jambes, essayant de reprendre son souffle. Littéralement, il m'avait donné ses derniers kilomètres.

— Je n'en peux plus, dit Matosas dans un souffle. Je ne rattraperai jamais Paniuk pour la troisième place, mais je te donne mes restes. À toi de rejoindre ce *fucking* Américain.

Matosas se redressa sur les pédales, me dépassa et partit sur plusieurs centaines de mètres. En effet, il ne pouvait pas ravir la troisième place au Tchèque, qui le devançait de quatre minutes au général. Par ailleurs, sa quatrième place était plutôt assurée : Medel, qui était à la cinquième, avait craqué quelques kilomètres plus tôt. Le leader de Lavezza, que j'avais accusé d'être un criminel pendant plus de la moitié de la compétition, avait décidé à son tour de m'offrir ses dernières réserves de combustible pour ne pas laisser impunis les vrais assassins. Il me remorqua pendant quelques précieuses centaines de mètres.

Il craqua un peu avant le repère fatidique et je le dépassai. Je reconnus le rocher et le tracé de peinture bleue que Lombard avait pris en photo. Était-ce lui qui l'avait barbouillé ou avait-il profité d'une peinture préexistante ? Je me rappelai que le bleu était la couleur de fond de l'écusson du régiment sur lequel se détachait un dragon, et si j'avais eu encore un doute, dix mètres plus loin se trouvait le colonel en personne, coiffé d'un chapeau de paille.

— Vingt-cinq secondes, Annibal, il n'a que vingt-cinq secondes d'avance, dit-il.

Il me lança comme il put une petite radio et des oreillettes ; je les accrochai machinalement à mon guidon ; je m'étais débarrassé des miennes depuis un bon moment. Lombard essaya de me suivre, mais il s'arrêta au bout de deux pas. La moitié du public criait mon nom. Enfin un Français chez les Français !

D'après mes calculs, j'étais au seuil des cinq secondes de marge : ce qui signifiait que je devais rattraper Steve dans le prochain kilomètre et lui reprendre trente secondes sur chacun des trois restants. C'était à peu près impossible, mais je me levai sur mes pédales, conscient de la présence de la foule agglutinée sur la route. Si je perdais, je voulais montrer que j'y avais mis toutes mes tripes.

À la sortie d'un virage grouillant de bras et de visages, je faillis heurter Guido ; il roulait péniblement, complètement cramé.

Ce fut un coup d'espoir inattendu. Cela signifiait que Steve était seul. J'en eus la confirmation quelques instants plus tard, dans un dégagement : il était à vingt ou trente mètres devant moi. Paniuk, meilleur grimpeur que lui, l'avait distancé, espérant remporter une victoire d'étape, et, pourquoi pas, le Tour lui-même.

Enfin, j'avais Steve à l'endroit où je voulais, sans défense ni *gregarios*, en pleine côte. Une âme esseulée. Malheureusement pour moi, il restait à peine plus de deux kilomètres avant la fin de la course, et il me fallait rattraper la minute et demie qu'il avait sur moi au classement général, et rejoindre Paniuk ; finalement, j'allais manquer de montagne. La distance se réduisit entre mon vélo et le sien, et au moment de le dépasser je changeai de braquet pour prendre le plus d'élan possible. Je voulais qu'il se sente faible et lourdaud, je voulais que le dragon que Fiona voyait en moi le brûle dans son sillage fulgurant. Il ne me restait plus beaucoup d'énergie, mais l'excitation que je ressentais à l'idée de le dépasser et de le laisser sur place m'aurait sorti d'un coma au fond d'un lit d'hôpital. "Beatriz te maudit, *prick*", lui dis-je en le dépassant, et un mètre plus loin je criai : "Fleming aussi !" Mais je ne sais s'il m'entendit.

Je continuai de pédaler avec vigueur, encore en danseuse, comme si je commençais à peine la course. À la sortie d'un virage, je compris qu'il m'avait perdu de vue et je me posai sur la selle pour aspirer un peu d'air. J'avais poussé mon pouls plus qu'il ne fallait et brûlé des watts dont j'aurais encore besoin, mais la vengeance en avait valu la peine.

Paniuk était à soixante-dix ou quatre-vingts mètres, mais je savais que je devais récupérer un peu avant de tenter de l'attaquer. La foule qui se resserrait sur mon vélo pour m'encourager avait un effet contraire : je manquais d'air dans ce tunnel de torses nus et d'odeurs étouffantes de crèmes solaires et de sueur. Je remarquai les visages hurlants des supporters, français pour la plupart, et je me dis que si Steve avait un plan B, c'était le moment ; n'importe quel supporter, parmi ceux qui me tapaient dans le dos ou criaient dans mes jambes pour les exhorter à plus de puissance, pouvait me faire tomber et prétendre que c'était un accident J'aurais aimé demander au motard qui me précédait d'intervenir pour dégager la voie.

Je savais que j'arrivais au bout de la montagne, et que je devais m'élancer à la poursuite de Paniuk ; si je ne gagnais pas le Tour, j'arriverais au moins le premier à l'étape reine et récompenserais la ferveur des milliers de gens qui applaudissaient sur mon passage. Impossible de connaître mon écart réel avec Steve, la seule chose à faire était de courir frénétiquement et de dépasser le dernier maillot qui s'interposait entre moi et l'arrivée.

C'est alors que je me rappelai les oreillettes que Lombard m'avait lancées devant le rocher bleu, toujours accrochées au guidon : je les ajustai de mon mieux et j'entendis la voix de Bernard. Soudain, je me sentis moins seul. Et, beaucoup plus important, il me décrivit la progression de mon avance sur le leader ; je compris qu'il me voyait à la télévision, car ses premiers mots furent : "Enfin, tu les as mises, mon salaud ! Tu as pris quatorze secondes sur Steve, il t'en faut encore quatre-vingts. Il te reste un kilomètre et demi."

Je secouai la tête en entendant cette information. Dans mon état, c'étaient des chiffres impossibles. Mes poumons essayaient d'aspirer un oxygène qui n'existait pas au milieu de ces nuées de chaleur humaine et d'odeurs pénétrantes de grillade et de bière. Une crampe menaçait ma jambe gauche, la plus courte ; je pensai avec terreur que c'étaient peut-être les premiers symptômes du coup de pompe. Alors, tout était perdu. Même Steve pourrait me rattraper d'un moment à l'autre ; j'imaginai sa grimace de moquerie et de mépris, l'humiliation du *gregario* qui avait voulu être roi.

— Steve va encore plus mal, dit Bernard. Son rythme cardiaque est au maximum et il fait à peine dix-neuf kilomètres-heure. Tu es à vingt et un : il ne peut pas te rattraper. Mais tu dois monter à vingt-quatre au moins. Allons, Annibal, tu as de la marge, je le vois sur tes paramètres.

Apparemment, le fils du colonel avait sous les yeux en temps réel les données que transmettait le potentiomètre de nos vélos.

Cette information déclencha une poussée d'adrénaline. Il ne s'agissait pas seulement de ce que je pouvais gagner, mais aussi de ce que Steve pouvait perdre. J'envisageai qu'il pouvait être victime de la terrible perte de tonus qu'est le coup de pompe, de nouveau je me vis habillé de jaune et remontai sur mes pédales à la poursuite de Paniuk. La foule hurlait d'enthousiasme.

— Très bien, Annibal, tu dois dépasser le Tchèque pour arriver le premier : nous aurons besoin de ces dix secondes de bonification. Nous sommes encore à quarante-neuf secondes de Steve. Il reste mille deux cents mètres avant l'arrivée.

Il y a des coureurs qui pédalent en regardant le potentiomètre, attentifs à atteindre les limites fixées. Moi, je devais surveiller les vingt-quatre kilomètres-heure sollicités par Bernard : d'après ses équations, il suffisait d'y arriver pour que le chronomètre, d'une façon ou d'une autre, me décerne le titre de champion, mais depuis les montagnes de Medellín j'avais appris à suivre un dos et je possédais l'instinct du lévrier à la poursuite du lièvre. Je fixai un point entre les omoplates de Paniuk et me mis en chasse comme s'il tentait d'emporter le patrimoine de mes enfants : je le dépassai à huit cents mètres de l'arrivée. Quand je vis le potentiomètre, je vis qu'il tournait à vingt-cinq kilomètres-heure. J'avais réussi, je serais champion.

Le public aussi semblait l'avoir compris, car la foule, maintenant contenue derrière des palissades, était un flot encadré par des milliers de drapeaux bleus, comme si la rivière déchaînée était sortie de son lit et coulait sur les berges.

Je fus étonné de ne plus entendre Bernard dans les dernières minutes et je pensai qu'il avait des problèmes d'audio ; la dernière chose que je l'avais entendu dire était : "Dix-neuf secondes !" La distance que Steve avait sur moi au classement général, mais c'était trois cents mètres avant. Cette différence ne dépassait sans doute plus dix secondes à ce moment-là et il me restait cinq cents mètres à parcourir ; je gagnerais dix secondes de bonification pour la première place, et lui quatre secondes pour la troisième. Cela m'en donnait six en ma faveur. Je calculai que je n'aurais pas de problèmes pour gommer la différence et je fonçai vers la ligne d'arrivée.

En franchissant la ligne des quatre cents mètres, j'entendis enfin la voix de Bernard ; je palpai presque sa peur quand il annonça : "Treize secondes." Je finis par comprendre : Steve avait récupéré, en tout cas assez pour réduire son retard et défendre son avantage bec et ongles.

— Il est remonté à vingt-trois kilomètres-heure, il donne son maximum, dit Bernard, et je sentis une pointe d'admiration derrière son étonnement.

J'aurais dû m'en douter. J'avais à mes trousses l'adolescent dément capable de ne pas dormir pendant des nuits pour ne pas perdre à la PlayStation ; la rage furieuse de l'humiliation d'avoir été dépassé par son *gregario* lui avait insufflé un regain d'énergie.

— Ton allure ne suffira pas, Annibal. Il te faut monter à vingt-huit jusqu'à la fin et nous en remettre aux dieux, dit Bernard en faisant ses calculs sur son ordinateur.

L'espace d'un instant l'idée me traversa que Bernard me mentait dans le but de m'assurer une meilleure marge : il arrivait souvent que les directeurs techniques déforment les données pour obtenir un plus grand effort de leurs coureurs dans les derniers mètres. Mais cette fois, ce n'était pas le cas : la crainte dans la voix de Bernard était réelle.

J'avais beau puiser dans mes réserves, le maudit indicateur ne dépassait pas vingt-six ; je repensai à Carmen, puis à Fiona, essayant de mobiliser l'énergie que je n'avais pas. Même en me pressurant comme Steve, je ne parvenais pas à prélever les secondes dont j'avais besoin :

— Treize, douze, onze, énonçait Bernard avec une lenteur désespérante.

Quand je dépassai la ligne des cent mètres, Steve me devançait de onze secondes dans l'estimation virtuelle de la bataille pour le maillot ; je pensai à Lombard agonisant et me rappelai ma mère torturée jusqu'à sa mort à cause de mon indifférence.

Je pris le dernier virage et enfilai la petite ligne droite qui montait jusqu'à la ligne d'arrivée. Je fermai les yeux à demi et sentis que je détruisais cuisses et tendons : je ne pus même pas lever les bras en signe de victoire en franchissant la ligne. En baissant la tête, je vis que le moniteur enregistrait une vitesse de trente-quatre kilomètres-heure. Je ne sais comment je m'arrêtai, mais Axel fut le seul de l'équipe Fonar à me soutenir.

Le public était en plein délire, ébloui par la fin de la malédiction : enfin, un Français porterait le jaune à Paris, mais je savais que maintenant commençait la deuxième moitié de la bataille. Bernard me le confirma.

— Bravo, Annibal, bel effort.

La voix distillait plus de résignation que d'enthousiasme. Axel me passa mon portable et je composai aussitôt son numéro.

— Ça donne quoi ? dis-je à bout de souffle, encore plié en deux, mais mes yeux ne quittaient pas l'écran géant qui montrait le passage de Steve dans les virages que je venais de négocier ; un chronomètre additionnait les secondes écoulées depuis que j'avais franchi la ligne d'arrivée.

— Il nous manque quelques secondes, dit-il généreusement au pluriel. Maintenant, tout dépend de Steve. Mais ce salaud monte vite.

— Et la bonification ?

J'essayais d'ancrer un espoir quelque part. Je remarquai à peine l'arrivée de Paniuk, la télévision ne se laissa pas distraire non plus : le monde avait les yeux fixés sur Steve et sur sa montée, et il était clair qu'il le savait, il se nourrissait de l'admiration et même de l'hostilité du public, qu'il fendait comme un couteau dans une motte de beurre.

— Je l'ai incluse. Au rythme où il va, il conservera neuf ou dix secondes d'avantage au classement, moins les six secondes de différence des bonifications de la première et de la troisième place ; il va remporter le Tour avec une marge de trois ou cinq secondes.

Au départ de l'étape, Steve avait un avantage de 1' 33" ; il lui suffisait d'arriver 1' 23" après moi pour compenser ma bonification et me vaincre. Je voyais le chronomètre de l'écran avancer très lentement pendant qu'il dévorait les mètres : 59" ; 1' ; 1' 01" ; 1' 02" ; mais il était sur le point de sortir du dernier virage et d'aborder la dernière ligne droite. Il dut entendre quelque chose dans les oreillettes car un immense sourire se dessina sur ses lèvres. Giraud lui avait sans doute dit que le maillot jaune était à lui ; il savait qu'il avait gagné.

Le voyant foncer vers l'arrivée, je décidai de me retirer : je ne voulais pas voir son regard hautain, sûrement moqueur. Je ne le connaissais que trop bien. Si j'en avais eu la force, j'aurais balancé un coup de poing au fils de pute de caméraman qui captait mon visage déçu et le projetait en encadré sur le grand écran, sous l'image victorieuse de Steve.

Solidaire, Axel passa le bras autour de mes épaules pour m'entraîner vers la sortie. La nuée de journalistes qui m'avait assiégé suivait en transe l'apparition de Steve et son arrivée imminente.

Une main du masseur me pressa l'épaule et me retint. Il resta immobile une seconde, comme s'il humait le vent ; je le humai à mon tour. Une clameur, presque un brame, s'élevait du fond de la montagne et montait vers les cimes, telle une avalanche inversée. On se retourna tous les deux vers l'arrivée et on comprit : Matosas venait de sortir du virage, encouragé par un public surexcité, à cinq ou huit mètres derrière Steve.

Celui-ci n'avait pas conscience de ce qui se passait, il croyait probablement que la clameur répondait à l'hommage final de la foule devant son explcit. Je ne compris pas pourquoi Giraud ne l'alertait pas, mais je me rappelai que dans les grandes victoires mon compagnon se débarrassait des oreillettes au moment de franchir la ligne d'arrivée pour qu'on ne les voie pas sur la photo où il levait les bras, comme si le fait d'admettre qu'il suivait des instructions rendait son triomphe moins méritoire.

Je ne sais pas où Matosas avait puisé un regain de forces ni ce qu'il avait dû faire pour remonter son handicap ; il ressemblait maintenant à un cheval emballé, debout sur ses pédales, corps et vélo oscillant comme chez les sprinters. Steve pressentit quelque chose, ou s'aperçut simplement que les regards des supporters n'étaient plus tournés vers lui : il se retourna quand l'Italien était à deux mètres derrière lui, à dix mètres de la ligne. Le visage de Matosas était effrayant, un monument de fureur et de désespoir.

Steve imita aussi les mouvements du sprinter et propulsa son corps vers la ligne, tel un coureur de cent mètres : bien qu'il ait perdu son élan, ils la franchirent ensemble. Le chronomètre s'arrêta à 1'25.

Pendant quelques secondes aussi la foule se figea, comme si une explosion avait crevé les tympans et imposé un silence étrange. J'aurais juré que pendant quelques instants tout avait bougé au ralenti ; puis l'image de la photo finish s'étala sur l'écran géant. J'entendis un cri, à côté de moi, c'était Axel. La roue de Matosas était la première.

Une rumeur monta parmi les milliers de spectateurs qui inondaient la montagne à mesure qu'étaient énoncées les conséquences de cette photo. Matosas récupérait la bonification de quatre secondes, correspondant à la troisième place et moi les dix secondes d'avantage sur Steve, au lieu des six. L'incroyable sursaut de l'Italien avait fait la différence ; les 1' 33" avec lesquelles j'avais démarré ce matin-là étaient devenues 1' 23". Mon *bro* était arrivé deux secondes trop tard. Je lui avais arraché le maillot jaune.

Je garde un souvenir flou de l'heure suivante. Un examen antidoping, une conférence de presse improvisée où je balbutiai je ne sais quoi, une cérémonie de remise des trophées où mes doigts furent incapables d'ouvrir la bouteille de champagne qui arrose les gens pressés autour du podium.

Pour échapper au siège des journalistes, je filai vers le bus de l'équipe, toujours précédé du brave Axel et escorté par le Mérou et l'échalas ; pas trace de Giraud ni des coéquipiers de la Fonar. Je m'arrêtai net devant le véhicule. Je n'étais même pas sûr que la Fonar était toujours mon équipe, côté état d'esprit. La simple perspective de m'asseoir à côté de Steve, au milieu de compagnons qui avaient tenté de me bloquer une heure auparavant, me semblait inconcevable. Une femme en burqa sur la plage de Saint-Tropez aurait été moins dissonante que ma présence dans le bus.

— N'essaie même pas, me dit Lombard en me prenant par le bras, le doigt pointé sur le bus. Ray va t'emmener à l'aéroport de Grenoble, tu vas prendre l'avion pour Paris.

— Oh, cher vieux, où étiez-vous ? Je vous ai cherché lors de la remise des trophées. On a réussi ! Vous avez réussi ! rectifiai-je. Ce maillot est à nous deux ! Vous le savez, n'est-ce pas ?

Il ne dit rien ; il me serra dans ses bras et je l'enlaçai. Je ne l'avais jamais senti aussi fragile. Il fut secoué de sanglots pendant une ou deux minutes ; des dizaines de caméras butinaient autour de nous et nous bombardaient de flashs. J'eus l'impression de vivre la véritable cérémonie de remise de prix. Le klaxon de Ray interrompit nos embrassades.

— Ça valait la peine de faire ce que nous avons fait, Annibal. Ça valait la peine. Allons, va rejoindre Ray.

— Pas la peine, répondis-je résigné. De toute façon, je dois m'envoler avec la Fonar. Il n'y a plus de place dans les avions, tout le cirque va y être.

— Tu ne te rends pas compte, Annibal : on ne parle que de ton maillot jaune dans toute la France. Bernard a essayé de t'acheter un billet à n'importe quel prix pour que tu n'aies pas à voyager avec Giraud et compagnie ; on lui a répondu qu'il n'était pas question d'accepter d'argent et que ce serait un honneur de te transporter, même s'il fallait te mettre à la place du copilote, dit-il fièrement. Allez, file !

— Et vous ?

— Je dois prendre un peu de repos. Je te verrai demain à Paris.

Je hochai la tête et pris congé en faisant un salut militaire. C'était la dernière fois que je le voyais.

Quelques minutes plus tard, dans la voiture de Ray, je me dis que j'avais peu de chance de revoir qui que ce soit dans cette vie. Ce foutu journaliste prenait les virages avec rancœur, comme s'il détestait leur existence. Nous étions à plus de cent kilomètres de l'aéroport de Grenoble, dont la moitié était composée de routes étroites et sinueuses ; pendant que je m'accrochais à tout ce que pouvaient saisir mes pieds et mes mains pendant cette longue descente, j'imaginai l'ironie de transmettre le maillot jaune à Steve en raison d'un accident qui m'empêcherait de participer à la promenade finale à Paris, la dernière étape. Car ce serait bien une promenade ? Non ? Un pincement me serra le cœur.

— Ray, quand a-t-on essayé d'arracher le maillot jaune au leader à Paris ? Tu crois que Steve va essayer ?

— En 1989, Greg LeMond l'a repris à Fignon lors de la dernière étape, un contre-la-montre Versailles-Paris.

— Malédiction ! Un gringo l'a repris à un Français ! Mauvais signe, dis-je en plaisantant à moitié.

— Mais il s'agissait d'un contre-la-montre, donc d'une compétition, qu'on le veuille ou non. Ne vous inquiétez pas, à l'époque moderne, jamais personne n'a tenté de récupérer des secondes à Paris, c'est une balade conçue pour que le peloton arrive massivement et que les sprinters brillent dans les derniers mètres. La seule idée, c'est d'éviter un accident – puis, après une pause il ajouta : ou un piège sur la route.

Après un dérapage dans un virage, je me dis que l'accident que je devais éviter, c'était de sauter dans l'abîme, prisonnier de la vieille voiture du journaliste. Même s'il avait raison, si Steve et la Protex étaient allés si loin en éliminant les rivaux, rien n'indiquait qu'ils ne tenteraient pas un dernier coup de griffe avant même le départ de l'étape à Sèvres, dans la banlieue parisienne.

— Ou avant la route, répondis-je, soucieux. Steve a déjà prouvé qu'il préfère attaquer ses rivaux la nuit. Je vais dormir avec une chaise qui bloque ma porte, à l'hôtel.

— Je crois savoir que le fils de Lombard a déjà réservé au Chantilly, à Paris, vous êtes attendu dans la suite présidentielle. En outre, vous êtes hors de danger. Steve n'est pas l'assassin.

— Quoi ? Expliquez-vous. Vous avez trouvé quelque chose ?

Je venais de me rappeler le message de Ray où il me demandait de ne rien dire au commissaire. Avec la frénésie de la course et le trophée, j'avais tout oublié.

— Le gérant de l'hôtel Madeleine, l'hôtel où aurait dû descendre l'équipe Batesman lors de cette nuit fatidique, m'a dit au téléphone que c'était un membre de l'équipe de la sécurité du Tour qui lui avait annoncé que les Anglais n'y viendraient pas. Il avait avancé des raisons de sécurité, justement.

— Les défauts de l'installation électrique, ce n'était pas vrai ?

— Non. Mon ami le patron du Galion Bleu m'a donné le nom de la femme qui l'a appelé pour réserver une chambre pour Fleming et ses compagnons ; c'était une secrétaire de l'organisation. Je lui ai parlé, elle m'a dit qu'elle s'est contentée de suivre des instructions.

— De qui ?

— Du grand maigre qui est dans la voiture derrière nous, à côté du gros. Ils veillent sur nous depuis notre départ.

— Le Mérou ! Je veux dire, le compagnon du Mérou, corrigeai-je.

— Autrement dit, Bimeo. Et ce sont eux aussi qui ont donné rendez-vous à Lampar sur une route solitaire pour le renverser.

— Ou dans le cas du camping-car de Fiona, pour l'obliger à se garer dans un lieu solitaire, aventurai-je.

Je pensai à elle. D'une certaine façon, quelque part dans ma tête je n'avais cessé de penser à elle dès l'instant où j'avais enfilé le maillot jaune. Je l'avais appelée pendant le contrôle antidoping, après la course, mais son portable semblait éteint. Je m'étais consolé en lui envoyant des messages. Je vérifiai sur mon téléphone si elle m'avait répondu, mais cette fois c'était moi qui n'avais plus de signal, ce qui pouvait se comprendre dans ces montagnes infernales.

— C'est elle qui a fini par résoudre l'embrouille, dit Ray.

— Quand lui avez-vous parlé ? Vous savez où elle est ?

— Nous nous sommes vus ce matin au départ de Modane, elle m'a dit qu'elle partait pour Dublin ce soir, après une escale à Paris. C'est peut-être le mieux, après ce qu'elle a découvert.

— Et qu'a-t-elle découvert ?

— Lombard.

— Quoi ?

— C'est une hypothèse, mais tout cadre. Depuis hier soir il me semblait évident que Bimeo était la clé de plusieurs de ces attentats, sinon de tous.

— Quel intérêt pourrait avoir Bimeo à saboter le Tour ? Il est le responsable de la sécurité.

— Deux millions d'euros. Fiona a démêlé l'écheveau assez vite quand je lui ai confirmé le rôle de Bimeo : elle m'a parlé de la maladie en phase terminale du colonel, de la vente de la maison, de son obsession maladive de vous voir gagner avant de mourir, de ses bizarreries de vieux.

— Lombard n'aurait jamais approuvé la mort d'un cycliste.

— Je pense que ce n'était pas prévu, je pense qu'un des deux individus qui nous suivent a eu la main lourde. Même Bimeo, je pense, a été piégé par sa propre ambition. Il croyait sans doute qu'il suffisait de mettre hors-jeu trois ou quatre cyclistes en provoquant des accidents isolés, un sacrifice raisonnable en échange de deux millions d'euros.

— S'il s'agissait de me faire gagner, le sabotage de mon vélo ne colle pas.

J'essayais de trouver une fissure qui puisse sauver le colonel, mais je connaissais la réponse à cette objection avant même de l'entendre.

— Ce pneu, ce sont les Italiens. Sur ce point, Matosas ne mentait pas, ils ont vraiment cru que les attaques venaient de la Fonar et ils ont voulu riposter de la même façon.

— Voilà pourquoi Lombard était si inquiet qu'il m'arrive quelque chose quand il a débarqué dans ma chambre. Il redoutait les représailles des Italiens.

— Maintenant que vous le dites, je parierais que le grand type qui a essayé de saboter les freins du bus de

Lavezza n'était pas l'Allemand mais le collègue du Mérou. Comment s'appelle cette crapule ?

— Aucune idée, mais le mort s'appelait Schrader. Pourquoi l'a-t-on liquidé ?

— Le gros et lui ont passé plusieurs nuits ensemble devant votre porte. Je ne sais pas, ils ont peut-être eu des démêlés, vous les connaissez mieux que moi.

— Oui, ils ne s'aimaient pas, dis-je, me rappelant le mépris et la répugnance du Sarcophage pour le Mérou, qu'il ne cherchait pas à dissimuler. Oui, le gros a très bien pu passer à l'acte uniquement pour le plaisir, ajoutai-je, et je lui racontai la sinistre histoire de l'ex-cuisinier de prison que je tenais de Favre.

— Je me demande dans quel but ils nous suivent encore maintenant ? dit Ray plein d'appréhension, les yeux dans le rétroviseur.

J'aurais préféré qu'il regarde devant lui ; dans le dernier virage, un coup de frein au dernier moment avait empêché qu'on s'écrase contre un terre-plein. Le seul avantage de la conduite suicidaire du journaliste était que la voiture des hommes de Bimeo avait été distancée. Ray reprit :

— Ils pensent à leur argent ; le colonel ne leur a sûrement pas tout donné. Je suppose qu'ils toucheront le solde uniquement si j'arrive à Paris.

Et c'est en l'écoutant que je compris l'ampleur de la révélation et la place que j'occupais. Par ma faute, des gens étaient morts et d'autres avaient été blessés ; le déroulement du Tour lui-même avait été altéré. Je n'aurais pas dû être champion de cette façon.

— Il faut qu'on voie Favre et Jitrik. Le Tour ne peut

pas accepter ce résultat. Je ne peux pas l'accepter, conclus-je, désolé.

— Vous n'y êtes pour rien, et vous avez vaincu Steve à la régulière. Soyons réalistes, au-delà de ces événements, l'équipe Fonar était la plus forte cette année ; avec ou sans assassins, vous étiez les favoris des paris en ligne. Et c'est vous qui avez dépassé le favori. Ne sous-estimez jamais votre victoire.

— C'est aux autorités de dire ça, vous ne croyez pas ?

— Vous voulez vraiment que Steve récupère le maillot jaune ? Les avocats de la Fonar vous sauteront dessus dès que vous direz un mot sur Lombard.

— Non, je ne veux pas que ce salaud récupère le titre, dis-je en me rappelant les mails que j'avais lus ce matin-là.

Je pensai à la façon angoissante, mais naïve, avec laquelle j'avais dépassé Steve quelques heures plus tôt, en dépit du verrouillage de mes coéquipiers ; je l'avais rejoint et écrasé à l'étape décisive. Sur un point, Ray avait raison : ce jour-là, j'avais été meilleur que lui et, tout bien considéré, je l'avais été tout au long du Tour, sauf dans les contre-la-montre. Puis je pensai à Fleming et je repris, en désignant du doigt ceux qui nous suivaient :

— Mais ce n'est plus seulement une histoire de vélos ; il y a au moins un assassinat. La police doit épingler ces salopards.

— Permettez-moi d'en parler d'abord à Lombard. Je vous supplie de ne pas appeler Favre. Donnez-moi quelques heures. Nous nous sommes donné rendez-vous dans un hôtel de Grenoble, après que je vous aurai déposé à l'aéroport. Tant que je ne lui ai pas parlé, tout cela n'est qu'une énorme hypothèse.

J'allais lui répondre quand plusieurs messages m'arrivèrent en rafale sur WhatsApp ; j'étais enfin reconnecté. *Dragon, j'ai vu ce que tu as fait. C'est la plus belle chose que j'ai vécue. Je t'aime*, disait le premier, envoyé à 17 h 05, une demi-heure après ma victoire.

J'ai suspendu mon voyage, j'avais une hypothèse à confirmer, je n'ai pas pu venir à la cérémonie, désolée. Parle avec Ray. Je perds le signal, écrivait-elle à 18 h 15, au moment où je montais dans la voiture du journaliste. Son style me rappelait vaguement la prose de Favre, même si je ne pouvais imaginer deux personnalités plus différentes.

Je suis avec Lombard, je veille sur lui. Toi, repose-toi, demain c'est le grand jour. On vient de partir pour Grenoble, je conduis le camping-car du colonel, puis je prendrai le train pour Paris, j'espère y être vers minuit, disait le suivant, envoyé à 18 h 45, à peine dix minutes auparavant.

Dragon, je t'aime. Je veux mettre au monde tes enfants. Non, mieux, je veux que tu gagnes des maillots de toutes les couleurs. Toute à toi, ajoutait-elle une minute plus tard.

J'allais répondre quand je m'aperçus que j'étais de nouveau déconnecté. On quitterait bientôt les montagnes et je pourrais lui écrire plus tranquillement ; en attendant, dans chaque virage mes mains cherchaient désespérément à m'ancrer au siège.

— Vous croyez qu'elle est en danger ? demandai-je après lui avoir dit que Fiona était avec Lombard.

— Si je ne me trompe, il l'aime comme sa propre fille, vous le savez mieux que moi. Le seul danger, c'est que Bimeo apprenne qu'elle – ou nous – l'a découvert, mais je ne vois pas comment. Rassurez-vous. Prenez votre avion, moi j'attendrai Fiona et Lombard à Grenoble.

La fin du trajet se déroula en silence, chacun plongé dans ses pensées. Sur l'autoroute, j'écrivis plusieurs messages à Fiona ; puis je coupai le téléphone pour préserver la batterie. Les journalistes et les amis du circuit me bombardaient de messages et d'appels.

Je pris congé de Ray devant l'aéroport. Il prolongea l'accolade plus que je ne l'aurais attendu de la part d'un homme si raide, parfois même si ombrageux.

— Merci, Annibal. Le cyclisme vous doit beaucoup : la rébellion du *gregario* est une leçon pour l'avenir. Vous vous êtes mesuré à une machine froide et à un réseau d'intérêts, et vous avez réussi à vous imposer, armé de votre seul talent et de votre force. C'est un honneur de vous avoir connu.

J'aurais aimé lui dire que sans Radek Matosas, Bernard, Fiona, et oui, aussi, sans Lombard, je n'y serais jamais parvenu. Je n'en eus pas le temps des douzaines de personnes m'entouraient. Et je constatai que je portais toujours le maillot jaune que j'avais enfilé au moment de la cérémonie, que je n'avais pas de valises, pas même une carte d'identité. Je n'en eus pas besoin : les gens applaudissaient sur mon passage jusqu'aux comptoirs d'embarquement, où j'étais attendu.

Plus tard, j'envoyai un message à Axel pour qu'il envoie ma valise à Paris. Je n'eus pas non plus à payer le taxi, à l'aéroport de Paris-Charles-de-Gaulle ; une limousine du Chantelly m'attendait. J'entrai dans ma chambre à 21 h 30, pris un bain en sachant que j'avais beaucoup de choses à examiner, mais la fatigue m'en empêcha et je m'effondrai sur le lit. Je fermai les yeux et considérai que la journée la plus longue de ma vie était terminée.

Une dernière image du classement général se débattit et s'imposa avant que je sombre. Je dépassai à peine la deuxième ligne ; je souris et m'endormis dans mon pyjama jaune.

Classement général, 20e étape

(Modane – Valfréjus – L'Alpe d'Huez 110,5 km)

1 Marc Moreau	81 h 56' 36"	"Prends ça, *bro* !"
2 Steve Panata	+ 02"	
3 Milenko Paniuk	+ 37"	
4 Alessio Matosas	+ 5' 38"	
5 Pablo Medel	+ 15' 46"	
6 Óscar Cuadrado	+ 21' 54"	
7 Luis Durán	+ 29' 34"	
8 Sergueï Talancon	+ 37' 51"	
9 Rol Charpenelle	+ 40' 12"	
10 Richard Mueller	+ 46' 18"	

21e ÉTAPE

ÉPILOGUE

La lumière filtrait à peine derrière les épais rideaux, mais le jaune sur ma poitrine semblait illuminer la chambre luxueuse. Je souris, ce n'était pas un rêve. Un bras de Fiona, encore endormie, reposait sur ma hanche, par-dessus mon maillot, comme si elle aussi avait voulu s'assurer qu'il était réel, qu'il ne s'évaporerait pas pendant notre sommeil. Je restai immobile un long moment pour thésauriser l'instant, comme l'homme avisé qui préserve ses économies en sachant qu'un jour il devra les utiliser pour affronter les infamies de l'avenir. Fiona et le maillot jaune, un duo sans pareil.

Puis je me rappelai Lombard et Bimeo, et la vision vola en miettes. Je me raccrochai pendant quelques minutes à la possibilité que tout cela avait été un malentendu majuscule. Au moins en ce qui concernait le colonel ; je ne pouvais concevoir que mon vieil ami ait eu la moindre responsabilité dans la mort de Fleming. Je me dis que l'identité du principal suspect avait changé si souvent, de Radek à Steve en passant par Matosas et Giraud, que cela pouvait bien arriver une fois de plus.

Fiona était arrivée au petit matin, je suppose, mais je ne l'avais pas entendue. Elle devait attendre que je me réveille. Elle avait un ascendant énorme sur Lombard et elle lui avait parlé la veille ; si le vieux avait une responsabilité quelconque dans ces crimes, ma compagne avait su la lui faire avouer.

Quand enfin elle ouvrit les yeux à deux centimètres du jaune tant convoité, un immense sourire se dessina sur son visage, même si ce n'est pas exactement le maillot qu'elle caressa. En toute autre circonstance, c'eût été un moment mémorable, mais l'angoisse supplantait le désir.

— Fiona, que t'a dit Lombard ? Tu lui as parlé de Bimeo ? demandai-je, me détestant d'interrompre ce qui avait à peine commencé.

À ma grande surprise, elle continua ce qu'elle avait commencé.

— Mon Dragon, chuchota-t-elle – et franchement je ne savais pas à qui elle s'adressait –, tu es le champion du Tour !

Sa voix était un ronronnement qui invitait à l'abandon et au plaisir. Elle semblait être encore dans les limbes, entre un rêve nocturne et un rêve devenu réalité.

— Ray m'a tout dit, repris-je, essayant de revenir au sujet par une autre voie. Que va-t-il arriver à Lombard ? Nous devrions en parler à Favre, mettre Jitrik au courant de ce qu'ont fait ses hommes.

— Chut ! répondit-elle, déplaçant sa main sur mon visage et posant un doigt sur mes lèvres. Ne pense pas à ça, en tout cas pas dans les heures qui viennent. Steve va essayer quelque chose, j'en suis sûre, il ne veut pas perdre le Tour pour deux secondes. Tu dois te concentrer là-dessus, mon amour.

— Mais nous devrions stopper Bimeo, il pourrait commettre encore une saloperie.

— Bimeo ne bougera plus, il sait qu'il a fait sa part.

— Et Lombard ? Quelle attitude adopter avec Lombard ?

— Mojito, dit-elle en posant la main sur ma joue pour m'obliger à la regarder dans les yeux, as-tu confiance en moi ?

Elle me parlait sur le ton d'une épitaphe, avec la solennité du prétendant qui fait sa demande en mariage.

— Oui, répondis-je avec le sérieux de l'intéressé qui répond : "Oui."

— Alors, je ne te demande qu'une chose : assure-toi que ce maillot jaune soit encore sur toi à la tombée de la nuit. Dis-toi, Dragon, que c'est le moment décisif de ta carrière, de ta vie peut-être. Et laisse-nous, Ray et moi, nous occuper de cette affaire, personne ne va s'évaporer dans les prochaines heures.

Je ne savais quoi répondre. Mais une phrase qu'elle avait prononcée grossissait comme une tumeur dans mon cerveau : Steve ne voudra jamais perdre un Tour pour deux secondes. Affronter ce défi devait être ma priorité du jour.

— D'accord. Mais promets-moi de tout me raconter après : alors, nous déciderons ensemble de la suite des événements. D'accord ?

— D'accord, dit-elle.

Elle m'embrassa et, aussi souriante que nue, elle se dirigea vers la salle de bains.

On commanda un petit-déjeuner copieux dans la chambre, qu'on dévora, moi en peignoir, elle les cheveux mouillés, en nous bombardant de bouts de pain et de fruits. On pataugea pendant des heures dans l'exaltation qu'engendre le succès, dans l'excitation du sexe sans limitation.

Le départ de l'étape était programmé à 16 heures. On passa donc le reste de la matinée à lire la presse et à regarder de vieux films à la télévision. Mais aucun des deux n'abusait l'autre : l'air préoccupé des sourcils froncés de Fiona n'avait aucun rapport avec les dangers qu'affrontait un Harrison Ford vieilli faisant des bonds hallucinants dans la peau d'Indiana Jones. Elle ne cessait de consulter son téléphone, ses messages, de l'éteindre et de le rallumer. Au fil des heures, elle était de plus en plus tendue, chose inhabituelle chez elle.

De mon côté, je m'astreignis à respecter l'accord : je me sortis de la tête tout ce qui ne concernait pas la course, mais il ne restait pas grand-chose sur quoi me concentrer. Cent dix kilomètres sur terrain plat que nous ferions en moins de deux heures, même pas le temps d'un entraînement. Et s'il y avait des tentatives d'échappée à Paris, je savais que le peloton ne les laisserait jamais creuser d'écart ; la coutume avait fait de cette étape un défilé où les hourras du public saluaient les survivants des trois mille cinq cents kilomètres du parcours. Et tous les survivants désiraient franchir ensemble la ligne d'arrivée.

Tel était le concept, sauf que jamais un second au classement n'était arrivé à cette étape avec à peine deux secondes de retard. Et surtout pas Steve Panata. J'étais convaincu qu'il ne resterait pas les bras croisés, qu'il ne se résignerait pas à la défaite.

Mais j'avais beau penser à lui, je ne voyais pas quelle tactique adopter. Étant le grand spécialiste du contre-la-montre, il tenterait peut-être une échappée en solitaire dès le départ ; pour son malheur, personne ne va plus vite que le peloton si ce dernier en a ainsi décidé. Pour la même raison, toute tentative de la Fonar serait neutralisée.

J'en conclus que la seule solution à sa portée serait une entourloupe. Un de ses coéquipiers pourrait essayer de me renverser, ou de feindre de perdre l'équilibre pour m'entraîner avec lui dans sa chute ; j'en pris note mentalement pour être sûr de courir loin des membres de l'équipe Fonar.

— Et s'ils bricolent mon vélo ? Si j'ai un pépin, aucun équipier ne me passera le sien, dis-je soudain à Fiona.

— Là, ne t'inquiète pas, un de mes inspecteurs va vérifier à fond tout ton équipement ; nous en avons le pouvoir et l'obligation, d'autant plus s'il s'agit du numéro un.

— Et si Giraud m'élimine de l'équipe avant l'étape ? demandai-je une demi-heure plus tard.

— Je ne vois pas comment, répondit-elle après réflexion. Les patrons de la Fonar eux-mêmes doivent se réjouir d'avoir un autre champion dans l'équipe, et français par-dessus le marché, pour faire honneur à leur écusson. D'ailleurs, Giraud n'est pas un imbécile, il s'exposerait à être lynché par les supporters.

Plus tard, j'allumai mon portable, jetai un coup d'œil sur la longue liste d'appels et de messages : deux retinrent mon attention, car ils se répétaient avec une fréquence obsédante. Les uns étaient de Favre et je ne les ouvris pas. Les autres étaient de Steve. *Pourquoi tu m'as fait ça, bro ?* disait le premier. Je ne continuai pas, je préférai refermer mon téléphone.

"Quel culot, ce mec ; et en plus il me le reproche." Finalement, avec lui il fallait s'attendre à ce genre de stratégie : me culpabiliser dans l'espoir que je lui rende son maillot de mon plein gré, comme le *gregario* discipliné que je devais être.

Cinq minutes avant de quitter l'hôtel, pendant qu'elle était à la salle de bains, je ne pus m'empêcher d'ouvrir mon ordinateur et d'envoyer un message à Steve. *Pourquoi je t'ai fait ça, fils de pute ? Pour cette raison*, écrivis-je, et je mis en copie les textes que Fiona m'avait transmis sur ma mère.

Au départ de l'étape, je fus accueilli par un flot de saluts et de félicitations, comme la veille. Je ne m'arrêtai devant aucun journaliste, mais je vis qu'ils ne pouvaient pas beaucoup s'approcher : outre le Mérou et l'échalas, au moins quatre autres hommes – de Bimeo, sans doute – m'entourèrent dès que je sortis de la voiture. Je signai comme les autres le registre officiel de la course au milieu du brouhaha des caméras et des questions qui fusaient, puis je m'emparai du vélo que me tendait Axel et me hâtai de prendre place au milieu du peloton.

Je fus surpris du bon accueil de mes coéquipiers et j'entendis des félicitations dans toutes les langues. Je croirais volontiers que pour la plupart d'entre eux mon maillot était comme la revendication de ceux d'en bas, de tous ceux qui couraient année après année, condamnés à perdre, sacrifiés à ceux qui avaient été désignés par ceux d'en haut.

Avant le départ de la course, les organisateurs me demandèrent de passer en tête, comme les leaders des catégories sprinters, grimpeurs et jeunes. En faisant cela, je passai à deux mètres de Steve et nos regards se croisèrent. Par la question exprimée dans son regard, mi-offensé mi-ébahi, je compris qu'il n'avait pas vu mon mail. Son visage était l'incarnation pitoyable de l'ami trahi.

Dès le départ de la course, l'équipe Fonar montra que Steve ne s'avouait surtout pas vaincu. Elle prit la bordure droite et imposa aussitôt le rythme d'une échappée ; le peloton se contenta d'accélérer. À pareille allure, tous les records de rapidité de cette étape parisienne allaient être battus. Mais il était clair que sur une distance aussi courte et sans aucun dénivelé, personne dans le peloton ne risquait d'être semé.

Malgré cela, la Fonar multiplia ses tentatives pendant plus d'une heure. Je ne sais pas ce que Steve avait promis à ses coéquipiers, car dix kilomètres avant la fin de la course, il lança une violente offensive sur le côté droit, à un rythme qui relevait plus du sprinter que du rouleur ; là, je me demandai si le peloton n'allait pas craquer, et je fus bien obligé de m'élancer sur le côté opposé. Je n'avais plus d'équipe, je devais donc me défendre en solitaire, mais aussitôt Matosas et Radek prirent la tête pour me protéger. Vu d'un hélicoptère, nous devions ressembler à un scarabée en mouvement : une antenne formée par la Fonar, l'autre par mon équipe hétérogène et improvisée. Deux ou trois coureurs importants vinrent grossir mes rangs.

Pendant trois ou quatre kilomètres, aucune des deux antennes ne céda d'un pouce, et le corps du scarabée encore moins. Survint alors quelque chose d'inattendu qui annihila toute tentative de rébellion. Guido, le Portugais, se redressa sur ses pédales, se détacha de l'équipe Fonar et franchit l'espace entre les deux pointes : je crus d'abord qu'il s'agissait d'une agression physique et je cherchai une protection parmi les miens. Mais il se plaça à côté de Matosas, pour l'aider à prendre les relais.

Je ne pus m'empêcher de regarder Steve ; il s'entêta avec fureur encore quelques minutes, mais à l'évidence l'équipe Fonar commençait à saboter son propre leader. La réaction de Guido l'isolait des autres coureurs ; la plupart de mes ex-compagnons roulaient maintenant la tête dans le guidon, à un rythme visiblement moins élevé.

Le peloton se reporta sur son flanc droit et Steve fut absorbé par la masse. Il n'en ressortit plus ; il préférait sans doute ne pas être filmé par les caméras au moment le plus humiliant de sa carrière.

Là, je compris que le maillot jaune m'était inexorablement destiné. Pour la première fois de la journée, je savourai le beau spectacle des trottoirs remplis de milliers de compatriotes, heureux de fêter cette victoire avec moi. Par la suite, j'apprendrais que près d'un demi-million de personnes étaient sur le parcours. J'eus l'impression qu'ils fêtaient une deuxième Libération de Paris ; en tout cas, ma libération.

Le peloton ralentit et me laissa prendre la tête tout le reste du parcours, au moins jusqu'aux derniers cinq cents mètres, quand les sprinters se dressèrent sur leur monture pour remporter la dernière étape.

Après avoir franchi la ligne d'arrivée, j'affrontai une ribambelle d'accolades, de cérémonies et de questions des journalistes ; je n'ai que le souvenir du moment où je suis monté en haut du podium, au-dessus de Steve, avec qui je n'échangeai ni regards ni paroles. Je lançai dans les bras de Fiona le bouquet de fleurs qu'on me remit et me demandai s'il n'y avait pas une tradition irlandaise signifiant qu'il s'agissait d'une demande en mariage. À mon grand étonnement, elle le reçut avec moins d'enthousiasme que je ne m'y attendais. Et je me rendis compte que son attitude pendant toute la cérémonie de remise des prix avait été guindée, presque froide. Quelques minutes plus tard, j'en découvris la raison.

La conférence de presse se déroula avec les traditionnelles questions inlassablement répétées, mais il y en eut certaines plus perfides sur la relation fratricide entre Steve et moi ; je compris que la presse transformerait en mélodrame la bataille sauvage que s'étaient livrés les deux ex-compagnons ces deux derniers jours.

En tout cas, je ne m'attendais pas à la question du journaliste du *Periódico de Catalunya*.

— Quelle est votre réaction sur l'accident de votre ami et conseiller, le colonel Lombard ? Regrettez-vous qu'il ne soit pas là pour fêter votre victoire ?

Le journaliste avait sûrement posé la question en toute innocence, pensant que j'étais au courant de ce qui était arrivé. Je me levai subitement, abasourdi, demandant à ceux qui étaient autour de moi, y compris à Giraud, de quoi il retournait. À leur visage, je compris que j'étais le seul à ne pas être au courant.

Je quittai la salle pour retrouver Fiona ; elle me serra dans ses bras et m'entraîna dans une cabine de transmission inoccupée.

— C'est arrivé quand la course allait démarrer : Ray et lui ont eu un accident quand ils ont quitté Grenoble. La voiture est tombée dans un ravin profond, aucun des deux n'a survécu.

Je pensai à la façon de conduire de Ray et compris que la route lui avait enfin fait payer son imprudence ; pourtant, je n'acceptais pas l'idée qu'ils n'étaient plus parmi nous. Soudain une incongruité me frappa.

— Je ne comprends pas pourquoi ils roulaient à pareille heure. Ils n'auraient manqué à aucun prix le départ de la dernière étape, surtout dans ces circonstances : Lombard aurait donné sa vie pour me voir sur ce podium.

— C'est ce qu'il a fait, répondit-elle, résignée.

Son expression me désola ; je me rappelai son visage angoissé du matin, quand elle consultait son téléphone sans arrêt.

— Tu savais quelque chose ? demandai-je, avec appréhension.

— C'était une idée de Ray, la seule possible. Hier soir, Lombard nous a confirmé ce que nous soupçonnions. Il avait engagé Bimeo ; il avait permis l'explosion du camping-car, sachant que la bonbonne était vide, pour qu'on ne soupçonne ni toi ni la Fonar. Et en effet, la mort de Fleming a été un faux pas de la Sierra, l'échalas qui te suit pas à pas, collé au gros.

— Mais à quoi diable pensait Lombard ? Tous les éliminer pour me faire gagner ? Où est le mérite dans tout ça ?

— Il a dit qu'il avait respecté Steve parce que c'était le meilleur de tous les leaders, et qu'en vous retrouvant seuls en tête du classement, il espérait te convaincre de te battre pour le maillot. D'après lui, toute l'opération avait pour but de t'obliger à sortir du rôle de *gregario*. Je t'ai parlé de ses délires, mais je n'aurais jamais cru qu'il en arriverait là. Bimeo a simplement profité des circonstances.

— Bimeo ! Il ne va quand même pas s'en tirer comme ça.

— Je t'ai aussi dit de me faire confiance.

Elle m'exposa son plan et je donnai mon accord.

Je rentrai à l'hôtel pour préparer ma rencontre avec Favre, à qui j'avais envoyé un message pour qu'il vienne me retrouver dans ma chambre ; Fiona alla voir Jitrik, et les choses se passèrent au mieux. Plus tard, elle me raconta qu'elle avait montré au patron du Tour la confession signée par Lombard, y compris l'implication de Bimeo. Jitrik avait cru que son monde s'effondrait : c'était un scandale qui pouvait mettre à genoux le cyclisme professionnel sur route, sans parler du Tour lui-même.

Quand elle l'avait senti mûr, elle lui avait exposé son idée : limoger Bimeo sur-le-champ et fournir des preuves à la police pour qu'il soit arrêté pour corruption et autres délits. On connaissait les pots-de-vin et chantages que le chef de la sécurité imposait à tort et à travers aux maires qui voulaient figurer dans l'agenda du Tour, ou sa façon éhontée de pomper le budget et de placer ses proches aux positions clés, les irrégularités sur lesquelles l'organisation fermait les yeux en reconnaissance de l'efficacité de l'homme en matière de sécurité. En échange, Fiona proposait d'enterrer la confession de Lombard et d'éviter qu'elle sorte au grand jour. Jitrik se précipita sur cette solution.

Le commissaire fut plus coriace. Je faillis même ouvrir les lettres que Fiona m'avait envoyées et en appeler à la dévotion du policier pour le cyclisme, espérant qu'il laisserait les choses en l'état. Mais je savais que sa vanité professionnelle finirait par l'emporter sur toute autre considération. Je le connaissais assez pour savoir qu'il n'apprécierait pas qu'un autre que lui révèle le pot aux roses.

Je répondis à ses questions en avançant sur une fine couche de glace.

— En fin de compte, c'est vous qui avez gagné.

— Vous me le dites comme un reproche, commissaire. Je croyais que vous seriez content.

— Je suis content. Que ce soit un Français et un collègue me remplit de fierté, dit-il, mais son regard soupçonneux disait autre chose. – Nous étions dans un petit salon de la suite que j'avais occupée la veille ; par la fenêtre, on voyait une partie des Champs-Élysées que j'avais parcourus quelques heures plus tôt. – Sauf que c'est un peu déconcertant que tous ces incidents et la mort de Fleming aient conduit à ça, ajouta-t-il en lançant un regard sur le maillot jaune que j'avais posé sur le dossier d'une chaise.

— Je l'ai gagné de peu, de deux secondes, commissaire, et sous les yeux du monde entier. Vous n'allez pas me dire que quelqu'un a pu concevoir un tel plan.

— Sans parler de l'accident inopportun du journaliste et de son ami, le colonel. Je sais que Ray enquêtait sur les sinistres antérieurs, le gérant de l'hôtel Madeleine me l'a dit. Il s'intéressait beaucoup au rôle du bureau de Bimeo.

— Bimeo ? dis-je, comme si je n'avais jamais entendu ce nom de ma vie.

— Bimeo, celui qui vous a protégé avec ses gardes du corps depuis quelques jours, répliqua-t-il, l'air de dire : "N'essayez pas de vous foutre de moi."

— Je sais qui est Bimeo, mais je ne comprends pas en quoi il est concerné. Ou peut-être que si, maintenant que j'y pense, en tant que chef de la sécurité du Tour.

Le commissaire allait objecter quelque chose, mais il changea d'avis. Il me lança un regard torve et étala ses cartes.

— Depuis le début, j'ai eu l'impression que tout tournait autour de vous, et j'en suis encore plus convaincu aujourd'hui. Ce ne sont pas les Italiens, ni même les gens de Fonar. Votre victoire, la mort de Lombard et de Ray, avec qui vous vous retrouviez tous les soirs ; trop de signes pour être ignorés. Qu'en pensez-vous, sergent ?

Je hochai la tête comme si je prenais cette analyse en compte, puis, après avoir secoué la tête, je répondis :

— Tout ce que je peux vous dire, c'est que cette fin de course a été la plus disputée de l'histoire du Tour, et ce sont mes jambes qui ont décidé du maillot jaune, sous les yeux du monde entier. Si vous avez d'autres explications, commissaire, présentez des preuves.

Favre allait répondre quand la porte s'ouvrit. Fiona apparut, une clé à la main. Jitrik la suivait.

— Excusez-nous, je ne savais pas que vous étiez là, commissaire, dit-elle – un beau mensonge.

— Lieutenant Favre, je venais féliciter Annibal personnellement, mais c'est un plaisir de vous rencontrer. Je viens de parler avec votre chef, je lui ai demandé de suspendre l'enquête que nous avions nous-mêmes demandée. Finalement, tout s'est terminé sans trop de contretemps.

— Il y a au moins la probabilité d'un assassinat, celui de Fleming, dit Favre, mal à l'aise.

— Ah oui, je vois. Très regrettable, répondit Jitrik, consterné. Le divisionnaire m'a dit qu'ils envisageaient de confier l'enquête à la police de Rennes, où les faits se sont passés, ajouta-t-il sur un ton neutre.

— Elle a déjà beaucoup avancé, il n'y aurait pas de raison qu'on la suspende, objecta le policier.

— Ah ? Mais c'est ce que votre chef a décidé, je ne sais pas quoi vous dire. Vous en savez plus que moi sur ce point. Par ailleurs, il m'a dit que le bureau central enregistrera la plainte que nous déposerons demain à la première heure contre Bimeo, il était dans notre ligne de mire depuis un certain temps, vous savez.

Favre regarda Fiona, me regarda, et se tourna vers Jitrik. Il comprit qu'il était la victime d'une mise en scène ; le patron du Tour ne cherchait même pas à le cacher. Il pensait sans doute qu'ayant parlé avec ceux d'en haut, il n'était pas nécessaire de consacrer trop de temps ou de comédie à un policier de province, même s'il avait le grade de commissaire.

— Messieurs, madame, dit le policier avec un sourire ironique, il hocha la tête dans ma direction, et avant de quitter la suite, il ajouta : Je vous souhaite bonne nuit.

Je n'étais pas près de le revoir.

On se débarrassa de Jitrik le plus vite possible et on tomba dans les bras l'un de l'autre ; Fiona m'enfila le maillot jaune, et ensuite elle m'accueillit en elle. On fit l'amour avec la frénésie de ceux qui croient qu'il n'y aura pas de lendemain, et on recommença, avec la tendresse de ceux qui savent que tous les lendemains les attendent.

On dormit plusieurs heures, j'allai aux toilettes et en revenant je vis l'écran de mon ordinateur portable sur le bureau ; une alerte indiquait un courrier de Steve dans la boîte de réception. Je l'ouvris.

Ta mère n'a jamais écrit ces messages. Quelqu'un t'a joué un tour. Je relus ces deux lignes, déplaçai le curseur sur la poubelle et effaçai le courrier. Je rabattis le couvercle et retournai au lit. J'étreignis Fiona et me rendormis.

OUVRAGE RÉALISÉ
PAR L'ATELIER GRAPHIQUE ACTES SUD
REPRODUIT ET ACHEVÉ D'IMPRIMER
EN MAI 2022
PAR NORMANDIE ROTO IMPRESSION S.A.S.
À LONRAI
POUR LE COMPTE DES ÉDITIONS
ACTES SUD
LE MÉJAN
PLACE NINA-BERBEROVA
13200 ARLES

DÉPÔT LÉGAL
1re ÉDITION : JUIN 2022
N° impr. : 22022[illegible]5
(Imprimé en France)